U0948913

文選

《文选》诠释研究

冯淑静 著

中国社会科学出版社

图书在版编目（CIP）数据

《文选》诠释研究/冯淑静著. —北京:中国社会科学出版社,2011. 8
ISBN 978-7-5004-9068-5

Ⅰ. ①文…　Ⅱ. ①冯…　Ⅲ. ①文选－文学研究　Ⅳ. ①I206. 2

中国版本图书馆 CIP 数据核字（2010）第 170369 号

责任编辑　史慕鸿
责任校对　韩天炜
封面设计　毛国宣
技术编辑　李　建

出版发行　中国社会科学出版社
社　　址　北京鼓楼西大街甲 158 号　　邮　编　100720
电　　话　010－84029450（邮购）
网　　址　http：//www. csspw. cn
经　　销　新华书店
印　　刷　北京君升印刷有限公司　　装　订　广增装订厂
版　　次　2011 年 8 月第 1 版　　印　次　2011 年 8 月第 1 次印刷
开　　本　710×1000　1/16
印　　张　20. 5　　插　页　2
字　　数　340 千字
定　　价　38. 00 元

凡购买中国社会科学出版社图书，如有质量问题请与本社发行部联系调换
版权所有　侵权必究

序

《文选》自隋唐以降号称显学，历代学者相继作了诠释，留下了丰富的诠释成果。历来所出现的《文选》研究著作相当多，但对其诠释文献进行全面、系统研究的著作似不多见。冯淑静同志的《〈文选〉诠释研究》对历代《文选》诠释情况作了比较全面、系统、科学的研究，对于继承和发展我国传统的训诂学、文献学，特别是对整理和总结前人对文学作品的训诂与诠释的优良传统与其不足，都很有重要的借鉴意义和参考价值。

该书将历代《文选》诠释情况，划分为四个阶段、五个体系，重点对其诠释体系、诠释体式、诠释方法与类型等首次作了全面系统科学的研究和论述，开拓了选学研究的新领域，创通了体例，创用了相关术语，对选学发展具有推动意义。因此，该书是中国选学史上一部有用的著作，为他人研读选学、研究文学作品的诠释提供了重要依据。

书中章节安排妥当，照顾全面，条例清晰，语言流畅，显示出作者驾驭纷繁资料的能力和分析研究水平，表明作者专业基础相当扎实，理论水平好，科研能力强。著述之业，需多耽时日，才能越细越精。随着对历代《文选》诠释中存在问题的不断关注。相信今后再版时，将会不断得到改进，日臻完美。

2008 年 10 月 8 日，冯浩菲序于山东大学贵馀轩

目　录

导　言

《文选》是我国文学宝库中现存最早的一部诗文选集。共收录了上自西周下至南朝梁七八百年间一百三十位作者的七百多篇作品。梁以前各种文体的主要代表作品，大体均已齐备。选学从隋朝萧该的《文选音》首开其端，历经唐宋元明清，研究者辈出，成果丰富。据笔者统计，隋唐时期知名《文选》诠释著作有十余部，以李善注和五臣注最为有名。宋元明时期选学衰微，知名著作有二十余部，值得注意的是宋六家注、六臣注本的出现及明《文选》评点著作的盛行，都对《文选》诠释产生了巨大影响。清朝是《文选》诠释全面复兴的时期，知名著作有七十余部，其中考据订补类著作占据主要部分，出现了像汪师韩《文选理学权舆》、胡克家《文选考异》这样的选学巨著。除此之外，从唐宋以来，存遗在学者笔记及诗话中的《文选》诠释条目一时难以计数。《文选》诠释历时之悠久，著述之丰富，在中国诗文选史上是独一无二的。因此对《文选》诠释进行研究，应该说具有重要的学术意义。

研究《文选》诠释，有必要清楚“诠释”及“诠释学”这一类概念。近年来，“诠释”及“诠释学”这两个概念频繁地出现于一些刊物和书籍中。不过本书中所使用的“诠释”这类概念还是主要沿自中国传统的训诂学、注释学。冯浩菲先生曾在《试论中国训诂学学科体系的科学化改造》一文中将训诂学（也可称为注释学）

所涉及的方面进行了全面概括，共有十六类，即句读、校勘、作序、标音、释词、解句、补叙有关内容、揭示语法、揭示写法、疏证注文、考辨疑误、论述有关内容、翻译、发凡、立例、图解。[①] 董洪利对注释范畴的理解也比较广泛，他认为除了词义的解释外，还包括："历史事实的考证、说明、补充；名物典故、引用书籍的介绍；思想内容的分析、发挥、批判；作者创作意图的分析、评价；文学作品的艺术欣赏和评价；各种材料的补辑、辨析，等等。"[②] 冯、董两位先生所论，基本上涵盖了中国训诂学、注释学、诠释学主要的训诂、注释、诠释等方面。

具体到《文选》诠释，历代选学研究内容众多。骆鸿凯将选学研究分为五类：一曰注释，二曰辞章，三曰广续，四曰校雠，五曰评论。除广续外，其他注释、辞章、评论、校雠四个方面都应当属于《文选》诠释方面。此外，还应该增加选藻（包括选句）和考辨两类。其中选藻主要包括宋明清时期出现的几部选学著作，专门摘选《文选》中的丽藻佳句，分类汇辑加以诠释。另外，清代选学研究中主要的诠释方面是考辨，他们针对《文选》及李善注中出现的诸多未详、疑误、阙失等问题给予纠补辨释，解决了选学中存在的诸多疑误。以上各类《文选》诠释著作都在本书取材的范围之内。还有，在历代学者的笔记、论著中散落着一些对《文选》进行考辨、评论、校勘、注释的条目，也属于《文选》诠释研究的范畴，但是由于时间、精力所限，本书对这类零散资料涉及不多。

《文选》诠释虽然涉及了多个方面，但其诠释的深度和广度是逐渐增加的。隋唐时期出现的《文选》诠释著作，无论是最初萧该的《文选音》、曹宪的《文选音义》，还是选学兴盛时期出现的李善注、五臣注，注重《文选》字词音义的注释、疏证，属于基础意义诠释层次。宋元时期《文选》诠释进入低潮，今天能看到的有题名为宋苏易简的《文选双字类要》、刘攽的《文选类林》及高似孙的《选诗句图》，元代的有方回的《文选颜鲍谢诗评》、刘履的《选诗补注》。这些著作注重佳妙词汇的分类汇辑及《文选》诗文的梳理、赏评，为明朝《文选》评点类著作的出现打好了铺垫。明朝有孙矿的《评文选》、邹思明的《文选尤》及凌濛初的《合评选

---

① 冯浩菲：《试论中国训诂学学科体系的科学化改造》，《古籍整理研究论丛》第二辑，齐鲁书社 1994 年版，第 23 页。

② 董洪利：《古籍的阐释》，辽宁教育出版社 1995 年版，第 31 页。

诗》等评点类著作，对《文选》诗文的文学性特色进行了充分的挖掘，体现了文学总集诠释上独特的文学性特点。清朝朴学兴盛，导致了各类《文选》诠释著作的出现，考据校勘类著作尤为突出，如王煦《文选李善注拾遗》、徐攀凤《选注规李》、胡克家《文选考异》、梁章钜《文选旁证》等著作的出现，解决了《文选》诠释中的诸多疑误阙失，将《文选》诠释推向了高峰。

尽管历代所出现的《文选》诠释著作相当繁富，但是关于《文选》诠释研究的著作却比较少，就目前笔者所知，与《文选》诠释有联系的，如骆鸿凯的《文选学》，其中“源流”一部分，按照隋唐间及唐代、宋元明、清三个时期，对历代文选学进行论述，为后人研究打下了基础。屈守元的《昭明文选杂述及选讲》、《文选导读》也对《文选》的编辑及选学源流等加以概述。近几年，傅刚的《文选版本研究》，对历代《文选》李善注、五臣注、六家注、六臣注之版本进行了详尽的考证，对进一步研究《文选》诠释问题提供了很大帮助。

研究《文选》诠释的论文比较多，据《中外学者文选学论著索引》收录，从近代到1993年间，中国（包括港台地区）关于《文选》诠释研究的论文有七十余篇。其中值得注意的有祝文白的《〈文选〉六臣注订伪》，程毅中、白化文的《略谈李善注〈文选〉的尤刻本》等。国外对《文选》的研究也取得了很大的成就，尤其是日本，在《索引》中“总论”部分收录其学者论文一百一十余篇，其中近六十篇是关于《文选》诠释方面的，显示了日本选学研究者对《文选》诠释的重视。其中值得注意的有斯波六郎的《李善〈文选注〉引文义例考》、冈村繁的《〈文选集注〉和宋明版的李善注》等。选学在韩国同样受到高度重视，在《索引》中“总论”部分收录的其学者的论文有十六篇，其中有四篇是关于《文选》诠释的。欧美汉学界，选学较冷落，成果不多。可见选学研究以中国大陆、港台地区及日韩为中心，《文选》诠释研究论文多出现在这些地方。

关于《文选》研究论文，《中外学者文选学论著索引》中所收录的只是1993年以前的论文名目。1994年之后的论文，数量众多，仅中国期刊全文数据库中收录的有关《文选》的论文就有近二百篇之多，其中直接和间接探讨《文选》诠释问题的近三分之一。表明《文选》诠释已经是《文选》研究中的重中之重，有待我们去不断研究、总结。

以上关于《文选》诠释研究的论文，或对《文选》某注本的考辨、类例分析、优劣对比，或是对某一部《文选》诠释著作的综述、评议，或是对其中的释词、释音等具体诠释问题的探讨。从总体上看，对《文选》诠释的研究比较零散，不全面，更无系统可言。本书立足于对历代《文选》诠释情况的总体把握，进行比较全面、系统的研究。在宏观把握的同时，结合个案分析，力图对《文选》诠释的相关问题进行科学的分析和论述。

除《导言》外，本书共分为八章五个部分，第一章将历代《文选》诠释分为隋唐时期基础性诠释阶段、宋元时期文学性诠释蕴育阶段、明朝文学性诠释阶段、清朝考据类诠释兴盛阶段四个时期，分别进行研究论述。第二、三章对历代《文选》诠释体系进行研究，分单一性与复合性两大诠释体系，两个大体系中共包括五个小体系，即单一性诠释体系包括《文选》正文诠释体系、李善注《文选》诠释体系、六臣注《文选》诠释体系三个小体系，复合性诠释体系包括《文选》正文及李善注诠释体系、《文选》正文及六臣注诠释体系两个小体系。第四章对《文选》诠释体式进行研究，先后对历代《文选》诠释中的基础性诠释体式、文学性诠释体式、考辨订补类诠释体式及它们的诠释功效进行了研究。第五、六章研究历代《文选》诠释中的文献诠释方法，分为两大类，一类是对《文选》文献诠释中已被学者归纳出的几种主要诠释方法进行研究，主要包括引文为释法、疏证训义法、拾遗补阙法、考辨疑误法、校勘讹误法、揭示意旨法六小类；第二类是对《文选》文献诠释中发现的几类尚未得到详细论证的诠释方法给予揭示，主要包括节略为注法、分类编纂法、汇证法，并着重对汇证法在清代《文选》诠释著作中的不同表现进行详细论述。第七、八章研究历代《文选》文学诠释，第七章注重对源流追溯、佳词丽句汇纂、总论有关内容三个文学性诠释方面进行论述；第八章对以评点类为主的著作中文学性诠释方法进行研究，包括艺术手法分析、艺术风格评析、佳词丽句评析及圈点、较量同异、《文选》诗文的重新删选及编排、杂议，并对明代评点著作的评点形式进行了论述。总之，意在以《文选》诠释为代表，研究中国文学诠释特点。在展现中国文学诠释独特之处的同时，体现中国诠释学的丰富多彩。

由于本书涉及文献较多，时间跨度大，无论对全局的把握，还是对材料的驾驭，都是一次严峻的考验。加之时间短促，学识尚浅，使得本书写作显得比较粗疏，在研究的深度和广度上都有待进一步提高。不妥之处在所难免，恳请读者多加批评指正。

第一章

历代《文选》诠释的概况、特色及其原因

《文选》又称《昭明文选》，南朝梁昭明太子萧统主持编纂，是我国现存最早的一部诗文总集。收录了上自西周下至南朝梁之间一百三十多位作者的七百余篇作品，其编选之优，收录文体之齐备，影响之深远，在中国诗文选史上是空前的。去萧统不远的隋朝，其从侄萧该就对《文选》进行研究，并著《文选音》，开选学先河。紧随其后的隋唐间人曹宪，著有《文选音义》，并“聚徒教授，诸生数百人”[①]，随其受业的李善、公孙罗、许淹等人，皆为《文选》作注，选学在唐初大盛。虽然几经起伏，但绵延千载从未断绝。发展到今天，选学成为中国传统国学中最为古老的学科之一。

笔者依据《文选》诠释概况，将历代《文选》诠释分为隋唐、宋元、明、清四个阶段，现将每个阶段《文选》的诠释概况、时代特色及原因分节概述如下：

---

① （后晋）刘昫等：《儒学列传上》《旧唐书》卷一百八十九上，中华书局 1975 年版，第 4945 页。

第一节　隋唐《文选》诠释——基础性诠释阶段

一　隋唐《文选》诠释概况及特色

《文选》成书于梁代中期。陈隋二代对《文选》的研究较少。据《隋书·经籍志》著录，隋朝《文选》诠释著作仅有萧该的《文选音》三卷。《文选》在唐朝受到重视，并在曹宪、李善等人的教授、注释下，在唐初就走向兴盛。期间出现的注释著作众多，据《旧唐书·经籍志》记载，当时的《文选》诠释著作有：李善注六十卷；公孙罗注六十卷；萧该《文选音》十卷；公孙罗《文选音》一卷；释道淹《文选音义》十卷。《旧唐书·儒学列传上》载："（曹宪）所撰《文选音义》，甚为当时所重。初，江、淮间为《文选》学者，本之于宪。"① 但在《旧唐书·艺文志》中没有收录曹宪的《文选音义》。

《新唐书·艺文志》著录萧该《文选音》十卷；僧道淹《文选音义》十卷；李善注《文选》六十卷；公孙罗注《文选》六十卷，又《音义》十卷；李善《文选辨惑》十卷；《五臣注文选》三十卷，衢州常山尉吕延济、都水使者刘承祖男良、处士张铣、吕向、李周翰注；曹宪集《文选音义》卷亡；康国安注《驳文选异义》二十卷；许淹《文选音》十卷；常宝鼎《文选著作人名目》三卷，纂集《文选》所集文章著作人姓氏、爵里、行事及其述作之意，乃是清汪师韩《文选理学权舆》中"撰人"一门的先导，是唐朝注重字词训诂之外比较特异的一部《文选》诠释著作，已经亡佚，难究其详。

试加比较，可以看出新旧《唐志》对《文选》诠释著作的著录不一致，有变化，萧该的《文选音》由《旧唐志》中的三卷，变成十卷。新《志》僧道淹《文选音义》十卷，即旧《志》中的释道淹《文选音义》。旧《志》公孙罗《文选音》一卷，在新《志》中成为《文选音义》十卷。曹宪《文选音义》在新《志》中虽被著录，但是已注卷亡。另外新《志》中还增收了《五臣注文选》三十卷，李善《文选辨惑》十卷，康国安注《驳文选异义》二十卷。这两部著作以后的史志都没有著录，已

① （后晋）刘昫等：《旧唐书》，第 4946 页。

经难考原貌。

其中需要关注的问题：一是曹宪作为唐朝选学的先导，传授选学几十年，李善、公孙罗、许淹等都曾随其学习《文选》，但是他的《文选音义》在旧《志》中未被著录，新《志》中虽有著录，却已亡佚。二是萧该的《文选音》在新旧《志》中都收录，而且在曹宪《文选音义》亡佚后还存在。二书的存留时间与二人在唐朝选学界的声望相较，相去颇远。此中原因何在，有必要研究。

唐朝的统治始于618年，结束于907年。《旧唐书》于后晋天福五年（940）奉石敬瑭之命修撰，完成于后晋开运二年（945）。《旧唐书》编撰之时，去唐仅有三十多年。《新唐书》的编撰约在公元1060年完成，其间仅仅隔了一百多年。曹宪的《文选音义》在这一百多年的时间里已亡佚，而产生于隋朝的萧该《文选音》却能存世，究其原因，可能与它们的内容质量有关系。有人推论说："曹宪注音喜好标新立异，又所操之音系属于扬州方言。故而隋唐统一之后，随着《切韵》音系成为学子作文写诗时遵循的权威，曹宪注音逐渐为人们抛舍。"① 可见曹宪书不传与其所采用的音系有关。

另外，日本发现的《文选集注》中著录了陆善经《文选注》、未录著者的《文选钞》和《文选音决》。这三部著作的发现对了解唐朝《文选》诠释概况提供了宝贵的资料。

总之，这一时期《文选》诠释的特色是解释字词音义，属于基础性的诠释。

二　唐朝《文选》诠释兴盛的原因

历代《文选》诠释兴衰与选学在该朝代的兴盛是一致的。一方面，《文选》诠释的兴盛能带动士人对选学的研究；另一方面，选学的大部分内容实则就是对《文选》的诠释。唐朝《文选》诠释兴盛的原因与选学的兴盛密不可分，而选学在唐朝兴盛的原因是多方面的。

（一）《文选》选录范围与唐朝文学发展及官方需求相一致

这方面的原因还得从《文选》收录诗文的标准说起。《文选》所录作

---

① 王书才：《曹宪生平及其〈文选〉学考述》，《郑州大学学报》（哲学社会科学版）2004年第4期。

品始于先秦而迄于梁，魏晋以后作品占据较大比重，按文体和事类编排。《文选》的选录标准，一直是选学界研究的一个重要论题。大致说来，人们对《文选》选录标准的争论主要集中于三种意见：一是以《文选序》所提出的“事出于沉思，义归乎翰藻”为标准的，以阮元、朱自清等人为代表；一是以萧统的另一篇书信《答湘东王求文集及〈诗苑英华〉书》，以及沈约的《宋书·谢灵运传论》为依据，这主要以日本学者清水凯夫为代表；一是前两种引申出的，以《文选序》为主，再参证萧统的余作及同时代人的论述，这一派主要以王运熙、穆克宏、傅刚等为代表。这三种观点都无一例外地认为萧统的编选标准在于编撰一部文学总集。但是萧统的文学观念与今天的文学观念是不同的。他在《文选序》中虽然说明经、史、子内容不被收录，但是在实际收录中却又选录了子书中的论和史书中的史论、史述赞，还收录了大量应用文，这些都应当说明。首先，《文选序》中萧统表明其选录史论、赞等内容的根据：“若其论赞之综缉辞采，序述之错比文华，事出于沉思，义归乎翰藻，故与夫篇什，杂而集之。”表明虽然不收经、史、子中内容，但如果其中的内容富有辞采、文华，思想内涵深沉，还是要收录。另外“次则箴兴于补阙，戒出于弼匡，论则析理精微，铭则序事清润，美终则诔发，图像则赞兴；又诏诰教令之流，表奏笺记之列，书誓符檄之品，吊祭悲哀之作，答客指事之制，三言八字之文，篇辞引序，碑碣志状，众制锋起，源流间出。譬陶匏异器，并为入耳之娱；黼黻不同，俱为悦目之玩。作者之致，盖云备矣”[①]。萧统指出箴、戒、论、铭、诔、奏、表等应用文之所以被收录，是因为它们“并为入耳之娱”、“俱为悦目之玩”，这里强调的是它们的审美愉悦性，由于具有文学作品的美感，在艺术表达上具有赏心悦目的文学特色。从这里可以看出，萧统的文学观念是一种广义的文学观，与今天对文学的理解不同，但是却与六朝时期兴起的“文笔之辨”中“有韵为文，无韵为笔”的观念比较接近。故有学者谓“南北朝，尤其是齐梁的诗赋和应用文在文体上虽有不同，但是在遣词、造句、用典、讲究对仗和声律等方面，却又有许多共

---

① 《文选序》，载（梁）萧统编、（唐）李善注《文选》，上海古籍出版社 1986 年版，第 2 页。

通之处”[1]。

由于在诗文收录上表现出了骈俪化倾向，萧统《文选》被称具有形式主义倾向。除了此倾向外，在《文选》收录中，萧统还表现出了文质并重的观念。他在《答湘东王求文集及〈诗苑英华〉书》中讲的“丽而不浮，典而不野，文质彬彬，有君子之致”，可以看作是他的文学创作的标准。在选录作品上，也文质并重，且注重典雅的倾向也表现得比较明显。对于文的重视，从其选录史书论、赞等，注重“辞采”、“文华”、“翰藻”上，及大量骈俪之文的收录上，可以看出。对于质的侧重，从《文选》中收录了陶渊明七题八首，及对齐梁间大量香艳文学的不予收录得到突出表现。此外《文选》中，各时代分别受重视的诗人是曹植、王粲、陆机、潘岳、谢灵运、颜延之诸人，民歌以及风格近俗的文人诗则选得很少。文人化倾向明显，表现了典雅的收录标准。其文学观及《文选》收录标准，表现出的是一种比较折中的态度，既不同于形式主义风靡的齐梁间的文学观，同时又不同于秦汉以来讲究中正的正统诗文观。这在文风轻靡的齐梁时期是比较特殊的，一方面表现了萧统文学审美中保守的一面；另一方面与其身为太子，注意诗文正统观念有一定关系。《文选》中贯穿了萧统两种文学态度，一方面适应文学发展规律，对汉魏以来侧重韵律和谐、骈俪对偶的形式美的诗文给予收录；另一方面又从统治者的高度，审视了诗文思想内涵的雅正。从而使得《文选》既符合了文学发展的时代要求，又可以作为一部官方诗文总集，不致流于褊狭，从而具有很强的官方认可度。这与萧纲要求徐陵编写的专收香艳文学的《玉台新咏》形成一个鲜明对比。前者注重了诗文的正统，后者只是应和了时代艳辞需求，因此后者在诗文发展中不被统治阶级认可。

正是因为萧统《文选》符合了时代发展的需要，同时又符合了统治者的审美需求，因此《文选》首先能被上层阶级接纳。这首先表现在萧统后人对《文选》的继承。梁隋之间，萧统之子萧詧曾建立过后梁，隋炀帝的皇后萧氏又是后梁明帝萧岿之女，即萧统的曾孙女。后梁子孙始终显贵于隋代，萧氏子孙很多处于统治阶层。其时，萧统从侄萧该撰写了《文选音》三卷，可见他们一直没有断绝对《文选》的传承。经过隋代短暂的统

① 曹道衡：《从文学的角度看〈文选〉所收齐梁应用文》，《中外学者论文集》，中华书局1998年版，第507页。

一，南北文学得到融合。发展到唐朝，文学出现了南北融合的大统一局面，南朝绮靡文风与北方清丽刚正的文风出现了融合现象。而这一现象与《文选》本身兼具骈骊的南朝文风及典雅的雅正传统相统一，为《文选》能自上而下被接受，提供了很好的时代氛围。

再从文学发展规律看，唐初文学是在南北朝文学基础上发展的，因此，一方面文人创作开始反对齐梁绮靡文风。如唐初陈子昂提出“汉魏风骨”，对于扭转唐初“采丽竞繁”的不良文风起了巨大作用。另一方面南北朝绮靡艳情的诗文颇受士人喜爱，唐朝的许多文人中，包括初唐四杰，他们的骈文创作多取法南朝文人的声律辞藻等技巧。如王勃的《滕王阁序》效法了王巾的《头陀寺碑》，骆宾王的《讨武曌檄》取法了江淹的《尚书符》等，从这里可以看出唐朝文学与南北朝文学及其前文学之间存在密不可分的关系。不仅一般士人如此，一些统治者也喜爱艳辞。如《大唐新语》中曾经提到唐太宗曰：“朕戏作艳诗。”虞世南便谏曰：“圣作虽工，体制非雅。上之所好，下必随之。此文一行，恐致风靡。而今而后，请不奉诏。”[①] 太宗深为赞同，并予以改正。可见初唐，不管是一般文人还是统治者，都已经意识到梁陈浮靡风气的危害，并采取了相应的措施。像陈子昂这样的文坛精英，也通过自己的创作及提出一系列的主张改变文学的发展方向，而对于统治者则通过一系列的政治手段对其进行引导。

早在唐朝统一以后，其统治者面对南北文化的融合，对于自己的文学需求就有一个清晰的认识。《隋书·文学传序》谓：“江左宫商发越，贵于清绮；河朔词义贞刚，重乎气质。气质则理胜其词，清绮则文过其意；理深者便于时用，文华者宜于咏歌。此其南北词人得失之大较也。”很显然，单一的南方文化或单一的北方文化都有局限性，如果不能融合就不能蔚为大观。只有“各去所短，合其两长，则文质斌斌，尽善尽美矣”[②]。此时他们需要一部文质并重的文学总集为其服务，而《文选》收录作品正好既重视形式的骈俪，又注重思想上的雅正，加上萧统与唐初统治者同为统治阶级，思想暗合，因此《文选》被广泛提倡。

在唐初，教授选学的曹宪就深受唐太宗器重，《大唐新语》云：“江淮

---

① （唐）刘肃：《大唐新语》卷三，中华书局 1984 年版。

② （唐）魏徵：《隋书》，中华书局 1973 年版，第 1730 页。

间为《文选》学者，起自江都曹宪。贞观初，扬州长史李袭誉荐之，征为弘文馆学士。宪以年老不起，遣使即家拜朝散大夫，赐帛三百匹。宪以仕隋为秘书，学徒数百人，公卿亦多从之学。撰《文选音义》十卷，年百余岁乃卒。其后句容许淹、江夏李善、公孙罗，相继以《文选》教授。"①这种公卿亦多从学的教授盛况，如果不是得到统治者的提倡，在当时的封建社会是很难做到的。另外，李善在《上文选注表》中云："后进英髦，咸资准的。"② 此表作于唐高宗显庆三年（658），距唐代的建立正好四十年左右，可见对《文选》的重视，是在唐初就开始的。

（二）《文选》选录目的与唐朝士子创作需求相一致

《文选》选录目的主要有二：一是诗文欣赏，愉悦耳目。这就是《文选序》中反复强调选择具有"辞采"、"文华"及"翰藻"的原因，收录诗文的骈俪化倾向，表现了其对作品形式美的注重。而对于三十余种应用文体的选择，也明确表示在于"譬陶匏异器，并为入耳之娱；黼黻不同，俱为悦目之玩"③。《文选》选录的另一目的在于编选一部实用性很强的诗文选集，为士子学习写作提供范本。这是历代选本都具有的基本目的。萧统在编选时也力图为士子提供一个官方认同的诗文范本。这从其注重文体编排及对每一文体作品典型性、代表性的注重上得到体现。因此《文选》就具有赏析性及应用性双重目的及作用。

《文选》收录诗文的赏析性特点，在唐朝这一诗性王国里得到充分认同。唐诗在中国文学史上是诗歌发展最健全最完美的时期，正如胡应麟概括曰："甚矣，诗之盛于唐也！其体，则三、四、五言，六、七、杂言，乐府、歌行、近体、绝句，靡弗备矣。其格，则高卑、远近、浓淡、浅深、巨细、精粗、巧拙、强弱，靡弗具矣。其调，则飘逸、浑雄、沉深、博大、绮丽、幽闲、新奇、猥琐，靡弗诣矣。其人，则帝王、将相、朝士、布衣、童子、妇人、缁流、羽客，靡弗预矣。"④ 在这种情况下，文人酬唱应和的风气相对其他朝代更为普遍，许多诗人，如李白、杜甫、王维等，他们很多诗歌就是酬唱应和之作，写作诗歌融合进文人生活的方方

① （唐）刘肃：《大唐新语》卷九。

② （梁）萧统编，（唐）李善注：《文选》，第 4 页。

③ 《文选序》，《文选》，第 2 页。

④ （明）胡应麟：《诗薮·外编》卷三，上海古籍出版社 1979 年版。

面面。因此他们赏析诗文的水平无疑也是最高的。在这样的诗性氛围中，作为一名文人必须具备必要的诗文赏析能力。因此要学习优秀诗文，以提高自己的素养。唐朝诗人，尤其是唐初诗人，为了改变弥漫诗坛的齐梁诗风，以陈子昂为代表的初唐四杰，大倡汉魏风骨。唐代大诗人李白亦对"蓬莱文章建安骨"倍加推崇。《文选》依照典雅风格，汇辑秦汉、魏晋经典诗文众多，并且在选择上与当时的文学理论著作《文心雕龙》、《诗品》等颇相一致，能体现文坛对前代诗文的普遍观点。这样，《文选》就为提高士子的文学素养，学习诗歌创作，提供了很好的范本。

诗文酬唱，提高文学素养，固然是唐朝士子所必须的，但这还不是他们学习《文选》最主要的原因。最主要原因在于《文选》符合了他们应付科举考试的需要。这可以从《文选》文体的选择上一窥端倪。《文选》收录了三十七种文体（或曰三十八种，或曰三十九种），大都是当时流行的文体。但是并不是所有的文体，任昉《文章始》就收录了八十五种文体。可见萧统对文体也进行了选择，除了诗赋等外，《文选》收录了当时常用的多种应用文体。在七体以下，除了对问、设论、辞、颂、赞、论、连珠这七类外，都属于应用文体，而且绝大多数是朝廷公文。如《文选》中收录的表、上书、弹事、奏记、书、檄等都是朝廷中经常用到的政论文章，这些公文多数是由各个朝代中的要员和文学大家写成，如表中收录的诸葛亮的《出师表》、曹植的《求自试表》；上书中收录的李斯的《上书秦始皇》、邹阳的《狱中上书自明》；弹事中收录的任昉的《奏弹刘整》；书中收录的李陵的《答苏武书》、司马迁的《报任少卿书》及檄文中收录的司马相如的《喻巴蜀檄》等，都是传颂千古的名篇。可见萧统之前文学与应用文的写作是密不可分的，这些要员和大家很自然地把文学创作的种种手法运用其中。

萧统在编选《文选》时，首先注重了文学性作品的选择，其次侧重于应用性强的应用文的选择。前一点就是阮元所说的"昭明所选，名之曰'文'，盖必'文'而后选也；非'文'则不选也"①。后一点则是萧统编选的最终目的：为士人学习写作提供各体范本。这种范本包括两个方面：一是满足文人酬唱应和的需要；一是为文人提供入仕后所必须掌握的基本应用文的写作范式。这是封建文人必须掌握的两项基本技能。前者是作为

① （清）阮元：《书昭明太子〈文选序〉后》，《四部丛刊》本《揅经室三集》卷二。

文人基本的素养，后者是他们安身立命的必要手段。因此《文选》在封建社会，尤其是科举盛行的朝代长盛不衰。这与萧统最初的编选目的密切相关。

唐朝科举考试沿袭隋制，并日益完善，考试分制科和常科。制科由皇帝根据需要特诏举行；常科有秀才、明经、进士、明法、明算、明字等。秀才科只存在于武德年间，影响不大。其中以明经、进士二科为主。“明经”科主要测试士子对经书的记诵，比“进士”科考试容易，因此在地位上也不如进士，一般士子都以考中进士为目的。王定保《唐摭言》所云：“进士科始于隋大业中，盛于贞观、永徽之际。缙绅虽位极人臣，不由进士者，终不为美。以至岁贡常不减八九百人。其推重谓之‘白衣公卿’，又曰‘一品白衫’。其艰难谓之‘三十老明经，五十少进士’。”① 唐进士科的考试内容经过了一个不断调整的过程，唐初进士科只考时务策五道，衡量策文的标准是词采。天宝年间，以诗赋作为进士录取的主要标准被确定下来。《事物纪源》卷三载：“唐天宝十三载，始试诗赋，盖用梁陈之意云，科举之以词赋，此其始也。”②

《文选》收录侧重于作品的审美价值，尤其是各种应用文体的选择注重了骈俪文的收录，比较适合当时士子应试的需要，导致了士子对《文选》的青睐。李善进《文选注》在显庆三年（658），可知曹宪讲选学、李善注《文选》及在江汉间教授选学，都是在进士科增考杂文之前，也能证明当时士子应试虽然不包括注重诗赋的杂文，但是进士科本身注重应用文文学性的特点已经与《文选》选录达成一致。而随着进士科考试内容的增加，尤其是注重诗赋的杂文的增加，进一步增加了士子学《文选》的热情。

（三）唐朝诗文总集的状况导致士子对《文选》的选择

总集是汇集以往各体诗文于一编的文学作品整理形式，虽然《文选》是现存最早的诗文总集，但是远在唐朝以前，诗文总集的存佚情况却与今天大不一样。在唐朝之前出现的总集，据《隋志》载，比较著名的有晋杜预的《善文》五十卷；挚虞的《文章流别集》四十一卷；李充《翰林》三

---

① （五代）王定保撰，姜汉椿校注：《唐摭言校注》，上海社会科学院出版社 2003 年版，第 10 页。

② （宋）高承：《事物纪源》卷三，《丛书集成》本，商务印书馆 1937 年版。

卷；南朝时期的总集有刘宋刘义庆的《集林》一百八十一卷。精简《集林》的《集林钞》十一卷，沈约撰《集钞》十卷；并著录梁有《集钞》四十卷，丘迟撰，亡；多为一百八十一卷的《集林》的精选本。此外就是萧统的《文选》三十卷。其中，杜预的《善文》因为早已亡佚，难见其详，但是从《隋志》、郑樵《通志略》将其置入“启事”一类看，杜预《善文》当属应用文的选本，与其他诗文总集不同。其他总集，除了《文选》之外，在唐代逐渐被淘汰。《文选》在唐代能受到重视，最重要的原因在于，其他总集本身存在许多欠缺，如刘义庆《集林》共二百卷，卷帙浩繁，对于学习以博取功名的士子们，负担过于繁重，自然不是他们的首选。关于《集林》的精选本《集林钞》、《集钞》。据《文镜秘府论》引“或曰”谓：“丘迟《钞集》，略而无当。”[1] 可见这些再次抄录本，大都在体制上、诗文选录上存在不尽如人意处，而不被士子看重。而《文选》是一部总结性的、集成式的总集优选成果。它是在挚虞《文章流别集》、李充《翰林》、刘义庆《集林》等诗文总集基础上的再选本，一方面继承了前代总集以文体分类汇集相关作品的编纂体例。对作品的选择，也受到前代总集的影响，虽然在一些篇章选录上并不完全一致，但是相同篇章的收录是《文选》对它们的继承或是认识上达成共识，而不同篇章的舍弃及选录则是萧统在总结前人成果基础上进一步的精选。另一方面，萧统编选《文选》，受到一些文学批评著作，如刘勰《文心雕龙》、钟嵘《诗品》等的影响。《文选》与《文心雕龙》关系密切，这一问题已经被多位选学大家论述过。刘勰曾经任职萧统的东宫，《梁书·刘勰传》载：“昭明太子好文学，深爱接之（刘勰）。”[2] 因此前人多认定《文选》的编选要受《文心雕龙》的影响，主要表现在《文选》对文体的理解上与《文心雕龙》多有相同之处。钟嵘《诗品》是在刘勰《文心雕龙》以后出现的一部主要针对五言诗的文学批评名著。全书共品评了两汉至梁代的诗人一百二十二人，上品十一人，中品三十九人，下品七十二人。从选录诗人上看，《诗品》列为上品的有李陵、班婕妤、曹植、刘桢、王粲、阮籍、陆机、潘岳、张协、左思、谢灵运，这十一人全被《文选》收录。另据王立群《〈文选〉成书研

---

① 《文镜秘府论·南卷·集论》，人民文学出版社 1975 年版。

② （唐）姚思廉：《梁书》，中华书局 1973 年版，第 710 页。

究》统计，《诗品》列为下品的七十二人，《文选》只收录了十一人十五首诗[①]，对诗人优劣的品评上二人是比较一致的。另外，在对代表诗作的评价上和在编选体例上，《文选》与《诗品》也存在一致性。

总之，《文选》的编选受了众多文学批评论著的影响，集合了诸家的观点，反映了当时的文学批评标准，自然能超出以前的总集。

《文选》作为一部诗文总集，之所以在唐初就被士子认同，还在于编选上略古详今的特点。从其收录作家看，自汉至东晋近六百年间，共收录了近一百名作家，收录作品不足五百篇。从宋齐至《文选》编选截止的梁天监十二年前（沈约病逝）一百年左右，收录作家三十多人，作品竟然多达二百五十篇。《文选》对刘宋以后的文坛倾注了更大的关注，而这些正是以前出现的诗文总集没有涉及或是较少侧重的。对于唐朝士子来说，距离他们更近影响更大的南朝齐梁诗文，只能在《文选》中得到完备收录。因此从编撰质量及编选时间两方面看，《文选》都要优于唐朝士子所见到的其他诗文总集。

（四）经、史、子注释风气影响到《文选》诠释

隋唐时期，经、史、子的研究内容主要在注释方面。隋唐是南北文化融合时期。经学表现在今古文的统一及南北经学的融合，出现了颜师古五经定本及孔颖达等《五经正义》，皆颁行全国。史学方面，主要有司马贞的《史记索引》、张守节的《史记正义》、颜师古的《汉书注》、章怀太子的《后汉书注》。同时《荀子》、《黄帝素问》等诸子著作也有了权威注解。当时经、史、子各部书的注释状况及其风气，对《文选》诠释也产生了一定的影响。如李善注引文为释方式，就受到当时经史注释的影响，尤其是受到颜师古《汉书注》的影响。但是在李善注中，这种诠释方法应用的更多、更成熟。这一方面反映了李善的诠释理念，另一方面也是集部文献诠释中所特有的。因为《文选》作为一部诗文总集，对于诗文原义的理解是诠释的重点，与经、史、子，尤其与经部注重在原义理解基础上义理的发挥不同，因此音义训诂中以对原义的诠释为重点。

由于文学发展、官方需求、士子应试及酬唱应和的需求，唐朝选学极大兴盛。而其时的注释风气又促进字词训诂成为选学诠释的主流方式，导致了当时的《文选》诠释以基础意义层面的诠释为特点。

---

① 王立群：《〈文选〉成书研究》，商务印书馆2005年版，第293页。

第二节　宋元《文选》诠释——文学性诠释蕴育阶段

一　宋元《文选》诠释概况及特色

宋元时期，选学逐渐衰退。不过宋初选学还比较受士人尊崇，陆游在《老学庵笔记》中曰："国初尚《文选》，当时文人专意此书。……方其盛时，士子至为之语曰：'《文选》烂，秀才半。'"① 宋人学习《文选》的目的与唐朝士子学选有了不同，其前已经出现了成就卓著的唐诗可供学习、摹写，《文选》作为六朝总集，学习意义转淡。宋人胡仔《苕溪渔隐丛话》引录北宋后期《雪浪斋日记》语云："昔人有言：《文选》烂，秀才半。正为《文选》中事多，可作本领尔。"② 《文选》对于宋人，从中获取典实、辞藻的意义要大于学习写作的意义。

宋代《文选》诠释文献可分为四类：已有《文选》诠释著作的整理成果；新出现的《文选》诠释专著；笔记中的《文选》诠释内容；诗话中的《文选》诠释内容。首先随着五代以来雕版印刷术的发展，《文选》屡经刊刻，《五臣注》本早在五代就有刊刻，后来因为五臣注荒陋，不被宋人看重，现在可知的《五臣注文选》刻本仅有南宋绍兴三十一年（1161）陈八郎刻本。李善注本先后在北宋真宗景德年间（1004—1007）、天圣年间（1023－1031）及南宋淳熙年间（1174－1189）刻印。李善注详于引文释事，五臣注长于直接释义，互相补充，为了便于习阅，宋朝出现了二者的合注本。

最早出现的是五臣注在前、李善注在后的六家本，据傅刚的《文选版本研究》可知，六家本的最早刊本为北宋元祐九年（1094）刊刻的秀州州学本。北宋崇宁五年（1106）镂版、政和元年（1111）完工的广都裴氏刻本及明州本（具体刊刻年代不详）都是以秀州本为底本。六家本之后出现的六臣本，李善注在前、五臣注在后，有赣州本和建州本，都刻于南宋。刊刻内容从六家本来，即将六家本的五臣注与李善注位置颠倒后再进行刊刻。赣州本刻于南宋乾道（1165—1173）、淳熙年间。建州本出自赣州本，

---

① （宋）陆游：《老学庵笔记》卷八，中华书局 1979 年版。

② （宋）胡仔：《苕溪渔隐丛话后集》卷二，人民文学出版社 1962 年版。

刊刻时间在庆元（1195—1200）之后。六家本与六臣本的出现，是《文选》诠释史上标志性著作，它们的出现导致了士子对合注本的青睐，李善注、五臣注单行本被逐渐取代。由于六家本是对李善注本、五臣注本的删选合并，六臣注本是把六家本中五臣注、李善注位置进行了互换，它们的流行导致李善注与五臣注的混杂。其后选学衰微，单行本散佚，以至单行李善注本及五臣注本原貌难究，这成为《文选》诠释史上最纠缠不清的课题。清代诸多选学大家的很多考辨、校勘工作都是围绕着区分李善注及五臣注展开的。

宋代《文选》诠释专著较少，两宋之际出现的《文选》诠释著作大都是类辑之作，如摘选《文选》中佳词丽藻，分类汇纂而成的选藻类著作，有题名为苏易简的《文选双字类要》三卷、刘攽的《文选类林》十八卷，此外还有其他汇辑作品，因为多数已经亡佚，难究其详，如苏易简《文选菁英》二十四卷、周明辨《文选类汇》十卷、王若《选腴》五卷、曾发《选注摘遗》三卷、黄简《文选韵粹》三十五卷，此外还有梳理《文选》诗文源流的高似孙的《文选诗句图》。需要注意的是历代《文选》诠释中经常出现广续之作，如宋代出现的卜邻《续文选》二十三卷、陈仁子《文选补遗》四十卷，与《文选》内容无涉，不属于《文选》诠释作品。

宋人笔记中，还有零散的《文选》诠释条目。多是针对《文选》及选注中疑误阙失的考辨订补，条目虽少，但多数意见鲜明地表现了对《文选》及选注的有关看法。其中最著名的当属苏轼的考论，他在《仇池笔记》、《东坡志林》、《东坡题跋》中，先后六处对《文选》及选注的优劣进行评论。其中有对萧统编写阙失的指摘："舟中读《文选》，恨其编次无法，去取失当。齐、梁文章衰陋，而萧统尤为卑弱，《文选引》，斯可见矣。如李陵、苏武五言，皆伪而不能去。观渊明集，可喜者甚多，而独取数首。以知其余人忽遗者甚多矣。渊明《闲情赋》，正所谓《国风》好色而不淫，正使不及《周南》，与屈、宋所陈何异，而统乃讥之，此乃小儿强作解事者。"① 指出了萧统编选的三点弊病，编次无法、去取失当、识见短浅。苏轼在其他论断中还表现出了崇李善注、贬五臣注的倾向，比较典型的是在《东坡全集》卷九十二"李善注《文选》"条云："李善注《文选》，本末详备，极可喜。所谓五臣者，真俚儒之荒陋者也，而世以为胜

① （宋）苏轼：《东坡志林》，上海古籍出版社 1992 年版，第 3 页。

善，亦谬矣。”[①] 随后举谢瞻《张子房诗》“苛慝暴三殇”句中，五臣对三殇的错误解释为例，揭示其荒陋。苏轼作为宋代著名的文学家，对《文选》的观点极大地影响了宋人。如宋人张戒《岁寒堂诗话》卷上说：“近时士大夫以苏子瞻讥《文选》去取之谬，遂不复留意。”[②] 就是苏轼评《选》言论对后人影响的一个典型例证。

南宋出现的几部重要笔记，如洪迈的《容斋随笔》、姚宽的《西溪丛语》、王应麟的《困学纪闻》、王楙的《野客丛书》，都有不少条目涉及《文选》及选注。这些内容不仅是清代考辨疑误、拾遗补阙内容的滥觞，同时也是清人考据时的重要依据。更有汪师韩及孙志祖在《文选理学权舆》及《补》中对此类内容进行了详细汇辑，可以为我们提供研究的平台。

据粗略统计，《容斋随笔》中有十四条、《西溪丛语》中有十六条、《困学纪闻》中有十二条涉及《文选》相关内容，这些内容有对《文选》及选注疑误的考辨、阙失的补遗、名物的训诂，还有对讹误的考校等多个方面，解决了许多重大疑误。如洪迈《容斋随笔》卷十四“李陵诗”条，依据诗中不避讳“盈”字，证明其为伪作。北宋沈括《梦溪笔谈·补笔谈》卷一《辩证》及《西溪丛语》卷上“楚怀王梦游高唐”条，都考辨了《文选》中《神女赋》“玉”为“王”字误。这些对后来的选学研究都很有影响，如在明代，张凤翼《文选纂注》即暗袭沈括、姚宽考辨。清代何焯《义门读书记》、余萧客《文选音义》、许巽行《文选笔记》、汪师韩《文选理学权舆》、胡克家《文选考异》、胡绍煐《文选笺证》、张云璈《选学胶言》、梁章钜《文选旁证》、朱珔《文选集释》均赞成此说。反映了宋代这一研究成果的巨大影响。

宋代兴起的诗话中，还有不少有关《文选》的诠释条目。涉及的诠释方面众多，其中重要的一类内容是探求《文选》与唐宋诗歌之间的承继关系。宋代多部诗话，如《观林诗话》、《优古堂诗话》、《碧溪诗话》、《艇斋诗话》等都有此类内容，其中《艇斋诗话》中出现的比较集中，如：

山谷“堂前水竹湛清华”，用《选》诗谢叔源“水木湛清华”。

---

① （宋）苏轼：《东坡全集》，《四库全书·集部》第1108册，第496页。

② 丁福保：《历代诗话续编》，中华书局1983年版，第456页。

老杜“立登要路津”，“要路津”三字出《选》诗“何不策高足，先据要路津”。

东湖“吕侯离筵一何绮”，“一何绮”三字出《选》诗，有“高谈一何绮”，又“高文一何绮”。[1]

前后十余例都揭示了唐宋诗人对《文选》诗文的继承关系，有些虽然没有表明是《选》诗，但是在《文选》中也被收录，如：“老杜‘草《玄》吾岂敢，赋或似相如’，出左太冲《咏史》诗‘言论准宣尼，词赋拟相如’。”[2] 此首也被《文选》收录，探求的也是《文选》与唐宋诗文的关系。宋代《诗话》在探求唐宋诗文与《文选》关系时，主要集中在唐宋著名诗人，如杜甫、苏东坡等人的诗歌上。清末李详编纂《杜诗证选》与《韩诗证选》，与此类内容的出现有着密切的承继关系。

除了探求唐宋诗文与《文选》的关系，对六朝及唐宋诗人、诗作风格、内容等的较量同异也是两宋诗话的内容之一。如在《杜工部草堂诗话》卷一开始，就对六朝重要诗人曹植、陶渊明、阮籍、谢灵运、鲍照等人的风格进行总结，并进一步对杜甫在诗作风格上的集大成进行总论。有的是通过对诗作内容的分析，对诗人、诗作同异进行品评，如《庚溪诗话》卷下，“王荆公介甫辞相位”条，通过对王安石、陶渊明表达隐逸思想诗句的对比分析，表现出了二人心境的差距。

除了对《文选》源流影响给予揭示外，宋诗话还涉及了多方面的内容，如对《文选》诗文艺术手法的分析及发展变化也是宋代诗话的重要内容之一。其中有对六朝诗人及唐宋诗人押韵进行分析，探求之间的承继关系，如在《杜工部草堂诗话》卷二“建安严有翼《艺苑雌黄》曰”[3] 中，不仅对《文选》诗歌中重复押韵者进行了条梳，而且还对杜甫、韩愈对六朝诗此类押韵的仿效之作进行了研讨。

此外，宋代诗话中涉及疑难字词音义训诂、名物典故原委时，还常常引用李善注进行解释，如在《观林诗话》中“《西征赋》恶谑博字韵一联

---

① 丁福保：《历代诗话续编》，第 314、315 页。

② 同上书，第 318 页。

③ 同上书，第 213 页。

云：‘成七国之称乱，翻助逆而诛错。’李善注云：‘错，七故反，今叶韵七各反。’然今时人读晁错为鼌错，七各反，则以为不识字矣。”[①] 对“晁错”之“错”音进行解释，依据的就是李善注。再如对名物的解释，《观林诗话》“殷芸《小说》载《马融列传》云”条根据李善注说明“气出”、“蜻蛚”乃是二古曲，指出殷芸所载内容的荒谬。[②] 再如对典故的解释，《艇斋诗话》：“东湖《画虎图》诗云：‘不向南山寻李广，却来东海笑黄公。’黄公虎事，见李善《文选注》。”[③] 显示了宋人对李善注的信赖。不过有些内容是对《选》注阙失进行纠正，针对的主要是五臣注，如《艇斋诗话》：“陶渊明诗自宋义熙以后皆题甲子”条[④]，针对五臣注对宋义熙之后的陶渊明诗皆题为甲子之误进行纠正。

另外宋诗话中还涉及文体源流意义分析，如《杜工部草堂诗话》卷二中对《七哀》这一诗作形式、诗题表达意义进行分析。[⑤] 还有的条目反映后代文人对《文选》的褒贬态度。如《韵语阳秋》卷三：“杜子美诗喜用《文选》语，故宗武亦习之不置，所谓‘熟精《文选》理，休觅彩衣轻’，又云‘呼婢取酒壶，续儿诵《文选》’是也……[⑥]”在《艇斋诗话》中也有多条。宋代诗话中还记录了一些有关《文选》诠释的史料，如《观林诗话》中记录的冯光震入集贤院校《文选》，解“蹲鸱”云：“今之芋子，即着毛萝卜”[⑦] 这一轶事。

总结以上内容，宋代诗话扩大了《文选》诠释的范围，由隋唐注重字词音义的训诂，转向诗文承继源流、艺术手法、风格特色、思想内涵、诗人诗品品评等多个方面。这类诠释开启了《文选》诠释中诗文评点类诠释，为明朝《文选》评点类著作的出现，起到了开启和过渡作用。

元代实行民族统治，汉族士子受到压制，《文选》诠释成就不大。较有参考价值的诠释专著有宋末元初方回的《文选颜鲍谢诗评》及元刘履的《选诗补注》。他们注重对选诗的评析，对明代《文选》诗文评点的兴盛开

---

① 丁福保：《历代诗话续编》，第128页。

② 同上书，第129页。

③ 同上书，第288页。

④ 同上书，第292页。

⑤ 同上书，第214页。

⑥ （清）何文焕辑：《历代诗话》，中华书局1981年版，第505页。

⑦ （宋）吴聿：《观林陈话》，丁福保：《历代诗话续编》，第116页。

启了一个良好的开端。

元代诗话著作也不少，其中涉及《文选》的如杨载的《诗法家数》、范德机《木天禁语》、韦居安《梅磵诗话》、吴师道《吴礼部诗话》和陈绎曾《诗谱》。涉及内容广泛，《文选》诗文选取的，如韦居安《梅磵诗话》对《文选》未收《兰亭集序》的考辨。有总论《文选》诗人成就地位的，如《诗法家数》中认为"《文选》刘琨、阮籍、潘、陆、左、郭、鲍、谢诸诗，渊明全集，此诗之宗也"[①]。有关于《文选》风格评析的，如范德机《木天禁语》中把选诗风格定位为"婉曲委顺"。[②] 还有关于《文选》中诗人诗作风格特色分析等，如《诗谱》中对曹植、阮籍、嵇康、陆机等人人品、文才的品评。[③] 这些内容都丰富了《文选》诠释，从而也显示了《文选》诠释无论是在高潮还是低谷都按照一定的轨迹，不断延续和增广着诠释内容和领域。

总之，宋元时期选学逐渐衰微，具有文学性诠释特色的选藻、评析类著作逐渐出现，诗话中揭示《文选》诗文源流、风格特色、艺术手法等方面的内容逐渐增加，这些都为明朝评点类著作的出现打下了基础，文学性诠释的不断蕴育是这一时期诠释的主要特色。

二 宋元选学衰微及选藻、评析类著作出现的原因

（一）科举考试使经学成分加重，诗赋分量减轻导致选学衰微

在宋朝，科举考试对文学的重视逐渐转向对经学的重视，这经历了一个过程。宋初沿袭唐朝的科举制度，尤其进士科还是注重对诗赋的考查。因此士人对《文选》还是比较重视的。陆游《老学庵笔记》："国初尚《文选》，当时文人专意此书，故草必称王孙，梅必称驿使，月必称望舒，山水必称清晖。至庆历后，恶其陈腐，诸作者始一洗之。方其盛时，士子至为之语曰：'《文选》烂，秀才半。'"[④] 则齐、梁余风，宋初犹大扇也。

但是两宋诗赋取士政策时有兴废，重视经义还是重视诗赋的斗争贯穿了宋代科举选拔。早在咸平五年（1002），河阳节度判官张知白上疏[⑤]，

① （元）杨载：《诗法家数·总论》，《历代诗话》，第735页。

② （元）范德机：《木天禁语·内篇》，何文焕：《历代诗话》，第752页。

③ 陈绎曾：《诗谱》，丁福保《历代诗话续编》，第624—631页。

④ （宋）陆游：《老学庵笔记》卷八，上海古籍出版社1993年版，第66页。

⑤ （宋）李焘：《续资治通鉴长篇》卷五十三，中华书局2004年版。

对重视诗赋之弊进行指责。发展到仁宗天圣五年（1027）正月下诏书曰："诏礼部贡院，比进士以诗赋定去留，学者或病声律，而不得骋其力，其以策论兼考之。"[①] 重视策论的倾向付诸实施。其后神宗笃意经学，王安石实施罢诗赋的新政。新政失败后，旧党又恢复了旧制，哲宗元祐四年，乃分经义、诗赋两科，但是由于士子对于诗赋的偏好，参加专经进士考试的十无二三。绍圣初，诏进士罢诗赋，专习经义，廷对仍试策，此后一直坚持以经义取士。直到靖康元年（1126），复以诗赋取士。到高宗建炎二年（1128），定诗赋、经义取士的制度。从此以诗赋、经义两科取士的科举制度未再发生大的改变。可见两宋科考，经义与诗赋孰重孰轻，经义、诗赋共存还是单存经义的争辩长期存在。但是统治者基于统治出发对经义的偏重尤其明显。这从王安石新政，哲宗朝诗赋进士的罢除中都能得到体现。科举政策中对经义的推崇、诗赋的贬抑，使得士子对文学的偏好受到压制，为了考取功名，不得不学习经义，导致文人对《文选》的冷落。

元朝实行民族统治，自隋唐至宋不断发展完善的科举制度，在元朝受到统治者的轻视。他们排斥汉人为官，对于汉人擅长的科举考试，也采取了压制政策。不仅屡次废除科举，而且取人较少，顺帝至元元年（1335）以科举方式选任的官职不到二分之一。即使进行科举考试，考试题目、范围和场次，蒙古、色目、汉、南人有难易之别。不仅科举考试不受重视，元朝统治者对于诗赋取士持反对态度。忽必烈就对儒生"日为诗赋空文"极为反感，《野名传》卷三五一中曾记载其对耶律楚材曰："尔朝起，治世之道非经义而用。"元朝科考沿袭宋制，重视经义，诗赋常常罢除不考，或是并于经义，题名全部出自朱熹的《四书集注》。这些都导致《文选》学继续衰落。终元一朝，《文选》研究成果寥寥可数，与元朝的统治政策、科举制度等关系密切。

（二）文学发展导致选学衰微及评点、选藻类诠释兴起

文学是不断发展的，《文选》作为一部杰出的诗文总集，其价值是其他类似总集难以比拟的，但是发展到宋朝，《文选》的光芒已经被唐朝璀璨的文学成就所掩盖。宋人所推崇的是李白、杜甫、白居易、韩愈、柳宗元等杰出文学家的创作，此时六朝文学成就已经被唐朝文学成就所取代。这在两宋诗话中体现明显，其诗文评点家分析赏评的是他们推崇的唐宋大

---

① 《续资治通鉴长编》卷一百零五。

家，提及六朝诗人多数是为唐宋诗人风格、源流进行追溯。这是符合文学发展规律的，一个朝代文学成就无论如何，一般都是上一时代文学的延续，宋朝文学也不例外，它们在唐朝文学的基础上发展起来，不可能舍弃唐文学而侈谈更靠前的六朝文学。《文选》对于他们来说是经典，对于经典的借鉴是有选择的，而不是必须的。

文学发展的另一个结果就是诗文形式的发展变化。《文选》收录注重了词采、骈俪。唐朝自天宝年间始，诗赋成为进士科考的主要内容。而诗与赋都注重骈俪与用典，以技巧见长，人为的痕迹较明显。诗赋技艺化，对对偶、用典、用韵等的注重，导致诗人对骈体的欣赏与学习，其结果就是诗赋向骈体发展。这类律诗、律赋发展到北宋，学习晚唐李商隐，修辞华丽，形式华靡，多用典故的西昆派文学在宋真宗朝大为流行。西昆派诗人酬唱愈来愈酣，面对这种浮靡颓废的文风，先后有柳开、王禹偁、姚铉多位诗人从理论和创作上加以反对。大中祥符二年（1009）正月，御史中丞王嗣宗上奏，言杨亿等人唱和《宣曲诗》述前代掖庭之事，词涉浮靡，宋真宗于此年下诏复古。等到宋仁宗朝，范仲淹、欧阳修、梅尧臣、苏舜钦等先后提倡复古，把诗文革新运动推向高潮。仁宗天圣五年、七年，明道二年，连下诏书指斥浮华，提倡古雅。其后神宗也支持古文，对唐太宗"乃学徐庾为文"表示不以为然。[①] 除了帝王的支持，古文运动的中坚人物，如范仲淹、欧阳修、王安石、苏辙都官至宰辅。他们凭借自己的政治地位及在文坛上的卓越成就和影响，逐渐扭转了西昆派的浮靡文风，骈体文学失去其统领地位，宋朝文学向着平明达意的散体文学方向发展。

随着古文运动的逐渐兴起，平明流畅的新文风出现，文人喜好大大改变。而《文选》收录的诗文偏重于词采、翰藻，侧重骈俪化。随着宋代注重散体诗文倾向出现，《文选》的借鉴意义大大降低，因此宋人对《文选》的兴趣也逐渐减少。《文选》在宋代受冷遇，与文学自骈而散有密切的关系。而随着程朱理学的兴起，对于理学的兴趣更影响了士人的审美情趣，他们对《文选》的兴趣更加冷淡。

虽然古文运动导致宋代诗文向散体方向发展，但如上所述，在很长时间里还是保持着经义、诗赋两科取士的制度，而其中诗赋取士采用的还是注重骈俪的律赋的写作。律赋的显著特点是押韵严格，讲究骈偶，注重隶

---

① 见《续资治通鉴长编》卷二百七十五"熙宁九年五月癸酉"条。

事用典、雕饰辞藻，是一种纯形式的文学。一方面律赋的技艺化，导致分析指导诗格、诗法、诗语的诗话、评赏类著作增多，而在《文选》诠释著作中，笔记、诗话中《文选》诗文分析的增多皆因于此。另一方面律赋对形式的注重与《文选》产生共鸣。当然唐代文学已经为宋人提供了丰富的押韵、骈偶经验。但是律赋考查士子的一个重要方面就是学问大小，为了显示自己的学问，士子可以在律赋中大掉书袋，尤其注重对三代典事的征引。南宋《声律关键》中释“择事”云：“凡圣人题，合用唐虞三代事，帝者题合用五帝事，王者题合用三王事，帝王题合用五帝三王事，杂用后世事者，非也。”[①]《文选》中收录了大量自西周至南朝梁的各体代表诗文，其中许多内容转变为唐宋诗人经常运用的典故，《老学庵笔记》中曾经指出“国初尚《文选》，当时文人专意此书，故草必称王孙，梅必称驿使，月必称舒望，山水必称清晖”[②]。表明了《文选》在用典方面对唐宋人的影响。

除了用典，宋代律赋还注重藻丽，《文选》为他们提供了巨大的佳词丽句的宝库。因为应试文体律赋的需要，导致宋代选藻类著作，如题名为苏易简的《文选双字类要》等的出现。他们都是“取《文选》中藻丽语，分类纂集”[③]。《提要》中推测《文选双字类要》“科举之徒辑为此书”。可见宋朝诗赋进士科的考试注重用典、词藻导致了士子对《文选》的重视。但是相较唐朝士子对《文选》的学习，宋代士子要逊色得多，唐人一方面通过学《选》提高自己的文学涵养，另一方面通过对相关文体的摹写，提高自己的写作水平。宋朝士子对《文选》的学习，则显示了急功近利的一面，他们不是从根本上学习诗文创作，提高自己的文学水平，而把《文选》当作堆砌辞藻、典故的资料库，文学赏习功效大大降低。这与宋代科举制度的完善、士子学习功利性增强有着很大关系，对文学的发展并不是一个好的现象。

---

① （宋）郑起潜：《声律关键》，上海古籍出版社 1995 年版。

② （宋）陆游：《老学庵笔记》卷八。

③ （清）永瑢、纪昀：《四库全书总目·文选双字类要三卷提要》，《四库全书存目丛书·子部》第 166 册，第 153 页。

第三节　明朝《文选》诠释——文学性诠释阶段

一　明朝《文选》诠释概况及特色

随着政治的稳定，经济的繁荣，明朝文化得到了恢复和发展。《文选》诠释也逐渐得到恢复，尤其值得注意的是明朝《文选》诠释，注重从诗文文学性出发，挖掘其在艺术手法、风格特色、佳词妙句等方面的特点，这与明朝评点类著作兴起有关。《文选》诠释在评点方面出现了多部重要著作，随着评点体的出现，《文选》删注类诠释也随之出现，所谓删注类诠释就是以节略为注法为主的诠释。除了评点、删注类诠释外，明朝《文选》诠释中还有少数订补选注、辑录《文选》有关内容的诠释。

依据《中国古籍善本书目·集部》及《北京图书馆古籍善本书目》，明朝各时期主要诠释著作如下：嘉靖年间（1522—1566），方叔静辑《文选拔萃》三卷，许宗鲁辑《选诗》三卷。万历年间（1573—1619），张凤翼《文选纂注》十二卷，又《文选纂注评林》，陆鸿祚辑订《文选纂注评苑》二十六卷，冯维讷《选诗约注》，顾大猷辑《选诗订注补》，瞿式耜《文选音注》，郑维岳增补、李光缙评释《鼎雕增补单篇评释昭明文选》八卷，陈与郊《文选章句》二十八卷，王象乾《文选删注》十二卷。天启年间（1621—1627），邹思明《文选尤》十四卷，孙矿评、闵齐华删注《孙月峰先生评文选》（又名《文选瀹注》）三十卷。崇祯年间（1628—1644），郭正域批点、凌濛初辑评《选诗订注》，又名《合评选诗》，在《四库全书存目》中名为《选诗七卷诗人世次爵里一卷》。

以上是两书目中收录的明朝主要《文选》诠释著作，有些不是很明显的著作没有列入。另外还有未被二书目收录的，如明凌迪知辑《文选锦字录》二十一卷，林兆珂《选诗约注》十二卷等。

综览明代《文选》诠释著作，成就主要表现在评点类和删注类。单纯的删注类著作有张凤翼的《文选纂注》。需要注意的是明朝是评点体兴盛期，但是《文选》诠释著作中没有单纯的评点体著作，大都与删注内容融合在一起，主要著作有孙矿评、闵齐华删注的《文选瀹注》，邹思明的《文选尤》及郭正域批点、凌濛初辑评的《合评选诗》。这类著作代表了明朝《文选》诠释的主要特点。

总之，明朝评点体著作的兴盛导致了《文选》诠释中删注评点内容的繁富。评点中文学性诠释的全面发展成为这一时期的主要诠释特色。

二 明朝《文选》评点、删注类著作兴盛的原因

（一）科举应试八股文及策、论等时文写作导致士人对《文选》的重新重视

科举制度肇始于隋，发展于唐，革新于宋，而发展到明朝，则是其完善时期。其完善一方面表现在考试程序上的完善。另一方面表现在考试内容上的完善。隋唐尤其是唐注重以诗赋取士，宋元注重以经义取士。但是二者都没达到选拔全面人才的目的。明朝科举考试中采用八股文取士，八股文始于元代中叶，定型于明朝宪宗成化以后，是明清科举主要文体，又被称作制艺、制义、时艺、时文、八比文等。它要求文章题目一律用《四书》、《五经》中的原文。体裁结构有一套固定的格式。全文由破题、承题、起讲、入手、起股、中股、后股、束股八部分组成。历来对八股文批判者多，肯定者少，但是从科举考试发展史的角度看，八股文最初的出现是科举考试完善的表现，被许多学者认为是前代科举考试所采用的辞章、经义等文体的综合。世人多以八股末流之弊来批驳八股文，失之偏颇。清章学诚亦曰："学人具有用之材，朴则有经史，华则有辞章，然以经学取人，则伪经学进而经荒，以史学取人，则伪史学进而史废，辞章虽可取人，毕竟逐末遗本，惟今举业所为之四书文义，非经非史非辞章，而经史辞章之学无所不通，而又非若伪经伪史之可以旦夕藻饰，又非若辞章之逐末遗本。"① 从学术领域的角度出发，指明八股文具有了综合经史、辞章的功效，是一种能比较全面考查士子才能的文体。再如清江国霖咸丰九年在为梁章钜《制义丛话》所作序中说："汉策、唐诗赋、宋论均有弊"，而八股制义"指事类策，谈理似论，取材如赋之博，持律如诗之严"②。江氏从文体角度，揭明八股文融合了汉策、唐诗赋、宋论各体的长处，优势更明显。

八股文是各种文体的综合，兼有经义、诗赋的特点，讲究换字用韵、

---

① 章学诚：《章学诚遗书》，文物出版社 1985 年版，第 85 页。

② （清）江国霖：《制义丛话序》，梁章钜：《制义丛话》，武汉大学出版社 2009 年版。

排比对偶，格律精严，具有骈体文和格律诗的特点。这种时文创作与《文选》中经典作品有相同之处。尤其需要注意的是八股文讲究排偶，一篇文章注重破、承、起等章法，这些在《文选》优秀诗文中都能得到很好的体现，因此学习《文选》成为他们应试的辅助教材。

明清科举考试除了以八股文为重要考试内容外，经常考的文体还有论、判、诏、诰、表、策等，它们在《文选》中都有专门收录，其中所收篇章还是其前此类文体的代表作，因此成为明清士子摹写的范文。此点可以通过明清《文选》评点著作给予证明，如《文选纂注》对《文选》文体名称做了一些改变，如在胡克家本及四部丛刊本《文选》中称为“文”的文体名在《文选纂注》中改为“策问”。其改动与当时时文的写作有很大关系，明朝科举有“策问”一科，《文选》中的“文”与当时“策问”文体相同，正因为当时很多人都将《文选》中的“文”一类文章当作“策论”摹写的范本，因此张凤翼在编撰《文选纂注》时，很自然地改文体名称“文”为“策问”，以与当时社会士人读《文选》取向保持一致。不仅在明代《文选》诠释著作中有此类情况，清代选学著述也存在此类现象。如清洪若皋《昭明文选越裁》中也改《文选》中“文”为“策问”。这种改易表明了明清科举中论、判、诏、诰、表、策等文体的采用，影响了士人对《文选》的学习和诠释。

（二）学术发展及其风气导致《文选》删注、评点类诠释的兴起

明清盛行的八股文是科举文体综合化、格式化、折中化的产物，是严重的程式化产物。字数有严格限制，明洪武初年，第一场考试的经义字数限于五百字。体裁结构有一套固定的格式，注重换字用韵、排比对偶，注重用典。这些规定导致了士子对章法、字法、文法及诗文起承转合等内容的注重和学习。顺应士子对应试作文的需要，许多应对八股文写作的范本、读本出现。其中较有特点的就是对范文进行点评的评点本出现，形成了明代特有的评点学术风潮。纵览中国文学评点史，明朝是评点的高峰。

评点本是学习者学习诗文最方便合宜的教课读本。一方面士子可以边读作品，边参阅评点，加深对作品的理解；另一方面还可以发现问题，引发进一步的思考。而且评点体中评点内容多采用眉评、夹评、文末总评的方式，分布于诗文的四周，方便查阅的同时，其简省精练的点评也减少了长篇诠释造成的阅览不便。

但评点体并非源于明朝，依据张伯伟的《评点溯源》可知：评点法的形成可溯源前代，但是文学评点的成立，应始于南宋[①]。评点体在明朝的兴盛，一方面是文学批评发展的结果，另一方面受科举考试应试文体的影响尤巨。自宋至明清，对于科举中采用的经义、策论、律诗、律赋的评论逐渐增多，发展到明清，随着八股文对于格式的重视，诗文点评得到突现。

这种风潮也影响到了《文选》诠释。《文选》作为梁前八代诗文总集，收录了对士子应试极有应用价值的策、论、表等代表作品，为了学习这些范文，许多评点大家，如孙月峰、邹思明等对其进行了点评，点评方式多样，有眉评、文末总评、夹评，此外还结合着对佳词丽句、关键句等的圈点。士子可以边阅读边结合点评、圈点，理解诗文艺术手法。这些评点侧重了诗文艺术手法、风格特色、佳词丽句、优劣差异等方面的评析，而这些内容多属于文学性诠释的范畴。因此明朝评点体的兴盛导致《文选》文学性诠释达到了高潮。

评点体作为一种方便易懂的教课读本，阅读者多数是初学者或是诗文功底不深的人。因此在评点的同时，还要对难懂的字词句进行简要的注释。明朝选学家点评选文的同时，也需要对字词进行训诂。他们面对的一个优势就是其前已经出现了比较全面、成功的李善注和五臣注，只是李善注本、六臣注本对于士子学选显得较为繁琐，于是评点家进行了删选纂集。这就是明清《文选》评点删注著作出现的原因。

另外王阳明以自己体悟的“格物致知”之道及“知行合一”之说强调读书直接从经书出发，凭个人感受直接领会圣贤之道。这导致士子对经典训诂的轻视，更不会倾力为经典著作进行字词训诂。不仅如此，还导致他们随意比附、妄改诗书。受这些恶劣学风的影响，《文选》诠释著作中出现了像邹思明《文选尤》那样对正文精简的著作。发展到清朝洪若皋的《昭明文选越裁》，不仅对整篇《文选》诗文进行删改，而且对代表赋作正文进行省删，使得《文选》收录作品成为残篇断章，严重损害了《文选》原貌，破坏了《文选》诗文的艺术价值。这些都是明朝空疏妄改学风下对《文选》诠释造成的不良影响。同时也表现了时代学风在《文选》诠释中

---

① 张伟伯：《评点溯源》，章培恒、王靖宇主编：《中国文学评点研究论集》，上海古籍出版社 2002 年版，第 2 页。

表现出的独有特色，表现了文学作品的诠释与时代学术风气是密不可分的。

第四节　清朝《文选》诠释——考据类诠释兴盛阶段

一　清朝《文选》诠释概况及特色

《文选》诠释经过隋唐的兴盛、宋元的衰退、明评点的繁荣，发展到清朝，出现了考据类诠释的兴盛，产生了大量的考据类诠释著作。除此之外，还出现了涉及校勘、字义训诂、选藻选句、类辑、删注评点、追本溯源等各类诠释，基本上清代以前的各类诠释都在清代有不同程度的恢复，从这一意义上看，清代也是《文选》诠释全面复兴的时期。《清史稿·艺文志四》收录了二十一种《文选》诠释著作：《文选举正》二卷，陈景云撰；《文选理学权舆》八卷，汪师韩撰；《文选理学权舆补》一卷，《文选李注补正》四卷，《文选考异》四卷，孙志祖撰；《文选考异》十卷，胡克家撰；《文选音义》八卷，余萧客撰，陈彬华补辑；《文选集释》二十四卷，朱珔撰；《选学胶言》二十卷，张云璈撰；《文选旁证》四十六卷，梁章钜撰；《文选笺证》三十二卷，胡绍煐撰；《读选意签》一卷，陈仅撰；《选注规李》一卷，《选学纠何》一卷，徐攀凤撰；《文选疏解》（又名《文选六臣汇注疏解》）十九卷，顾施桢撰；《选诗定论》十八卷，吴湛撰；《文选古字通疏证》六卷，薛传均撰；《文选考音》（也称《文选叩音》）一卷，赵晋撰；《文选编珠》一卷，石蕴玉撰；《文选通假字会》四卷，杜宗玉撰；《文选课虚》四卷，杭世骏撰。

清张之洞答问，范希曾补正的《书目答问补正》，对清代选学著述情况也有概述，提到了十五部清代《文选》诠释著作，其中《清史稿·艺文志》中没有的著作有两部：余萧客的《文选杂题》三十卷，未见传本，还有他的《文选纪闻》三十卷，被刻入《碧琳琅馆丛书》。《清史稿·艺文志拾遗》集部总集类收录了清代《文选》诠释著作二十六部，其中《清史稿·艺文志》及《书目答问补正》中都没有收录的有二十四部：《昭明文选越裁》十一卷，姓氏一卷，洪若皋评定；《文选钞》不分卷，王士禛编；《文选诗钞》四卷，吴学濂、沈麒祯同编校；《重订文选集评》十五卷首一卷末一卷，于光华编；《文选集腋》二卷，胥斌撰；《文选古字通疏证续编》六卷，杜宗玉撰；《续文选古字通》二十卷，薛寿撰；《文选古字通补训》四卷，《拾遗》一卷，吕锦文撰；《文选类隽》十四卷，何松编；《读文选》一卷，许玉瑑撰；《选例汇钞》二卷，宗廷辅撰；《读选集箴》四卷，何其杰撰；《文选诗摘句》一卷，王筠撰；《读文选日记》一卷，陈秉哲撰；《文选拟题诗》一卷，马国翰撰；《文选笔记》八卷，许舜行撰；《文选珠船》不分卷，傅上瀛撰；《选学拾沈》二卷，李详撰；《文选偶记》，李详撰；《昭明文选李善注拾遗》二卷，《补编》一卷，《文选胜言》一卷，《补编》一卷，王煦撰；《文选直音》五卷，凌万才撰；《文选集音》四卷孙佁编。

此外，《贩书偶记》及其《续编》中收录有《文选拾遗》八卷，番禺朱铭撰；《选雅》二十卷，程先甲撰。其上诸书都没有收录。《贩书偶记》中收录的高步瀛的《文选李注义疏》八卷，属于民国时期的作品，除外。

除了以上书目的著录外，骆鸿凯先生《文选学》中还收录了何焯《义门读书记·文选》五卷，叶树藩《文选补注》，周春《选材录》一卷。另外附于梁章钜《文选旁证》中的段玉裁《校文选》，林茂春《文选补注》也是《文选》诠释之作。《文选学》还收录了方廷珪《文选集成》六十卷，钟驾鳌《选诗偶笺》八卷。此外骆氏只见书目，未见其书的还有邓晟的《文选集释》五十卷，刘庠《文选小学》若干卷。共计五十六部诠释之作，这是能够查阅到的知名的著作。除此之外，以上诸目录学专著及骆鸿凯《文选学》都没有提到的还有李详《选学五书》中包括的《杜诗证选》、《韩诗证选》、《文选萃精说义》、《李善文选注例》，《清史·艺文志拾遗》中提到的《文选偶记》，或许是此五书中的某一书。此外还有沈家本的《文选李善注引用书目》，孙梅的《四六丛话·文选》，程先甲的《选学管窥》等。可见清代诠选著作众多，此外还有一些稿本、写本埋没民间。因此清代诠选之作决不会仅仅限于此近七十部著作，其真实的诠释概况当远胜于此。

除了专书外，清代学者著述中还存在专卷考订《文选》的内容，骆鸿凯在《文选学·源流第三》中也列举了几部：王念孙《读书志馀》中《文选》半卷；宋翔凤《过庭录》中《文选》一卷；姚范《援鹑堂笔记》中《文选》一卷。此外没有专卷，但是在著书中间涉《文选》者，有洪颐煊《读书丛录》、徐鼒《读书杂释》、姚鼐《惜抱轩笔记》、桂馥《札朴》，钱泰吉《曝书杂记》。[1] 在清朝其他音韵字书及考据类著作中也有涉及《文选》诠释的内容，如：王念孙的《广雅疏证》、段玉裁的《说文解字注》、顾炎武的《日知录》、阮元的《揅经堂集》、纪昀的《四库全书总目提要·总集类》等。

综上可知，清代《文选》诠释著述繁富，知名的著述近七十部，此外专卷、著述中专论的内容更大量存在。清一朝的《文选》诠释内容，超出了其前几个朝代《文选》诠释著述的总和。这种选学的全面兴盛反映了清朝学术的卓越成就及《文选》研究的巨大进步。绝大部分涉及了考辨、订补、校勘内容，这是清代考据学最倾力的部分，也是清代选学成就最卓越处。而考据类诠释的兴盛及各类诠释的复兴则是清代《文选》诠释的特色。尤其在考据方面，解决了历代《文选》诠释中众多的疑误阙失，为后人研究提供了便捷的研究平台。可以说经过清代学者的努力，《文选》诠释呈现出了新的面貌，取得了众多结论性成果。

需要说明的是，自唐至清，书目、史书传记等文献中能够查阅到的《文选》诠释著作众多，但是许多已经亡佚，还有一些是罕见的稿本、写本，凭借笔者个人之力，难以穷尽。所幸的是《文选》各朝代表性诠释著作有的单本发行，如胡克家本李善注《文选》、四部丛刊本的六臣注《文选》、日本发现的《文选集注》等。有的则被丛书收录，如宋元明清期间的众多代表著作，被《四库全书》、《续修四库全书》、《四库全书存目丛书》、《四库未收书辑刊》等收录。更幸运的是笔者所在的山东大学图书馆古籍部珍藏了许多《文选》诠释著作的善本，如明张凤翼的《文选纂注评林》、闵齐华的《文选瀹注》、于光华的《重订文选集评》等，为全面了解历代《文选》诠释概况和特点提供了有利的资料保障。笔者研究重在各朝代表作品的研究，对于相同内容、相同体式的著作，不再作重复性研究。

二　清代选学全面复兴及考据类诠释兴盛的原因

清代是《文选》学发展的全盛期，涉及校勘、考辨、订补、评点、溯源等多个方面的诠释著作纷纷出现，尤其是考据类诠释著作占据了大部

---

① 骆鸿凯：《文选学》，中华书局1989年版，第116页。

分。这种选学的全面兴盛及考据类诠释的兴盛，与清朝政治、经济、学术等多个方面关系密切。

（一）清朝治学风气的增强

明朝学术风气空疏，学人大都空谈心性，疏于实学。发展到清朝，情况发生了转变，这主要是因为以下几方面原因。

首先，政治上，满人入主中原，对文化积淀丰厚的汉族极为忌惮，尤其是加强了对汉族文人的统治。其统治一方面实行政治高压政策，对汉族知识分子严格控制：为了防止士子聚众反清，在顺治十七年（1660）初，上谕“士习不端，结社订盟，把持衙门，关说公事，相煽成风，深为可恶，著严行禁止”①。其后又借“奏销案”、“科场案”、“通海案”，对江南士人进行镇压，明末以来在江南士人中十分流行的结社活动逐渐被压制。士子被迫闭门读书，埋头学问。不仅如此，清朝还大兴文字狱，自顺治二年僧人函可“藏书案”开始，到1799年乾隆帝死去，历时一百五十四年，跨越顺治、康熙、雍正、乾隆四朝，涉及人数之多，刑罚之严在历代统治中是罕见的。伴随文字狱的出现，大量书籍被禁毁。文人被牢牢地掌控在清政府的统治之下，不敢越雷池半步，士人将精力、热情转入对经史子集的研究，潜心学术成为文人最稳妥的存身立世之道。

清政府对士人关闭一些门径的同时，也为他们敞开了一些于己有益的门径，康熙朝开博学鸿词科，编撰《明史》，乾隆年间开始编撰《四库全书》，学术上倡导程朱理学等，把大量有识之士引入古典文献的研究和整理，为士人开启用武之地同时，也使得他们更加潜心学问，不问政事。

学术的兴盛，尤其是乾嘉考据学的兴盛还与学术自身的发展关系密切。考据学又称朴学、实学、汉学、考证学、考核学。治学上侧重实证，不尚浮华，崇尚汉儒重小学训诂与名物考辨的学术特质，治学方法和价值取向上注重考据。清考据学的兴盛，并不是无端发展起来的，乃是明朝空疏学风发展的反动。早在明朝就有归有光、焦竑等人推崇汉唐经典注释，强调考证，这为清代乾嘉考据学的兴盛开启了先声。汪中曰：“国初以来，学士陋有明之习，潜心大业，通于六艺者数家，故于儒学为盛。迨乾隆初纪，老师略尽，而处士江慎修崛起于婺源，休宁戴

① 《清世祖实录》卷一百三十一，顺治十七年正月辛巳，大通书局1984年版。

东原继之，经籍之道复明。”[①] 反映了清朝考据学与明朝学风之间的因果关系。

此外康熙、雍正、乾隆年间，政治稳定，经济发展迅速，士人生活在一个富足稳定的环境中，为他们潜心学问提供了良好的物质基础及社会环境。在政治制度、学术发展及经济繁荣、社会稳定等诸多因素下，治学风气大盛，乾嘉考据学作为清朝学术主流也随之兴盛。

在这种士人注重治学的时代氛围中，《文选》作为集部文献的代表，所受关注也随之增加，选学的繁盛与时代学术风气关系密切。

（二）《文选》诠释与考据学风的交融

《文选》诠释在清朝出现繁盛与乾嘉考据学风关系密切。清朝考据学关注的领域主要是经史，但是随着考据领域的不断扩大，逐渐由经史扩大到集部。在集部文献中，《文选》作为现存的第一部诗文选集，地位显得尤其重要。

李善注重征引文献进行诠释的方式与清代考据学派注重实证的研究方式相合拍，因此引起了他们的高度尊崇。李善《文选》诠释的价值和地位在清代得到了充分的肯定。汪师韩称李善“注所引书，新旧《唐书》已多不载，至马氏《经籍考》，十存一二耳。若经之三十六纬，史之晋十八家，每一洛诵，时获异闻”[②]。可见李善注是搜辑亡书、异闻的宝库，对于辑佚、考据等有很大帮助。胡绍煐称李善注“援引该博，经史传注靡不兼综，又旁通仓雅训故及梵释诸书，史家称其淹贯古今”，“李时古书尚多，自经残缺，而光吉片羽藉存什一，不特文人资为渊薮，抑亦后儒考证得失之林也”[③]。胡绍煐认为《文选》不仅为后世文人诗词写作提供了丰富的借鉴资料，而其中收录的大量唐以前文献资料，更为后代儒者提供了丰富的研究课题。方廷珪赞曰：“自梁迄今，千有余载，求其卓然专家唯李善首屈一指。然善之为功，淹贯博洽，直取数千载，艺林文海奔赴腕下，可谓难矣。”[④] 再如孙志祖《文选李注补正序》对毛本善注的尊崇：“艺林奉

---

① （清）汪中：《大清故贡生汪君墓志铭》，载《述学·别录》，四部丛刊初编本，商务印书馆 1929 年二次影印本。

② （清）汪师韩：《文选理学权舆》，《续修四库全书》第 1581 册，清嘉庆四年读画斋丛书甲集本，第 2 页。

③ （清）胡绍煐：《文选笺证》，《续修四库全书》第 1582 册，第 2 页。

④ （清）方廷珪：《昭明文选集成·序》，清乾隆三十二年仿范轩刻本。

为鸿宝。顾其书，网罗群书籍，博洽罕有伦比。”[①]

对李善注尊崇的同时，导致对五臣注的贬斥：余萧客认为五臣注“空据本文，每条加十许字，映带作转，其所发明往往本文自明，无待辞费。至于颠倒事实，乖错文义”时有所见，提出“其为俚儒荒陋，不足继起李善”[②]。阮元《文选旁证序》曰：“五臣自欲掩乎李注，然实事求是处少，且多窃误杂糅之讥。”[③] 正因为对李善注、五臣注优劣有了比较统一的看法，故对当时六臣注本中存在的李善注与五臣注的混杂情况不能容忍。余萧客认为当时的六臣注本“割五臣之羔褒饰李善之狐裘，使侍郎越次，崇贤降阶”。而且六臣本中的善注“或零断无文句，或割以益五臣，多则覆举注文，少则妄删所引”[④]。因此对李善注、五臣注进行区分，恢复、考校李善注原貌成为清代选学研究中的一大课题。

考据学注重文字音韵、名物训诂、校勘讹误、考辨疑误、订补阙失等方面。《文选》作为一部时间跨度大，收录经典作品多，无论是在正文方面还是在注文方面都存在着众多问题：正文方面，主要是流传时间久远，在传抄、刊刻中出现了讹脱衍倒等讹误。另李善注、五臣注依据版本不同，它们的文本正文之间也存在着异文。注文方面，李善注引文该博，涉及了自先秦至唐的一千七百余部典籍。在引文著者（注者）、引文内容、引文出处等多个方面存在阙失。除了引文内容，李善注体例谨严，许多难以解释的问题都明确表明“未详”，这为清代考据家们提供了现成的考据课题。此外因为李善理解错误所造成的诠释讹误，也为清代考据家们提供了考据课题。胡绍煐称其为“后儒考证得失之林”，恰当地反映了李善注在考据领域的价值。正因为李善注《文选》具有如此众多的考据领域，成为清代考据家们考证的沃土。

（三）其他原因对《文选》诠释的推动

八股文是明清时期的主要科举文体，对《文选》学的影响前面已述，不再赘述。需要注意的是清代科举考试与明朝有了不同，康熙五十四年

---

① （清）孙志祖：《文选李注补正序》，清光绪十五年重刊读书斋本。

② （清）余萧客：《文选音义》，《四库全书存目丛书·集部》，清乾隆静胜堂刊本，第288册，第2页。

③ （清）阮元：《文选旁证序》，梁章钜：《文选旁证》，《续修四库全书·集部》，清道光刻本，第1581册，第199页。

④ （清）余萧客：《文选音义》，《四库全书存目丛书·集部》第288册，第226页。

(1715）会试，前场用经义性理，次场把判语五道改为五言六韵试律诗。在乾隆二十二年（1757)，经文改于二场，免除了论、表、判，增加五言八韵律诗。这样试律诗成为清代科举考试中重要文体。试律诗用韵严格，多为八韵，讲求章法和技巧，《文选》诗文注重骈俪，收录上多注重骈文、韵文的收录，因此士子为了应试，或多或少会学习《文选》诗文中的一些手法。

另外清中叶后骈文兴盛，其兴盛与功利性极强的八股文、试律诗兴盛不同，为封建政教服务的意义减少，抒发性灵的功效增加。骈文在清代的兴盛一方面是晚明复社倡导骈文的延续。另一方面还具有抗衡桐城派古文的意义。为了倡导骈文，与桐城派相抗击，侧重收录骈文的《文选》成为清人的工具。其中以阮元为代表，他据六朝文笔说立论，赞同萧统以“沉思翰藻”之作为文，而经、史、子著作均非文的观点，视骈文为文章的正统（见《书梁昭明太子文选序后》)[①] 在文学家的倡导下，《文选》受到重视。受此影响，关于《文选》的研究、诠释之作也相应增加。

---

① （清）阮元:《书梁昭明太子文选序后》，见《中国历代文论选》第 1 册，中华书局 1963 年版，第 339 页。

第二章

《文选》诠释体系研究(上)

第一节　历代《文选》诠释体系概述

在中国诗文选史上，南朝梁昭明太子所编的《文选》占有显著位置。自从隋萧该《文选音》一开选学先河，到唐代选学成为显学。下经宋、元、明、清，中间虽有盛衰，但对其不断展开的再诠释、再研究，绵延一千多年，出现了众多的选学诠释著作。历代《文选》诠释著作都是围绕着《文选》这一诗文选集及其注释展开的，他们互相联系，构成了一个庞大的《文选》诠释体系。在这个总体系之下，又层递出二级、三级诠释体系。

在同一体系之内，出现了针对同一诠释对象的反复诠释，于是他们之间就出现了一次性诠释、二次性诠释及多次性诠释的关系。虽然都是针对同一诠释对象，但是内容上存在着承继发展的关系，以层次对其进行划分，能更清晰地让读者了解其在《文选》诠释史上的地位。有些著作之间没有明确的继承关系，则按照时间顺序排列，以此对《文选》诠释著作给予恰当定位。以《文选》正文诠释体系为例，在笔者所能看到的十二部著作中，有的是针对《文选》字词音义展开训释，有的分门别类摘选《文选》诗文的佳妙词汇予以汇编，有的对《文选》诗文上下的承继源流给予探寻，有的对《文选》诗文的艺术手法、风格特色、隐含意旨等进行分析赏评。所有这些诠释针对的是《文选》正文不同的方面，因此他们之间存在着一种平衡并列的关系。但是针对《文选》正文的某方面的诠释在漫长的诠释史中，又会出现重复诠释的现象，这样就形成了同一体系中《文选》诠释文献之间的层次性。第一次对《文选》某方面内容进行诠释的文献为一次性诠释文献；此后，在其基础上进行的第二次诠释为二次性诠释文献；在二次性诠释文献之后出现的基于一次性诠释文献和二次性诠释文献基础上的诠释著作属于多次性诠释文献。

以体系为经，兼及层次，就如同一个坐标，为历代《文选》诠释著作在纵横两个方向上确定了位置，从而在《文选》诠释史上给它们一个恰当的定位，为历代《文选》诠释理出一个清晰的脉络，从宏观上驾驭历代《文选》诠释资料，为学者进一步研究打下基础。

一 《文选》诠释中的单一性诠释体系

所谓单一性诠释体系，是指以某一种选学著作为诠释对象所形成的诠释著作体系。包括《文选》正文诠释体系、李善注诠释体系、六臣注诠释体系三个小类，它们分别以《文选》正文、李善注、六臣注为单一的诠释对象。六臣注虽然包括李善注在内，但由于在《文选》诠释史上，许多诠释著作是把六臣注当作一个整体进行诠释的，因此也属于单一性诠释体系。单一性诠释体系所包括的三类诠释体系可表解如下：

2—1　　《文选》正文诠释体系

朝代	著者	书名	诠释对象
唐	李善	《文选注》	《文选》正文
唐	公孙罗？	《文选钞》①	《文选》正文

① 公孙罗：《文选钞》，《唐钞文选集注汇存》本，上海古籍出版社 2000 年版。日本学者斯波六郎认为《文选钞》非公孙罗所撰，屈守元、周勋初等学者则比较赞同此书是公孙罗的作品，台湾学者邱棨锡推断《文选钞》的著者不可能是公孙罗，而有可能是受业于李善弟子辈之人。傅刚则在其《文选版本研究》一书中指出“《钞》也许要早于李善”。总之对于公孙罗为《文选钞》的著者一说，尚未有定论。

续表

朝代	著者	书名	诠释对象
唐	公孙罗?	《文选音决》①	《文选》正文
唐	陆善经	《文选注》②	《文选》正文
宋	苏易简	《文选双字类要》	《文选》正文
宋	刘攽	《文选类林》	《文选》正文
宋	高似孙	《文选诗句图》	《文选》正文
元	方回	《文选颜鲍谢诗评》	《文选》正文
明	凌迪知	《文选锦字录》	《文选》正文
明	邹思明	《文选尤》	《文选》正文
清	吴淇	《六朝选诗定论》	《文选》正文
清	胥斌	《文选集腋》	《文选》正文

2—2　《文选》李善注诠释体系

朝代	著者	书名	诠释对象
明	陈与郊	《文选章句》	李善注
清	孙志祖	《文选李注补正》	李善注
清	孙志祖	《文选考异》	李善注
清	王煦	《昭明文选李善注拾遗》	李善注
清	胡克家	《文选考异》	李善注
清	张云璈	《选学胶言》	李善注
清	朱珔	《文选集释》	李善注
清	徐攀凤	《选注规李》	李善注
清	胡绍煐	《文选笺证》	李善注
清	程先甲	《选雅》	李善注

① 公孙罗:《文选音决》,《唐钞文选集注汇存》本,上海古籍出版社 2000 年版。《文选音决》的著者是否是公孙罗,同《文选钞》一样,存在争议,尚未有定论。

② 陆善经:《文选注》,《唐钞文选集注汇存》本,上海古籍出版社 2000 年版。

本着以主要诠释对象决定诠释体系原则，胡克家《文选考异》、张云璈《选学胶言》、胡绍煐《文选笺证》等著作，虽有少数内容涉及《文选》正文、五臣注等其他方面，但是所占比重较少，因此将其划分为李善注诠释体系。其他选学著作体系的划分亦贯彻这一原则。

2—3　　《文选》六臣注诠释体系

朝代	著者	书名	诠释对象
元	刘履	《选诗补注》	六臣注，侧重五臣注
明	张凤翼	《文选纂注》①	六臣注

二　《文选》诠释中的复合性诠释体系

所谓复合性诠释体系，是指以两种或两种以上选学著作为诠释对象所形成的诠释体系。如《文选》正文及李善注诠释体系以《文选》正文及李善注两种著作为诠释对象，《文选》正文及六臣注诠释体系以《文选》正文及六臣注两种著作为诠释对象，列表如下：

2—4　　《文选》正文及李善注诠释体系

朝代	著者	书名	诠释对象
唐	五臣	《文选注》	《文选》正文及李善注
清	何焯	《义门读书记·文选》	《文选》正文及李善注
清	余萧客	《文选音义》	《文选》正文及李善注
清	梁章钜	《文选旁证》	《文选》正文及李善注
清	徐攀凤	《选学纠何》	《文选》正文及李善注
清	赵晋	《文选叩音》	《文选》正文及李善注
清	汪师韩	《文选理学权舆》	《文选》正文及李善注
清	薛传均	《文选古字通疏证》	《文选》正文及李善注
清	杜宗玉	《文选通假字会》	《文选》正文及李善注
清	李审言	《文选学著述五种》	《文选》正文及李善注

① （明）张凤翼：《文选纂注》，又名《文选纂注评林》，明万历八年（庚辰）刊本。

清代徐攀凤《选学纠何》比较特殊，表面上是以何焯对《文选》的评点考辨为考论内容，但是何焯诠释内容以评点选文、考校订补李善注疑误阙失为主。因此从本质上看，《选学纠何》仍属于《文选》正文及李善注诠释体系。

2—5　　《文选》正文及六臣注诠释体系

朝代	著者	书名	诠释对象
明	闵齐华	《文选瀹注》①	《文选》正文及六臣注
明	凌濛初	《合评选诗》②	《文选》正文及六臣注
清	洪若皋	《昭明文选越裁》	《文选》正文及六臣注
清	于光华	《昭明文选集评》	《文选》正文及六臣注
清	方廷珪	《昭明文选集成》	《文选》正文及六臣注

以上共涉及了三十九部选学诠释著作（李审言《文选著述五种》当作一部计算），其中单一性诠释体系共包括二十四部著作，针对《文选》正文的有十二部，针对李善注的十部，针对六臣注的两部。复合性诠释体系共包括十五部著作，针对《文选》正文及李善注的有十部，针对《文选》正文及六臣注的有五部。可见历代《文选》诠释的主要对象是《文选》正文及李善注，针对六臣注的不多，而且大多只从事整理、删注工作，没有明确区分李善注和五臣注的目的，学术意义有限。专门研究五臣注的诠释著作很少见到，只有在六臣注诠释体系中刘履《选诗补注》明确偏重五臣注。《四库提要》曰："（《选诗补注》）取《文选》各诗删补训释，大抵本之五臣旧注，曾原《演义》，而各断以己意。"③ 说明在历代《文选》诠释著作中，此书有一定的特色。

另外，综观历代《文选》诠释著作，有一个明显的倾向，就是推崇李

① （明）闵齐华删注，孙矿评：《文选瀹注》，又名《孙月峰先生评文选》，明天启二年乌程闵氏墨色套印本。

② （明）凌濛初：《合评选诗》，《四库全书存目丛书·集部》第340册。

③ （清）永瑢、纪昀：《四库全书总目·风雅翼十四卷提要》，《四库全书》第1370册，上海古籍出版社2003年版，第1页。

善注、贬斥五臣注。这种倾向萌芽于唐宋时期，唐朝李匡乂《资暇录》、丘光庭《兼明书》中就出现贬斥五臣推崇李善注的言论。宋朝苏轼曾在《仇池笔记》卷上“三殇”一目中说过：“李善注《文选》，本末详备。所谓五臣者，真俚儒荒陋者也。”① 苏氏作为宋朝的一代文学宗师，他的这个说法对后代学者产生了不同程度的影响。清代是选学发展的全盛期，在笔者所看到的二十多部选学著作中，单独以李善注及同时以《文选》正文和李善注为诠释对象的竟有十六部，占百分之七十六多。这些著作如校勘类的代表作胡克家的《文选考异》，考证类的代表作徐攀凤的《选注规李》、胡绍煐的《文选笺证》、张云璈的《选注胶言》，整理类的代表作汪师韩的《文选理学权舆》，音义训释方面的代表作杜宗玉的《文选通假字会》、程先甲的《选雅》，集解类的代表作朱珔的《文选集释》等，大都采取了推崇李善注贬斥五臣注的倾向。究其原因，一方面是历代学者在研究中达成了这样的共识，另一方面也与清代注重学术研究的风气有关。清代选学家认识到了李善注的学术价值及重要影响，许多人倾其精力，致力于李善注的考辨补遗，成书越来越多，影响越来越大。当然五臣注也有其特色和贡献，只是不能与李善注同日而语罢了。

第二节 《文选》正文诠释体系

一 训释《文选》字词音义的诠释著作

（一）唐李善《文选注》六十卷

李善（约 630—689），扬州江都人。“方雅清劲，有士君子之风。”② 曾师从曹宪学《选》，是唐朝著名的选学家。曾任崇贤馆直学士、兰台郎，学识渊博，人称“书麓”。注释《文选》，析萧统《文选》三十卷为六十卷，于显庆三年（658）并撰一表，呈上高宗皇帝。高宗大为嘉赏，赏赐绢一百二十匹，同时下诏命藏于秘阁。卒于载初元年，享年七十岁左右。

《文选》李注的初注成本在 658 年前，后来复有补注。李匡乂《资暇录》云：“李氏《文选》有初注成者，复注者，三注四注者，当时旋被传

---

① （宋）苏轼：《仇池笔记》，上海古籍出版社 1992 年版，第 3 页。

② （后晋）刘昫等：《旧唐书》，第 4946 页。

写。其绝笔之本，皆释言训义，注解甚多，余家幸而有焉。尝将数本互校，不唯注之赡略有异，至于科段互相不同。无似余家之本该备也。”[①]现在能够见到的李善注本：北宋监本、尤刻本、《文选集注》本，均详略不同，很难断定何为早期注本，何为晚期注本，何为后人增补注本。今据上海古籍出版社 1986 年版《文选》对其诠释体系加以介绍。

李善《文选注》是对萧统《文选》原始文献进行的注释。其注释内容有两类，一类是李善收录的《文选》诗文的前人旧注；一类是李善亲为注释的内容。前一类内容又可分为两种类型：

一种类型是李善前的《文选》诠释著作。主要就是萧该的《文选音》和曹宪的《文选音义》。如《文选·思玄赋》云：“行颇僻而获志兮，循法度而离殃。”李善注曰：“颇，倾也。离，遭也。殃，咎也。萧该《音》本作‘陂’，布义切。”[②]说明此注参考了萧该的《文选音》。又如《文选·舞赋》：“黎收而拜，曲度究毕。”李注云：“言舞将罢，徐收敛容态而拜，曲度于是究毕。《苍颉篇》曰：邌，徐也，邌与黎同，力奚切。曹宪曰：睝瞮而拜，上音戾，下居虬反。今检《玉篇》目部，无此二字。”[③]说明此注参考了曹宪的《文选音义》。

另一类型是《文选》收录的单篇文章的诠释之作。清汪师韩《文选理学权舆》已经对此类内容做了详尽的汇总，揭示了李善注中包括《二京赋》、《蜀都赋》、《吴都赋》等十七篇（组）赋诗中收录的旧注，它们出自薛综、刘逵、张载、张揖等二十余人。这些单篇诠释著作在萧统收录前或李善注之前已经存在，李善给予选择收录。

综上可知，李善注是汇总前人诠释成果的集大成之作，当属于二次性诠释文献。

（二）唐《文选钞》、《文选音决》

原存于日本金泽文库的唐写本《文选集注》，被认为是隋唐“《选》学”的集大成之作[④]，其中尤其引人注目的是它收录了以前未曾见过的《文选钞》与《文选音决》，在《文选集注》中并没有著录其产生时代与著

---

① （唐）李匡乂：《资暇录》，《四库全书》第 850 册，第 148 页。

② （梁）萧统编，（唐）李善注：《文选》，上海古籍出版社 1986 年版，第 654 页。

③ 同上书，第 801 页。

④ 许逸民：《“〈文选〉学”史上的一座里程碑——推介〈唐钞文选集注汇存〉》，《古籍整理出版情况简报》2003 年第 4 期。

者，从《文选集注》辑录诸家注释的顺序看，先是李善注，次为《钞》、《音决》，再次五臣注、陆善经注，最后是以“今案”为标志的作者按语，可见是按照时间为序的，根据《钞》与《音决》居于唐人李善注与五臣注之间，可以推断《钞》与《音决》为唐人的作品。

关于《钞》与《音决》的著者，从《文选集注》引起学者们的注意起，就是个一直在争论的问题。其著者主要集中在公孙罗身上，主要因为：在藤原佐世《日本国见在书目录》的《总集家》中著录：《文选钞》六十九卷（公孙罗撰），《文选音决》十卷（公孙罗撰），列在《文选》六十卷（李善注）后。针对《文选钞》的著者是否是公孙罗，先后有多位学者对其进行了论证。

日本学者斯波六郎从二书正文、篇章等方面推证《钞》非公孙罗所撰①，屈守元、周勋初等学者则比较赞同二书是公孙罗的作品，屈守元据日本藤原佐世《见在书目》的著录及向宗鲁先生的看法，认为：“《见在书目》称《文选钞》六十九卷，所多九卷，或为后人附益，或‘九’字误衍。”② 台湾学者邱棨鐊在列表对比了《钞》与《音决》的互异之处后，认为“其为注为音，各有其人，殆非同出一人之手也”③，并推断《钞》的著者不可能是公孙罗，而有可能是受业于李善弟子辈之人。傅刚则认为“《钞》也许要早于李善”，理由是“李善注较《钞》准确、完整，《钞》如后出，当于善注有所参考”④，认为《钞》与《音决》作者不同。

诸家或以日本书录为据，或从《集注》收录《钞》与《音决》的原文、篇章对比、考订出发，得出的结论不尽相同。笔者在研读《文选集注》过程中，发现《集注》编者在集录诸家注释时，严格遵循了一套引注体例。可以明显的分为两类：一类是在引注时加“曰”字，这类又分为了两种情况，一种是在著者全名之后加“曰”字，在《集注》中出现的此类引注有：李善曰、吕延济曰、刘良曰、吕向曰、李周翰曰、张铣曰、陆善经曰（不包括李注中收录的旧注中的注者引注），也就是李善注、五臣注、

---

① 斯波六郎：《〈文选〉诸本之研究》，转引自傅刚《文选版本研究》，北京大学出版社 2000 年版，第 139 页。

② 屈守元：《文选导读》，巴蜀书社 1993 年版，第 64 页。

③ 《〈文选集注〉所引〈文选钞〉研究》，转引自《中外学者文选学论集》，中华书局 1998 年版，第 717 页。

④ 傅刚：《文选版本研究》，第 139 页。

陆善经注的注释征引，在其注释人明确的情况下，都是在其后加“曰”字，然后列其注释内容。第二种是在书名之后加曰字，此类只有一个，就是《文选钞》，在《集注》中每涉及《文选钞》的内容时，都是“《钞》曰……”。

《文选集注》另一类引注体例是，直接列出著者、书名，不在其后加“曰”字，这种情况在《集注》中有两个，一是《文选音决》，一是“五家”。纵观《文选集注》，当涉及《文选音决》内容时，都是在《音决》之后直接跟注释内容，中间没有“曰”字。而五臣注中，有时会遇到其他诸家没有，而五臣注中提到（主要是音注方面），但是没有明确标出是五臣中谁的注释时，《文选集注》的编者通常采用“五家……”,其后不加曰字。

首先，《文选集注》的编者对《钞》与《音决》采取的两种不同的引注体例，可以看出二注在注释体例上是不同的，遍检《文选集注》，我们会发现，《钞》几乎对《文选》逐字逐句作解，或详或略，或芜杂或精练，其注者都极尽所能地对其进行了征引、注释。虽然周勋初认为其水平较差，犯了“繁而不杀之弊”[①]，但是其与李注、五臣注、陆善经注一样，都是基于注者自己学识、识断基础上对《文选》文本进行的注释。能代表注者自己的观点，因此在其后加“曰”字，表明了《集注》编者认为《钞》可为《选》注的一家之言。

但是概览《集注》中《音决》的内容，我们发现它实际就是一种音注的有意识的汇总。从其名称上，我们可以看出其编者的目的是对《文选》音的决断，这就决定了其诠释体式是汇集诸音的音体，这以当时《文选》音释著作众多为前提，据旧新《唐志》著录，当时《音决》注者能够看到的专门的《文选》音释著作：萧该的《文选音》十卷（隋志为三卷）、曹宪的《文选音义》十卷[②]、僧道淹《文选音义》十卷、公孙罗的《文选音义》十卷（如果《文选集注》中的《文选音决》就是公孙罗的《文选音义》，则不包括在内）。此外像《文选》李善注等集注中也有音释内容，这些都是在新旧《唐志》中有著录的内容，当时还有大量的流传民间的无名或是佚名撰者的《文选》音注内容。而《音决》正是收录了诸家的音释中其认为合理的音注，以《吴都赋》为代表，其中《音决》中出现的征引人

① 周勋初：《〈文选〉所载〈奏弹刘整〉一文诸注本之分析》，《文学遗产》1996年第2期。

② （唐）刘肃：《大唐新语》卷九。

姓氏，有萧氏九次，曹氏三次，林氏一次，骞氏一次，许氏一次，王氏一次，郭氏一次，李氏一次。其中萧氏当为萧该，曹氏为曹宪，李氏为李善，许氏或为许淹，其余的尚需考证，在征引时，只是出现姓氏，其后紧跟他的音注内容，如：

> 鸣条律畅，飞音响亮。盖象琴筑并奏，笙竽俱唱。
> 《音决》："并，萧步冷反。"①

《音决》不单单是对音注的汇列，也对其中相异的音释进行了部分的按断，如：

> 百果甲宅，异色同荣。朱樱春熟，素柰夏成。
> 《音决》："宅，如字，或丑格反，非，樱，于耕反。"②

在胡刻本李善注及《四部丛刊》本六臣注中，"宅"的标音都是"坼"，《音决》编者对"宅"这个字的音释有不同认识，进行论断，提出了"丑格反"的读音不正确，包含了其个人的识断在里面。

即使如此，遍览《文选集注》中的《音决》，大部分内容还是单纯的音释的著录。其著录过程虽包含了他对音注的识断，但是音注内容多来源于众家音释作品，或是基于诸家音注基础上的整理，可能不是他的标注，不能代表他的诠释成果，所以其后不加"曰"字，以示与其他注家的不同。这一点同样也适用于《集注》中对"五家"内容的征引，五臣注出现在《音决》之后，所以其音注内容有与《音决》不同的地方，《集注》编者，常在《音决》收录的音注内容之后再附加五臣注中独有的内容。如：

> 其中则有青珠黄环……敷蕊葳蕤，落英飘飖。
> 《音决》："砮，音奴，荑，大兮反，又音夷，蕃音烦，濩音护，延，以战反，梦音万，葩，普花反，渐，似琰反。"

① 周勋初：《唐钞文选集注汇存》一，上海古籍出版社出版 2000 年版，第 145 页。
② 同上书，第 40 页。

五家："芒音亡，蘼音眉，芜音无，蕊而髓反，葳音威，蕤而椎反。"①

这里五臣注中还有《音决》没有收录的音注内容，因此《文选集注》编者引五臣音注加以补充，因为不知是五臣中谁的音注，因此直接标出"五家"，后面没有带"曰"字，这与征引《音决》不带"曰"字是一样的道理。

综上所述，《文选钞》是唐朝某一注者对《文选》文本的逐字逐句的诠释之作，可以看作是《选》注的一家之言，虽然注者水平有限，但是在注释手法、用力之大上处于李注、五臣注、陆善经注等同等的地位。《文选音决》则是唐朝某一音韵学家对当时流传的《文选》诸多音注基于其认识基础上的选择与汇总，在功效上相当于一本《文选》音注参考书，或是工具书。其音注内容来自于对此前对社会上流传的诸家《文选》音释的吸收和决断，音释内容不一定是其编者的音注成果，其编者只是做了选择决断的工作。二书在体例上的区别是：一个是注者亲历亲为的注释之作，一个是汇总、选择诸家音释的编选之作。

《文选集注》对《钞》与《音决》采取的两种不同的引注体例，也可以对其著者做一推断，首先在带"曰"字类的引注体例里，我们可以看出凡是有明确注者的释义，其前边都是以注者的全名为标识。而《钞》的这一例外，不禁令人对其注者大加揣测，按照《集注》编者的一贯风格，如果其注者正如《日本国见在书目录》所说是公孙罗，则应该是在每一个《钞》注之前说："公孙罗曰"，与"李善曰"、"陆善经曰"等保持一致，但是其编者却采用了完全不同的征引方式，以书名为引注表识，这不得不令人怀疑其注者是公孙罗的可能性。据周勋初②等人的考证，《集注》是唐中宗之后某一位唐代《文选》专家所编，像陆善经等史书中没有著录的著作其中都有收录，如果其著者真是公孙罗，《集注》编者不会不知道。我们可否以此来推断：《文选集注》编者编选时，《钞》的著者就已经难以考订了。因此《集注》编者采用了以书名《钞》为引注标志的方式。而《音决》本身为《文选》音注的汇编，其编选者未

① 周勋初：《唐钞文选集注汇存》一，第33页。

② 同上书，第3页。

必是其音著者，因此不能采用“某某曰”的方式来著录音注，从其标注方式没有加“曰”字，很难以此来否定其编者为公孙罗的可能性。依照这种推断，《钞》与《音决》很可能不是同一个著者，公孙罗编著《音决》的可能性很大，但是为《钞》的著者的可能性很小。

但是，可能还会有一种很极端的推测，《集注》编者对于《钞》与《音决》，采用以书名为表识，正是因为其为同一个著者，采用两个“公孙罗曰”，会造成著作的混乱，因此采用书名引注。我们不能排除这种可能性，但是如上分析，《音决》是一个资料汇编、决断性的音注著作，其编者可能是公孙罗，但是其大部分音注则很难说是公孙罗所注，即使《集注》撰者知道其编者是他，也不能采用“公孙罗曰”的方式著录其注，采用引用书名《音决》的方式是最合理的方式，这与引用《钞》时，采用“公孙罗曰”的方式是不相冲突的。从这一点看，公孙罗作为《文选钞》的著者的可能性还是很小的。

故根据《文选集注》编者的引注体例，笔者基本认为《钞》在《集注》编选之时，其著者很可能就已经不可考，其著者可能是唐朝选学大盛时，或可以说是李善讲选之后，一无名选学家的著作，因为其征引内容广博，因此被收录。《音决》虽没有著录其编者，但是从其体例上看，它是一部《文选》音注的汇编之作，虽没有标注其编者是公孙罗，但是也不能否认公孙罗编选它的可能性。

《文选钞》是继承李善注之后又一部对《文选》进行注释的作品，《文选集注》收录它的原因也正是因为它是与李善注不同的另一《文选》注本，诠释对象比较明显，针对的是《文选》正文，属于《文选》正文诠释体系。

《文选集注》对诸家选注先收录李善注，然后根据诸家注释情况，选择与李善注相异或是李善注没有的内容进行增补。重复内容多被省删，因此很难发现《文选钞》是否采用了李善注。但是从收录情况看，《钞》与李善注多存在着增补与补充关系。首先有不少李善无注的内容，《钞》对其进行了增补。如左思《三都赋序》中从“然相如赋上林而引卢橘夏熟”至“班固赋西都而叹以出比目”，李善没有注释，而《钞》都对此几句进行了注释。其次，对于李善有注的内容，《钞》也多在征引文献方面给予增广，有时对李善注内容进行了解释。如在《蜀都赋》首，《钞》引用《华阳国记》说明蜀山名称的来源及蜀国变迁，这是李善注中所没有的。

但是其增补的内容有些粗俗而无意义，如对《蜀都赋》中“枕裿交趾”中“交趾”的解释，《钞》引《东观汉记》曰：“其俗男女同川而浴，故曰：交阯”[①] 就很无意义。此外，《钞》常对李善注的内容进行或隐或现的诠释。如在《圣主得贤臣颂》首中“翼乎如鸿毛遇顺风，沛乎若巨鱼纵大壑。其得意如此，则胡禁不止，曷令不行?”李善只是注释曰：“《春秋保乾图》曰：神明之应，疾于倍风吹鸿毛。”并没有对意旨进行进一步解释，《钞》曰：“得意者言鸿遇顺风，鱼纵大壑，言至易而得志。以喻君臣得意之如此。”[②] 对李善注进行了补充。

综上可知，《钞》对李善注存在或多或少的增补关系，但是从《钞》芜杂不精，文献征引繁杂，与李善注征引文献浩博而精要相比，水平相距甚远，《钞》的撰者并没有对李善注进行过多的依傍，大部分内容是其独立诠释的成果。

在对《文选钞》、《文选音决》著者进行探讨时，已经考证《文选音决》是选择汇总诸家音释内容的著作，最终目的是为《文选》提供一部翔实、可靠的音释参考著作，所汇辑内容也都是针对《文选》正文的音释，《文选》正文是其诠释对象，因此当属于《文选》正文诠释体系。

据前考证，《文选音决》汇辑内容众多，仅《吴都赋》一文就汇辑了曹氏、林氏、骞氏、许氏等七人的音释内容，其中萧氏当为萧该，曹氏为曹宪，李氏为李善，许氏或为许淹，这些音释内容有的为一次性诠释文献，如萧该的音，有的则对二次性诠释文献或是多次性诠释文献，如李善注、许淹注等。《音决》作为《文选》音释汇辑之作，当属于多次性诠释文献。

(三) 唐陆善经《文选注》

陆善经，新旧《唐书》都未曾为其列传，生卒年不详，生平事迹及著述只在少数文献中有些许记录。虞万里《唐陆善经行历索隐》[③] 一文对陆善经生平著述等进行了详细的考证，认为陆善经，或名该，善经乃是其字。先世为晋太常卿陆始之裔。高祖敬，唐苏州刺史陆孜兄。吴郡吴县人，约生于武则天久视以前，熟谙经史、小学。曾官河南府仓曹参军。开

---

① 周勋初:《唐钞文选集注汇存》一，第 15—16 页。

② 《唐钞文选集注汇存》三，第 36 页。

③ 虞万里:《榆枋斋学术论集》，江苏古籍出版社 2001 年版。

元十七、十八年（729—730），中书令、集贤殿学士萧嵩荐与王仲丘等共纂《大唐开元礼》，书成后迁集贤院直学士。嵩又荐与贾登、李锐等修国史，未就。张九龄知院，荐修《唐六典》。二十四年（736），善经与学士徐安贞，直学士刘光谦、齐光乂等同注《御刊定月令》，除集贤院学士。二十七年（739），太常议三祫五禘之礼，李林甫令善经更加详核，善经允太常议，诏从之。天宝初，迁国子司业。陆善经学问广博，其著述除了《唐钞文选集注汇存》中收录的《文选注》外，还有《新字林》、《孟子注》七卷等著作，在当时都行于世。据虞万里考证，这些著述并由遣唐使携归扶桑，但多数亡佚。

其《文选注》只在日本《文选集注》中有收录，期间原委值得考证。《文选》在唐代成为显学后，引起文人纷纷注疏讲习，除了曹宪大讲选学，李善、五臣亦纷纷注释《文选》，并向朝廷献纳，且都受到朝廷的嘉赏，他们的注释在当时都成为流行的《文选》注本。除此之外，据新旧《唐志》著录，许淹、公孙罗等人亦曾经为《文选》作注，可见唐朝《文选》注疏风气浓厚。另据《大唐新语》记载：

> 开元中，中书令萧嵩以《文选》是先代旧业，欲注释之。奏请左补阙王智明、金吾卫佐李玄成、进士陈居等注《文选》。先是，东宫卫佐冯光震入院校《文选》，兼复注释，解“蹲鸱”云：“今之芋子，即是着毛萝卜。”院中学士向挺之、萧嵩抚掌大笑。智明等学术非深，素无修撰之艺，其后或迁，功竟不就。①

另有《玉海》引唐韦述《集贤注记》记录：“开元十九年三月萧嵩奏王智明、李元（玄）成、陈居注《文选》。先是，冯光震奉敕入院校《文选》，上疏以李善旧注不精，请改注。从之。光震自注得数卷，嵩以先代旧业，欲就其功，奏智明等助之。明年五月，令智明、元（玄）成、陆善经专注《文选》，事竟不就。”②

由两例可知，最初大约在开元中，冯光震曾校《文选》，但是学力有限，注释颇令萧嵩所嗤。开元十九年（731），奏请王智明、李元（玄）

---

① 《大唐新语》卷九《著述》第十九。

② （宋）王应麟：《玉海》卷五十四引，《四库全书》本。

成、陈居协助其注选。二十年（732）五月，又令王智明、李玄成、陆善经专注《文选》，后来王智明、李玄成因为素无修撰之艺，而中途放弃。两处记载没有明言陆善经独自注选，从日本发现的《文选集注》中保存有陆善经注看，可能陆善经在他们放弃之后，独自进行的注释。在《唐钞文选集注汇存》中出现过“陆善经本……”，可推知《文选集注》撰者面对的有独立的陆善经《文选注》。

对于陆善经注本为何在唐时没有被书目著录，却在《日本国见在书目录》中被收录，《见在书目》是藤原佐世据 9 世纪末日本皇家及中央各公务机关所藏汉籍实录，应由所本。笔者推测，陆善经最初注选是受朝廷委派，几人合注。而其余几人，冯光震学识浅薄，王智明、李玄成学力亦不济，与这等平庸之人注选，陆善经即使熟暗经史、小学，必定为其牵制，不能发挥自己才能。而在萧嵩罢相之后，王、李迁官而放弃了注选，此时不能再打着朝廷的幌子注选，一方面碍于此次注选是萧嵩提出，在其罢相后再注选，明显不合时宜。另一方面，参加注选的王智明、李玄成已经放弃，陆善经如果公然再注，似乎陷王、李二人于不义。陆善经很可能是考虑到当时的政治局势及复杂的人际关系，同时又鉴于自己已经投入了很大精力，选择了独自默默完成《文选》注释工作。这就决定了其注释成果，不可能大张旗鼓地在社会上流传。或可以说，其成果当时根本就没有在大唐流传，这就是为什么其书在公私目录中都没有出现的原因。

笔者推断此注很可能是通过很私密的通道传到了日本。当时日本正风靡大唐文化，纷纷来大唐学习，大唐也常常派使者到日本。《新唐书·东夷列传·新罗》：“大历初，宪英死，子乾运立，甫丱，遣金隐居入朝待命。诏仓部郎中归崇敬往吊，监察御史陆珽、顾愔为副册授之，并母金为太妃。”[①] 此次遣使前往日本，随从人员中的监察御史陆珽，就是陆善经的儿子，陆书很可能由其子带到了日本，得以在日本流传。这很可能就是陆善经《文选注》在《日本国见在书目录》中收录，却在唐宋书目中没有出现的原因。这仅仅是笔者的推测，在没有更好的说法之前，此说倒是值得与学者们商榷。

陆善经注是依赖日本出现的唐钞《文选集注》的收录才得以存留，从《唐钞文选集注汇存》的收录情况看，陆善经注出现的条目很少，排在李

① （宋）欧阳修、宋祁：《新唐书》，中华书局 1975 年版，第 6205 页。

善注、《文选钞》、《文选音决》、五臣注之后，《集注》是以时间为顺序编排选注，陆善经注出现的时代最晚。《集注》撰者以李善注为主，其余的内容则只是对李善注的补充增广，因此《钞》、《五臣注》及陆善经注出现的内容相对要少，而陆善经注最少，内容都是针对《文选》正文的注释，当属于《文选》正文诠释体系。

陆善经的《文选注》出现在诸多选注之后，由于其依赖《文选集注》得以存在，而《集注》撰者主要采用了以善注为主，其余几家选注来补充的方式，其很难判断陆善经《文选注》是否吸收过前人选注。但是从《玉海》收录的《集贤注记》看，冯光震“上疏以李善旧注不精，请改注”，并得到萧嵩支持，可见陆善经重新对《文选》作注时，弥补李善注的不足是其主要目的。另外从注释方式看，陆善经注主要采用了直接释意的方式，这一点与五臣注及《文选钞》很接近，因此在注释体例上必定受到其他选注的影响。

二 分类汇编《文选》佳词丽句的诠释著作

（一）宋苏易简《文选双字类要》

《文选双字类要》三卷，旧本题宋苏易简撰。苏易简（958—996），字太简，梓州铜山（今四川中江）人。太平兴国五年（980）庚辰科状元。历官知制诰、翰林学士、给事中等，卒赠礼部尚书。以文章名著于世，据《四库提要》载：“旧本题宋苏易简撰……疑其时科举之徒辑为此书，托易简之名以行也。”[①] 四库馆臣推断《文选双字类要》是宋初选学大盛时，为了应付科举考试的士子纂辑而成，托名为当时名臣苏易简，笔者认为很有道理。

是书共分三卷，通篇都是对《文选》两字词汇的分类汇集，即如《提要》所讲的：“(《文选双字类要》）取《文选》中藻丽之语，分类纂集。其中语出经史，偶为汉以来词赋采用者，亦即以采用之篇注为出典。”[②] 共分为四十门，门下又分为四百九十九小类。每小类中汇集从《文选》中择选的双字词汇，如方色门中“北”小类下，汇集了北列、朔垂、北纮、沙

---

① （清）永瑢、纪昀：《四库全书总目·文选双字类要三卷提要》，《四库全书存目丛书·子部》第166册，第153页。

② 同上。

漠、寒乡、穷发、朔鄙七个词，分别取自《侍游蒜山作》诗、《赠冯文罴迁斥丘令》诗、《上林赋》、《杂体诗》、乐府《东武吟》、《游赤石》诗、《赠崔温》诗。[①] 其他各门各类形式相近，内容都是来自《文选》诗文。可见《文选双字类要》是针对《文选》正文的诠释著作，诠释工作全在对《文选》正文摛词丽藻的分类摘录上，此书当属《文选》正文的诠释体系。

《文选双字类要》是目前可见的第一部《文选》选藻类诠释著作，其产生是由宋朝特殊的科举背景决定的。《提要》中也推测是"科举之徒辑为此书"，在《文选》诠释史中也是开创性的产物，当属于《文选》正文诠释体系中的一次性诠释文献。

（二）宋刘攽《文选类林》

《文选类林》十八卷，宋刘攽撰，据《四库提要》载，旧本题宋刘攽（1023—1089）撰，但是指出"攽兄弟以文章学问与欧阳修、苏轼诸人驰骋上下，未必为此饾饤之学，疑亦南宋时，业词科者所依托也"[②]。骆鸿凯提出了三点疑问：《宋史》刘攽本传及《郡斋读书志》、《直斋书录解题》中都没有著录此书，以刘攽在宋代的地位，其书不被著录可疑者一。征引重复，比较刘攽刊《两汉》之误，句栉字比，体尚缜密，编纂一书而疏忽若此，可疑者二。明朝内阁之书号称繁富，但是一编再编，既没有被《永乐大典》收录，也不传于万历，到焦弱侯撰《经籍志》时才被收录，可疑者三。[③] 据骆鸿凯的推断，《文选类林》很可能不是宋代的著作，属于明朝著作的可能性很大。限于文献资料的匮乏，暂将其归入宋朝。

《类林》（以下《文选类林》简称《类林》）共十八卷，共分了五百五十小类，《提要》称其共分了五百四十九类，有误。所选辞藻来自《文选》诗文。如第一卷第一小类"太极"，收录了左思《魏都赋》中"造化权与"，潘岳《西征赋》中"一气"，郭璞《江赋》释中"构天"，班固《典引》中"两仪始分"，曹植《七启》"混沌未分"，傅毅《舞赋》中"泰真"及王巾《头陀寺碑》中"悟致"。[④] "太极"类所收的七个词中，都来自《文选》正文，其中"构天"一词，虽然标为郭璞《江赋》释，但是该词

① （宋）苏易简：《文选双字类要》，《四库全书存目丛子·子部》第166册，第142页。

② （清）永瑢、纪昀：《四库全书总目·文选类林十八卷提要》，《四库全书存目丛书·子部》第167册，第424页。

③ 骆鸿凯：《文选学》，第76页。

④ （宋）刘攽：《文选类林》，《四库全书存目丛书·子部》第167册，第429页。

及其后所列文句都是来自《江赋》正文。

《类林》中收录的内容，除了来自正文的辞藻外，几乎每个辞藻之下都有注释，这些注释是《类林》撰者参阅六臣注后的简单标注。但是从《类林》诠释目的看，对选注的选择利用，还是为选藻服务。诠释对象为《文选》正文，因此《文选类林》当属《文选》正文诠释体系。

宋朝出现的类辑之书除了《文选双字类要》外，还有周明辨的《文选汇聚》十卷、《文选类聚》十卷，周氏二书因为已经亡佚，难以断定其是《文选》辞藻的类辑之作。此外宋朝还有王若的《选腴》，据其名称可知是对《文选》佳丽辞藻、典故的汇聚之作。根据《提要》及骆鸿凯《文选学》的考证，刘攽撰《文选类林》可能性不大，而据骆鸿凯的考证，《文选类林》在明焦弱侯《经籍志》中才出现，在书目中著录的年代如此晚，可能出现的时代也相对较晚，因此《文选双字类要》、《文选类聚》、《文选汇聚》及《选腴》都极有可能在其前出现。《文选类林》属于多次性诠释文献的可能性极大。

（三）明凌迪知《文选锦字录》

《文选锦字录》二十一卷，明·凌迪知辑。凌迪知，凌震孙，字稚哲，号绎泉，明代乌程（今浙江吴兴）人。明嘉靖三十五年（1556）进士，授工部郎中，奉命督造斋谯之“十坛”，以致得罪内宦，遭谗贬常州府同知。在常州任上“除黠盗，署开州，行条鞭法，无往不宜，行于海内皆称善”。罢归故里后，著书立说。据其《序》知，“清江刘公有《文选类林》十卷，眉山苏公有《双字类要》六卷”。但是当时读者“以刘病于烦，苏病于曼”，于是其“合二书而增损之”[①]。《文选锦字录》对《双字类要》及《文选类林》的继承变化表现在以下几个方面：

1. 继承《文选双字类要》分门的特点，共划分了四十六门，比《双字类要》多六门，门类名称及辞藻归属上与《双字类要》有很大不同。其中部分门类名称与《双字类要》一样，包括天道门、地道门、君道门、官职门、帝王门、圣贤门、文教门、武功门、道教门、农商门、神道门、人物门、肢体门、性命门、百行门、礼乐门、仕宦门、刑狱门、服用门、器物门、财货门、修身门、宴乐门、行旅门、丧服门、方色门、百禽门、百兽门、百虫门、鳞介门、花木门共三十一门。名称略有不同的有：释教

---

① （明）凌迪知：《文选锦字录》，《四库全书存目丛书·子部》第184册，第519页。

门，《双字类要》为释道门；技艺门，《双字类要》为杂伎门；都邑门，《双字类要》为京邑门。此外还有的名称完全不同，有气候门、理气门、岁序门、臣道门、帝戚门、宫室门、伦理门、接物门、人事门、气习门、悖戾门、禨录门十二门。辞藻的归附上也有很大不同，如"冰"小类，在《双字类要》中，属于地道门，《锦字录》（以下《文选锦字录》简称《锦字录》）中归入天道门，每门内容多寡亦相差很大，如《双字类要》天道门包含了《锦字录》中岁序门中"春、夏、秋、冬"四小类内容。

2.《文选锦字录》在小类划分上，绝大部分继承了《类林》中的名称。所不同的是：《锦字录》划分了六百八十一小类，而《类林》划分了五百五十小类，所分小类更细，而且《锦字录》将众多小类分了门，《类林》直接以卷划分。如表示自然事类的内容，在《类林》中主要是前三卷的内容，而《锦字录》分属于天道门、地道门、理气门、气候门、岁序门。以门统类，更有条理，查阅也更方便。

虽然在门类划分体例上，要比《文选类林》、《文选双字类要》更清晰、更条理，但是收录内容却非常粗疏，辞藻、文句、著者、篇名的收录体例非常随意，每个辞藻后不一定有注，这与《文选类林》同，此外著者有的标注，有的没有。相较《双字类要》、《类林》，并没有很大进步，《四库提要》称其为"叠床架屋，尤为无谓矣"[①]，其评价是很有道理的。由于《锦字录》是继承《双字类要》、《类林》而编辑的，故其诠释体系与二者相同，都是《文选》正文诠释体系。

据其《序》可知，它是针对"刘病于烦，苏病于曼"的弊病，"合二书而增损之"[②]。因此《锦字录》是基于《双字类要》、《类林》基础上的再一次诠释，则《文选锦字录》为《文选》正文诠释体系中的多次性诠释文献。

（四）清胥斌《文选集腋》

《文选集腋》六卷，清胥斌等人辑，卷首汝麋倦翁王谟《序》曰："真千羊之皮不如一狐之腋也。况能集腋以为裘。"[③] 卷首《自序》中亦曰：

---

① （清）永瑢、纪昀：《四库全书总目·文选锦字录二十一卷提要》，《四库全书存目丛书·子部》第184册，第851页。

② （明）凌迪知：《文选锦字录》，《四库全书存目丛书·子部》第184册，第519页。

③ （清）胥斌等辑：《文选集腋·王谟序》，清嘉庆二十一年聚锦书屋刊本。

“虽有怀于狐腋之集而未卜其裘服之成。”[1] 可见取名为《文选集腋》，乃取“集腋成裘”之意。其《自序》中表述其诠释目的曰：“举选中之精液，作制艺用哉。”[2] 即选取《文选》中精华之句，分类汇集成编，以资初学者学选，最终为应试作文服务。

《文选集腋》产生于嘉庆年间，乾隆、嘉庆年间正是考据学兴盛的时期。《文选》诠释的重要考校成果多出现在乾隆、嘉庆年间，如胡克家的《文选考异》、张云璈的《选学胶言》、梁章钜的《文选旁证》、朱珔的《文选集释》、胡绍煐的《昭明文选笺证》，这些著作都是清选学研究的顶级之作。而他们都是以考据为主要研究方法，在这种学术氛围中，意为帖括，专以寻章摘句的《文选集腋》的产生，颇显得特殊。

其产生有一定的时代意义，当时学者除了埋头故纸堆，究疑辨惑外，大批士子还面临科举求仕的考验。《文选》收集了上自周秦，下至齐梁的诸体美文，尤其是其中诏、策等时文的精美，为当时士子应试提供了写作时文及试律诗的范文。胥斌生活在这一时代氛围中，自然体悟深切，其《自序》中指出当时的文人都认识到《文选》乃“诗赋之圭臬，杂古之指南”，但是却不知道其有裨于帖括者。胥斌看到了其在现实生活中的应用，一方面，他发现自国初名人间已掠入文中，另一方面，“近科乡会试墨，尤竞相掇拾。”本着“举选中之精液，作制艺用哉”之目的，编撰《文选集腋》。

如果说注重实证以考据见长的《文选考异》、《文选胶言》之属代表了清代选学学术研究方面，胥斌《文选集腋》、杭世骏《文选课虚》、石蕴玉《文选编珠》之属则代表了清代选学功利性、实用性为主的方面。

胥斌卷首《自序》曰：“取《文选》内醇雅之句，分类抄录，既又贯串成篇，以便记习。”[3] 其书是摘引《文选》醇雅之句，分类汇纂而成。其诠释目的也是“举选中之精液，作制艺用”。可见其诠释对象乃《文选》正文。

览其正文，卷一“王化”类，汇集了班固《东都赋》、张衡《东京赋》，《西京赋》，张景阳《七命》，扬雄《长杨赋》等赋诗中有关“王化”

---

① 《文选集腋·自序》。

② 同上。

③ 同上。

的句子。如汇列班固《东都赋》中："天子受四海之图籍"、"膺万国之贡珍"、"内抚诸夏"、"外绥百蛮"四句。[①] 可见《集腋》乃摘选《文选》醇雅之句，分类汇纂之书，与宋选藻类著作《文选双字类要》、《文选类林》有异曲同工之处，所不同的是选藻类摘选汇纂的是《文选》诗文中佳词丽藻，而《集腋》摘选的是《文选》中的醇雅之句，分类汇纂成书。

另外，选藻体著作仅是摘引、分类汇纂，而《集腋》摘引佳句分类汇纂同时还对其进行了勾连、创作。这就是《自序》中说的"取《文选》内醇雅之句，分类抄录，既又贯串成篇，以便记习"。但是这种汇集成篇，出现了上下文重复，意理欠当等问题，胥斌采用了"删易一二字及节取半句，然即将原本注明于下，俾散用者"，或"惟一二虚字，虽经节改，仍无失本来意义者"，此外"新添联贯字语"[②]。这类添加内容，全句添加者用三角标志，数字用旁点，使其不至于与原文相紊乱。如在"王化"篇中，班固《东都赋》之诗句与张衡《东京赋》之诗句间，其用"岂惟是"连接，旁用点标注而出，经其添加删节，摘引诸句成为意义连贯之文章，的确便于读者记诵。

异于选藻类著作的第三点是选藻类著作著录体例基本是辞藻、文句（辞藻所在文句）、注释（有的没有）、著者、作品名、著者。而《集腋》体例则是句子、著者、篇名（于每篇最后一句标注），每一篇汇集完之后，于篇末总列疑难字词原注，至于原注中没有解释者，则参考他书，给予添释，附录之文有当解释者亦于全篇注之后，标明附注。音释内容随文著录于相应字之下，如果与旧音有异者，悉遵当朝字典。如果"字本易识，旧无音注而俗多误读者亦为增设"[③]，这种单独标注亦与选藻类中合于注中体例不同。

由胥斌卷首《自序》、《凡例》及具体内容看，其诠释目的及诠释内容针对的都是摘选《文选》雅醇之句，其后注文及句中音释内容都是为了了解《文选》佳句服务，当属于《文选》正文诠释体系。

据《凡例》知："近代摘录诗赋，拟题《文选》特多，然或阙而不备，注释尤略，余既勉辑斯篇……"可见其前后亦有此类著作出现，属于多次

---

① 《文选集腋》卷一。

② 《文选集腋·凡例》。

③ 同上。

性诠释文献的可能性比较大。

三 追溯《文选》诗文源流的诠释著作

（一）宋高似孙《文选诗句图》

《文选诗句图》一卷，宋高似孙撰。高似孙字续古，号疏寮，淳熙十一年（1184）进士。高氏家族乃南宋四明望族，高似孙乃四明高氏第七代的代表人物。绍熙中为绍兴府会稽县主簿，庆元五年（1199）除秘书省校书郎，后为朝议大夫，新除秘书省著作郎，兼权右郎官，卒赠通议大夫。屡遭弹劾，仕途起伏变化大，为人颇令人不齿。学问博杂，著作繁富。

在《文选诗句图》中，高氏列出了大量他认为是精华的选诗，并对他们的源流进行了追溯，追溯内容涉及两方面：一是选诗源于某；一是某源于选诗的诗句。对选诗源出于某的追溯，如王粲《公宴诗》："今日不极欢，含情欲待谁?"高氏解曰："古乐府：'今日尚不乐，当复待何时?'"[①]即谓王粲两句话源于古乐府。此类内容多是对李善注的摘录，高氏只是做了一个摘录梳理工作。再如对某诗源出于选诗的昭示，是研究后代文人对选诗的继承，以前没有这类专门著述，显示了高氏对选学及其后诗文的深刻了解，最见其功力。如班婕妤《怨歌行》："出入君怀袖，动摇微风发。"高氏曰："古诗：'从风入君怀，四坐莫不叹。'曹植诗：'愿为西南风，长逝入君怀，君怀长不开，贱妾当何依。'"[②] 即说明古诗与曹植此诗都继承了班婕妤《怨歌行》的依恋手法和作诗意象。

高氏整理选诗的目的是为了追溯选诗诗句源流，寻绎出诗句之间的承袭关系。虽然李善注对其完成此书起了很大的帮助作用，尤其是追溯选诗源于某的内容几乎都是从李善注中搜辑出来的，但其重点是对选诗的整理研究，而不在于对李善注的探讨。因此其书当属于《文选》正文的整理研究著作，属于《文选》正文诠释体系。

这种对选诗追本溯源的诠释，《选诗句图》虽然是第一本专著，但是其中大量内容尤其是追溯《文选》诗文源流的内容，几乎都是从李善注中得来的。因此，高似孙的《选诗句图》当属于《文选》正文诠释体系中二次文献。

---

① （宋）高似孙：《文选诗句图》，《四库全书存目丛书·集部》第285册，第4页。

② 同上书，第2页。

（二）清末李详《韩诗证选》、《杜诗证选》

李详（1859—1931），字审言，中年又字愧生，晚号辉叟；江苏扬州兴化县人，清末著名学者、文学家，扬州学派后期代表人物。出身兴化世族，为明代状元、宰辅李春芳八世孙。父早逝，李详家境贫寒，自幼聪颖爱读书，常借书抄阅。尤其喜欢《左传》与《昭明文选》。三十岁时，著《选学拾沈》，就《文选》李善注加以改订补正，深得学术大师王先谦赞赏。1931 年 5 月因病在兴化原籍逝世，享年七十三岁。

李详为选学名家，《文选》学著述有《选学拾沈》、《韩诗证选》、《杜诗证选》、《文选萃精说义》和《李善文选注例》共五种，即《李审言文集》中的《文选学著述五种》。李详长于子部杂家之学，以博雅通识著称，平生以笺注之学为多，笺注考证之学，尤服膺乾嘉学人钱大昕与阮元，另外在历史学尤其是方志学方面颇有研究。一生著述繁富，江苏古籍出版社 1988 年出版《李审言文集》（上下册），选收李氏主要著作计二十三种，近九十万言。

李详作为清末最著名的一位选学家，将《文选》诠释推上了一个新的高潮，取得了新的成就，这主要表现在《韩诗证选》、《杜诗证选》上，两书是《文选》诠释中追溯源流这一系统中的集成之作，是李善开启的追溯源流诠释方面发展到成熟阶段的产物。李详对此类《文选》诠释的研究进行了生发和总结，达到了前人所没有达到的成就，可为《文选》研究的殿军。

《韩诗证选》是李详对韩愈诗中引用《文选》之句，加以搜辑，条而列之，所成之著。所追溯条目共计一百五十九条。《杜诗证选》是李详搜寻在字词、诗句上对《文选》吸收、继承的杜甫诗句，分条罗列所成卷帙。李氏条析出共三百零七条。这是非常客观的数字，从中可见《文选》对杜甫文学创作影响之巨。

从后代著名诗人诗作中探求对《文选》诗文的吸收，并逐个列出，可以让读者清晰地看到《文选》对后代诗人创作上的影响即文学发展变化的脉络。这是深入文学内部探求文学发展的一种诠释方法，不仅需要诠释者对《文选》熟悉把握，而且还要对后代文人诗作有透彻的了解，虽然立足点小，却要求诠释者有广博的学识和深厚的文学素养。

追溯语源指明诗文承继关系的诠释内容早在李善注中就已经出现，宋高似孙不仅对李善注中此类内容进行搜辑，还对宋前承继选诗的诗句进行条梳，命之曰《文选诗句图》。此外在明清评点类、考据类著作中，亦不乏此类条目的出现。李详的《韩诗证选》、《杜诗证选》与《文选诗句图》不同，《文选诗句图》以《文选》为重点，上下搜求，头绪众多，而《韩诗证选》、《杜诗证选》目标明确，集中在韩诗、杜诗与《文选》之间。彻底、全面地推求其间的承继内容。诠释目的明确性、诠释工作彻底性方面都远超前人，显示了此种诠释方法的成熟。可以说追溯语源这一诠释方面发展到李详，才真正系统、成熟。《韩诗证选》、《杜诗证选》是《文选》诠释中最具文学性诠释特点的两部成功之作，显示出了文学作品独有的内涵，标志着《文选》文学性诠释达到了高峰。

《韩诗证选》、《杜诗证选》是从著名诗人韩愈、杜甫的诗中，推寻他们吸收、继承《文选》诗文内容，条而列之，所成卷帙，由于探寻的是后代诗人与《文选》诗文之间的承继关系。当属于《文选》正文诠释体系。

在《韩诗证选序》中，李详曰："宋人旧注，如诠'贱嗜非贵献'及'徒观凿斧痕，不瞩治水航'诸语，能以嵇康《绝交书》、郭景纯《江赋》证之。始知韩公熟精选理，与杜陵相亚。此余之所不敢攘美。其为余所得者，则施名以别之云。"[①] 可知在宋人旧注中就已经有人以《文选》中诗句证韩诗，揭示《文选》对韩愈创作的影响。在《韩诗证选》中对此类旧注也有著录，除了《序》中交代的"贱嗜非贵献"条，还有《感春》诗"我所思兮"至"万山阻"一条，收录了旧注："张衡《四愁诗》：'我所思兮在太山'，云云。公意盖取此。"[②] 另外《秋怀》"即此是幽屏"，李详征引了旧注："张衡曰：'杂插幽屏。'"并对其进行了考证，认为这是"左思《吴都赋》，非张衡"[③]。可见李详《韩诗证选》是前人研究成果总结发展之作。

《杜诗证选》中，李详共搜辑出了三百零七条，其中只有"成都府"条全引朱鹤龄语揭示此诗与阮籍《咏怀诗》之间关系，其余全标明为"详曰"，似乎全为李详亲为考稽，但是李详于《杜诗证选序》中交代曰：

> 自宋以来，注家能举其辞者，已略得六七。然或遗其篇目，或易

---

① （清）李详：《李审言文集》，江苏古籍出版社1989年版，第35页。

② 同上书，第49页。

③ 同上书，第39页。

> 其字句，或多引繁文而与本旨无关，或芟薙首尾而于左证不悉，凡此皆病也。又少陵每句有兼使数事者，有暗用其语者，但举其偏与略而不及，皆有愧于杜陵“熟精”二字。①

指出自宋以来，已经有注家对杜诗引选承选内容进行了搜辑，已经搜辑出了十之六七，但是他们的搜辑并不完整、严密，他提出了五大弊病：(1)没有标明篇目。(2)改易了字句。(3)引文繁琐，与本旨无关。(4)削删过多，并疏于佐证。(5)搜辑不全，主要是杜诗中兼有数事或暗用其语者没有查明。

尤其是最后一条，他举例曰：“如《客居诗》‘壮士剑精魂’，既效谢客‘幽人秘精魂’句法，又用江淹赋‘拱木剑魂’，不仅古《蒿里歌》也。……”②鉴于这种情况，李详曰：“如此之类，历来注家，尚未窥此秘。余既治《韩诗证选》毕，又取杜诗证之。恒恐末学耳食，谓引选语，已见注中，而怪余为剽窃，比之重台累仆。然安知不有深通其意者，复相赏邪？余于是锐然为之，渐得数卷，览之多有可喜，因为写定如左。”③李详担心他人认为其搜辑为重台累仆，从另一方面说明了《杜诗证选》是历代研杜内容的完善、增补之作。

四　评论《文选》诗文的诠释著作

(一) 元方回《文选颜鲍谢诗评》

《文选颜鲍谢诗评》四卷，元方回撰。方回（1227—1307），字万里，一字渊甫，号虚谷，别号紫阳山人。歙县（今属安徽）人。理宗景定三年（1262）进士，廷试原为甲科第一，为贾似道抑置乙科首，调随州教授。吕师夔提举江东，辟充干办公事，历江淮都大司干官、沿江制干，迁通判安吉州。元世祖至元十四年（1277）赴燕觐见，归后仍旧任。前后在郡七年，为婿及门生所讦，罢，不再仕。以诗游食元新贵间二十余年，也与宋遗民往还，长期寓居钱塘。元成宗大德十一年（1307）卒，年八十一。方回节操无可言者，为世所讥，然善论诗文，论诗主江西派。有《瀛奎律

① （清）李详：《李审言文集》，第71页。
② 同上。
③ 同上。

髓》分类编选唐宋两代律诗，流传于世，为后人称道。

《文选颜鲍谢诗评》，选取《文选》中收录的颜延之（字延年）、鲍照、谢灵运、谢瞻、谢惠连、谢朓、谢混七人之诗，各为论次。据《四库提要》知，此书只有《永乐大典》收录，四库馆臣从中辑录而出。《提要》通过《文选颜鲍谢诗评》对颜延之《三月三日侍游曲阿后湖作》评："本不书此诗，书之以见夫雕绘满眼之诗，未可以望谢灵运也。"① 及谢灵运《拟邺中集》八首，《诗评》（下通称《文选颜鲍谢诗评》为《诗评》）曰："规行矩步，甃砌妆点而成，无可圈点，故余评其诗而不书其全篇。"《提要》考证道："此本八首皆书，全篇与此评不合，盖不载本诗，则所评无可系属，故后人又为补录也。"进一步推证"则此集盖回手书之册，后人得其墨迹，录之成帙也"②。

《提要》认为《诗评》评论有重视理语、好标一字为句眼等宋人窠臼处，还存在诠意未通、考订失当、评论附会等阙失，但是其认为"小小舛漏，亦所不免，要不害其大体，统观全集，究较《瀛奎律髓》为胜，殆作于晚年，所见又进欤"③。《诗评》选取颜、鲍、谢诸人《文选》中收录之诗进行赏评，属于《文选》正文诠释体系。

《文选颜鲍谢诗评》重在对颜鲍谢诸人诗作写作背景、思想内涵、艺术手法、佳词丽句、承继源流等内容进行讲评，利于读者理解赏析选诗并进一步学会写诗。此前不管是隋唐诸家选注，还是宋时选藻体著作，都没有像方回《诗评》那样集中摘选其中作品，详细分析讲评，方回《诗评》是此前出现的第一部揭示《文选》诗作文学性内容的诠释著作。

（二）明邹思明《文选尤》

《文选尤》十四卷，明邹思明删订，研究依据明天启二年（1622）三色套印本。邹思明，据《四库提要》载："思明字见吾，归安人，始末未详。前有韩敬序，其私印已称庚戌会状两元，则万历后人也。"④ 据王重

① （清）永瑢、纪昀：《四库全书总目·文选颜鲍谢诗评四卷提要》，《四库全书》第1331册，第573页。

② 同上。

③ （清）永瑢、纪昀：《四库全书总目·文选颜鲍谢诗评四卷提要》，《四库全书》第1331册，第574页。

④ （清）永瑢、纪昀：《四库全书总目·文选尤十四卷提要》，《四库全书存目从书·集部》第286册，第724页。

民《中国善本书提要》考证，邹思明少有文名，嘉靖四十三年（1564）中举人，后曾任过两县县令，王重民称《文选尤》是邹氏晚年所注[①]，注成后，请朱国桢为《序》,《序》称邹氏“仅逾八十”，此年为天启二年(1622)，重民推证天启二年邹氏已经八十一。生平大略如是。

据《四库提要》知：“其书取《文选》旧本，臆为删削，以三色版印之，《凡例》谓：‘总评分脉则用朱，细评探意则用绿，释音义、解文词则用墨云。’”[②] 非“闵刻”、亦非“凌刻”，可见明末套印之发达。

据卷首朱国桢《序》所讲，此书是“诸郎君所趋庭而相授受者也”[③]，可见此书是邹思明教授其子的教科书，则《文选尤》就具有了普及和授受《文选》的目的，诠释对象是《文选》诗文本身。首先，邹氏对《文选》诗文给予删选，这也是其书命名为《文选尤》的来源，即优中选优之意。正文中注释全部删掉，只在必要处以眉批方式以墨笔标注。主要针对正文的艺术手法、艺术特色、篇章句旨等进行点评。所有这些对正文的精简、注文的删削、形式内容的点评，都是为了对正文的理解。诠释重点在《文选》正文本身的理解。

此外，根据其诠释中依据的文献看：选文著者简介、为文背景、字词释义、音韵训解等都借鉴了李善注和五臣注。此外他还引用了先哲对《文选》诗文的评定，《凡例》曰：“批评或采诸别简，或出诸愚衷，总期阐发作者心事，融会作者精神，非敢以虚词涂饰也。”[④] 朱国桢在《序》中也点明：“（邹氏）批评则酌人已之见，丹铅互加，务以中机而阐奥。”[⑤]《文选尤》中参阅征引了杨升庵、邹守益、冯小海等人评语。这些都说明邹氏《文选尤》参阅了许多文献。但不管是对六臣注的借鉴还是对先贤时人见解的征引，都是为进一步诠释、评说选文服务的，其诠释对象是《文选》正文，因此属于《文选》正文诠释体系。

---

① 王重民：《中国善本书提要》，上海古籍出版社 1983 年版，第 431 页。

② （清）永瑢、纪昀：《四库全书总目·文选尤十四卷提要》，《四库全书存目丛书·集部》第 286 册，第 724 页

③ （明）朱国桢：《文选尤序》，（明）邹思明：《文选尤》，《四库全书存目丛书·集部》第 286 册，第 396 页。

④ （明）邹思明：《文选尤·凡例》，《四库全书存目丛书·集部》第 286 册，第 401 页。

⑤ （明）朱国桢：《文选尤序》，（明）邹思明：《文选尤》，《四库全书存目丛书·集部》第 286 册，第 397 页。

（三）清吴淇《六朝选诗定论》

《六朝选诗定论》十八卷，清吴淇撰。《提要》中称其为吴湛，骆鸿凯《文选学》依照《提要》为吴湛。但是查阅前人及当代人的相关著录，皆云吴淇，当是《提要》误，骆书参阅《提要》而同误。吴淇（1615—1675），字伯其，号冉渠，睢阳人。顺治十五（1658）年进士，官镇江同知。著作有《雨蕉斋诗选》七卷、《六朝选诗定论》十八卷。

萧统《文选》编选自周至梁共八代诗文。吴淇此书称“六朝”，是其“节去衰周亡秦，断自炎汉及萧梁为六朝者，明所论者，专主汉道。上以别乎王迹，下以别乎唐制也”[①]。题目称“选诗”，而不称“诗选”，是因为所论者乃是昭明《文选》，吴淇称“昭明业有定选，余不过从而论之，所以尊选也”[②]。开卷就对其诠释对象交代曰：“《六朝选诗定论》者，论《文选》中之诗也。”由于专论选诗，因此当属于《文选》正文诠释体系。

吴淇《六朝选诗定论》是专论选诗之作，其前已有元方回的《文选颜鲍谢诗评》、元刘履的《选诗补注》针对选诗进行了诠释，前者对选诗中颜延年、鲍照、谢灵运、谢瞻、谢惠连、谢朓、谢混七人诗作艺术特色、思想内容等进行了分析。后者重在对选诗进行补注，并贯之以《诗》六义中之赋、比、兴诠释诸诗，具有宗经思想。前者属于《文选》正文诠释体系，后者属于《文选》六臣注诠释体系。

吴淇的《六朝选诗定论》同样也是专论选诗之作，与方回《文选颜鲍谢诗评》不同的是，虽也重在选诗思想内涵、艺术特色、写作背景等内容的揭示，但是以承继《诗》三百的尊经思想来指导诠释，从整个诠释顺序的安排，尤其是其序言及卷一、卷二六朝选诗缘起、统论古今诗、总论六朝等内容都明确地表示其诠释选诗是为了尊经，彰显《诗》三百的风雅传统，这在方回的《文选颜鲍谢诗评》中是不存在的。在六臣注诠释体系中，刘履《选诗补注》诠释宗旨虽以“宗经”、“尊经”为主，以赋、比、兴诠释选诗，但是刘履重在对选诗意旨，尤其是诗篇背后的潜藏内容进行挖掘。与朱熹诠《诗》重在揭示《诗经》每章的章旨相一贯。而吴淇诠释选诗虽在《序》及卷一、卷二中阐发了《文选》诸诗乃承继《诗》三百风

---

① （清）吴淇：《六朝选诗定论·六朝选诗定论缘起》，《四库全书存目丛书补编》第11册，第21页。

② 同上。

雅传统，诠释目的在尊经。但是在具体诠释中所侧重的还是诗作艺术手法的分析、论评，二者在具体诠释上存在很大不同。

《选诗补注》常以《诗》六义中的赋、比、兴分析选诗，揭示其继承风雅传统，如阮籍《咏怀诗》中“天马出西北”首，吴淇评曰：

> 诗有六义，其三为经：曰风、曰雅、曰颂，其三为纬：曰兴、曰赋、曰比，三百既亡，汉以后之诗，率多比、赋，求之选诗，合兴义者，止此“天马”二句。说者往往曲为之说，以求切于下文，则是比也，非兴矣。①

对“天马出西北”句比兴手法的分析显示了吴淇《六朝选诗定论》的诠释重点，重在揭示选诗风雅传统，正如卷首吴伟业《序》中所讲：“（吴淇）著为《选诗定论》一书，自诗三百篇以及汉魏乐府、苏李五言、晋宋齐梁诸体，同源异派，脉络相承，皆能讲求贯穿，又旁搜史事，论其时世以考据之，泛滥广博，勒成大集。”② 从诠释层次上看，在选诗正文诠释体系中，这种以论为主，对选诗诠释贯穿以风雅传统者乃是第一部。

第三节 《文选》李善注诠释体系

本节论述历代所出现的以《文选》李善注为主要研究对象的诠释著作的诠释体系。可分为六类，即对《文选》李善注删繁就简的诠释著作、考辨订补《文选》李善注的诠释著作、校勘《文选》李善注的诠释著作、补正《文选》李善注的诠释著作、集解《文选》李善注的诠释著作、对李善注编撰雅书体工具书的诠释著作。

一 对《文选》李善注删繁就简的诠释著作

《文选章句》，二十八卷，明陈与郊撰。陈与郊（1544—1611），戏曲作家。字广野，号禺阳、玉阳仙史，或署高漫卿、任诞轩，浙江海宁人。

---

① （清）吴淇：《六朝选诗定论》，《四库全书存目丛书补编》第11册，第135页。

② 《六朝选诗定论·吴伟业序》，《四库全书存目丛书补编》第11册，第7页。

万历二年（1574）进士。曾任太常寺少卿。作有传奇、杂剧多部，另著有诗文集《隅园集》等传世。所撰《文选章句》是对六十卷《文选》李善注的删注之作，因为省简了大量的注释，故由六十卷汇为二十八卷。

在卷首《序》中，陈与郊曰："本末纪载李善详之，扰扰五臣，荒陋参之，苏子辨之，世儒尊之，故独依善注。"[①] 其认为对《文选》本末记载，李善注已经非常详细，五臣参窃李善注，释文荒陋不经，苏轼已经予以辨识，世人多尊崇李善注，因此其《章句》独依李善注。《四库提要》曰："以坊刻《文选》颠倒棼乱，每以李善所注窜入五臣注中，因重为厘正，汰其重复，斥五臣而独存善注。"[②] 其诠释目的正是针对明朝坊刻《文选》随意篡改李善注，造成了李善注与五臣注的淆乱，而对李善注的重新订正整理，由此可见其诠释针对的是李善注。从其依据文献及诠释目的，可知陈与郊的《文选章句》是以李善注为诠释对象，属于《文选》李善注诠释体系。

陈氏《章句》（以下《文选章句》简称《章句》）删节善注体例表现在，以李善注为本，但不全录李善注，而是节取其中对事类、人物等的注释，文字极为简省。如班固《两都赋》中，"神雀五凤甘露黄龙之瑞，以为年纪"。李善注曰："《汉书·宣纪》曰：'神雀元年。'应劭曰：'前年神雀集长乐宫，故改年也。'又曰：'五凤元年。'应劭曰：'先者，凤皇五至，因以改元。'又甘灵元年，诏曰：'乃者，凤皇至，甘露降，故以名元年。'又曰：'黄龙元年。'应劭曰：'先是黄龙见新丰，因以改元焉。'"但是陈与郊在《文选章句》中，仅节选了："《宣纪》曰：神雀集长乐宫，又曰凤皇五至，又曰甘露降，又曰黄龙见新丰，因改元焉。"[③] 从其删注内容看，都是从李善注中节选直接释义内容来诠释文句。所不同的是文献信息量大量减少，首先注文出处改为简称，如《汉书·宣纪》改为《宣纪》，而引文注者省略，如该注中应劭被省略。这种省简与张凤翼《文选纂注》中的省简还有所不同，陈氏对注文出处还有所标注，但是张氏《纂注》中很少标明出处。值得注意的是，在李善注诠释体系中，删减李善注又采用

---

① （明）陈与郊：《文选章句·序》，《四库全书存目丛书·集部》第285册，第533页。

② （清）永瑢、纪昀：《四库全书总目·文选章句二十八卷提要》，《四库全书存目丛书·集部》第285册，第394页。

③ （明）陈与郊：《文选章句》，《四库全书存目丛书·集部》第285册，第564页。

章句体式的此为第一部。

二　考辨订补《文选》李善注的诠释著作

（一）清张云璈《选学胶言》

《选学胶言》二十卷，清张云璈撰。关于张氏生平，据王书才《张云璈生平著作考述》[①]知：张云璈（1747—1829?），字仲雅，一字简松，先代本为浙江海宁陈姓，入继钱塘（今浙江杭州）张姓，遂为钱塘人；其父为兵部右侍郎张映辰，其舅为大学士梁诗正，其外舅为大学士嵇璜，“以三党门第之盛，得交当世名流。故闻见博洽，淹贯群书”[②]。为乾嘉考据学者梁玉绳、梁履绳二人之表叔，又年龄相当，多有唱和之作。又“夤缘与卢文弨、赵翼、王鸣盛屡有唱酬”[③]。乾隆三十五年（1770）中举，后十次参加进士考试，均落第而归，其中最前两次，一次因其岳父嵇璜主持礼部，一次因其妻兄参与进士录取，均到京之后按照律例未能进场应试。嘉庆十二年（1807），选为湖南安福县知县。嘉庆十六年（1811）调任湖南湘潭知县。《选学胶言·自序》云：“己卯归田后”，己卯乃嘉庆二十四年（1819），仕宦时间前后十二年，归田时已七十二岁。此后潜心著述，自得其乐，与当时文士和诗赋词，相与交好。

一生著述宏富，于选学研究历时几十年，在移居扬州时，已经开始了《选学胶言》的著作。后任官期间《文选》研究中辍，“不复省览十余年”[④]，归田后开始整理此初稿，历时三年，壬午（道光二年，1822）始得卒业；张氏《选学胶言·自序》即作于此年，时年七十六岁。丁亥（1827）寄托书稿于姜皋，“意悬悬若有后死之托者”[⑤]，张氏时年八十一。一二年后逝世。关于张氏生卒年，据张云璈本人《选学胶言·自序》云：“壬午春分前四日，简松山人张云璈跋于三影阁，时年七十有六。”依此而推，其生年应在乾隆十二年（1747）。其卒年有两说：一为姜皋所云，张氏卒于道光八年（1828）；一为姚椿所云，张氏卒于道光九年（1829）。姜

---

① 王书才：《张云璈生平与著述》，《中国社会科学院研究生院学报》2004 年第 1 期。

② 张舜徽：《清代文集别录》，中华书局 1963 版，第 354 页。

③ 袁行云：《清人诗集叙录》，文化艺术出版社 1994 年版，第 375 页。

④ （清）张云璈：《选学胶言·自序》，《四库未收书辑刊》捌辑第 30 册，道光十一年刻本，第 155 页。

⑤ 《选学胶言·姜皋跋》，《四库未收书辑刊》捌辑第 30 册，第 156 页。

皋乃是张云璈至友李保泰之婿，与张氏交情深厚，张氏晚年曾将《选学胶言》遗稿托其整理。姚椿亦与张氏屡有诗作酬唱，并受姜皋所托，为张氏撰写《墓志铭》，在1941年此篇《墓志铭》又为张云璈后人刊载于《简松草堂文集》卷首。二人与张氏关系都非同一般，在没有其他可考证据的情况下，张氏卒于道光八年还是九年，难以决断，暂时保留两说。

《选学胶言》共二十卷，据张氏卷首《自序》可知："是编嘉庆二年丁巳录于扬州寓馆，中间从宦十余年，不复省览，己卯归田后，复录于千步廊新屋。道光辛巳冬，移居紫荆桥，明年二月始得卒业，从事三十年而后成，亦匪易哉。"① 另据卷首姜皋《跋》可知，张氏于丁亥冬写信给姜皋，称："诗集之外未刻者有文集十二卷，《选学胶言》二十卷。《四寸学》六卷，虽不足问世，亦自以心血所在，良不忍弃。"② 姜氏称张氏其年八十一岁，第二年张氏去世，《选学胶言》托付姜氏校订付梓。由二序可知，《胶言》(下《选学胶言》简称《胶言》)乃张氏倾尽三十年心血所成，历时之久，用力之大，态度之严谨，在清代选学中是比较突出的。世前将《胶言》托付姜皋校订后刊刻，足见对此书的重视，姜皋乃清代比较有名的选学家，曾经帮助梁章钜撰写《文选旁证》，其《跋》中称张氏《胶言》"考订精审，论议详核，发前人所未发者"③，评价极高。

至于《胶言》命名原因，张氏于其《自序》中点明："《魏都赋》曰：'牵胶言而逾侈，'注引李克书云：'言语辨聪之说而不度于义者，谓之胶言。'取以颜其书，盖志愧也。"④ 其命名《胶言》乃是谦虚之词。张氏志于选学者何？张氏在其《自序》中称，"选学向无专书，所有者前人评骘而已，如孙月峰、俞犀月、李安溪、何义门诸先辈，字栉句比，不留余蕴，足为辞章之圭臬，艺苑之津梁矣。然大都于行文之法綦详，摭实之义多略，一二订正，如寸珠尺璧，令人视为希世之宝……"⑤ 指出其前的选学研究多注重行文之法的探求，而疏于订正，而《胶言》重视了"文义之舛误，注家之异同及名物、典故、字句、音释等"，是以考据为主的选学研究，可见其诠释目的重在对《文选》李善注的考辨，以纠正李善注及其

① 《选学胶言·自序》,《四库未收书辑刊》捌辑第30册，第154页。

② 《选学胶言·姜皋跋》,《四库未收书辑刊》捌辑第30册，第156页。

③ 同上。

④ 《选学胶言·自序》,《四库未收书辑刊》捌辑第30册，第155页。

⑤ 同上书，第154页。

前人研究李善注中存在的疑误为主。卷首应澧《序》称："仲雅能竟其学，分门别类，援据精博，善注疑误昭若发蒙，洵崇贤之功臣，艺林之宝筏也。"[①]《胶言》志于李善注纠谬考证，颇为时人赞赏。

《胶言》依据文献：张氏卷首《自序》中曰："得鄱阳胡中丞克家据尤延之贵池锓本及袁本、茶陵本，详加雠校，更为《考异》十卷，刻之吴中，尤称周密，书中多采取之，而间纠其失。"其《自序》中还称："所辑专据李氏，于五臣偶及之，诚不足辨也。"[②]《胶言》依据了胡刻本《文选》及其《考异》，于五臣注取之甚少。

由此书诠释内容看，因为《胶言》乃张氏阅读《文选》，随记随检，随检随记之作，内容驳杂。在编写体例上，先总其意成一标题，简明揭示所考论内容，然后以小论文的形式展开考辨，或十几字，或几百字。内容比较驳杂，大部分内容针对的还是李善注的考订、对前人考订李善注成果的驳正，考虑到诠释体系的划分以主要诠释对象为划分依据，将其归入《文选》李善注诠释体系。

就其诠释目的可知，《胶言》重在对《文选》李善注进行考证，研究方法则采取了清考据学派注重实证的方式。据卷首吴锡麒对张氏《胶言》评曰："自经说史评、山图水注，以及名物象数之解，声音训诂之传，莫不吐纳出新，诠贯有叙，简而不陋，繁而不奢。"认为张氏《胶言》："自李氏以来，至此而始有集其成也。"[③]揭示张氏诠释涉及了经说、史评、山图、水注及名物、象数、音韵、训诂等方面内容，所涉文献广博。不仅如此，由于其诠释方法上，"诗赋之源流，文章之体格，得其解心领而神会之，不得其解则有诸家之说在，一展卷可以了然"。张氏在研读《文选》，体悟文体源流、文章体格，随时参阅前人诸说，《胶言》之编撰则于文义之舛误，注家之异同及名物典故、字句音释等"随疑随检，随检随记"，然后"件系条录，凡诸说未及者补之，诸说已有者删之，诸说未尽者详之，诸说未安者辨之。且因此以见彼有，不必为《文选》设者，触类而引申"[④]。可见张氏《胶言》是在诸家研选成果基础上补之、删之、详

---

① 《选学胶言·应澧序》，《四库未收书辑刊》捌辑第 30 册，第 153 页。

② 《选学胶言·自序》，《四库未收书辑刊》捌辑第 30 册，第 155 页。

③ 《选学胶言·吴锡麟序》，《四库未收书辑刊》捌辑第 30 册，第 153、154 页。

④ 《选学胶言·自序》，《四库未收书辑刊》捌辑第 30 册，第 154 页。

之、辨之，其书收录的前人成果有：《文选》诠释著作有何焯的《读书记》、余萧客的《文选音义》、胡克家的《文选考异》、汪师韩的《文选理学权舆》、于光华的《文选集评》等，前人笔记著述等有李匡乂的《资暇录》、王应麟的《困学纪闻》、苏轼的《东坡志林》、顾炎武的《日知录》、王念孙的《十七史商榷》等。

这些诠释文献，或属于《文选》诠释的二次性诠释文献，或属于《文选》诠释的多次性诠释文献，张氏《胶言》在它们的基础上做了进一步发展，属于《文选》多次性诠释文献。

（二）清王煦《昭明文选李善注拾遗》

《昭明文选李善注拾遗》二卷，清王煦撰。王煦字汾源，号空桐，浙江上虞人，乾隆时举人，官至通渭知县。据曹道衡考证，王煦大致与胡克家同时，其《昭明文选李善注拾遗》是咸丰六年（1856）其门人钱世叙根据其遗著《文选七笺》整理出来的。[①] 另据李之亮考订，王氏此书初稿成于道光十九年九月（1839）上旬，由王煦手自誊录，藏于家二十余年。后为弟子上虞钱世叙寓目，旋抄录并加校勘，拟出资刊行惠世，而始终未果。[②] 就是曹道衡所说的咸丰六年整理本。张云璈《选学胶言》在 1827 寄书稿于姜皋，姜皋很快为其付梓，可知张氏《胶言》要早王氏《拾遗》刊刻。

王煦学识富赡，对《诗经》、《三礼》、《史记》、《汉书》及诸子、《文选》均有研究。自通渭知县罢官归乡后，担任朗江书院主讲。现在所见《昭明文选李善注拾遗》及《文选剩言》，由其著作《文选七笺》改编而成。此书在王煦在世时由他本人删订过，王煦死后，门人钱世叙抄写《拾遗》，并与《文选七笺》相对照，出于对老师的诚敬，钱氏把王煦删掉的部分又搜集起来，另取名为《昭明文选李善注拾遗补编》及《文选剩言补编》，并与《拾遗》、《剩言》合为一帙。则《昭明文选李善注拾遗》、《文选剩言》为王煦删订稿。笔者所据版本为中州古籍出版社出版的《清代文选学珍本丛刊》中收录的《昭明文选李善注拾遗》二卷；后附《拾遗补编》、《文选剩言》、《剩言补编》，是王煦最初《文选七笺》原有内容。

在《拾遗》（《昭明文选李善注拾遗》下简称《拾遗》）中所收集共一

---

① 曹道衡：《略评王煦的〈文选李善注拾遗〉及其笺识》，《江海学刊》1998 年第 1 期。

② 李之亮：《王煦〈文选李善注拾遗〉评述》，《郑州大学学报》（哲社版）1996 年第 3 期。

百九十一条，都是作者读《文选》及李善注的心得笔记，其内容主要是辨正和补充李善注。这在其《序》文中有所表述："《文选》李善注为士林所推重，然其自注所未详者不下百条。又有应注而不注者，有舍本书不注而旁引他书者，俱乖体例。予博综旧籍，详其所未详者，约得十之一，其应注不注，与舍本书不注旁引他书者，悉为订正矣。五臣注久为士林所诃，然间有足以补李善所未及者，亦为摘录，题曰《文选李善注拾遗》。"[①] 可知其诠释目的是订正、补充李善注，因此李善注是其主要诠释对象，当属于《文选》李善注诠释体系。

（三）清徐攀凤《选注规李》

《选注规李》不分卷，清徐攀凤撰。生平不详。《选注规李》按照《文选》篇章顺序，依次排列考证条目，在每篇之下，列出所考证补遗的内容。据卷首《序》云："幼耽雠校，老而忘疲，简毕所存，积久盈卷，命曰《规李》。"[②] 所做工作主要是雠校，雠校当属广义的雠校，包括训诂、校勘、考辨等各个方面。从其名称、序言及内容看，都是针对《文选》李善注，当属于《文选》李善注诠释体系。

（四）清胡绍煐《文选笺证》

《文选笺证》三十二卷，清胡绍煐撰。胡绍煐，字耀庭，号枕泉。一说字药汀，一字枕泉。生于乾隆五十六年（1791），卒于咸丰十年（1860），安徽绩溪人。据蒋立甫考订，绍煐师从族兄胡竹邨学习三礼，后自己钻研王段之学，精通文字音韵训诂，道光十二年（1832），以附监生参加江南乡试，中第四十三名举人，道光二十四年（1844）授颍州府太和县训导。咸丰初告归，任职十年左右。除了做过训导外，先后在婺源聃城书院和郡之紫阳书院教授，著作除了《文选笺证》三十二卷外，还有《蠡说丛钞》、《细阳学舍杂著》、《还读我书室文》、《毛诗证异》等，后四部没有刊刻。[③]

胡绍煐《文选笺证》产生的学术背景，据卷首朱右曾《序》可知："《文选》自隋唐始为音训，而其书久亡，唐有五臣注，其该博综核不及江

---

① （清）王煦：《昭明文选李善注拾遗·序》，《清代文选学珍本丛刊》本，中州古籍出版社1998年版，第2页。

② （清）徐攀凤：《选注规李·序》，《清代文选学珍本丛刊》，第115页。

③ 蒋立甫：《胡绍煐及其〈文选笺证〉》，《江淮论坛》1994年第6期。

夏李氏，故李氏之注为读《文选》者所不废。"[①] 但是《文选》在传刻中出现了许多讹误，当时研究著作虽然众多，如《文选考异》、《文选旁证》等，于"声音文字之间未尽厘然各当也"，"前儒所未及"之"文字音声以通诂训，旁推侧证"的研究方法，嘉庆以来开始出现，代表人物为高邮王念孙、金坛段玉裁。而其"以声求意"的训诂方法，为《文选》研究提供了新的研究角度。在《自序》中，绍煐曰："惟王氏、段氏独辟畦径，由音求义，即义准音，能发前人所未发，虽仅数十条，而考核精详，直驾千古，《文选》之学，醇乎备矣。绍煐涉猎《文选》，即窥此秘，以之校读李注，触类引申，为王段二君所未及订者尚多。"[②] 于是胡绍煐继承了王段"以声求意"的方法，对《文选》李善注及李善引注的薛综、张载、刘逵等人的旧注，参稽史汉旧注，进行了考证，"阙者补之，略者详之，误者正之"[③]。

在研究方法上，胡绍煐继承了王段二人"由音求义，即义准音"的方法。在研究对象上，主要针对引注该博的李善注。绍煐《序》中称李善注"援引该博，经史传注靡不兼综，又旁通仓雅训故及梵释诸书，史家称其淹贯古今"。由于李善注征引广博，从而保存了大量唐及唐之前的文献资料，"李时古书尚多，自经残缺，而光吉片羽藉存什一，不特文人资为渊薮，抑亦后儒考证得失之林也"[④]。胡绍煐认为《文选》不仅为后世文人诗词写作提供了丰富的借鉴资料，而其中收录的大量唐前文献资料，更为后代儒者提供了丰富的研究课题，加之李善注"择焉不精，往往望文生训，转失本旨"，从而使李善注具有了极大的考证价值。

虽然胡绍煐在《序》中强调其研究针对的主要是李善注的考辨校补，但是从其书具体诠释内容看，涉及的诠释方面主要有校勘讹误、考辨疑误、拾遗补阙等几个方面。校勘内容约占《笺证》(下《文选笺证》简称《笺证》)全书的一半左右，其中大部分是以注文校正正文，其前已经有成功的胡克家《文选考异》出现，因此价值不大。考辨疑误、拾遗补阙两个方面是《笺证》的主要诠释方面，也是胡绍煐倾注心血最大

① (清)胡绍煐:《文选笺证·朱右曾序》,《续修四库全书》第1582册，聚学轩丛书第五集本，第1页。

② (清)胡绍煐:《文选笺证·自序》,《续修四库全书》第1582册，第3页。

③ 同上。

④ 同上书，第2页。

的部分，主要针对李善注的考辨纠补，《笺证》价值也主要体现在此类内容。由此可知，对李善注考辨疑误、拾遗补阙是该书的诠释重点，也是诠释亮点。从其《序》及具体诠释都可以看出李善注是其主要诠释对象，本着主要诠释对象决定诠释体系的原则，《文选笺证》当归入《文选》李善注诠释体系。

《文选笺证》兼具“笺体”、“证体”特点，其中笺体具有疏证、考辨和补注李善注的意思，而证体是汇集相关文献资料，证明、证发正文、注文相关问题的一种文体。在《文选笺证》中，无论是校勘讹误，还是考辨疑误，大部分内容都是先列李善注、前人研究成果，随后才进行考校。在《笺证》中胡绍煐征引的清人著述就有：余萧客《文选音义》、何焯《义门读书记·文选》、陈景云《文选举正》、汪师韩《文选理学权舆》、孙志祖《文选李注补正》、胡克家《文选考异》、梁章钜《文选旁证》。此外，还涉及王念孙、钱坫、段玉裁等人的考校条目。《笺证》是基于众多《文选》诠释文献基础上的再诠释，当属多次性诠释文献。

三　校勘《文选》李善注的诠释著作

（一）清孙志祖《文选考异》

《文选考异》四卷，清孙志祖撰。孙志祖（1737－1801），字贻谷，或作颐谷，号约斋，浙江仁和人。乾隆丙子（1756）举人，丙戌（1766）进士，以主事用，分刑部，由员外郎升云南司郎中，擢江南道监察御史。淡于宦情，乞养归，遂不复出，日惟从事撰述。晚掌教紫阳书院。未几卒，年六十。

《文选考异》撰写原因，据卷首孙志祖《序》称：“毛氏汲古阁所刻《文选》世称善本，然李善与五臣所据本各不同，今注既载李善一家，而本文又间从五臣，未免踳驳，且字句讹误脱衍不可枚举”，针对毛氏汲古阁本中李善注、五臣注混杂，字句讹误脱衍等弊病，而对其进行的订正、完善工作。由此孙氏“参稽众说，随笔甄录，仿朱子《韩文考异》之例，辑成四卷，以正毛刻之误”[①]。故《文选考异》一书是汇辑诸家校勘条目，间附以己意，以纠正毛本《文选》之书。

由其《序》可知，孙氏选择了何焯本、潘稼堂及圆沙阅本三个本子及

① （清）孙志祖：《文选考异》，《续修四库全书》第1581册，第141页。

其前诸多学者的选学著述。在《考异》中，孙氏汇辑考辨驳正内容，针对的都是毛氏汲古阁刻本。所依据的《文选》文献，也是《文选》李善注的不同校本，所以孙志祖的《文选考异》是以校正毛氏汲古阁刻本为己任，此本乃是李善注本，据此当属于《文选》李善注诠释体系。

孙氏《考异》收录了《文选》何焯本、潘稼堂、圆沙阅本及《困学纪闻》等考选著作的相关内容，它们包含了《文选》诠释的二次性、多次性诠释文献，孙志祖对众多李善注二次性、多次性诠释文献校勘条目的汇辑、考辨、驳正，则是再一次的诠释行为。因此孙志祖的《文选考异》，当属《文选》李善注诠释体系的多次性诠释文献。

（二）清胡克家《文选考异》

题为胡克家的《文选考异》共十卷，是一部以尤本为底本，以六臣注袁本、茶陵本为参校本，并参阅何焯《义门读书记·文选》、陈景云《文选举正》，写成的校勘尤本《文选》的校勘记。

胡克家（1757—1817），字占蒙，号果泉，江西鄱阳人。乾隆四十五年（1780）进士，以主事用签分刑部，历任主事、员外郎、郎中、按察使等职。嘉庆十四年（1809），胡克家在江苏布政使（驻苏州）任上，重刊宋本《文选》六十卷。书上刻有“鄱阳胡氏果泉手校”图记，书后附有所著《文选考异》十卷，署名“赐进士出身通奉大夫江南苏松常镇太等处承宣布政使司布政使胡克家撰”，可见他对自己所刻之书的重视。嘉庆二十一年（1816），胡克家升任江苏巡抚（驻苏），在任期间，据元朝兴文署本作底本翻刻胡三省注《资治通鉴》，摹勒特精，为学术界所推崇。胡克家刻成《资治通鉴》后，即卒于苏州任所。

关于《文选考异》的撰者，历来受到人们的质疑。据《考异》（以下《文选考异》简称《考异》）卷首胡氏《序》“余夙昔钻研，近始有悟，参而会之，征验不爽，又访于知交之通此学者，元和顾君广圻、镇洋彭君兆荪，深相剖晰，佥谓无疑，遂条举件系，编撰十卷”[①]，当为胡氏自为。但是胡刻本《文选序》中曰：“往岁顾千里、彭甘亭见语，以吴下有得尤椠者，因即属两君遴手影摹，校刊行世。”[②] 胡刻本《文选》乃顾千里、彭兆荪所校勘，《考异》亦当为其所写。两《序》都提到了顾氏、彭氏助

① （清）胡克家：《文选考异序》，载《文选考异》，清末上海鸿文书局石印本。

② （清）顾千里：《重刻宋淳熙本文选序》，载《文选》，第 6 页。

胡氏校勘《文选》及《考异》一事，可见其无意隐瞒。但是历来对二人是否为《考异》撰者仍有说法，最有代表性的是认为彭兆荪为《考异》的独撰者，代表人物是普暄，其在《胡克家〈文选考异〉叙例》中曰："此书实为彭兆荪独立撰著，顾千里或与参讨，而胡克家则全为掠美者也。"①理由是据《清史列传·彭兆荪传》："（彭兆荪）尤工檕《文选》，独成《文选考异》十卷。"但是《考异》卷首的胡克家《序》及胡刻本《文选》卷首的《重刻宋淳熙本文选序》，真正执笔的人是顾千里，这在顾千里的《思适斋集》卷十中都有收录。在《思适斋集》卷十二之《彭兆荪全集序》中，顾氏曰："而近其间，戊辰、己巳，同校李善注《文选》，壬申、癸酉、甲戌，同校胡三省注《通鉴》。两书获成，盛行于代，大抵多赖君力。"② 顾氏肯定了彭氏在《文选》校勘中起了主要作用，但也说明自己也参与了校勘。在《清史稿·彭兆荪传》中："兆荪，字湘涵。少有才名，久困无所遇。举道光元年孝廉方正。胡克家为江苏布政使，客其所。……又偕顾广圻同校元本《通鉴》及《文选》，世称其精檕。"③ 不可否认顾氏也曾参加《文选》的校勘，另据彭兆荪《小谟觞馆全集·与刘芙初书》载："淳熙《文选》，全帙已刊，近与涧蘋商榷《考异》，渠精力学识十倍于蒙，探索研求，匪伊朝夕，凡诸义例，半出钔裁。"④ 此段论述更证明顾千里参与了校勘《文选》，而且凭借其广博的校勘知识，在《文选》校勘、《考异》的撰写及校勘义例总结中起了很大作用。笔者认为《文选考异》乃顾千里、彭兆荪二人合力所著。

据胡刻本《文选序》交代，"其善注之合五臣者，与尤殊别，凡资参订，既所不废。又寻究尤本，辄有致疑，钩稽探索，颇具要领，宜谂来者，撰次为《考异》十卷"⑤。即在校勘尤本过程中，发现李善注与五臣注合并本与尤本有很大差异。此外寻究尤本，也有许多质疑之处，因此汇集考校条目，成《考异》一书。

在《考异》卷首胡克家《序》中，称当时能见到的版本有袁本、茶陵本及尤本。"夫袁本、茶陵本固合并者，而尤本仍非未经合并者也。"这里

① 普暄：《胡克家文选考异叙例》，《女师学院期刊》，1935 年 6 月，第三卷，第二期。

② （清）顾千里：《思适斋集》卷十二。

③ 赵尔巽等：《清史稿·彭兆荪传》，中华书局 1977 年版，第 13382 页。

④ （清）彭兆荪：《小谟觞馆全集·与刘芙初书》，光绪二十二年东仓书库重刊本。

⑤ （清）顾千里：《思适斋集》卷十《重刻宋淳熙本文选序》。

所提到的袁本是明代吴郡袁褧的仿宋刊本，为六家注本《文选》，茶陵本为南宋末年陈仁子校勘的六臣注《文选》，尤本乃是南宋淳熙辛丑尤袤刻本，世称李善注单注本。这三个版本都是当时能够看到的宋本，但是胡氏《考异序》中表示前二者为合注本，后者也不是单纯的李善注本，其中掺入了五臣注的内容，并从尤本正文、注文、音释三个方面给予指证，“观其正文，则善与五臣已相羼杂，或沿前而有，或改旧而成误，悉心推究。莫不显然也。观其注，则题下篇中，各尝阑入吕向、刘良，颇得指名，非特意主增加，他多误取也。观其音，则当句每未刊五臣，注内间两存善读，割裂既时有之，删削殊复不少，崇贤旧观，失之弥远也”[①]。此外根据胡刻本《文选序》“又寻究尤本，辄有致疑”[②]，尤本不仅不是单纯的李善注本，而且本身也存在问题，面对“崇贤旧观，失之弥远”的状况，很有必要对其进行考校。

但是其前选学家的考校存在着许多问题：“何义门、陈少章断断于片言只字，不能挈其纲维，皆繇有异而弗知考也。”[③] 何焯校勘内容多是随文校勘，没有专门的校勘著作，其后人虽有整理的《义门读书记》，涉及《文选》校勘内容比较零散，且混杂在评点之中。陈景云（1670—1747），字少章，江苏吴江人。曾师从何焯学习，所著《文选举正》二卷[④]已经亡佚，胡克家《文选考异》和梁章钜《文选旁证》多处征引了其校勘条目，从其与何焯关系及校勘《文选》的具体内容看继承了何焯的方法。胡氏《序》中称他们都没有抓住《文选》校勘的纲维，不是《文选》校勘的理想、系统之作。更重要的是，他们的校勘内容都存在只列异文而缺乏考证的弊病。

据此可知，《考异》撰写的背景：一是没有单纯的李善注本，二是其前选学家的校勘零散没有抓住校勘的纲维，三是他们的考证只列异文少考证，因此进行考校。依据《考异》的诠释目的、诠释依据文献，可知胡氏《文选考异》是通过考辨以探寻李善注《文选》之原貌，当属于李善注《文选》诠释体系。

---

① （清）胡克家：《文选考异序》，载《文选考异》，清末上海鸿文书局石印本。

② （清）顾千里：《思适斋集》卷十《重刻宋淳熙本文选序》，载《文选》，第6页。

③ （清）胡克家：《文选考异序》，载《文选考异》。

④ 有不同版本，傅刚《昭明文选研究》中称为四卷，陈景云《文道十书》中称为三卷。

胡克家《考异》产生之前，有关《文选》的校勘著作、校勘内容已经很多，远在唐宋时期，就有颜师古、洪迈等校勘过《文选》的有关条目。近至有清一代，更有大量学者，尤其是擅长考据的学者，如何焯、陈景云、张云璈等对《文选》有关条目进行考校。清人对《文选》的校勘随着学者对材料的挖掘、新版本的出现而不断丰富、完善。仅就清代学者的校勘看，大多是为了探究《文选》李善注原貌而展开。从明末到胡刻本《文选》刊刻前，大都以为毛氏汲古阁刻本是最好的善注本《文选》，故当时学者多围绕毛本展开，如何焯、陈景云、孙志祖等皆如此。余氏《文选音义》则以何本为底本进行考校。胡氏校刻之尤本《文选》的出现，无疑打破了毛本为最好李善注本局面，使当时选学家研选版本随之皆改。而胡氏校勘尤本的校勘记则以校勘精良宏细，考证翔实严密，成为此前最好的《文选》校勘著作。

以尤本为底本，进行彻底的校勘，胡氏《考异》为第一家。在其考异中，许多地方参考了何焯、陈景云的校勘内容，如《西都赋》注“在彼空谷”。胡氏曰：

> 何校：“空”改“穹”。陈同，是也。各本皆讹。案：陆机《苦寒行》注引正作“穹”。[①]

这样的条目众多。因此，《文选考异》是在其前校勘成果、校勘经验基础上产生的，当为多次性诠释文献。

四　补正《文选》李善注的诠释著作

《文选李注补正》四卷，清孙志祖撰，此书是孙志祖补正《文选》李善注之书。在卷首《序》中，孙氏高度评价了李善注，称其与颜师古《汉书注》并称，认为“吕延济辈荒陋无识”。当时流行的李善注单行本乃是明毛氏汲古阁本，他评价其为“艺林奉为鸿宝”，认为是书虽然“博洽罕有伦比”，但是也存在着“释事遗义亦所不免”的弊病，因此在撰辑《文选考异》后，“复合前贤评论及朋侪商榷之说，附以管窥”[②]，仿照吴师道

---

① （清）胡克家：《文选考异》卷一。

② （清）孙志祖：《文选李注补正·序》，清光绪十五年重刊读书斋本。

校《国策》体例，撰成《文选李注补正》四卷。其诠释目的是为了对李善注，主要是毛本李善注中“释事遗义”内容的补正，因此是以李善注为诠释对象，当属于李善注诠释体系。

《李注补正》荟萃内容众多，其中所引用之先哲时贤笔记、著述有：李匡乂《资暇录》、丘光庭《兼明书》、苏东坡《志林》、黄伯思《翼骚》、王观国《学林》、姚宽《西溪丛语》、洪迈《容斋随笔》、王楙《野客丛书》、王应麟《困学纪闻》、李冶《敬斋古今注》、杨慎《丹铅录》、顾炎武《日知录》、钱大昕《史记考异》、吴仁杰《西汉勘误补遗》、姜宸英《湛园札记》等。引用选学诠释著作有何焯《义门读书记·文选》、余萧客《文选音义》，陈景云《文选举正》，汪师韩《文选理学权舆》，朱熹《楚辞辨正》、《楚辞集注》等。此外引用清人考证《文选》条目者有赵曦明、潘耒、叶树藩、许庆宗、金甡、董潮、戴震、钱枚、徐锴、王鸣盛等。其中，引用何焯、金甡、赵曦明、潘耒、许庆宗内容较多。孙志祖《文选李注补正》乃是汇辑先哲、时贤众多《文选》诠释内容，并在其基础上生发、考证之作，当属于多次性诠释文献。

五 集解《文选》李善注的诠释著作

《文选集释》二十四卷，清朱珔撰。朱珔（1769—1850），字玉存、兰坡，号兰友。安徽泾县人，三岁而孤，嘉庆七年（1802）进士，选翰林院庶吉士，后授编修，升至侍读。坐承纂官累，降编修。道光元年（1821），直上书房，屡蒙嘉奖，有“品学兼优”之褒。官至右春坊右赞善，后告养归。前后主讲钟山、正谊、紫阳书院二十五年。教学以通经学古为先。与桐城姚鼐、阳湖李兆洛鼎足而三，并负儒林宿望。卒年八十二岁。著述甚丰，有《说文假借义证》、《经文广异》等作。

《文选集释》二十四卷，笔者所据版本乃是光绪元年（1875）泾川朱氏梅村家塾藏书，据朱珔其子朱保元《跋后》云，朱珔治学严谨，考订经籍必须反复考订才下结论。“所著书稿俱屡易，始付钞胥，录藏家塾。”但是经过太平军与清军战火洗劫，“稿俱散佚，乱后搜罗，仅《文选集释》一书尚称完善”，但此书乃是朱珔初撰之稿，其重订及最后定本俱不可得，其侄维垣，亦于乱后收购旧书，偶得重订之后半部。经过朱保元与其侄应坊细加校对，“较初稿所增不下百余条，俱依次编入，间有删改者，亦即更正”[1]。现在所见刻本，前十二卷据初稿，后十二卷据重订之稿。此《跋后》乃是朱保元于同治十二年（1873）岁次癸酉仲冬撰。

《文选集释》是朱珔兼存互析曩哲、时贤有关《文选》善注的考辨、训诂成说，本着信而有征手法，兼容己见之作。涉及文字、音韵、训诂、校勘、名物、典章制度、地理等众多方面的考证。朱珔在卷首《自序》中表明《文选》惟有李善注号称精赡，但是存在诸多缺憾，“骚类只用旧文不复加证，经序数首更绝无诠语，未免于略”[2]。除了李善注本身存在的问题外，还有许多外在的影响，“且传刻转写动成舛误，凡名物犹需补正，并可引申推阐，畅宣其旨”。即在写刻流传过程中，造成了许多讹误，纠谬补阙等方面也存在诸多问题和不足。朱珔称：“前代诸家率湮没罕行者，近人如汪师韩门侍读、孙颐谷侍御，虽弥罅塞漏，终属寥寥。”[3] 总之前贤今人对《文选》李善注所作工作，在朱珔看来，充其量只是“弥罅塞漏”，不全面、彻底，面对李善注本身及研究李善注的著述中存在的诸多问题及不足，朱珔撰写此书给予纠正。其诠释对象是李善注，因此当属于《文选》李善注诠释体系。

朱珔《自序》中称“援引曩哲外，更多时贤，故名曰《集释》”。在讲明李善注研究中存在的众多训诂、考辨等方面的问题及不足外，其曰：“顾欲荟萃群言，应自哂不知量矣。”这是自谦之言，但是也表达了欲荟萃群言的诠释目的。

观其书，其中征引了大量先哲、时贤有关《文选》李善注的研究成果。其中先哲著述涉及了王应麟《困学纪闻》、苏东坡《志林》、焦竑《笔乘》、颜之推《颜氏家训》等。时贤的著述包括了《文选》诠释著作，如孙志祖《文选李注补正》及其《考异》、张云璈《选学胶言》、何焯《义门读书记·文选》、胡克家《文选考异》，此外涉及王念孙《广雅疏证》、郝懿行《尔雅义疏》、方以智《通雅》等考证著作中有关《文选》考证条目。此外还涉及了段玉裁、孙星衍、徐锴、刘攽、顾炎武等人的考证。对诸多选学文献予以汇辑诠释的《文选集释》，当属于《文选》诠释的多次性诠释文献。

---

① （清）朱珔：《文选集释·朱保元跋后》，光绪元年泾川朱氏梅村家塾藏书。

② 《文选集释·自序》。

③ 同上。

六 对李善注编撰雅书体工具书的诠释著作

《选雅》二十卷，清程先甲撰。程先甲（1871—1932），字鼎成，又字一夔，江苏省江宁县人。光绪十七年（1891）举人。光绪二十九年（1903）荐试经济特科，不第。曾任江南高等学堂、南京国学专修馆教授、江苏省署教育秘书等职。致力于小学研究，兼及诗与古文，于选学用力尤勤，《千一斋全书》中收录的选学著述有《选雅》二十卷，《选学管窥》二卷，《文选古字补疏》八卷，《文选校勘记》三卷，《选学源流记》二卷。由于此书随刻随印，故各家藏本多寡不一。

《选雅》乃程氏依据《尔雅》十九篇体例，对《文选》李善注及其征引旧注，以类汇纂，按照《尔雅》篇目分为释诂（卷一）、释言（卷二）、释训（卷四至八）、释亲（卷九）、释宫（卷十）、释器（卷十一至卷十二）、释乐（卷十三）、释天（卷十四）、释地（卷十五）、释丘释山（卷十六）、释水（卷十七）、释草释木（卷十八）、释虫释鱼（卷十九）、释鸟释兽释畜（卷二十）顺序，成二十卷。

据程氏卷首《自序》云："《选雅》何为作乎，将以存古义，资译学者也。"[①] 即其目的有二，一为存古义，二为资译学者。他认为了解三代之训故，可以借助《尔雅》，至于三代之后文章，《昭明文选》作为总集鼻祖，文章巨汇，"上自周秦，下讫齐梁，其间作者类皆湛深训故，而崇贤又承其师曹氏训故之学，作为注释，凡夫先师解说、传记古训、众家旧注，咸箸于篇……是故崇贤之注，一训故之奇书也"[②]。

但是据程氏《自序》交代，当时大师或因其注援据闳博，存其以待研经之用，"抑捃摭之力多而综贯之功鲜"[③]。而小学诸家如《骈雅》、《拾雅》、《比雅》、《续方言》、《广释名》皆采选注以为正文者，另外像段玉裁《说文解字注》、王念孙《广雅疏证》、郝懿行《尔雅义疏》等书采选注为注者，阮元《经籍纂诂》等采选注以入声书者众多，但是"皆具数一体，未有专书"[④]。面对此现状，程先甲依据《尔雅》十九篇体例，以类编成

---

① （清）程先甲：《选雅》，《四库未收书辑刊》肆辑第 8 册，第 2 页。

② 同上书，第 3 页。

③ 同上书，第 2 页。

④ 同上书，第 3 页。

此书。因此《选雅》当属《文选》李善注的诠释体系。

《选雅》是继《毛雅》、《说雅》之后的又一部专书类仿雅著作，在《文选》诠释史上前无古人后无来者，体式上具有独创性。但是它是在诸多文献基础上撰写而成的，据《选雅·略例》知，其主要依据了胡刻本《文选》及其《考异》，另外兼及何焯《义门读书记·文选》、陈景云《文选举正》、梁章钜《文选旁证》、余萧客《文选音义》、胡绍煐《文选笺证》，这些文献多为《文选》诠释的二次、多次诠释文献，因此《选雅》为多次性诠释文献。

第四节　六臣注《文选》诠释体系

六臣注本、六家注本是李善注本与五臣注本的简单合并，六家本五臣注在前李善注在后，六臣本李善注在前五臣注在后，于重复处有省简，由于现在单行李善注本、五臣注本的阙失及混乱，具体如何省简已经很难详明，但是对二本的合并是《文选》诠释史上一次重要诠释活动，合并后的六家本、六臣本属于多次性诠释文献。历代研究、诠释六臣注者，由于文献阙失，很难确定所依据的是单行本还是合注本，基于李善注为二次性诠释文献，五臣注为多次性诠释文献，对六臣注研究的著作，不管依据了单行本还是合注本，都是多次性诠释文献。

一　补充六臣注《文选》的诠释著作

元刘履《选诗补注》八卷。刘履，字坦之，元末明初上虞人，据《四库提要》知："（刘履）入明不仕，自号草泽间民，洪武十六年诏求天下博学之士，浙江布政使强起之至京师，授以官，以老疾，固辞，赐钞遣还，未及行而卒，《浙江通志》列之《隐逸传》中。"[①] 另据明清编纂的几种上虞县志，其乃宋侍御史忠公四世孙，元末避乱太平山，号草泽闲民。洪武十二年冬征天下博学老成之士，浙江布政使强起之，至京师，见太祖于奉天殿，将授官，以老辞。有《风雅翼》传世。

---

① （清）永瑢、纪昀：《四库全书总目·风雅翼十四卷提要》，《四库全书》第1370册，第1页。

《风雅翼》共十四卷，包括三部分。第一部分为《选诗补注》，共八卷，以《文选》中各诗为诠释对象。主要是依据五臣旧注、曾原《演义》，“各断以己意”，对选诗进行删补训释。第二部分为《选诗补遗》，共两卷，选取南朝之前，刘履认为当入《文选》而未入之散见诸书的古歌谣辞，共四十二首。目的是补《文选》之缺。第三部分为《选诗续编》四卷，选取唐宋以来，能为《文选》嗣音之诸家诗词中近古者，共一百五十九首，编为四卷。《提要》指出：“其去取大旨本于真德秀《文章正宗》，诠释体例则悉以朱子《诗集传》为准。”[①] 其中第二部分《选诗补遗》、第三部分《选诗续编》乃是刘履补选诗、续选诗之作，不属于《文选》诠释著作范畴，因此只以第一部分《选诗补注》为研究对象。

据《提要》知，《选诗补注》在删补训释过程中，主要依据了五臣注和曾原《演义》。探求其诠解，于李善注也有采纳，只是不如五臣注采用得广泛。刘履在补注选诗时，对李善注、五臣注中精辟论断及名物训释等，偶尔会原文引入，并标以注者，如阮籍《咏怀诗》十三首题解中，刘履标注曰：“李善曰：‘嗣宗身仕乱朝，常恐罹谤遇祸，因兹发咏，故每有忧生之嗟，虽志在刺讥，而文多隐避，百代之下难以情测也。’”[②] 这是李善对阮籍《咏怀诗》的精辟把握，揭示了《咏怀诗》的写作背景、写作内容、写作目的及“文多隐避”的特点。

再如，左思《咏史》中“吾希段干木，偃息藩魏君”首，其对此诗隐含意旨的揭示是直接引用刘良成说：“此述干木、仲连，洁己利物，以刺当世之无功而贪爵禄者也。”[③]

这些对李善注、五臣注的引用只占少数，大部分都是糅合、参照了李善注、五臣注，以己意断之，并以己语表述而出，有的还略有改变，或增加了部分内容，如《古诗十九首》中“生年不满百”首，刘履注曰：

> 赋也，秉，执也，兹，年也。《吕氏春秋》云：“今兹美禾，来兹美麦。”嗤，笑也。王子乔，周灵王太子晋也。《列仙传》谓其好吹

---

① （清）永瑢、纪昀：《四库全书总目·风雅翼十四卷提要》，《四库全书》第1370册，第46页。

② （元）刘履：《风雅翼·选诗补注》，《四库全书》第1370册，第46页。

③ 同上书，第62页。

> 笙，有道士浮丘公，接以上嵩高山，后乘白鹤过缑氏山头，举手谢时人而去。此勉人及时为乐，且谓仙人难可与并，使之省悟，盖为贪吝无厌者发也，其亦《唐风·山有枢》之遗意欤。①

再看善注内容：

> 生年不满百，常怀千岁忧。（孙卿子曰："人生无百岁之寿，而有千岁之信士，何也？曰：以夫千岁之法自持者，是乃千岁之信士矣。"）昼短苦夜长，何不秉烛游？为乐当及时，何能待来兹。（《吕氏春秋》曰："今兹美禾，来兹美麦。高诱曰：兹，年。"）愚者爱惜费，但为后世嗤。（《说文》曰：嗤，笑也。）仙人王子乔，难可与等期。（《列仙传》曰："王子乔者，太子晋也，道人浮丘公接以上嵩高山。"）②

六臣注中的五臣注内容：

> 生年不满百，常怀千岁忧。（向曰："人生不满百年而营千岁之计，常以为忧也。"）昼短苦夜长，何不秉烛游？（良曰："秉，执也。"）为乐当及时，何能待来兹。（济曰："来兹，谓后期也。"）愚者爱惜费，但为后世嗤。（翰曰："至愚之人皆爱惜其财不为费用，一朝所灭为后世所笑。"）仙人王子乔，难可与等期。（向曰："难可与之同为不死也。"）③

刘履的解释几乎都是从李善注、五臣注中摘出，第二段对此诗意旨、写作目的及源流追溯则是在六臣注基础上，加上刘履个人的理解，进行的总结。由此可知，其《选诗补注》应当属于六臣注诠释体系。但是因为其重在意释，故对五臣注的重视要大于李善注。此外《选诗补注》多处引用了

---

① （元）刘履：《风雅翼·选诗补注》，《四库全书》第1370册，第10页。

② （梁）萧统编，（唐）李善注：《文选》，中华书局1987年版，第1349页（李善注用括号表示——引者注）。

③ （梁）萧统编，（唐）李善等注：《六臣注文选》，第542页。

曾原《演义》，主要是对诗篇意旨、隐藏内涵进行挖掘，其集中论述的诠释方式与刘履《选诗补注》相类，对它的引用是对六臣注的补充。总之，《选诗补注》属于六臣注诠释体系，但是对五臣的重视要大于李善注，这在《文选》诠释史上是比较独特的。

刘履《选诗补注》，在诠释体系上属于六臣注诠释体系，其前出现的六臣注诠释体系的著作并不是很多，主要是合注本六家本、六臣注本的出现。据傅刚《文选版本研究》，最早六家本出现在北宋元祐九年（1094）刊刻的秀州州学本。最早出现的六臣注本则是出现在南宋的赣州本及建州本。刘履的《选诗补注》出现在六家本、六臣本之后，是继两个合注本之后的一部专门补充选诗注释的著作，当属于多次性诠释文献。

二 削删六臣注《文选》的诠释著作

明张凤翼《文选纂注》十二卷。张凤翼（1527－1613），明长洲人，字伯起，号凌虚，又称灵虚先生，泠然居士。嘉靖六年生，万历四十一年卒，年八十七。与弟献翼、燕翼并有才名，时人称曰“三张”。凤翼年三十八中举人，会试未第。遂绝意仕途。晚年鬻书自给。

《文选纂注》十二卷，张凤翼生活在嘉靖（1522—1566）、万历（1573—1620）年间。其选学成果代表了这两个年代选学的成就。卷首张凤翼所撰《序》曰：“唐有李善注，又有五臣注，其间参经例传，探颐索隐，亦云博矣。”可见他是比较看重李善注和五臣注，但是二注本身又存在着很多问题，“错举则纷还而无伦，杂述亦纠缠而鲜要；或旁引效颦，或曲证添足，或均简而重出，或比卷而三见，盖稽古则有余，发明则不足。宜眉山氏有俚儒荒陋之讥，而令览者不终篇而倦生也”①。他认为李善注与五臣注缺乏条理性、诠释重心不明、征引内容繁杂，因此对李善注、五臣注重新进行了删繁就简、突出中心、纠正错乱等。其诠释主要是针对李善注、五臣注中的诸多问题，力求以简省、条理、释义明晰的纂注形式对选注做一鲜明的删减和调整。从其实际纂注征引资料看，绝大多数是李善注与五臣注中内容，当属于六臣注诠释体系。

张凤翼《文选纂注》诠释对象李善注、五臣注是二次性和多次性诠释文献，故当属于多次性诠释文献。

---

① （明）张凤翼：《文选纂注》，《四库全书存目丛书·集部》第285册，第22页。

第三章

《文选》诠释体系研究(下)

第一节 《文选》正文及李善注诠释体系

所谓《文选》正文及李善注诠释体系是以《文选》正文及李善注为诠释对象的《文选》著述所形成的体系，共包括十部诠释著作。需要说明的是《文选》正文及李善注诠释体系与《文选》李善注诠释体系的划分，比较容易混淆。尤其是清代多部诠选之作都是以李善注本——胡克家重刊的尤本为据，容易以此为《文选》李善注诠释体系。此类著述，重点看其诠释目的是意在研讨《文选》正文及选注，还是意在恢复李善注本原貌。二者都对正文有研讨，但是前者重在正文本身，如诗文分析、点评，正文古字的搜辑等。后者重在对李善注本原貌的恢复，如对尤本或是毛本的校勘考辨等。不能因为都针对了《文选》正文而一概归为《文选》正文诠释体系。二者侧重点不同，划分体系也会不同。如余萧客的《文选音义》，虽然大部分内容针对了正文的校勘，但是其目的在于恢复毛氏汲古阁本的原貌，因此归其为《文选》李善注诠释体系。

一 整理《文选》正文及李善注的诠释著作

(一) 清汪师韩《文选理学权舆》

汪师韩(1707—1774),浙江钱塘人,字韩门,号抒怀,又号上湖。雍正十一年(1733)进士,改翰林院庶吉士,散馆编修官,以母病乞归,遂丁忧。后荐召校勘经史,乾隆八年(1743),充湖南学政,大学士傅恒荐入上书房,复授编修,任官职。未几,落职游畿辅,直隶总督方观承廷请他主持莲花池书院讲席。乾隆三十九年(1774),因病还乡,当卒于此年。少即以文名驰骋四方,中年以后,锐意研究经学,于诸经都有著述。

《文选理学权舆》(八卷)是汪师韩整理、类辑《文选》正文、李善注之作。据汪氏《自序》称,其书"取选注以类别为八门",即:"撰人"、"书目"、"旧注"、"订误"、"补阙"、"辩论"、"未详"、"评论"。除此八门外,还有"质疑"部分,乃汪氏读选时所见"注有征引之未当,阙疑之欲补"内容的汇辑。据其《自序》交代,八门中"旧注"附于"书目"之后,"补阙"附于"订误"之后,将"评论"分为三,"质疑"分为二。但是实际分卷中,"评论"实际为二卷,"质疑"为一卷,孙志祖认为,《文选理学权舆》是"先生未卒业之书也"[①]。据汪氏《自序》讲,"评论"部分,"间有记忆未全者,客游无书且先提其要以俟他时补缀","质疑"部分"后有所见,更续增焉"[②],依据其《序》所讲,对比《权舆》(以下《文选理学权舆》简称《权舆》)实有卷数,孙氏称现在所见《权舆》为汪氏"未卒业之书"是有道理的。

据汪氏自称八门内容是"取选注以类别"[③],但实际情况并非如此。其中"撰人"部分是对《文选》著者,按照名字、《文选》所收著作,依朝代顺序给予汇辑整理。这些内容都是来自《文选》正文内容,而非来自选注。"评论"部分汇辑了历代儒者评论、考证《文选》及选注的文献资料,涉及内容广泛,不仅收录了新、旧《唐书》等史书内容,更收录了自唐到明著名学者的重要著述、笔记中有关《文选》及其注文的考辨、评论资料。包括唐李匡乂《资暇录》、丘光庭《兼明书》,宋王应麟《困学纪

① (清)汪师韩:《文选理学权舆·孙志祖序》,《续修四库全书》第1581册,第1页。

② (清)汪师韩:《文选理学权舆·自序》,《续修四库全书》第1581册,第3页。

③ 《文选理学权舆·自序》,《续修四库全书》第1581册,第2页。

闻》、苏轼《答刘沔书》、洪迈《容斋随笔》、强幼安《唐子西语录》、晁公武《郡斋读书志》、陈振孙《直斋书录解题》，明末清初方以智《通雅》、顾炎武《日知录》等。两卷评论内容，无疑是清前选学家评选论选重要资料的汇总。内容远远超出了选注本身。至于“质疑”部分，则是汪氏对《文选》及其注文诸多疑误及部分考论内容的汇总。针对的诠释文献同样不仅是李善注，还有《文选》文本本身。

除了撰人、评论、质疑不是单纯的针对李善注外，书目、旧注、订误、补阙、辩论、未详六部分全是针对李善注的。其中“书目”部分，针对李善注引文内容，李善引文涉及了一千七百余种唐前文献资料。汪氏称李善“注所引书，新旧《唐书》已多不载，至马氏《经籍考》，十存一二耳。若经之三十六纬，史之晋十八家，每一洛诵，时获异闻”①。可见李善注是搜辑亡书、异闻的宝库，对于辑佚、考据等有很大帮助，而汪氏倾其心血，将如此繁杂内容依据经史子集方式分类汇辑整理，为后人研究李善注提供了巨大帮助。“旧注”部分，李善征引体例严谨，对收录的前人旧注大都严格注明旧注注者姓名，汪氏对此类内容进行了汇辑。共有旧注注者二十三人及不知名者，并对收录旧注篇目做了统计。“订误”部分收录了李善注中关于正文、注文及相关文献讹误、考辨订正内容，即汪氏所说的：“（李善）以注订行文使事之误，又因文以订他书之误，或选自误及别本误者，其类四十有七焉。”② 可见“订误”一门收录内容，全是李善订补正文及相关文献阙失内容，其中有对著者写作过程中行文、用典、用事等出现的讹误，有选文在流传中出现的文字转写造成的异文、讹文。此外还有对篇目分合的考辨，（据李善注推知）现传《文选》版本中篇目顺序颠倒等。“补阙”一门汇辑了李善依据相关文献，对部分《文选》正文的补充。“辩论”一门，汪氏曰：“史有不载之事，文有率成之篇，一事而说有数端，两说而义可并取，李氏一一辨其得失。”③ 此类内容约有四十三条。“未详”一门，李善虽博览群籍，征引详赡，但是还是有一些内容，尚未解决，李善注释态度严谨，一般都注明“未详”，汪氏对此类内容进行了汇辑。共计九十九条，涉及了人物、名物、山水地名、历史遗迹、典

① 《文选理学权舆·自序》，《续修四库全书》第1581册，第2页。

② 同上书，第3页。

③ 同上。

故等多方面内容。此类内容的汇辑为后人补充、研究李善注提供了方便。

《文选》李善注征引浩博，汪氏在《自序》中称："李注精博，学者萃毕生之力寻绎无尽。"[①] 以上六门正是针对如此繁杂之李善注进行的条分缕析，为后人了解把握李善注提供了很好的帮助。用功之巨，成果之突出，在选学研究史上是卓越的。

综上所述，《权舆》中所包括的八门及最后质疑部分，各有功效。"撰人"、"书目"、"旧注"的汇辑，利于读者对《文选》及李善注进行提纲挈领的把握。"订误"、"补阙"、"辩论"三门则是针对李善注中考订疑误、拾遗补阙等内容的分类汇辑，此三类内容都显示了李善这位诠释巨匠的广博学识及考据能力，是对李善注中精华部分的汇纂。"未详"一门内容是对李善注中未能解决问题的汇总，目的是为后人研究提供方便，如果说"撰人"、"书目"、"旧注"、"订误"、"补阙"、"辩论"六门内容为读者学习、把握《文选》及李善注提供方便。而"未详"一门则为研究者提供了课题。可见《权舆》大部分内容都是做了资料整理汇辑工作，把它作为研读《文选》入门之作，应该很有帮助。

《权舆》中"撰人"一门的诠释对象是《文选》正文。"评论"一门汇辑了自唐至清，从史书到著名学者笔记、信札中关于《文选》及选注的评论。诠释对象是《文选》正文及选注。"书目"、"旧注"、"订误"、"补阙"、"辩论"、"未详"六门，则是以《文选》李善注为诠释对象。"质疑"则是针对《文选》正文及李善注有关问题。由此可见，此书主要以《文选》正文及李善注为诠释对象。当属《文选》正文及李善注诠释体系。

《权舆》八门及最后质疑部分，或针对正文，或针对李善注。其中"撰人"是对《文选》著者资料的再整理，早在《新唐书·艺文志》中就著录有"常宝鼎《文选著作人名目》三卷"，在《宋史·艺文志》中著录为"常宝鼎《文选名氏类目》十卷"。而汪氏在其《权舆序》中亦交代其前有常宝鼎对《文选》著作人名进行整理，对其体例有所了解，但是常宝鼎此书在汪氏之前已经亡佚，再诠释的可能性不存在。而"评论"、"书目"、"旧注"、"订误"、"补阙"、"辩论"、"未详"七门，虽然所涉及内容，尤其是评论部分，汇辑的是自唐至清诸家评选内容，但是这种以类汇集的诠释其前还没有如此全面系统地进行过。最后质疑部分是汪氏读选中

---

① （清）汪师韩：《文选理学权舆·自序》，《续修四库全书》第1581册，第2页。

问题的汇辑，乃是未经之作，其前亦没有专门著述。总之，《权舆》虽然重在对《文选》正文及李善注进行整理汇纂，但是在诠释上开创意义明显。

（二）清孙志祖《文选理学权舆补》

此书写作目的，孙志祖卷末案语曰："上湖先生自叙于前贤评论本有杨升庵，而所辑二卷中未之及，盖客游时偶未携《丹铅录》也。今补之而合《匡谬正俗》、《猗觉寮杂记》之及选学者为一卷。"① 可知孙氏《权舆补》（以下《文选理学权舆补》简称《权舆补》）所补的是汪师韩《文选理学权舆》"前贤评论"部分的内容，体例上全依汪氏：先列所补条目，后列评论者姓名、著书名，后依照其前列出的条目顺序列评论，至于对他们的评论有异议或有考证更详者，则在该条后加按语，如"《出师表》缺句"条，孙氏曰："案李善注云《蜀志》载亮《表》云：'若无兴德之言，则戮允等以章其慢。'今此无上六字，于义有阙误矣。然则《三国志》有此六字而《文选》本缺也。今《文选》本有此六字者，后人所加。升庵乃以为《文选》有而他本缺乎。又案《蜀志·武侯传》亦无此六字，《董允传》有之。"② 此段按语是针对李善注中《出师表》中无"若无兴德之言"六字，孙氏考证今本《文选》、《蜀志·武侯传》及《董允传》，对其论断提供进一步的文献资料。

在《权舆补》中，孙氏补充了颜师古《匡谬正俗》十三条，朱翌（字新仲，舒州人）《猗觉寮杂记》二条，杨慎《丹铅录》五十五条。颜师古《匡谬正俗》、杨慎《丹铅录》、朱翌《猗觉寮杂记》中诸条内容多是关于《文选》正文及李善注的，《权舆补》也当属于《文选》正文及李善注诠释体系。

二 疏证《文选》正文及李善注的诠释著作

唐《五臣注文选》，现在《五臣注文选》单行本极为罕见，已知的有台湾陈八郎本，因为笔者没有获得该版本，暂以四部丛刊本《六臣注文选》为据。虽然在某些方面存在差异，但是应该能够反映其诠释概况。

---

① （清）孙志祖：《文选理学权舆补·孙志祖卷末案语》，《续修四库全书》第1581册，第139页。

② （清）孙志祖：《文选理学权舆补》，《续修四库全书》第1581册，第131页。

李善注撰成于唐显庆三年（658），六十年后，即唐玄宗开元六年（718），工部侍郎吕延祚为纠李善注的不足，集吕延济、刘良、张铣、吕向、李周翰五人重为《文选》作注，被称为五臣注。

五臣在当时并不是著名的学者，因此丘光庭在《兼明书》中敢说："五臣者，不知何许人也。"① 考查典籍，《新唐书·文艺列传中》对吕向有详细介绍："吕向，字子回，亡其世贯，或曰泾州人。少孤，托外祖母隐陆浑山。……尝以李善释《文选》为繁酿，与吕延济、刘良、张铣、李周翰等更为诂解，时号《五臣注》。"② 另外《新唐书·艺文志》记载："《五臣注文选》三十卷，衢州常山尉吕延济、都水使者刘承祖男良、处士张铣、吕向、李周翰注，开元六年，工部侍郎吕延祚上之。"③ 这与吕延祚《进〈五臣集注文选〉表》时的记录相符："往有李善，时为宿儒，推而传之，成六十卷。忽发章句，是征载籍，述作之由，何尝措翰，使复精核注引，则陷于末学，质访指趣，则岿然旧文，只谓搅心，胡为析理？臣惩其若是，志为训释。乃求得衢州常山县尉臣吕延济、都水使者刘承祖男臣良、处士臣张铣、臣吕向、臣李周翰等，或艺术精远，尘游不杂；或词论颖曜，岩居自修。相兴三复乃词，周知密旨。一贯于理，杳测澄怀。目无全文，心无留义。作者为志，森乎可观。记其所善，名曰《集注》。并具字音，复三十卷。其言约，其利博，后事元龟，为学之师，豁若撤蒙，烂然见景，载谓激俗，诚惟便人。"④ 吕延祚评价五臣"或艺术精远，尘游不杂；或词论颖曜，岩居自修"。可见五人在文学创作、文艺理论方面比较擅长，而"尘游不杂"及"岩居自修"也标明五臣大都是淡薄世事，倾心学问之人。

在此表中，吕延祚指出了李善引注繁杂，疏于释意，使人不明就里的弊端，因此对《文选》重新作注，目的在于揭明文意，补充李善注释事忘意的弊病。唐玄宗遣高力士的口敕："朕近留心此书，比见注本，惟只引事，不说意义，略看数卷，卿此书甚好。"⑤ 唐玄宗称许五臣注的原因也在于其弥补了李善注释事忘意的弊病，正因为其简单易懂，且得到玄宗首

---

① （唐）丘光庭：《兼明书》卷四，辽宁教育出版社1998年版，第33页。

② （宋）欧阳修、宋祁：《新唐书》，第5758—5759页。

③ 同上书，第1622页。

④ （梁）萧统编、（唐）李善等注：《六臣注文选》，第1页。

⑤ 同上。

肯，流行当时。后来，宋人又把它和李善的注释合刻，称“六臣注”或“六家注”。

虽然吕延祚对李善注多有排斥，并自高五臣注，但是历代学人并没有因此而看高五臣，反倒是对其贬多褒少，早在唐代李匡乂《资暇录》中就云：“世人多谓李氏立意注《文选》，过为迂繁，徒自骋学，且不解文意，遂相尚习五臣者，大误也。……因而比量五臣者，方悟所注直尽从李氏注中出。开元进表反非斥李氏，无乃欺心欤？且李氏未详处，将欲下笔，宜明引凭证。细而观之，无非率尔。”① 唐丘光庭也对五臣的荒陋进行了批驳，丘光庭曰：“五臣者……所注《文选》，颇为乖疏。盖以时有王张，遂乃盛行于代。将欲从首至末，搴其萧根，则必溢帙盈箱，徒费笺翰。苟蔑而不语，则误后学。习是用略举纲条，余可三隅反也。”② 随后列举了《吴都赋》、支棨藻棁、滥觞等二十一条，批驳五臣注。

到了宋朝，苏东坡更是多次批驳五臣称赞李善注，在《志林》中曰：“（李善注）本末详备，极为可喜，五臣者真俚儒之荒陋者。”③ 南宋文学家洪迈在《容斋随笔》中曰：“东坡诋五臣注文选，以为荒陋。予观选中谢玄晖和王融诗云：‘阽危赖宗衮，微管寄明牧。’正谓谢安、谢玄。……至以导为与谢玄同破苻坚，乃是全不知有史策，而狂妄注书，所谓小儿强解事也。唯李善注得之。”④

综上可知，自唐李匡乂《资暇录》、丘光庭《兼明书》里斥五臣之后，宋苏轼、洪迈，另外还有姚宽、王楙辈无不贬五臣尊李善。在唐宋时期尊李善贬五臣的舆论就非常多。

对于五臣的贬斥一方面是吕延祚在进表中自为标榜，贬斥李善注，而在实际注释中，五臣注明显继承了李善注，虽然不能如《资暇录》中说的：“尽从李氏注中出”，但是不可否认，五臣注多数是对李善注的疏通。五臣注对李善注的明贬暗收行径颇为历代学人不齿，因此招来了更多的贬斥，甚至掩盖了五臣注有价值的一面。另一方面五臣注本身的确存在着荒

---

① （唐）李匡乂：《资暇录》，《四库全书》第850册，第148页。

② （唐）丘光庭：《兼明书》卷四，第33页。

③ （宋）苏轼：《仇池笔记》，第3页。

④ （宋）洪迈：《容斋随笔》卷一，上海古籍出版社1978年版，第7页。

陋之处，苏轼、洪迈等人在批评他们的同时，都纷纷举例说明。总之对自己的过高定位，对李善注的非斥，及自身存在的诸多弊病，导致了五臣注在历代学人评价中遭贬斥的状况。

《四库全书总目·六臣注文选提要》对其的评论倒是比较客观，在指明历代学人对它的批驳后，接着道："然其疏通文意，亦间有可采。唐人著述，传世已稀，不必竟废之也。"①

今天看待五臣注，不仅要摆脱五臣注自我的称许，更要摆脱历代学人的种种贬责，以客观的态度审视五臣注。通过研究它的诠释体系、诠释层次，为《文选》诠释做了哪些工作，价值、地位如何，从而给予一个恰当的定位。

李善注引文提供了大量的文献资料，为读者理解《文选》提供了充足的理解素材。五臣只需在李善注的基础上，以浅近语言表述诗文意义，就能达到其诠释目的，五臣也正是这样做的。这也是李匡乂在《资暇录》中指责五臣"因而比量五臣者，方悟所注直尽从李氏注中出。开元进表反非斥李氏，无乃欺心欤"的原因。

笔者查阅五臣注《文选》内容，发现五臣注多从李善注中来，如《甘泉赋》"平原唐其坛漫兮，列新荑于林薄"：

> 善（引旧注）曰："邓展曰：'唐，道也。'服虔曰：'新雉，香草也。雉、夷声相近。'"（善曰：）"《子虚赋》曰：'案衍坛曼。'新雉，辛夷也。《本草》：'辛夷，一名辛引。'《广雅》曰：'草藂生曰薄。'坛，徒旦切。曼，莫旦切。"
>
> 翰曰："唐，道也。坛漫，广大貌。新荑，香草也。言平原广大之地，香草遍列于林薄之间。"②

李周翰注中，"唐"、"新荑"都是来自李善注，只有"坛漫"一词意义浅近，李善未注，李周翰给予增补。后边的解句则是基于李善注引文内容理解基础上的直接释意。

这样的例子比比皆是，除了对李善注的承继外，对于李善没有注

---

① （清）永瑢等撰：《四库全书总目》，中华书局 1965 年版，第 1686 页。

② （梁）萧统编，（唐）李善等注：《六臣注文选》，第 142 页。

解，或是李善虽然有注，但只是追溯了语源，如此之类，五臣也做了诠释，这些补充是针对正文的直接诠解。如对梁昭明太子所撰写的《文选序》，李善没有作注，五臣予以补充。再如对李善阙注进行补释，如卷十九《神女赋》“王曰：茂矣，美矣，诸好备矣；盛矣，丽矣，难测究矣；上古既无，世所未见，瓌姿玮态，不可胜赞。”《六臣注文选》本中李善未作解释，只列济曰：“瓌美之态不可尽举而赞也。”[①] 是对此段表述意旨的简单揭示。

由以上论述可知，五臣注是鉴于李善注释事忘意的阙失，而对《文选》进行的基于李善注基础上的再次诠解。从其诠释目的看诠释对象针对的是《文选》正文，但是从实际运作看，他们对李善注做了大量的疏通工作。因此属于《文选》正文及李善注诠释体系。

五臣注是基于李善注基础上，针对《文选》进行了一次彻底、系统的疏通文意工作。李善《文选注》是在吸收前人《文选》诠释成果基础上的集解体选注成果，是《文选》诠释的二次性诠释文献，因此五臣注属于《文选》诠释的多次性诠释文献。

三　评点考辨《文选》正文及李善注的诠释著作

清《义门读书记·文选》，何焯撰，蒋维钧编，五十八卷。《义门读书记》乃清蒋维钧辑录的何焯校正诸书之文也。何焯（1661—1722），字屺瞻，号茶仙，江苏长洲人，经历了康熙统治的整个年代。先世曾以“义门”旌，学者称义门先生。孤介好学，康熙四十一年（1702）因直隶巡抚李光地荐，以拔贡生入直内廷，寻特赐进士出身，改庶吉士，授编修，后坐事褫职，仍校书武英殿，康熙六十一年（1722）复原官，赠侍读学士。

何焯文章负盛名而无著作传世，精于校书，所蓄数万卷；又多见宋元旧本，点勘讹脱，分别丹黄，当时藏书如得何氏校本，都以为至宝。所校订《两汉书》、《三国志》，考证尤精核。没后，其从子堂始裒其点校诸书之语为六卷，蒋维钧益加搜辑，编为《义门读书记》一书，考证皆极精审，《义门读书记》中四十五卷、四十六卷、四十七卷、四十八卷、四十九卷共五卷，是何氏点校萧统《文选》内容。

何焯被黄侃称为清代《文选》研究中的“第一人”，一方面是因为他

---

① （梁）萧统编，（唐）李善等注：《六臣注文选》，第 350 页。

是清初选学研究影响最大的一人；另一方面，他对清代选学研究有开启之功。在《义门读书记·文选》中，虽评点与考据并存，但是考辨、校勘、训诂内容实际开启了清代《文选》考据先河，考校方法对后世选学家，如孙志祖、王煦、徐攀凤、于光华等人产生了极大影响。因此何焯在清代选学研究中“第一人”的地位是应该予以肯定的。

何焯研究《文选》有许多独到之处，首先研究方法丰富，兼具评点、考据。此外，考据《文选》依据文献也有了空前的扩展。扩大到史书及注释文献，对《汉书》、《后汉书》、《三国志》等收录的《文选》篇章进行了校勘研究，参阅了大量史注文献，把长期以来人们局限在五臣、李善注及《文选》本身的研究视野，扩大到史注领域。

不仅如此，他还注意吸收前人笔记、专著中关于《文选》研究成果的吸收，如对颜师古《匡谬正俗》中有关《文选》考证资料的吸收，对张凤翼《文选纂注》中有关《神女赋》“王”、“玉”二字考辨结论的采纳，及对时人选学成果的采纳，如《东京赋》中吸收亡友程湘蘅之论，批驳张衡《三都赋》承袭《子虚》、《上林》无当之弊，等等。表现了其研究《文选》的思路是一种兼容并蓄的开放式思路。研究《文选》的依据文献是一种广纳博采的开放式选择观。这种治学态度及方法，非常有利于选学发展，从而为后代选学家以启发。

《义门读书记》是后人裒集何焯点校诸书之作，可从中体察何焯评选的倾力之处：首先其用力最多的还是对《文选》诗文的点评，涉及了《文选》艺术特色的品评、艺术手法的分析、篇章句旨的揭示等多个方面，方式方法及目的都与明代评点著作一脉相承。针对的诠释对象是《文选》文本本身的理解和说明。此外，《义门读书记·文选》中还有部分考据内容，这类内容针对正文、李善注、史书中有关《文选》诗文的考辨、订补等多个方面。综合何焯《义门读书记·文选》各类内容，可见其诠释对象主要针对了《文选》正文及李善注，其诠释体系当属于《文选》正文及李善注诠释体系。

需要说明的是，何焯博涉广采的治学态度和方法，也导致了其研究虽涉猎广博，研究领域众多，却都不甚精深。如《义门读书记·文选》对李善引注内容的校勘核查，就是一个巨大的研究领域，但是他仅仅有所涉及，并没有进行如后来王煦《昭明文选李善注拾遗》、徐攀凤《选注规李》那样普查似的梳理，从而忽略了众多的研究课题。但是不可否认，其在选学研究方法、研究领域的扩展、开启上，不可不谓清代选学研究的领军人物。

四 训诂《文选》正文及李善注音义、典故的诠释著作

清余萧客《文选音义》八卷。余萧客（1732—1778），字仲林，别字古农，江苏吴县人。五岁时，父客游不归，其母亲教他四书五经，晚上则研读《文选》及唐宋人诗古文。年十五通九经，性嗜古籍，闻有异书，必假抄录。

初作《尔雅旧注疏》未就，先成《注雅别抄》八卷，专攻陆佃、罗愿，就质于惠栋，遂著弟子籍。平生以教书为业，时人称其学在王应麟、顾炎武之间。所著《古经解钩沉》三十卷，颇为时人称许。精通《文选》学，著有《文选纪闻》三十卷，《杂题》三十卷，《音义》八卷等。

《文选音义》是余萧客三十余岁时所撰。其家甚贫，家中藏书以千计，“皆奔走数十里，或扁舟，或徒步，闻一异书，必借抄或得观”。以此方式，家中书卷数以千计。沈氏称其“淡于荣利，键户读古二十季”，“而人间寐寐不闻有斯人名字”[①]。另据《四库提要》记载：“（余萧客）有《古经解钩沉》，采掇旧诂，最为详核。”[②] 可见余氏醉心学问，以对旧经解的搜辑考据最为擅长。《文选音义》是其中年所作，疏漏颇多，《提要》为其总结了八条罅漏之处：（1）征引亡书，不具出典。（2）本书尚存，转引他籍。（3）嗜博贪多，不辨真伪。（4）摭拾旧文，漫无考证。（5）叠引琐说，繁复矛盾。（6）见事即引，不纠本始。（7）旁引浮文，苟盈卷帙。（8）抄撮习见，徒溷简牍。[③] 涉及了诠释体例、诠释方法、诠释效果等各个方面的弊端，认为其远远没有《古经解钩沉》值得称道，两书优劣对比如此鲜明。《提要》分析造成两书优劣差距如此之大的原因是：“盖萧客究心经义，词章非所擅长，强赋六合，违才易务，其见短也宜矣。”[④]

余萧客在《序》中回顾《文选》最初诠释概况，指出《文选注》有公

---

① （清）余萧客：《文选音义·沈德潜序》，《四库全书存目丛书·集部》第288册，第225页。

② （清）永瑢、纪昀：《四库全书总目·文选音义八卷提要》，《四库全书存目丛书·集部》第288册，第327页。

③ 同上书，第327—328页。

④ 同上书，第329页。

孙罗、李善、李邕、五臣。《文选音》有萧该、许淹。《文选音义》有公孙罗、僧道淹、曹宪、李邕。但是这些注书大部分都已经亡佚了，可见到的只有李善注、五臣注。李善注、五臣注在赵宋时已经合为六臣注。在其《序》中，余氏表现出了明确的崇李善注贬五臣注的态度，他认为五臣注"空据本文，每条加十许字，映带作转，其所发明往往本文自明，无待辞费。至于颠倒事实，乖错文义"，时有所见，提出"其为俚儒荒陋，不足继起李善"①。

基于对五臣认识上的偏颇，余氏认为当时的六臣注本"割五臣之羔褎饰李善之狐裘，遂使侍郎越次，崇贤降阶"。而且六臣本中的善注"或零断无文句，或割以益五臣，多则窽举注文，少则妄删所引"。当时的毛氏汲古阁刻本独存李善注，虽然其中又误入向曰、铣曰十数条，但是为当时士人所推崇，在当时是研究李善注的最好本子。何焯《义门读书记·文选》，即以汲古阁本为善本，余氏继承何氏观点，并以何本为底本，"益以所闻，摘字为音，作《音义》八卷"②。

综上所述，余氏认为五臣注荒陋，六臣注中李善注、五臣注混淆，相较之下，毛氏汲古阁本为独存李善注，故以何焯本为底本，对毛氏汲古阁本进行了研究。

研究过程中，释音内容先列李善注本中之音，后以旧刻补充。对其他文献的参阅：一是对汲古阁注本异同的参校，结论标注其下，叶韵从沈重。对于偶见音叶无考者，则阙疑。五臣注可备一说及可补李善注阙者，列于音后。释义内容主要涉及拾遗补阙、考辨疑误等，绝大部分是广采博取，增补逸闻野史及典故，缺乏考证。因为他对《文选》中的字音进行了从头到尾的汇辑考释，对善注也进行了部分增补，当属于《文选》正文及李善注诠释体系。

所依据的何本是何氏考校毛本善注《文选》之成果，属于多次性诠释文献，余氏《音义》在何氏本基础上，"益以所闻，摘字为音"。当属于《文选》的多次性诠释文献。

---

① （清）余萧客：《文选音义·自序》，《四库全书存目丛书·集部》第288册，第226页。

② 同上。

五 考辨订正《文选》正文及李善注的诠释著作

（一）清徐攀凤《选学纠何》

《选学纠何》，徐攀凤撰，李之亮校点该书采用了《艺海珠尘》本为底本。《选学纠何》是徐氏纠正何焯考评《文选》有关内容而撰写的一部选学著作，何焯评选内容在有清一代影响很大，徐氏评曰："义门何先生之读《选》也，率以李崇贤注为宗，评本嘉惠后学，越百年矣。"[①] 何氏以毛本李善注为据，进行考辨点评，是对李善注的诠释、研究，其中存在着一些阙失。徐氏"既乐味其精美，不揣固陋，另作《纠何》一卷，遥质先生焉"[②]。明确标明了《纠何》一书就是针对何评阙失内容而展开的考辨纠补，考辨条目共计一百三十九条。

何焯诠释《文选》体现出了一种开放式的诠释态度，涉猎广泛。有针对正文的点评、校勘，也有针对李善注的考辨纠补。在诠释体系上属于《文选》正文及李善注诠释体系。徐氏《纠何》属于典型的考据类选学著作，对何评中的疑误阙失进行逐条考辨，采用了考据学派经常用到的考辨疑误、拾遗补阙两种诠释方法。其考订的内容虽然针对的是何氏考评李善注《文选》内容，但是实际上是对《文选》考辨的延伸，本质上属于《文选》正文及李善注诠释体系。

何焯《义门读书记·文选》属于多次性诠释文献。徐氏《纠何》是对其考辨条目及评析选文内容的再次诠释，因此当属于多次性诠释文献。

（二）清梁章钜《文选旁证》

梁章钜（1775—1849），字闳中，一字茝林，晚号退庵。祖籍福建长乐县，居住在长乐南乡之江田里。梁章钜十四岁入鳌峰书院，乾隆五十九年（1794）中举人，嘉庆七年（1802）进士，授庶吉士。嘉庆十年（1805），任礼部主事。先后在福建、湖北、江苏等地任职。道光十八年（1838），上疏主张重治鸦片囤贩之地。道光二十一年（1841），亲自带兵防守梧州。同年，调任江苏巡抚，带兵到上海会同江南提督陈化成部署抗英。同年八月，署理两江总督兼两淮盐政。十一月病发，专折奏请开缺调理。道光二十九年（1849）病逝。平生综览群籍，熟于掌故。喜作笔记小

---

① （清）徐攀凤：《选学纠何》，《清代文选学珍本丛刊》本，第189页。

② 同上。

说，精对联，也能诗。著作颇多，五十余年著作共计七十余种，为清代各省督抚中著作最多者。比较著名的有《文选旁证》、《制义丛话》、《浪迹丛谈》等。

《文选旁证》四十六卷，是裒集此前有关《文选》研究成果，参校众本，对《文选》李善注进行的一次网罗式的汇辑、证发诠释工作。是书产生后，评价颇高，阮元在《旁证》（以下《文选旁证》简称《旁证》）卷首《序》中称此书“沉博美富”，乃“此书之渊海”。并标明本“欲荟萃诸本为校勘记……读梁中丞此书刻本，得酬夙愿，使元为校勘记，亦必不能如此精博也”[①]。阮元此序揭示了《旁证》成就重在荟萃诸本，并为校勘记，其功在校勘方面，而非在彰显撰者学术功力的考辨方面。朱珔卷首《序》中，亦称赞其书乃考证增补李善注的“集大成者”，表现了其诠释重在汇辑。李慈铭称《旁证》：“考核精博，多存古义，诚选学之渊薮也。”[②] 李慈铭的评价中提到了《旁证》考核精博及多存古义两个特点，是几人评价中唯一一个赞许《旁证》考证功力者，但其又说《旁证》为选学渊薮，也突出了《旁证》汇辑之功。

《旁证》针对的诠释对象比较集中，梁氏卷首《自序》称：“（李善注本）但阅时已久，显庆经进原书竟坠，淳熙添改重刊，孤传居乎今日，将以寻绎崇贤之绪，不綦难哉。”[③] 为此展开了寻绎李善注的工作。另据其《自序》交代，所依据的版本乃是“得鄱阳师新翻晋陵尤氏本”，即以胡克家重刻后的尤袤本。它是当时被士人普遍认同的单行李善注本。

《旁证》诠释工作贯穿了梁氏比较成熟的诠释原则：“合观诸刻，窃谓李氏斯注，引用繁富，为之考订校雠者，亦宜博综。详哉言之，爰聚群籍相涉之处，悉加荟萃，上罗前古，下搜当今，期于疑惑，得此发明，未敢托为抱残守阙自限。”[④] 梁氏认识到李善注的特点在于征引的浩博上，对它的考订校雠采取了“博综”原则，这一原则决定了其诠释方法以广泛征引相关文献为主，即其所说的“上罗前古，下搜当今”。

其诠释工作涉及了校勘讹误、考辨疑误、拾遗补阙等方面。在其“博

---

① （清）梁章钜：《文选旁证·阮元序》，《续修四库全书》第1581册，第199页。

② （清）李慈铭：《越缦堂读书记》（五），辽宁教育出版社2001年版，第820页。

③ （清）梁章钜：《文选旁证·自序》，《续修四库全书》第1581册，第200页。

④ 同上。

综”原则下，搜集罗列相关文献，针对《文选》正文及李善注展开诠释。

综合其诠释对象、依据文献、诠释方法等，可知其诠释针对的对象是李善注和《文选》正文，《旁证》当属《文选》正文及李善注诠释体系。

《旁证》诠释的一个突出特点就是对前人及时人考辨《文选》内容的汇辑、征引，《凡例》称采用书达一千三百余种。考查其书，并没有如此之众，引用《文选》诠释著作及相关文献资料达三十七种之多。朱珔卷首《序》称《旁证》乃是“集大成者”，可见梁氏撰写《旁证》，借鉴、汇辑了有关《文选》的大量资料。征引选学著述比较多的有余萧客《文选音义》、何焯《义门读书记·文选》、陈景云《文选举正》、孙志祖《文选考异》、胡克家《文选考异》、张云璈《选学胶言》等，征引时人考证条目者有姜皋、顾千里、孙义钧、朱珔、钮树玉、朱绶等。这些内容多为《文选》诠释的二次性、多次性诠释文献，梁章钜《旁证》荟萃选学成果证发其诠释观点的诠释意图非常明显，这种汇证诠释方法决定了《旁证》乃是《文选》诠释的多次性诠释文献。

（三）清赵晋《文选叩音》

《文选叩音》，清赵晋撰。赵晋生平不详。《叩音》（以下《文选叩音》简称《叩音》）内容很少，共计四十四条，内容驳杂，涉及诗文评析、考辨补遗、校勘等多个方面，针对《文选》正文及注文。为赵晋平时读选研选考证评析条目的汇辑。赵晋卷首短《序》曰：“《法言》云：‘一卷之书，不胜异意。识大识小，是在其人。读《文选》注，妄参鄙意，识其小者而已。以云驳义，则吾岂敢。’”[①] 赵晋据《法言》表明，由于不同的人识见不同，对同一卷书的理解也会不同，产生了“识大识小”的认知结果，此论断与现代“一千个读者心中有一千个哈姆雷特”的文学理论是一样的，合乎文学欣赏规律。赵晋自称其书乃是针对选注“妄参鄙意”，“识其小者”之作，自言不敢为“驳义”，这些都是自谦之词。其书内容不多，但是条条内容都考论翔实，引证博洽，识断颇高。

《文选叩音》共四十四条，其中针对李善注疑误阙失者，共十六条，针对李善注所引旧注疑误阙失者共六条，可一并看作对李善注的考辨，共计二十二条。此外，《叩音》中许多条目涉及了评析选文、品评著者优劣、

---

① （清）赵晋：《文选叩音》，《丛书集成》（补印本），商务印数馆出版 1960 年补印，第 1 页。

揭示选文写作背景、校勘文字、明避讳等内容，都是针对正文的，此类内容共计二十条。此外，还有针对颜师古注一条，针对《北堂书钞》一条，可见《叩音》考论评析的内容主要是针对李善注和《文选》正文的，当属《文选》正文及李善注诠释体系。

（四）清末李详《选学拾沈》

李稚甫校《李审言文集》中的《文选学著述五种》收录了李详研究《文选》的主要成果：《选学拾沈》、《韩诗证选》、《杜诗证选》、《文选萃精说义》和《李善文选注例》。李详生平在第二章《韩诗证选》、《杜诗证选》中已经交代过，此处不再赘述。

《选学拾沈》中“沈”字，《说文》：“汁也，从水审声。《春秋传》曰：‘犹拾沈。’”[①]“拾沈”就是拾取细小的汁液或是水滴，“拾沈”实则是作者自谦之语。在其《自序一》中指出，“从师受读，涉猎之余，爱诵《文选》，钻味善注，资为渊海。视有遗意，间复研究”[②]。对选学的研究比较早，一直用心颇勤。另据《自序二》知，《选学拾沈》在其三十岁时就已经写成。王先谦对其下的批语是：“阅生所撰各条，并皆佳妙，无可訾议，只恨少耳。”[③] 李详亦欲对其进行增补，“自谓后当有得，别为专书”。但是“忽忽四十余年，病体日羸，此愿竟废。偶检旧书中有此册，鼠啮其背，取而视之，所考各条，与今所见，亦复不易”[④]。可知《拾沈》不仅获得了王先谦的称赞，而且经过四十多年后，李详仍认为所考内容确凿，因此《拾沈》内容考证精深，值得肯定。

总揽《拾沈》一书，共计七十九条，基本上是针对《文选》正文及李善注疑误阙失进行的考证补遗，属典型的考据学著作。李详生活在道光至民国年间，对选学的研究涉猎广博，而《拾沈》则比较典型地延续了清代朴学的考据传统，为清代考据派的选学研究画上了完美的句号。

从注释条目看，《拾沈》七十九条中，针对正文的有四十六条，针对李善注及李善征引旧注者三十三条。这些考证没有明确区分李善注及五臣注的目的，也没有考证李善注原貌的意图，难以将其归为李善注《文选》

---

① （汉）许慎：《说文解字》，中华书局1963年版，第236页。

② （清）李详：《选学拾沈·自序一》，《李审言文集》，江苏古籍出版社1989年版，第4页。

③ （清）李详：《选学拾沈·王先谦先生批语》，《李审言文集》，第3页。

④ （清）李详：《选学拾沈·自序二》，《李审言文集》，第5页。

诠释体系。因为具体条目以《文选》正文及李善注为诠释对象，当属《文选》正文及李善注诠释体系。

李详学问广博，对《文选》的注释也是旁征博引，对先哲、时贤选学成果也有所吸收，其中征引了王应麟《困学纪闻》、钱大昕《十驾斋养心录》、胡克家《文选考异》及近人蒋翊清的言论等。由此亦可知李详的《拾沈》，也是对前代选学成果吸收基础上的再诠释，当属《文选》多次性诠释文献。

六　研究《文选》正文及李善注古今字的诠释著作

《文选通假字会》四卷，清杜宗玉（1840—1910）撰。杜宗玉生平不详。是继薛传均（1788—1829）《文选古字通疏证》六卷，吕锦文（1819—1852）《文选古字通补训》四卷、《拾遗》一卷之后的又一部专门研究《文选》正文、注文古今通假字的专著。

卷首谭复堂《序》曰："甘泉薛子韵氏生小学明备之日，奉手通人，折衷经典，撰《文选古字通疏证》，引申触类，各有依据。数十年间，好学深思熟精选理者，颇病其缺漏，今乃松滋杜君午丞，讲舍余暇，泚笔补之，如数家珍，如入宝山，左右采获，详说反约于是知古昔作者，涉笔摛藻，异同间出，有用本字而退借字，亦有用孳生字以代本字，渊源绪业，轨辙可寻。于以周文章之艺术，广文字之义例，抑亦居今稽古，论世知人之径隧。"[①] 至于其命名原因，杜氏曰："甘泉薛氏撰辑《文选古字通疏证》共一百九十余条，兹编悉仍其例，惟本条下寅演处较多耳。《说文》'会，合也，从合曾省，曾，益也。'名曰《通假字会》，取增益义。"[②] 从其命名上可知是书是对薛传均《文选古字通疏证》的增益。

笔者没有找到清薛传均《文选古字通疏证》一书，因为杜宗玉《文选通假字会 》是补遗此书的著作，二者在诠释上存在承继关系，因此以杜宗玉《文选通假字会》为此类的代表加以研究。

据卷首谭复堂《序》知，鉴于薛传均《文选古字通疏证》"引申触类，各有依据。数十年间，好学深思熟精选理者，颇病其缺漏"。因此杜宗玉

---

① （清）杜宗玉：《文选通假字会·谭复堂序》，光绪二十二年太岁丙申秋九月孝感学署刊本。

② （清）杜宗玉：《文选通假字会·凡例》。

“讲舍余暇，泚笔补之”。此外在《文选通假字会·凡例》第一条中曰：“凡遇薛书所已载者，概不赘。”可知《文选通假字会》是杜宗玉对薛传均《文选古字通疏证》的进一步增补，其诠释对象应该与薛氏《古字通疏证》一样，都是针对《文选》正文、善注中存在的古今字、通假字进行的疏证。在具体增补中，“薛氏既有前编，补录期于无漏，或有注中不言同通，并未引他书训释者，遇有古人通用之字，亦登于篇，期于拾补，无嫌破例”[①]。“无漏”二字，表明其补遗《古字通疏证》的目的在于求全求备，故在《凡例》中对收录与不收录的内容进行了详细交代。(1) 善注中没有明言其同通且未引他书训释者，有些为古人通用之字，《字会》(以下《文选通假字会》简称《字会》) 予以收录疏证。(2) 原注有或体，而实为古人通用字者，详著于篇。(3) 善注称“古字通”、“某与某同”、“某与某通”者，详释之。(4) 善注不言同通，但注中引用之字与原文互歧者，此为通假，给予证明。

从四条收录范畴，可以看出，对《文选》通假字的研究，李善注是主要来源和凭据。李善注中对通假字的论断，几乎全盘接受并详加训释论证。但是《文选》正文也是其研究的主要依据和对象，在《凡例》中，其曰：“《文选》一书为词章之总汇，亦小学之津筏，是编疏明通假多引彼文证此文，彼注证此注，诚以六代词人皆通故训，李氏著录，自有渊源，彼此参差，多可通假，借以发明，无俟他求也。”杜氏认为六代词人皆通故训，《文选》所汇实为研究小学的津筏，它们与精通音训的李善注互相对照，互相发明，参差不同处多为通假字，这也是杜氏搜求通假字的来源。由此可知，《文选》正文与李善注是其研究的对象。则《字会》当属《文选》正文、李善注诠释体系。

第二节 《文选》正文及六臣注诠释体系

该体系包括的五部《文选》诠释著作全是多次性诠释文献，其中闵齐华《文选瀹注》、凌濛初《合评选诗》、洪若皋《昭明文选越裁》三部都是对《文选》正文及六臣注进行删注评点的著作。于光华《文选集评》、方

---

① （清）杜宗玉：《文选通假字会·凡例》。

廷珪《文选集成》是对《文选》正文及六臣注删注评点内容汇集之作，前者重在纂集，后者重在融合发明。此诠释体系主要是为当时士子备战科举而产生的。除了评点内容可以为我们提供研究明清时期选学家赏析、评点诗文的材料外，其他诠释意义不大。

一 删注评点《文选》正文及六臣注的诠释著作

（一）明闵齐华《文选瀹注》

《文选瀹注》，又名《孙月峰先生评文选》，三十卷。明孙矿评，闵齐华注。所据版本为二，一是《四库全书存目丛书》集部二百八十七册中收录版本，为广西师范大学图书馆藏明末乌程闵氏刻本。标有两名，一为《文选瀹注》，另外以小字标出《孙月峰先生评文选》，卷首有钱谦益的《序》、闵齐华的《文选瀹注·凡例》及正文，共三十卷。所依据另一版本是明天启二年乌程闵氏墨色套印本，共十六册，卷首只有闵齐华所撰《凡例》，没有钱谦益的《序》。

参据两版本的原因是《四库全书存目丛书》本在影印中存在很大阙失。首页明确标出《文选瀹注》、《孙月峰先生评文选》两名，卷首闵氏《凡例》中也明确指出是书收录了孙月峰手裁之评，并进一步指出其评乃“仲兄翁次宦游南都，先生手授焉，不敢秘之帐中，遂以公之同好”[①]。另据《四库提要》载：“是书以六臣注本删削旧文分系于各段之下，复采孙矿评语列于上格，盖以批点制艺之法，施之于古人著作也。”[②] 由以上三点可以证明《存目丛书》收录本并存闵氏《瀹注》（以下《文选瀹注》简称《瀹注》）及孙矿《评文选》，并据《提要》知“孙矿评语列于上格”，即以眉评形式标出。但是通览《存目丛书》所收《文选瀹注》，自始至终都没有眉评出现，只有闵氏《瀹注》内容，却没有孙氏《评文选》内容。可见《存目丛书》本漏掉了孙氏眉评。

笔者又查阅了山东大学图书馆收藏的明天启二年乌程闵氏墨色套印本，孙氏眉评内容完整。不仅如此，据《凡例》知，闵氏也据各本异同进行了校勘，不同内容摘出并标在了天头上，为了与孙氏评点内容相区别，

---

① （明）闵齐华删注，孙矿评：《文选瀹注》。

② （清）永瑢、纪昀：《四库全书总目·文选瀹注三十卷提要》，《四库全书存目丛书·集部》第 287 册，第 677 页。

在标注时，比孙氏讲评内容低了一黍，可知闵氏校勘内容全以眉评方式出现，这样《存目丛书》本眉评内容的漏脱，导致孙氏评选、闵氏校勘内容的阙失，因此参阅了明天启二年乌程闵氏墨色套印本。

孙矿（生平资料来自徐乾学《明史》卷八十五）(1543)，明孙陞幼子，字文融，号月峰。生于嘉靖二十二年（1543—1613），余姚（今浙江慈溪）人。其祖为弘治间进士，曾任河南布政使。其父为嘉靖十四年(1535）进士，累官礼部侍郎。其兄孙铣、孙铤都是嘉靖年间进士。是诗礼之家，书香门第。孙矿自幼博学多智、才气横溢，万历二年(1574)，考得会试第一名，授兵部主事，不久改为吏部文选郎中。万历十九年（1591）后改任左佥都御史、山东巡抚、刑部右侍郎、兵部右侍郎等职。于万历三十七年（1609）致仕还乡，“布衣疏食，恬然自得”。万历四十一年（1613）卒，享年约七十。孙矿不仅在政治上有才干，更是一位精通经史，琴棋书画无所不能的才子。他用其毕生精力，批注百家，自成一言。并有《孙月峰全集》十二卷风行一时，并且流传至今。

闵齐华，明乌程（今湖州）人，崇祯中以岁贡任沙河知县，有《文选瀹注》一书。据《浙江通志》知，明朝湖州以晟舍凌、闵二氏的雕版套色印书名闻全国。闵氏雕版印书商以闵齐伋为代表，其兄闵齐华及族中闵元衢、闵振声、闵振业等的套版印书业都很有名。可见闵齐华生活在一个雕版印书的大家，其在套版印书业方面也有成就，现在所见到的《文选瀹注》版本都是闵氏刻本。在提到为何刻印此书时，闵齐华在《凡例》中交代：“仲兄翁宦游南都，先生手授焉，不敢秘之帐中，遂以公之同好。”孙氏能将其评赠给闵氏，《文选瀹注》得以出版，与闵氏乃是当时雕版印刷大户有一定的关系。

《文选瀹注》包括两方面的内容，一是闵齐华删注内容；一为孙矿评《文选》内容。前者名为《文选瀹注》，闵齐华在《凡例》中交代命名原因：“今为芟芜除谬，时以己意裁酌旧文，命之曰瀹注云尔。”钱谦益《序》曰：“瀹之为言有疏通洗涤之义焉。杜之于选理曰精，先生之于选注曰瀹，其理一也。”[①] 即闵氏命名其书为“瀹注”的原因乃有削删繁芜、精简选注之意。至于孙氏评《文选》内容，闵氏在卷首《凡例》中曰：“片语之瑜无不标举，一字之瑕，亦为检摘，诚后学之领袖，

① （明）闵齐华删注，孙矿评：《文选瀹注·钱谦益序》。

修词之指南也。”可见其内容重在指点瑕瑜、品评修辞。

闵氏瀹注与孙氏评选诠释内容不同，一个侧重于注，一个侧重于评，因此其诠释体系当分别论之：

闵氏《瀹注》，重在对选注的删繁就简，诠释对象针对的是选注。当时传播广泛者，一为李善注，一为六臣注。《瀹注·凡例》曰：“《瀹注》大旨本于六臣，而各注之背谬最甚者，莫如骚，虽一字一句，不以君臣标目，则以忠佞分题，无裨作者，徒增哂鄙，今悉考唐宋诸名家及近日文人之所撰述，而以己意融之，不敢妄云有得，庶亦不流支蔓。”可见《瀹注》主要以六臣注为删繁就简的对象，至于其中个别背谬内容，则参阅了唐宋诸家及近代文人的撰述。钱谦益在《序》中亦曰：“(《瀹注》) 大都经李善，纬五臣，而又穿穴子史，搜罗旁魄，裨益其所未备，删繁刈秽，撮要钩玄。”《瀹注》是对六臣注的精简，当属《文选》六臣注诠释体系。

《瀹注》精简体例：改变了李善注、六臣注于文中作解的方式，认为此方式割裂文义，殊不成章，于章节之后作解，《凡例》曰：“文之长者寻其段落，离析之，随以注附于各段之下，其短者及诸诗俱载于一篇之终。”闵氏认为这种分章句注解，“庶览者不难于索解，而亦无至于眴目也”。即长的篇章分段落，将删注后的内容于每段之后作解。对于短的篇章及各诗，则于每篇之终作解。

孙矿《评文选》的诠释对象与《瀹注》不同，闵氏在《凡例》中评价孙氏评选“片语之瑜无不标举，一字之瑕亦为检摘，诚后学之领袖，修词之指南也”。指出其诠释对象是《文选》诗文。诠释方式不仅有赏评，还有圈点，在文中关键句、上下呼应处、精妙处、对应处，加圈点给予标注。由此孙氏评点内容针对的主要是《文选》正文本身，当属于《文选》正文诠释体系。

闵氏《瀹注》与孙氏《评文选》是在前人已有经验基础上写成的。首先，闵氏《瀹注》是《文选》的删注之作，受明朝妄删文章刊刻书籍风气的影响，明删注类著作众多。此前已经有多部《文选》删注著作出现，如张凤翼的《文选纂注》、林兆珂的《选诗约注》、陈与郊的《文选章句》等。《瀹注》对六臣注的删繁就简与张凤翼的《文选纂注》相一致，章句体的应用很明显受到了陈与郊《文选章句》的影响，而《文选》体例上的改变，如篇下题名格式的统一与张凤翼《文选纂注》中提倡的相同。张凤翼在《文选纂注·序》中曰："篇下题名以字者十之八，以名者十之二，既无褒贬之义，殊乖协一之体，今惟称帝则不名，余则皆以名而字，与爵里系焉。"[①] 闵齐华在《凡例》中曰："旧注各篇下题名举字者，十之八九，举名者十之一二，义不褒贬，例不协一，今惟称帝者不名，余皆以名举，而字与爵里及时代并详系焉。"二者提出的问题及解决的方式如出一辙，很明显闵氏承袭了张氏的体例。但是他也有批驳张氏《纂注》体例处，闵氏在《凡例》中曰："近时纂注于诸诗中举王曹之后先，赠答之倒置，五言古首苏李，十九首析为二十首，非不便观，然古来诸书疑则仍疑，误则仍误，注中既已详明，则直□原本可也。"闵氏所提出的《文选》编排中的一些疑误，张氏《纂注》都给予改正，并认为"皆当绳以定则"，而不必偃守其例，对比二人处理的不同方式，闵氏主张保持《文选》原貌，而张氏主张给予改正。考虑到《文选》流传千年，虽人们对其体例有疑惑，但是疑则仍疑，误则仍误，在这种情况下，改变旧体例，并不利于人们对《文选》的接受。不如仍依原本，而在注中标明，闵氏处理方式更客观合理些。闵氏在体例上、删注方式上对前人成就进行了吸收和改进，因此属于《文选》多次性诠释文献。

至于评点，明朝是评点体大盛的时期，孙氏博学多识，对《文选》的评点取得了极大成就，其评点在明清极为盛行。点评内容为后来的许多选学家吸收采纳，但是其成就也是在多部《文选》评点类著作基础上产生的。据孙立先生的《中国文学批评文献学》不完全统计，明代文学选本评点约六十五种之多。[②] 其中关于《文选》的评点类著作在孙矿之前的就有瞿式耜批点的《文选音注》、郑维岳增补及李光缙评释的《鼎雕增补单篇评释昭明文选》、李淳删注评点的《新刻选文选》等。孙矿评点正是基于诸多《文选》评点著作基础上的再次评析，属于多次诠释性文献。

综上所述，闵齐华《文选瀹注》、孙矿《评文选》产生在删注评点极为盛行的明朝万历年间，是基于其前多部《文选》删注、评点类著作基础上的《文选》诠释著作，无论在删注还是在评点上，都属于《文

① （明）张凤翼：《文选纂注》，《四库全书存目丛书·集部》第285册，第23页。

② 孙立：《中国文学批评文献学》，广东人民出版社2000年版，第368—372页。

选》多次性诠释文献。

（二）明凌濛初《合评选诗》

《合评选诗》，《四库全书存目》集部340册收录，名为《选诗七卷诗人世次爵里一卷》，梁萧统选，明郭正域批点，凌濛初辑评，辽宁大学图书馆藏明凌濛初刻朱墨套印本。

凌濛初（1580—1644），明末小说家。字玄房，号初成，亦名凌波，别号即空观主人。浙江乌程（今湖州）人。十二岁入学，十八岁补廪膳生，崇祯七年（1634），因拔副贡授上海县丞，六十三岁任徐州通判，并分署房村。明末农民军起，他与之对抗，最后呕血而死。凌濛初有拟话本小说集《拍案惊奇》初刻和二刻，戏曲著作多部。

《合评选诗》是凌濛初选学研究的一部重要文献，《四库提要》称："是编全录《文选》诸诗，而杂采名家评语，附于上方，以朱墨版印之，所采惟钟、谭为多，圈点则一依郭正域本，其宗旨可以概见也。"[①] 诠释对象是《文选》中收录的诗歌，诠释方式是圈点加辑评。《合评选诗》乃是一部意在通过赏析选诗，教授读者如何赏选、学选并进一步学会作诗之著。

考虑到《文选》按照甲、乙分为七部分，《合评选诗》在收录上仍依其旧，分为七卷，只是不再以干纪卷。在诗人著录格式上，针对《文选》或书其名或书其字，而其间并没有什么异同的混乱现象给予统一，除了帝王外，全部改成名，至于他们的字、爵里，则另外详著卷首，这是对张凤翼《文选纂注》、闵齐华《文选瀹注》的继承。

《合评选诗》所选内容为《文选》中全部选诗，《凡例》中曰："注从六臣中取其简明者节录之，取可解而止，不多援故实句证以为博，至有虽系往事，人人通晓（如和璧隋珠之类）不录。"[②] 在选注的诠释上以删注六臣注为主。

评点是《合评选诗》的主要诠释内容，内容杂取众家，包括虞九章、钟惺、谭元春、释皎然、王世贞、钟嵘、李善、叶梦得、李东阳、杨慎、朱熹、真德秀、祁宽、魏庆之、蔡宽夫等人，其中钟惺与谭元春

---

① （清）永瑢、纪昀：《四库全书总目·合评选诗七卷提要》，《四库全书存目丛书·集部》第340册，第808页。

② （明）凌濛初：《合评选诗》，《四库全书存目丛书·集部》第340册，第639页。

评选内容征引得最多。所引评论大多为诗人、诗作风格特色的赏评，为帮助读者更好地理解诗人诗作、赏鉴选诗，进一步学习写作提供帮助。删注内容则是为了赏评选诗提供辅助，乃是凌氏所作诠释工作的另一个方面。由此可知此书诠释工作共分了三个部分，一是凌氏删注；二是凌氏辑评；三是郭氏圈点。任务均等，但是目的都是为赏评选诗服务，其中删注诠释对象是六臣注，辑评和圈点诠释对象是《文选》正文，因此《合评选诗》当属于《文选》正文及六臣注诠释体系。

《合评选诗》前已经有删注评点体著作产生，如邹思明的《文选尤》，闵齐华、孙月峰的《文选瀹注》等，尤其是多人分别负责不同诠释任务的方式与《文选瀹注》相似，当属多次性诠释文献。

（三）清洪若皋《昭明文选越裁》

《昭明文选越裁》十一卷，清洪若皋辑评。洪若皋，清临海人，字叔叙，一字虞邻，顺治进士，授户部主事，历福宁道佥事。丁艰后，遂杜门不出。性嗜学，林居三十年，手不停披，有《南沙文集》、《临海县志》、《乐府源流》、《昭明文选越裁》。

洪若皋认为《文选》一书，有美必收，无体不备，乃是“文章志师资，艺林志渊薮”，但存在着“效颦云附，学步雷同，一卷之中，影从响应，一篇之内，巘叠波层，芜音既厌于注目，累句叜苦于聱牙”等弊病，于是“探幽索隐，服习有季，略秽集英”①，对《文选》进行诠释。《越裁》（以下《昭明文选越裁》简称《越裁》）一书是针对《文选》篇章繁芜重叠、良莠不齐等弊病而进行的进一步削删繁芜，集其精英之作。对于《文选》赋文的削删，他坚持对那些老幼皆知、意同名异、繁辞丽句而内容空疏的篇章加以精简、削删。对于选诗的削删，坚持“务在删繁，不嫌就寡”原则。

洪若皋在卷首《序》中交代：“其注始则有唐六臣：李善、吕延济、刘良、张铣、李周翰、吕向为之诠释。近经吴门张伯起加以删定，然缛杂虽锄，讹舛未订。”洪氏认为《文选》注以唐六臣注开始，后虽经张凤翼《文选纂注》删繁就简，但是疏于考订，依然存在着诸多问题。对此洪氏

① （清）洪若皋：《昭明文选越裁·序》，《四库全书存目丛书·集部》第287册，第680页。

曰："兹较之情理，考以典故，并为厘正，不遗罅隙"[①]，据此可知《越裁》继承了张凤翼《文选纂注》成果，在其删注基础上给予考订。张氏《纂注》（以下《文选纂注》简称《纂注》）是对六臣注的删繁就简，而洪氏《越裁》也是以六臣注为主，没有侧重李善注或五臣注的倾向，只是又做了一些考订删补工作，即其《序》中交代的"讹者必订、阙者必补、冗者必节，复者必删，非徒依样旧本"。

由此可知，《越裁》诠释工作针对了两个诠释对象，一个是《文选》正文，这主要表现在对《文选》诗文的删选及评点赏析上；另一个诠释对象是六臣注，表现在继承张凤翼《纂注》成果，同时给予考订、删节，因此属于《文选》正文及六臣注诠释体系。

对《文选》诗文的削删，在《文选》诠释史上，洪若皋的《越裁》当为代表，其前元方回、刘履诠选，只取选诗而弃其他，乃是删选之发端。明邹思明辑评之《文选尤》，本着"兹之所取，则于意致委婉，词气渊含，才情奇宕者"[②] 原则，对《文选》诗文进行删选。对于六臣注的删选，继承张凤翼《纂注》成果，其前删注作品还有明闵齐华的《文选瀹注》，对于六臣注本着"芟芜除谬，时以己意裁酌"[③]，进行了削删。至于评点，其前的《瀹注》、《尤》等评点类著作已经出现了多部，因此洪氏《越裁》无论是在删选诗文、删注还是评点上，都是继多部著作之后的再诠释，属于《文选》删注评点类的多次性诠释文献。

二 纂集《文选》正文及六臣注删注评点内容的诠释著作

《重订昭明文选集评》，十五卷，卷首一卷，卷末一卷。梁萧统编，清于光华集评。于光华（1727—1778），生活在雍正、乾隆年间，生平不详。其时考据学风气尚没有全面兴盛，此前产生的《文选》著述多为带有明代删注评点特色的著作，如何焯的《义门读书记·文选》、洪若皋的《昭明文选越裁》，在这种学术氛围中产生的《文选集评》，具有了异于明人点评及乾嘉朴学之处。

于光华《重订昭明文选集评自序》写于乾隆四十三年（1778）岁在戊

---

① 《昭明文选越裁》，《四库全书存目丛书·集部》第 287 册，第 683 页。

② （明）邹思明：《文选尤·凡例》，《四库全书存目丛书·集部》第 286 册，第 401 页。

③ （明）闵齐华：《文选瀹注·凡例》。

戌重九前二日，讲述了重订《集评》的写作过程：

> 乾隆癸未，华年三十有七，冬十一月，航海来粤，倥偬造次，止携《文选》一编。盖素所笃好，凛先训而奉师承也。……且自六臣注后，前修名宿，继继承承，考核精而钩抉确者，何可胜数，苟得闻见，辄抄卒业。……历十数寒暑，编辑成帙，壬辰春仲，同志交迫，强付枣梨，深惭鱼鲁。年来节次搜录，详加厘定，差较前部为完备。①

据其《自序》可知：《文选集评》一书始于乾隆癸未年（1763），于氏三十七岁任职广州后。所据文献乃是六臣本，后又抄集前修名宿考核《文选》内容，经历十几年，于壬辰（1772）春仲，由于同仁的要求给予出版。后又不断进行补充完善，又于乾隆四十三年（1778）发行此重订本。可知重订本《文选集评》是于氏辑录前人选注及选学成果最完备之作，笔者研究以重订本为准。

于光华《文选集评》，由其名称“集评”可知此书是集合众说之作。在其《凡例》中，于氏对依据文献有详细交代：正文是以何焯校本为蓝本，评论集合了多家，具体说来有：

> 《瀹注》所载孙月峰先生评论，瑕瑜不掩，片言只字，无不指示，诚后学之津梁，修辞之标的也，今悉载入无遗。至如《纂注》、《评林》、《瀹注》、《约注》、山晓阁、《赋汇疏解》及张伯起、陆雨侯、俞犀月、李安溪诸先生评，各采其一二，或十之二三，恐议论纷出，转滋疑窦，未敢多录也。②

评论部分吸收了多家内容，以孙月峰先生的评论最多，其余多家吸收约十之一二，或是十之二三。注释方面：

> 注释悉本汲古阁所载六臣原注，间有习见习闻，及前后雷同复

① （清）于光华：《重订昭明文选集评·自序》，清乾隆四十三年（1778）拾介园刻本。

② （清）于光华：《重订昭明文选集评·凡例》。

> 出处，概从节略，以便省循，倘须博洽，各本具在，可资检阅。
>
> 其有诸书散见，与汲古互相出入者，亦附录一二，以备参考。
>
> 至余仲林《文选音义》，所较正数十处，补遗百余条，悉登入，以俟博雅抉择焉。①

注释以六臣注为主，但是其中重复处给予省简。另外吸收了余萧客《文选音义》及诸书散见之内容。

音韵方面，针对古诗赋词章多用古韵情况，据“吴棫《韵补》，邵子湘《韵略》通叶，或有《韵补》、《韵略》所不备载者，悉遵字典及前辈旧音录入，非妄参臆见也”。“古韵可通，无须更叶，故《韵略》尽删通韵之叶，以省重复，今仍照《韵补》叶入……”② 叶音内容多数以吴棫《韵补》、邵子湘《韵略》为主。此外，针对韵书把多音字不同音归入不同韵内而诗赋写作中存在着“非是义而借用是音者”现象，于氏认为这仍是叶音，对其悉数注明叶字，以别疑义。音释内容的标注体例，如果一字一音，前后叠见者，悉从前者，如一字数音者，则各从古本并见，使它们不致混讹。

《重订昭明文选集评》（以下简称《集评》）在评论上又增加了何焯评《文选》内容、邵子湘手评《文选》内容、方廷珪《昭明文选集成》内容，长洲叶氏刊印何焯评本所附注的百余条内容。其中于氏称何焯评《文选》，三易其稿，而初次之稿“支分节解于初学尤宜”，于氏与吴振鹭相晤，得见何焯初评本，另抄一帙，在重订本中，“择其简要，并入前刻”。邵子湘手评《文选》，乃是癸巳春李廷卜为于氏提供，世所罕见。方廷珪《昭明文选集成》一书，于氏认为“评论发明，多出己见，有益后学不浅”，于是“择其贯通脉络，考正旧说及篇终议论，有关世道人心者，采入十之一二”。至于叶氏附于何氏评本之后的百余条注，乃是“补前贤所未及，足征博洽，兹即汇录，附于卷末，以资折衷”。③

于氏在《集评》中收录了如此众多的前贤、时人的评论、注解，诠释目的是什么呢？于氏在《重订凡例》中曰：“华不过案头便览，未敢妄参

---

① （清）于光华：《重订昭明文选集评·凡例》。

② 同上。

③ （清）于光华：《重订昭明文选集评·重订凡例》。

一语，同人强付诸梓，亦惟以简约易于省循，为初学计耳，非敢为大雅君子持赠也。”[①] 他还提到，其业师曾对其学生说过，文章如果能够得到前辈的善本，反复探索玩味，“即能自得师矣”。本着好的本子就如同一位好的老师这一观念，于光华编辑《集评》一书，汇辑众家之说，希望初学者览其《集评》，“如晤师友于一堂，各出议论，互相考证，博其义类，正其指归，无不可识之字，无不可解之义，尚何畏焉”[②]。其诠释目的，就是集各家议论于一书，简约之，条理之，通过览其书，能达到无不可识之字，无不可解之义，从而达到学选、知选目的。本着这一目的，《集评》诠释重点在集解众家评论，“未敢妄参一语”，因此发明之意很少。《文选集评》的诠释意义也在于为选学普及提供了一部可读性极强的教科书。

综上所述，于氏《重订昭明文选集评》包括了三方面文献来源，一是正文方面，以何焯本为蓝本；二是评论方面，广采博涉诸家评论；三是注解方面，以六臣注为主，对于其中李善注与五臣注相重复处给予了省删，此外还采纳了余萧客《文选音义》等书的内容。音释方面主要是叶音，于氏进行了整理增补，主要依据了吴棫的《韵补》、邵子湘的《韵略》，此外还采纳了部分字典的内容。这三方面内容，前两个方面是针对《文选》正文的，后一个方面主要是针对六臣注的，因此于氏《集评》当属于《文选》正文及六臣注诠释体系。《重订昭明文选集评》集合了其前《文选》诠释中关于注、评及正文的多方面的诠释成果当属于多次性诠释文献。

三 融会发明《文选》正文及六臣注评释内容的诠释著作

方廷珪，生平不详。《昭明文选集成》是方廷珪针对其前数十家选注存在的诸多弊端，所作的进一步完善发明。据其《序》交代：“兹编既成，质之同人，多所商定。因忆历时之久，用力之艰，采辑群言，必衷于是，名曰《昭明文选集成》。”[③] 据此可知此书乃是集合众家言论之著，这也是其取名为“集成”的原因。

方氏《集成》（以下《昭明文选集成》简称《集成》）将原来的六十卷，约为五十九卷，又补入《后出师表》、《兰亭记》、《闲情赋》三篇，合

① （清）于光华：《重订昭明文选集评・重订凡例》。

② 同上。

③ （清）方廷珪：《昭明文选集成・序》，清乾隆三十二年仿范轩刻本。

为一卷，仍为六十卷。除了根据其理解的文学发展脉络对《文选》篇章顺序给予重新调整外，注释侧重点上也与前代选注有所不同，“骚赋中，注释务详，求便初学，若骚赋既读之后，必无难解之音义，故于诗文各种，则从其略”[1]。即重在骚赋的解释，诗文从略。具体注释上，引入李善注、五臣注及其前数十家选注，是者存之，尤其对篇章文意给予分析，并对其中难通之处、音释难字进行了诠解。

其诠释目的，据卷首《序》知：“世之君子欲以发翰墨之英华，赓国家之功德，殆如维楫津梁，可为涉水泛舟之一助云尔。”[2] 编辑《集成》一书，如同涉水泛舟需要维楫津梁帮助一样，为士子应试科举提供可供案头翻阅的《文选》教科书。与《集评》一样，重在普及，不在研究。与于光华《集评》“不妄参一言”不同，方氏《集成》中有自己的品评解释，融入了自己的观点。

在《昭明文选集成·凡例》中，方廷珪对前代选注做了比较全面的评价：

> 注释典故，李善自是昭明功臣，非六臣所及。但于引据多，发明少。即张凤翼之《评林》，剪截旧注繁冗，颇有见解，失之于略。顾适园之《赋汇疏解》，亦只于上下文义，代为联络，失之于泛。闵版《瀹注》，亦多依约前人，失之于袭，其无发明一也。[3]

此段揭示前代选注的弊端：李善注引据多，发明少；张凤翼《文选纂注评林》删注过于简略；顾适园《赋汇疏解》只联络上下文，泛泛而无深意；闵齐华《文选瀹注》缺少发明。归结到一点，那就是没有通过“以意逆志”的方式，对《文选》诗文意义进行发明，因此方氏在《集成》中，不管是对李善注的摘选，还是其他选注的采用，多数是在融合理解诸家诠释基础上的汇辑、生发。因此方氏指出《集成》异于各家者：“字句既无疑义，而前后段落，血脉承接，用意结穴，历历分明，无俟质贤师友，自可了然于展卷之下。至于一篇既终，总括大意，间以议论，尤属切要，非等

---

① （清）方廷珪：《昭明文选集成·凡例》。

② 方廷珪：《昭明文选集成·序》。

③ （清）方廷珪：《昭明文选集成·凡例》。

卮词。"[1] 注重了章法结构、作者用意分析，并总括大意，间及评论，这些对《文选》内容形式的评析都属于文学性诠释范畴。

其诠释最重要的目的是达到展卷之下，自可了然。重在释义的详明，而不重在各家选注的著录。因此除了部分李善注、五臣注有明确出处著录外，其他诸家多未标注出处。方氏重在发明，如何运用以意逆志诠释方式成为研究《集成》的关键。在《序》中，方氏指出："注家之难，非训诂之难，得作者之用心为难。"原因是："注者一家，作者数百家，非以我之心逆作者之心不得也。即以我之心逆作者之心，先据以成见臆解不得也。"方氏认为诠释中，揭示作者为文用心最难，对其用心的揭示，需要以我之心逆作者之心，这样就容易因为自己的成见、臆测而曲解了作者本意。因此在诠释中："其有钩棘牴牾，平其情以探之，恐穿凿附会愈离也。文微意隐，设其地以处之，恐附会愈晦也。索之上下以求其结聚，本之情面以求其变化。"[2] 在诠释《文选》中，以客观公允的态度，设身处地依据上下文意及文章情理，探求《文选》诗文之作者用意，力求避免穿凿附会。

在具体诠释上，并非一味发明，而是在前代选注基础上的再诠释，"选注不下十数家，是者存之，其有难通处，愚必求之前后际"。对前代选注的吸收主要是以李善注为准，兼及六臣注及他家注释。但是在引注体例上并不严谨，"编辑善注，不书善注者，以是者多，不是者少。文从其约也。集中训诂引据，俱属善注，发明俱属鄙注。故比而同之"[3]。本着文从其约的原则，所引李善注并不是全部标明出处。如《甘泉赋序》："上方郊祀甘泉泰畤、汾阴后土，以求继嗣。"李善注："上谓成帝也。《汉书》曰：'武帝幸甘泉，令祠官具太乙祠坛，太一所用，如雍畤物。又立后土于汾阴脽上。'孟康曰：'畤，音止，神灵之所止也。'脽，音虽。"[4]《集成》："甘泉、汾阴皆地名，郊泰畤，祀后土。《汉书》：'武帝幸甘泉，令祠官具太乙祠坛。又立后土祠于汾阴。'泰畤，即太乙祠坛，太乙者天帝之神。畤者，神灵之所基止。"[5] 对比两者，《集成》内容基本上摘选李善注内容，所引《汉书》标出出处，对"畤"的解释则省略了其注者孟康。

---

① （清）方廷珪：《昭明文选集成·凡例》。

② （清）方廷珪：《昭明文选集成·序》。

③ （清）方廷珪：《昭明文选集成·凡例》。

④ （梁）萧统编，（唐）李善注：《文选》，第 321 页。

⑤ （清）方廷珪：《昭明文选集成》卷四。

在《集成》中，方氏大都没有明确标出“善曰”，遵循了《凡例》中讲的“文从其约”原则。

对五臣注的采纳，相对于李善注要少，故采用时必定标出“某云”，以与李善注相别。这在《凡例》中也有交代：“若六臣注，李延祚无注，实只五臣，是者少，不是者多，其所采入，必书某云以别之。善从其长也。”[①]《集成》对五臣的采用，一是对正文的校勘，如《子虚赋》：“王（五臣作齐王）悉发（五臣有“境内之士备”五字）车骑（五臣有“之众”二字）。”[②] 注释内容也有对五臣的采用，此类内容会明确标明某云，多用在题解方面，如《时兴诗》题下，其引注曰：“翰曰：‘时兴感时物而兴喻情也。亦杂诗之类。’”[③] 除了题解方面，多引用五臣注说明著者写作背景，如《金谷集作诗》中，在著者“潘安仁”下，引吕向注曰：“向注：时崇出为城阳太守，潘安仁送之。”

《集成》摘选选注以李善注为主，因此在体例上，引用李善注多不明确注明，五臣注则明确标明某云。表现出了褒善注贬五臣注的态度，但是没有明确的增补某家选注的目的，只是在六臣注基础上对选注进行了进一步的整理，因此六臣注是其诠释对象之一。

方氏《集成》于《文选》正文亦有诠释，突出表现在打乱《文选》原来顺序，依照其理解的次重，按照时间顺序重加编排：

（1）骚赋，他认为《离骚》是词赋之祖。“凡《两都》、《二京》、《三都》及《七启》、《七发》、《七命》等篇，盛称宫殿、美人、歌舞、饮馔、畋猎，本骚中《招魂》。班孟坚《幽通赋》托之占梦卜筮，本骚中灵氛、巫咸。张平子《思元赋》，托之上下四方，本骚中求女，诸如此类，难以悉举。旧列之三十一卷，是为数典而忘其祖矣，今改列为首卷。”[④] 方氏认为汉赋中铺张描述宫殿、美人、歌舞、饮馔、畋猎等，是本源于《招魂》，而托之占梦卜筮等本源于灵氛、巫咸，托之上下四方，本骚中求女。像这样的内容难以悉举，但是在《文选》旧序中，骚被排到了三十一卷，方氏认为这是数典忘祖，给予更改，列其为第一卷。

---

① （清）方廷珪：《昭明文选集成·凡例》。

② （清）方廷珪：《昭明文选集成》卷七。

③ （清）方廷珪：《昭明文选集成》卷二十四。

④ （清）方廷珪：《昭明文选集成·序》。

(2) 除了列骚为首外，打乱了《文选》先赋后骚再七的顺序，在骚之后，再赋，再七，然后是诗。每体之内，按照时间顺序，也有大的调整，如《高唐》、《神女》、《甘泉》、《子虚》等赋，原来在班、张诸赋之后，方氏改列其在前。另外，方氏认为五言始于十九首，及苏李《赠答》列于乐府之后，他认为应列于乐府之前。此外像阮籍《咏怀诗》十七首，应列于颜延年《五君咏》之前，因为《五君咏》中有《阮步兵》首，故当先列十七首《咏怀诗》，显示其本来面目。此外像《文选》中赠答诸诗，常常答前赠后，方氏全部予以更正。

(3)《文选》先以文体分类，下又以事类分小类目，方氏于小类目及所辖诗文常有变更，如原本归入咏怀类目下的《临终诗》，方氏另列临终小类目。再如《文选》原将《甘泉赋》归入赋体中郊祀这一类目，《藉田赋》归入赋体耕藉这一类目，而方氏《文选集成》中将二赋归入典礼类。此外还增加了移类、难类两个类目。

不仅对《文选》诗文顺序进行了调整，还对《文选》门类分设及名称进行改易：

> 选中如《畋猎》、《京都》等赋，俱分门类，其《幽通》、《思玄》、《闲居》、《文赋》，皆不列类，且以《藉田》、《甘泉》属之郊祀类，义亦未协，今改郊祀为典礼，《幽通》三篇编为感遇类。《文赋》一篇，编为经籍类。他如诗文中各类，或遗或未协，亦各按其文义，编类相次。[①]

方氏依据版本难以考证，今天所见版本中，《藉田赋》属于耕藉类，《甘泉赋》属于郊祀类，而非如其所说的都归入郊祀类。且《幽通赋》、《思玄赋》、《闲居赋》、《文赋》并不像他说得“皆不列类”，而是归入“志”类，其中《幽通赋》列志上，《思玄赋》、《归田赋》、《闲居赋》列志下，另外六臣本《思玄赋》、《归田赋》三赋为志中，《闲居赋》至《别赋》为至下，无哀伤类。

方氏依照自己对文体源流理解，依照时间顺序，对《文选》篇章做了大幅度调整。如：列骚于赋前，赠答诸诗，先答后赠之类顺序调整，据其

① 《昭明文选集成·凡例》。

依据看是有道理的。但是《文选》乃是南朝梁萧统所编诗文总集，对《文选》的编辑体现了萧统等人对自先秦至梁前八代文学的理解，萧统更著《文选序》阐述其对文学源流的理解及编排《文选》的宗旨。因此《文选》从内容到形式，都具有其特殊意义。方氏作为《文选》编撰千年后的文人，其文学观念必具有了清人特点，对文体流变等的理解必有异于萧统之处。方氏按照自己对文学的理解对《文选》重新编排，无疑丧失了南朝诗文总集所具有的独特意义。不仅如此，其后另设一补编，增补了《后出师表》、《兰亭序》、《闲情赋》三篇，更打乱了《文选》编排体制。鲁迅在《集外集·选本》中曰："选本可以借古人的文章，寓自己的意见。博览群籍，采其合于自己意见的为一集，一法也，如《文选》是。"[①] 昭明编选乃是其对梁前八代诗文的一种特殊的文学批评方式。方氏对《文选》顺序的调整、类目上的改变，是对萧统文学批评方式的篡改，《文选》本身包含的萧统对文学的理解被削减。此外，《文选》流传千载，早为士人耳熟能详，方氏不顾士人对《文选》的接受现状，强为改纂，使得原本为士人熟识的《文选》变得陌生，并不利于士人对《文选》的接受。

综上所述，方氏《集成》对《文选》正文及六臣注都进行了重新诠释，全书是以《文选》正文及六臣注为诠释对象的，属于《文选》正文及六臣注诠释体系。

方廷珪生活在乾隆年间，书前有朱珪为其写的《昭明文选集成·离骚题词》，可知产生年代处于清中前期，方氏诠释融合释义与点评于一体，是对其前评点体、删注评点体的继承融合。只是在选注的选择上，不是采用了删注形式，而是融合己意给予发明。其继承的选注有的属于六臣注诠释体系，如张凤翼的《文选纂注评林》；有的属于《文选》正文及六臣注诠释体系，如闵齐华的《文选瀹注》。这些诠释著作多数属于《文选》诠释的多次性诠释文献。方氏对于正文的重新排列，其前虽然没有此类大手笔的改动，但是明邹思明《文选尤》、清洪若皋《昭明文选越裁》中都曾经对正文进行过整理，对其当有影响。《集成》无论是在正文还是选注诠释上，都是多次性诠释文献。

笔者研读方廷珪《集成》时，发现了对方氏《文选集成》的增订本，

---

① 鲁迅：《集外集·选本》，人民文学出版社 1976 年版，第 114 页。

名为《增订文选集成详注》，梁萧统编，清方廷珪辑，陈云程、孙鹏补订，共六十卷。重订本以方氏《集成》为定本，又采入了他家评论，至于互异处，各抒己见，不给予删弃，目的是“书义无尽，存乎学者之意，得心解耳”。增补内容以于光华《集评》为主，其中何焯、孙月峰二位先生评述最多。观其书，于光华《集评》内容几乎全部录入，少数没有录入的眉评，仍于相应眉评处以空框标志。更可贵的是，于氏《集评·凡例》中，曾云：“未敢妄参一语”，但是增补者对相应评论进行了对照，就于氏评论内容全部标出了“于曰”，如《子虚赋》“日月蔽亏，交错纠纷。……”其上眉评，增订本《集成》（以下简称《集成》）标注：“于曰：‘中东南西北分五大纲，又分细目。’”① 这是对篇章结构的分析，可见于氏在《集评》中，也加入了自己的评论。这些内容通过《增订文选集成详注》得以体现。

方氏《集成》一书，是对其前数十家选注的融合发明，而增订后的《集成》则集合了于氏《集评》中诸家评论内容，成为《文选》注释、点评的大集合。不失为一部完备的学选教科书。因为该书是对《文选集成》的增订，故对其诠释体系，诠释层次等不做过多说明。

---

① （清）方廷珪辑，陈云程、孙鹏补订：《增订文选集成详注》卷四，清乾隆四十八年龙江书屋吴氏校勘本。

第四章

《文选》诠释体式研究

第一节　历代《文选》诠释体式概论

所谓诠释体式就是诠释著作所采用的诠释体裁和格式。《文选》诠释大体经过了三个层次，不同的层次采用了独具功效的诠释体式：隋唐时期在朝廷的提倡、科举考试侧重等因素下，《文选》成为一代显学，引起了《文选》诠释的高潮，此时的诠释多集中在《文选》字词音义的训诂上，它们成为历代《文选》诠释的基础。此类诠释影响了整个选学的发展过程，明清时期出现的删注、整理、补释工作，如张凤翼的《文选纂注》、汪师韩的《文选理学权舆》、孙志祖的《文选李注补正》等都是围绕着隋唐训诂著作，主要是李善注展开。字词音义训诂属于基础内容诠释层次，所需要的诠释体式属于基础性诠释体式。

《文选》作为一部诗文总集，文学特色、文学价值被逐渐发现。尤其是经过李善、五臣等努力，字词训诂已经不是士子关注的重点。其注重的不仅是《文选》佳词丽藻及典故在写作上的运用，更注重《文选》诗文在遣词造句中的手法特点，这导致《文选》诠释第二个层次的出现，那就是对《文选》文学性特色的揭示，目的是指点士子学习写作，为应试服务。这一个层次的诠释从宋朝《文选诗句图》、《文选双字类要》出现开始，贯穿《文选》诠释史，经过明朝评点类著作的繁荣，到清末李详《韩诗证选》、《杜诗证选》推向高潮，是《文选》诠释中最具文学性诠释特色的一部分，充分表现了文学选集在诠释上所独有的特色。在这一层次诠释中，所需要的诠释体式属于文学性诠释体式。

《文选》诠释在经过了基本意义揭示层次、文学性诠释层次之后，发展到考据学风盛行的清朝，进入了第三个层次：考辨订补。诸多学术大师发现《文选》不仅是诗文之艺林，李善注更是考据之渊薮。他们在这块沃土上发现了大量的疑误阙失，对其前出现的诸多疑误、阙失等进行了深入研究，考据出了大量的成果，为其前的《文选》诠释，从文献搜辑广度到分析甄别深度上做了极大的推进。这一层次的诠释是历代《文选》诠释中学术研讨意义最深厚的部分。历代《文选》诠释中所遗留下的“硬骨头”被清人一个个攻克。而考辨订补诠释层次中所特有的诠释体式属于考辨订补类诠释体式。

《文选》诠释所经历的三个层次，每个层次都有其特有的诠释体式。本章共分四节，对三个诠释层次的诠释体式及功效展开论述。需要注意的是，诠释者在具体诠释时，目的并非如此单纯明晰，有可能在对《文选》进行点评的同时，还要考虑到疑难字词的训诂，这样就出现了诠释层次的混杂，在诠释体式上也出现了两种诠释体式的合用。针对此类内容，笔者依照诠释的侧重点划分其诠释体式的类别，如既删注又评点的著作，删注只是为读者更好的理解评点服务，其诠释目的实则在于评点，当属于文学性诠释体式。

第二节　基础性诠释体式及其功效

在《文选》诠释中，最早出现，同时又是其他诠释领域基础和源头的就是《文选》基础性诠释体式，此类诠释注重了《文选》诗文字、词、句等基本内容的诠释，目的是揭示诗文最基本的意思。开启选学源头的萧该的《文选音》、把选学推向繁盛的曹宪的《文选音义》及为选学全面兴盛做出奠基性贡献的李善《文选注》，都是针对《文选》最基本的字词音义展开。它们为宋元明清出现的文学性诠释提供了基础，为清朝考据学派的考辨订补提供了课题。因此基础性诠释不仅是《文选》诠释的基础，更是其他诠释的前提。

一 集解体

集解体是东汉以下广为使用的一种训诂体式，特点是集众说以作解。冯浩菲先生曾将集解体分为三类：一类是集众说以作解。凡关于所解原书的一切成说，都可以聚集融会，用来作为同一原文的训释。二类是为分传配经，比类相聚，为之作解。三类是汇集有关文献，为之作解。[①]

（一）李善《文选》注

在李善注中，其主体是李善对《文选》正文中的字、词、句、事类等通过征引典实、追溯语源等方式进行的诠释。如《魏都赋》："流而为江海，结而为山岳。"李善注曰："班固《终南山赋》曰：'流泽遂而成水，停积结而为山。'"[②] 班赋中的句子与《魏都赋》中的句子极为相似，二者表达的意思、语法结构等都极为相似，李善征引以追溯语源。此类内容在李善注中很多，属于对相关文献资料的汇辑，符合集解体中第三类的情况。

李善注同样是此前《文选》诸多旧注的汇集之作。据汪师韩《文选理学权舆》统计，《文选》李善注中的《二京赋》、《蜀都赋》、《吴都赋》等十七篇文章吸取了薛综、刘逵、张载、郭璞等二十多人的旧注。此外，李善此前已经有萧该《文选音》、曹宪《文选音义》出现。李善曾经师从曹宪学选，在《文选》李善注中虽各发现一条萧该、曹宪的音注记录（这在第二章讲述李善注诠释层次时候已经论述，不再赘述）。但也可以证明李善注对萧该、曹宪的诠选成果有吸收。对《文选》有关旧注、专著成果的吸收，属于集解体的第一类情况。总括两类情况，可以断定《文选》李善注为集解体著作。

李善集合众说以作解的情况早在唐代就被学者揭示。唐李匡乂在《资暇录》中曰："（李善注）有旧注者必逐每篇存之，仍题元注人之姓字，或有迂阔乖谬犹不削去之，苟旧注未备或兴新意，必于旧注中称臣善以分

① 冯浩菲：《中国训诂学》，山东大学出版社 1995 年版，第 98 页。

② （梁）萧统编，（唐）李善注：《文选》，第 262 页。

别，既存元注，例皆引据。”[①] 揭示了李善是有分别的引用前人旧注的，如果旧注精当，则给予收录，如果注释乖谬，则给予削删。李善亦在注中表明了取舍旧注的态度，潘岳《藉田赋》中，李善注曰：“《藉田》、《西征》，咸有旧注，以其释文肤浅，引证疏略，故并不取焉。”[②] 这一凡例交代了其对旧注的取舍，期于发明文意，不期于纂集材料的特点，这正是集解体区别于纂集体之处。

不管是对旧注的吸收，还是引文释意方式的运用，处处体现了李善诠释理念的成熟。在《文选》诠释体系中，这是第一部集解体代表专著，可以看作是《文选》集解体的开山之作和唐前《文选》诠释的集大成之作。为《文选》诠释全面展开拉起了序幕。

（二）《文选钞》

《唐钞文选集注汇存》中收录的《钞》，内容不多，因为《文选集注》是以李善注为底本，先列李注，其后才有选择地列取其他注家的注解，表现出了很明显的崇李倾向，所以对于其他注家的选择，只是限于李注中没有的内容，不能代表这些著作的原样。因此在《钞》中很难发现汇辑了前人的研究成果。

其诠释方式多数为直接释意内容，如《蜀都赋》：“毛群陆离，羽族纷泊。翕响挥霍，中网林薄。”《钞》曰：“木丛生曰林，草木俱生曰薄也。”[③] 再如干令升《晋纪总论》：“朝为伊周，夕为桀跖。”李善只是引《庄子》对“盗跖”一词语源进行追溯，而《钞》解释道：“伊，伊尹。周，周公。桀，夏桀。跖，盗跖。”[④] 这与五臣注非常相近，但是也有部分内容采用了引文为释的方式，或追溯诗文字词语源，或是引用其他文献的相关注释代为注解。如《三都赋序》：“扬雄赋甘泉而陈‘玉树青葱’。”《钞》云：“《淮南子》云：昆仑山有玉树也。”[⑤]《文选钞》引《淮南子》追溯“玉树”语源。

笔者以《唐钞文选集注汇存·卷八》中收录比较完整的《蜀都赋》为例，该赋共收录了五十九条《文选钞》的注释，其中二十三条有引文内

① （唐）李匡乂：《资暇录》，《四库全书》第850册，第148页。

② （梁）萧统编，（唐）李善注：《文选》，第337页。

③ 周勋初：《唐钞文选集注汇存》一册，第64页。

④ 周勋初：《唐钞文选集注汇存》三册，第429页。

⑤ 周勋初：《唐钞文选集注汇存》一册，第4页。

容，其余三十六条都是直接释意，征引相关文献的条目占了几近百分之四十。据此可知引用相关文献解释《文选》是《钞》比较重要的诠释手段。这符合冯浩菲先生所讲的集解体中第三类“汇集有关文献，为之作解”的特点，因此当属于集解体。

（三）方廷珪《昭明文选集成》

《昭明文选集成》是方氏依据自己对文学、文体流变等诸多观念，对《文选》编排顺序重加调整，继承其前数十家选注，力图对《文选》诗文中字句、段落、上下承接、用意结穴等处详细、直白地给予诠释的著作。在诠释上表现出了两个特点：一个是对其前选注，主要是李善注的摘录；一个是对《文选》诗文意旨基于其前数十家选注基础上的发明。方氏在《序》中也曾经指出其所以命名为《集成》的原因：“兹编既成，质之同人，多所商定。因忆历时之久，用力之艰，采辑群言，必衷于是，名曰《昭明文选集成》。”① 由于其诠释多重意释、重发明，而不重视文献的搜辑整理，因此在体例征引上并不严谨。除了对李善注、五臣注的吸收在其前面的《序》及注中得到体现和反映，于其前数十家选注的采用，在其注中并没有得到反映。

对《文选》诗文意旨多有发明，表现在三点：（1）对李善注删选发明，即方氏所说：“集中训诂引据，俱属善注，发明俱属鄙注。”（2）力求在诠释中“前后段落，血脉承接，用意结穴，历历分明”。除了这些，他还“于一篇既终，总括大意。间以议论，尤属切要”。（3）对旧注进行驳正改易。方氏曾经指出，其前选注不下数十家，是者存之，但是“其有难通处，愚必求之前后际，故放旧注驳正改易，十居六七”②。如谢朓《和王主簿怨情》首，对五臣此诗宗旨理解错误进行批驳：“此篇诗明是宫怨，五臣注硬扯入忠臣放逐，殊欠理解。”③ 这种聚集融合所解《文选》一切成说，融以己意，发明诠解的诠释体式，当属于集解体。

其具有集解体的两个基本特征：

① （清）方廷珪：《昭明文选集成·序》。

② （清）方廷珪：《昭明文选集成·凡例》。

③ （清）方廷珪：《昭明文选集成》卷二十四。

(1) 期于发明文意，不期于纂集资料。[1] 方氏所选择的诸家注解，角度不同，互相发明，期间融合了方氏的识断。如陆机《拟涉江采芙蓉》一诗，先引良注，对“芙蓉”意思进行解释，然后揭明此诗意旨在于“延思妇盛年，其夫远游，采此以自伤也”。诗句意思多摘选融合善注进行诠释，中间方氏以己意对诗作进行了分析，在“故乡一何旷，山川阻且难”后，方氏曰：“二句是代其夫想到故乡。”诗作最后，方氏又分析曰：“二句是以故乡想其夫，深厚浓至，只是用意曲折。”[2] 这种摘选六臣注，互相发明，再以己意分析诗文，足见其诠释不属于纂集资料，而属于集解体。

(2) 集解体所引诸说，一般均属于众家对同一原文所作的不同训释，而不属于同一原文无关的其他解说。[3] 如上例，引良注进行“题解”，以善注诠释诗句，而以己意对诗文分析，都是对诗文不同内容的择优诠解，而不是与原文无关的解说。除此之外，方氏依据自己对文学发展脉络的理解，对《文选》顺序重新编排，这也是纂集体所不具有的。

综上所述，无论是对诸家选注的摘选融合，还是对《文选》篇章顺序的调整，方氏自己的诠释理念自始至终都起到了主导作用。因此《文选集成》的诠释体式为集解体。

(四) 朱珔《文选集释》

朱珔于卷首《自序》中曰：“余坠辑此编，将兼存互析……中间援引曩哲外，更多时贤，故名曰《集释》。在昔许叔重作《说文解字》，博访通人，至于小大，信而有征。窃愿取斯意焉。若夫管窥所及，则不尽沿袭，余亦慎甄择。”[4] 朱氏撰写此书，采用了兼存互析的原则，援引曩哲、时贤选学成果，曩哲指前代学者，如王应麟、苏东坡、颜之推、焦竑等，时贤是指与其时代相近的学人，如段玉裁、何焯、王念孙、郝懿行、顾炎武、孙志祖、胡克家、张云璈、叶树藩等，此外还引用史书、史注校勘、训诂相关文章，如多次引用颜师古《汉书注》校释《文选》中的相关篇章，如《子虚赋》、《上林赋》、《长杨赋》等。在研究方法上采用了许慎著《说文》时采用的信而有征的手法，对他人成果非一味沿袭，谨慎择取，

① 冯浩菲：《中国训诂学》，第 98 页。

② （清）方廷珪：《昭明文选集成》卷二十九。

③ 冯浩菲：《中国训诂学》，第 98 页。

④ （清）朱珔：《文选集释·自序》。

寄予了对李善注疑误的考辨、补遗。这种期于发明文意，不期于纂集资料的诠释，属于典型的集解体诠释体式。其具体体例如下：

按照《文选》篇章顺序排列，共分了二十四卷。每卷之内，先列篇题，后列考证条目，在其目录中，每卷之下，考证条目都有数字统计，如："卷一共六十五条"，其条目划分在目录首有明确表述："每卷各列若干条，其间有以类相从或别推为说者，统归上条计数。"经笔者统计，《文选集释》共收录了一千七百六十五条。每条考证顺序：《文选》原文、李善注、曩哲时贤考证、朱珔考证分析。从其全书考证体例的安排及每条考证条目的考证顺序看，都包含了收集成说并给予发明考证的诠释理念，因此属于比较典型的集解体。

小结：几部集解体著作，虽然在诠释体式上相同，但是在具体诠释上文献的征引及选注的吸收比重不同，而且在诠释中的功用、地位也有差异。李善注引文为释内容占据了诠释的主要内容，对旧注的吸收也涉及了不少篇章，目的在于全面彻底地对《文选》进行集大成式的诠释。《文选钞》中对相关文献的吸收并不占主导地位，文献征引起了辅助其直接释意的作用。《文选集成》中对诸家选注的摘选、篇章顺序的调整，不仅是主要的诠释方式，更体现了他的诠释理念及诠释目的。即集解是手段，更是其《文选》诠释的目的。《文选集释》也注重了对曩哲时贤选学成果的汇辑，但是与《文选集成》不同的是，在汇辑的同时进行了自己的考证分析，诠释的重点在于集解前人成果基础上的发明己意。因此同样的诠释体式，在不同朝代、不同诠释者手中，发挥了不同的诠释作用。

二　注体

注体始于西汉，大行于东汉。其诠释多是针对书籍难懂处，注解使其通彻明白。特点是义多自出。①

在历代《文选》诠释著作中，算得上是注体的当属唐陆善经《文选注》。陆善经《文选注》是日本发现的唐钞《文选集注》中收录的一部《文选》诠释著作，因为《集注》撰者采用了以李善注为主，摘选其余诸家注释内容补充的方式，我们今天所看到的陆善经注已经是残缺不全了。从《集注》收录情况看，相较李善注、《文选钞》、五臣注，陆善经注条目

---

① 冯浩菲：《中国训诂学》，第 83 页。

最少，以卷八中篇章比较完整的《蜀都赋》为例，出现的《钞》共计五十九条，五臣注七十三条，而陆善经注只有二十七条。其中有五条引用了相关资料，分别涉及臧荣绪《晋书》、刘逵旧注、《诗经》、《韩诗》及薛君解释；其中引用《诗经》是追溯语源。其余二十二条都是直接释意。引用相关文献的注释条目不到百分之二十。陆善经注释《文选》大部分是以直接释义为主要诠释方式。

查看《唐钞文选集注汇存》中出现的其他陆善经注，大部分出自为陆善经自己的理解，采用直接释义方式，而且多于《文选》难懂的字词句处设解，从《唐钞文选集注汇存》著录情况，大体可推证陆善经《文选注》属于注体。

三 疏注体

疏注体，疏体的一种，是既释原文，又释注文的一种疏类训诂体式。[①]《五臣注文选》采用了随文注释方式，于原文相应句下作注，从形式看为注体。但是细细追究，却不如此简单。五臣注著作之由是因为当时流行的李善注引文繁杂，释事忘意，不利后学学选，而对《文选》进行再次诠释。吕延祚《进〈五臣集注文选〉表》中对五臣注大加褒扬："其言约，其利博，后事元龟，为学之师，豁若撤蒙，烂然见景，载谓激俗，诚惟便人。"不仅如此他还贬斥了李善注，认为其"忽发章句，是征载籍，述作之由，何尝措翰？使复精核注引，则陷于末学；质访指趣，则岿然旧文，只谓搅心，胡为析理？"[②] 他认为李善注只注重了征引典籍，于述作之由、为文旨趣等鲜有涉及，阅其注不明所以，只觉"搅心"。这反映了李善注引文浩博，鲜少直接释意，对学识不深的士子的确会感到困难。吕延祚对五臣注与李善注的一褒一贬，抹煞了五臣注对李善注的继承关系，欲揭明五臣注诠释体式，必须揭明二者之间的关系，方可下定论。

细究五臣注，笔者发现五臣注的大部分内容皆从李善注中来，或可以说五臣注大部分内容是对引文繁杂、鲜于直接释意的李善注的再次疏通。在分析五臣注诠释体系时，对此类内容已有阐释，再举例说明，如《月赋》：

---

① 冯浩菲：《中国训诂学》，第86页。

② （梁）萧统编，（唐）李善等注：《六臣注文选》，第1页。

悄焉疚怀，不怡中夜。

善曰："《毛诗》曰：'忧心悄悄。'悄悄，忧貌。七小切。《尔雅》曰：'疚，病也。'怡，乐也。《家语》，孔子云：'日出听政，至于中夜。'"

铣曰："悄，忧也。言心忧病，其怀不悦至于半夜。"①

李善注中分别引用《毛诗》、《尔雅》对"悄"、"疚"、"怡"意思进行解释，引《家语》对"中夜"一词语源进行了追溯。但都是引文代为释意，整句意思也没有揭示。张铣的注释对"悄"及此句进行了直接释意，其理解明显是从李善注中来。只是诠释方式由李善注的引文为释转变为直接释意。

这两种诠释方式，前者重视诗文原义的追溯，不直接以己意诠解，后者重视诗文意旨的直接表达，多数以己意直接表述。前者繁杂，后者简易，可以说五臣注是对李善注疏通文意而成的简易化注本。虽然五臣对李善注的承袭因为他们贬斥李善注及自我标榜所掩盖，但是从其注释实践看，五臣对于疏通李善注，使之成为士子能够接受的通俗注本则功不可没。

五臣注功绩在于释义的浅显简易，学术价值相对要大打折扣，这也是历来招致批评之处，但是并不能因此而归五臣注为荒陋之属。相较明清时期许多抱着五臣同样目的，即为士子提供一部简易的教科书的著作，如张凤翼《文选纂注》、闵齐华《文选瀹注》、陈与郊《文选章句》、洪若皋《昭明文选越裁》等，就会发现五臣释义虽然简易浅显，但是对意义的把握大多精要，且言辞简练，是后世其他精简、整理李善注诠释著作所不能比拟的。这一点，又可以看出五臣识断的高明。如果说李善注是《文选》注本中学术研究的渊薮，五臣注则是《文选》注本中简易浅显的教科书。前者学术功效卓著，后者对《文选》普及功绩亦不能抹煞。我们摆脱传统成见，对五臣注疏解李善注功绩则会有一个客观评价，五臣注在《文选》诠释史上的地位方可得到正确定位。

当然五臣注在疏解李善注的同时，并非一味的吸收李善注，他们对一

① （梁）萧统编，（唐）李善等注：《六臣注文选》，第253页。

些史注，如颜师古的《汉书注》、章怀太子的《后汉书注》等相关文献也进行了采纳。于李善注中“未注”内容，查阅相关文献进行了增补，对李善注中只引文追溯语源的内容进行了疏解，并对部分正文的意旨进行了深层挖掘，这种既释原文，又疏通注文的体式，乃是比较典型的疏注体。

四 音体

音体，专门标释字音的训诂体式。产生于东汉，大行于魏晋南北朝时期，以后历代陆续有作。[①]

《文选音决》，日本发现的唐钞《文选集注》中收录的另一部唐人选注，从其注释内容看，几乎都是关于《文选》音注方面内容的，所以其诠释体式当为音体。

以《蜀都赋》为例，收录《文选音决》内容共七十七条，除了第五十三条考证“戏”字，并对其确切用字进行推断外。其余的七十六条内容，或用直音法，或用反切法，或用如字法，对字音进行揭示，如：

> 于是乎邛竹缘岭，菌桂临崖。旁挺龙目，侧生荔支。布绿叶之萋萋，结朱实之离离。迎隆冬而不彫，常晔晔而猗猗。
>
> 《音决》：“邛，巨恭反，菌，其敏反，崖，协韵，音宜。荔，力豉反，又音丽。晔，胡劫反，猗，于宜反。”[②]

可见《文选音决》是一部专门标释字音的诠释之作，当为音体。学者多认为《文选音决》是公孙罗撰。据新旧《唐志》著录，有公孙罗《音义》十卷。音义体是既释音又释义的一种体式，但是从《文选集注》中出现的《文选音决》看，几乎都是释音没有释义内容，这与《唐志》中著录的公孙罗《文选音义》不相符。令人怀疑其是否真是《唐志》中著录的公孙罗的《文选音义》，如果不是，则其著者是否真是公孙罗亦值得商榷。

五 补注体

补注体，即增补注解的体式。属于广补体的一种。[③]

---

① 冯浩菲：《中国训诂学》，第 88 页。

② 周勋初：《唐钞文选集注汇存》一册，第 18－20 页。

③ 冯浩菲：《中国训诂学》，第 96 页。

（一）元刘履《选诗补注》

刘履《选诗补注》是在五臣注、李善注基础上对《文选》诸诗进行的再次诠解，其诠释多参以五臣，断以己意，并又增加了前贤、时人的一些论断，是糅合六臣注，融合自己理解，增补相关论断的选诗诠释成果。其中对六臣注的选择、对诗篇意旨独特理解的表述及他人相关论断的引用，都体现了刘履个人的识断，《提要》称“（《选诗补注》）笺释评论亦颇详赡，尚非枵腹之空谈，较陈仁子书犹在其上，固不妨存备参考焉”[①]。可见其于选注发展没有明显的突破，只是起到了补充异说的作用。在诠释体式上，当为补注体。

全书按照时间顺序，对选诗重加编排，分为汉诗（卷一）、魏诗（卷二至卷三）、晋诗（卷三至卷五）、宋诗（卷六至卷七）、齐梁诗（卷八）五部分，汉诗三十二首、魏诗五十首、晋诗九十四首、宋诗五十一首、齐梁诗十六首，共二百四三首。值得注意的是，各诗并非全收，其中《酬从弟惠连》、《于安城答灵运》、《西陵遇风献康乐》都是五章中只取一章进行诠解。增补方式上，并没有先列李善注、五臣注，后补注，而是吸收采纳李善注、五臣注内容，断以己意，重新对诗篇进行解释和增补。

每一部分中，同一作者的诗合于一处，先对作者进行简介，后分列其诗，诗后附以诠释，其诠释分为两部分，一部分是参考六臣注，对诗篇字词进行简单解释，是理解选诗的前提和基础，并不是《选诗补注》的重点。第二部分是对诗篇意旨，主要是隐含之意进行揭示，这是刘履最着力处，也是《选诗补注》的诠释重点。这类揭示多参考五臣注，次及曾原《演义》、李善注，也有部分是刘履个人的理解。这种对选诗大意，尤其是隐含意旨的揭示，在李善注、五臣注中虽有，但是散在字句诠释之中，刘履给予明确揭示，是其诠释的一大特点，也是其补选的重要方面。

诠释体例：《四库提要》中曾经提出其诠释体例“悉以朱子《诗集传》为准”[②]，考证朱熹《诗集传》，其对每一首诗的诠释基本上包括三部分内容：（1）释以赋、比、兴。（2）简单诠释难懂字、词。（3）对诗篇章旨进行揭示。刘履诠释选诗基本上也包括了这三部分内容，所不同的是，朱熹对《诗经》中的每首诗分章，于每章之后依照以上三部分进行诠解。而刘

---

① （元）刘履：《风雅翼·选诗补注》，《四库全书》第1370册，第2页。

② 同上书，第1页。

履《选诗补注》中每诗不分章，于整首诗之后按照以上三部分内容进行诠解。如朱熹《诗集传》中《邶风·静女》，先是分了三章，每章之后依次作解，以其第三章为例：

> 自牧归荑，洵美且异。匪女之为美，美人之贻。（〇赋也。牧，外野也。归，亦贻也。荑，茅之始生者。洵，信也。女，指荑而言也。〇言静女又赠我以荑，而其荑亦美且异，然非此荑之为美也，特以美人之所赠，故其物亦美耳。）①

先是释以“赋也”，后对诗句中的牧、归、荑、洵、女进行简单解释，其后再对诗句的意旨进行揭示，表明男子对静女的爱慕之情。再看刘履《选诗补注》，以曹植《七哀诗》补释为例：

> 比也，“宕”义与“荡”同。“清路”犹言“亨衢”。“事遂”曰“谐”。 子建与文帝同母骨肉，今乃浮沉异势不相新与，故特以孤妾自喻而切切哀虑之也。其首言月光徘徊者，喻文帝恩泽流布之盛，以发下文独不见及之意焉，此篇亦知在雍丘所作，故有愿为西南风之语。②

先揭示比兴手法，再解释诗中字词之意，“子建与文帝同母骨肉”以下则是对诗篇隐藏意旨的挖掘。与朱熹《诗集传》相比，刘履于整诗之后为释与朱子每诗分章，章后为释的方法不同，但是其分三部分解释的体例是完全一致的。需要注意的是，《诗集传》对每诗都进行了诗篇章旨的揭示。刘履《选诗补注》受其影响，也把诠释的重点放到了对诗歌深层意旨的挖掘上。这种对诗篇意旨的挖掘与五臣注重意释的特点相合拍，而李善注多引文为释。刘履很难在其中寻找到意旨的直接阐释，注重意释的特点导致了刘履在选择六臣注时，侧重对五臣的选择。

此外，他以《诗》六义中赋、比、兴诠释选诗，《提要》称其“刻舟求剑，附会支离”，认为“朱子以是注《楚辞》，尚有异议，况又效西子之

---

① （宋）朱熹：《诗集传》，上海古籍出版社1980年版，第26页。

② （元）刘履：《风雅翼·选诗补注》，《四库全书》第1370册，第27页。

鞶乎”。但是同时又承认其对选诗赋、比、兴手法的标注，“大旨不失于正，而亦不至全流于胶”[①]。这种对每首选诗标注出赋、比、兴，也是刘履对选诗进行补注的内容之一。另外，其对选诗著者的介绍、字词的解释，也增补了部分内容，如对著者的简介，常常增补部分史书内容。

综上可知，刘履《选诗补注》虽在诠释上糅合六臣注，没有明确标注出增补内容，细细探究，其以《诗》六义方式增补选注，对诗作隐含大义进行挖掘，并对字词、著者的解释进行增补，当属《文选》诠释中的补注体。

（二）清孙志祖《文选李注补正》

《文选李注补正》是孙志祖《文选考异》之外的又一部针对《文选》李善注之作。其诠释目的主要是针对毛本善注“释事遗义亦所不免”的弊病，对李善注进行的补正工作。从其名称《文选李注补正》可以看出，其对李善注所做的工作有两个方面，一是补，一是正。在其具体诠释中，也得到了体现，如《西京赋》中：“天启其心。注谓：五星聚也。”孙氏补曰：“《郑语》是‘天启之心’也，又《晋语》：‘非天谁启之心。’”[②] 李善注中并没有追溯“天启其心”的语源，孙氏引《郑语》和《晋语》对此句进行了语源追溯，沿袭了李善注中一贯的引文为释、追溯语源的传统，是本着李善注的方式对其的补充。再如《魏都赋》：“写八都之宇。”孙氏补曰：“《史记》云：‘秦每破诸侯，写放其宫室，作之咸阳北坂上。’”[③] 对《魏都赋》中的“写八都之宇”的相关史实进行了补充。两例都是对李善注的拾遗补阙，前例增补选文语源，后例增补相关史实。在体例上遵循李善注引文为释方式，且明确标出“补曰”，表示了其诠释内容是对李善注的补充。此外还有“正”的内容，如在《于安城答灵运》：

> 窈窕承明内，注：“灵运为秘书监，故云承明内也。”
>
> ○正曰：“何云：‘灵运为秘书监在元嘉中，义熙时乃秘书丞也。’”[④]

---

① （清）永瑢、纪昀：《四库全书总目·风雅翼十四卷提要》，《四库全书》，第1370册，第2页。

② （清）孙志祖：《文选李注补正》卷一，清光绪十五年重刊读书斋本。

③ 同上。

④ （清）孙志祖：《文选李注补正》卷二。

再如在《答宾戏》中：

> 商鞅挟三术以钻孝公，注：“服虔曰：‘王霸、富国、强兵为三术。’”
>
> 〇正曰：“《野客丛书》曰：‘三术者，帝道、王道、霸道。商君说秦孝公用此三术也。事见本传，虽继之以富国之说，即霸者之用耳。’”志祖案：“李周翰注亦云三术谓帝、王、霸。《汉书》应劭注与服虔同。”①

以上二例都是对李善注疑误的驳正，前例驳正灵运谓秘书监一说，后例驳正李善对三术诠释的不妥。在体例上，都明确标出“正曰”二字，标明其诠释乃是对李善注疑误的辨正。具体诠释上前者征引何焯考证，后者引《野客丛书》增补相关文献，对选注进行了增补汇辑。

从诠释体例、诠释内容可知，此书乃是对李善注的补充、勘正之作。但是其中的勘正与清代盛行的考辨体不同，孙氏《补正》不是通过考据对李善注进行补遗、纠正，而是广泛地寻找相关文献，或是先哲时贤笔记、著述中的考选成果，或是有清一代已经出现的选学诠释著述，此类内容占了其书的大部分内容。这些前人、时人成果的汇辑及自己的考证，目的都在于完善李善注，使其诠释更完善、更准确。因此其诠释体式当为补注体，属于《文选》基础性诠释体式。

六　删注体

删注体，是诠释者对同一著作的一家或是多家繁杂的诠释内容，采用节略为注法给予删选、纂集，形成一部简明扼要的诠释著作。

明张凤翼《文选纂注》是删注体，张凤翼对选注主要做了两个方面的工作：一是删减李善注与五臣注，这种删减主要表现在：对李善征引的浩如烟海的文献原文进行削删；对李善注引文出处、引文撰者或注者进行削删，在张氏纂注中几乎没有此类内容。另一项工作是纂注，其纂集内容或取李善注，或取五臣注，主要是选取李善注与五臣注中直接达意的内容，

① （清）孙志祖：《文选李注补正》卷四。

其余内容给予削删，纂集过程实则也是其删注的过程。其删注纂集方式不外乎三个方面，一是择选李善注、五臣注中释义内容，汇纂为注。如《长杨赋》："数摇动以疲车甲，本非人主之急务也，蒙窃惑焉。"善曰："《周易》曰：'蒙者，蒙也。'韩康伯曰：'蒙昧，幼少之象也。'前年猎长杨，故言数。"[①] 济曰："蒙，谦称也，客卿，设疑惑而问也。"[②]《纂注》："前年猎长杨，故言数，蒙，谦称，客卿设疑而问也。"[③]

张氏选取李善注中对"数"的诠解，舍弃其征引的《周易》及韩康伯对"蒙"的有关解释。另外选择了吕延济对"蒙"、"客卿"的解释，汇而成注。

上例基本上按照原句择取汇集，与原意没有什么背离，而有的纂集，在意义上并不一定与原注相同，采取了糅合方式纂集李善注与五臣注。如曹植的《洛神赋》："扬轻袿之猗靡，翳修袖以延伫。体迅飞凫，飘忽若神。陵波微步，罗袜生尘。"善曰："陵波而袜生尘，言神人异也。洛灵即神，而言若者，夫神万灵之总称，言若所以类彼，非谓此为非神也。《淮南子》曰：'圣足行于水，无迹也；众生行于霜，有迹也。'《说文》曰：'袜，足衣也。'"[④] 向曰："袿，妇人之上服也。迅，疾也，言疾如凫鸟之飞也。微步，轻步也。步于水波之上如尘生也。"[⑤]《纂注》："迅，疾也，言疾如凫鸟之飞也。微步，轻步也。步水上而尘生，表其异也。"[⑥]

张氏改向注中"步于水波之上如尘生也"为"步水上而尘生"。由"如尘生"到"而尘生"，并在其后加上了"表其异也"，实则在向注基础上，又选取了李善注中"陵波而袜生尘，言神人异也"。他虽选择了向注，但是从对注解的改变看，他的理解与吕向的理解不同，采纳李善注意思，但是语言表述上善注不如向注简易，故他选择了在向注基础上对李善注进行改易增订。

纂集方式二：择选李善注中释义内容为其纂注，如班固《两都赋序》："以兴废继绝，润色鸿业。是以众庶说豫，福应尤盛。"善曰："言能发起

---

① （梁）萧统编，（唐）李善注：《文选》，第 405 页。

② （梁）萧统编，（唐）李善等注：《六臣注文选》，第 174 页。

③ （明）张凤翼：《文选纂注》，《四库全书存目丛书·集部》第 285 册，第 102 页。

④ （梁）萧统编，（唐）李善注：《文选》，第 899 页。

⑤ （梁）萧统编，（唐）李善等注《六臣注文选》，第 355 页。

⑥ （明）张凤翼：《文选纂注》，《四库全书存目丛书·集部》第 285 册，第 183 页。

遗文，以光赞大业也。《论语》子曰：‘兴灭国，继绝世。’然文虽出彼而意微殊，不可以文害意。他皆类此。《论语》子曰：‘东里子产润色之。’《剧秦美新》曰：‘制成六经，洪业也。’”① 向曰：“鸿，大也，言福祥征应甚盛。”②《纂注》：“言能兴起遗文，以光赞大业也。”③

纂注内容为李善注内容，但是删掉了其引文。张氏在择选李善注（五臣注）时，并不是简单的征引，而是有目的地纠正李善注（五臣注）中的有关问题。如司马相如《子虚赋》：“列卒满泽，罘网弥山。”善曰：“郭璞曰：‘弥，覆也。’郑玄《礼记注》曰：‘兽罟曰罘。’纮，罘之纲也。”翰曰：“谓行列士卒也，言布罘网覆于山也。”④《纂注》：“兽罟曰罘，弥，覆也。”⑤

李善注中引郭璞注“弥”，后又注“罘”，顺序与原文顺序相颠倒，这就是张氏在序中所谓的“错举则纷还而无伦”之弊，张氏在纂集时，纠正了先释“弥”后释“罘”颠倒之乱，择选李善注，依照其在正文中出现顺序纂注。

纂集方式三：选择五臣注为其纂注。

因为张氏在纂集时，注重现成的释义、简练的表达，故其偏重直接释意的五臣注，而不很看重引文繁复的李善注。如果李善注与五臣注释义相同，他会选择词语表达简洁易懂的注释。五臣注由于释义浅易明晰，经常被采用。如《甘泉赋》：“蚩尤之伦，带干将而秉玉戚兮，飞蒙茸而走陆梁。”善引旧注曰：“张晏曰：‘玉戚，以玉为戚柲也。’晋灼曰：‘飞者蒙茸而乱，走者陆梁而跳，谓猛士之辈。’”善曰：“蚩尤，已见《西京赋》。干将，已见《东京赋》。《礼记》曰：‘朱干玉戚。’郑玄曰：‘戚，斧也。’又《考工记注》曰：‘柲，犹柄也。’音秘。茸，而恭反。”⑥ 济曰：“蚩尤，古善用兵者。干将，剑也。秉，执也。戚，斧也。玉戚，以玉饰斧也。蒙茸、陆梁，乱走貌，言使此人带剑执斧，驰走于左右。”⑦ 颜师古

① （梁）萧统编，（唐）李善注：《文选》，第 2 页。

② （梁）萧统编，（唐）李善等注：《六臣注文选》，第 23 页。

③ （明）张凤翼：《文臣纂注》，《四库全书存目丛书·集部》第 285 册，第 36 页。

④ （梁）萧统编，（唐）李善等注：《六臣注文选》，第 151 页。

⑤ （明）张凤翼：《文选纂注》，《四库全书存目丛书·集部》第 285 册，第 91 页。

⑥ （梁）萧统编，（唐）李善注：《文选》，第 323 页。

⑦ （梁）萧统编，（唐）李善等注：《六臣注文选》，第 141 页。

《汉书注》："张晏曰：'玉戚，以玉为戚柲也。'晋灼曰：'飞者蒙茸而乱，走者陆梁而跳也。'"① 《纂注》："蚩尤，古善用兵者，干将，剑也。秉，执也。戚，斧也。玉戚，以玉饰斧也。蒙茸、陆梁，乱走貌，言使此人带剑执斧，驰走于左右。"②

李善注、颜师古注都是引文为释，五臣注简约，直接释义，故采用五臣注。

再如在江淹《别赋》："舟凝滞于水滨，车逶迟于山侧。"善注："《楚辞》曰：'船容与而不进，淹回水以凝滞。'《广雅》曰：'凝，止也。'《毛诗》曰：'周道逶迟。'毛苌曰：'逶迟，历远貌。'"③ 向注："凝滞、逶迟，少留貌，将为水陆之别。"④《纂注》："凝滞、逶迟，少留貌，将为水陆之别也。"⑤ 全部用了五臣注。

在纂注中少数内容不是来自二注，但是因为没有标注其出处而难以考订。《文选》中有些篇章被史书收录，如《汉书》、《后汉书》、《三国志》中著名文人传记中收录的诗文，史注也对其进行了注释，但是考订《汉书》中扬雄、司马相如等人赋作，其注解内容在纂注中没有得到体现。如扬雄《长杨赋》："动不为身。今年猎长杨，先命右扶风，左太华而右褒斜。"《纂注》："太华山在长安东，故谓之左褒斜，在西，故谓之右，言役数郡之民也。"⑥ 此段内容，不是来自李善注、五臣注及颜师古注。不知来源出处，或为张氏自为。再如扬雄《甘泉赋》："诏招摇与太阴兮，伏钩陈使当兵。"《纂注》曰："诏、伏皆设言也。"⑦ 此句在李善注、五臣注、颜师古《汉书注》中都没有，至于其来源，不得而知。可见张凤翼在纂集选注时，史注基本上没有列入纂集范围。

张氏在纂集时，也注意到了前人的考证内容，并对其进行了吸收，这突出表现在对《神女赋》中"王"、"玉"的考证上。在宋玉《神女赋》"其夜王（《纂注》中改为"玉"）寝，果梦与神女遇，其状甚丽。王（《纂

① （汉）班固撰，（唐）颜师古注：《汉书·扬雄传》，中华书局1964年版，第3524页。
② （明）张凤翼：《文选纂注》，《四库全书存目丛书·集部》第285册，第86—87页。
③ （梁）萧统编，（唐）李善注：《文选》，第750页。
④ （梁）萧统编，（唐）李善等注：《六臣注文选》，第306页。
⑤ （明）张凤翼：《文选纂注》，《四库全书存目丛书·集部》第285册，第161页。
⑥ 同上书，第101页。
⑦ 同上书，第86页。

注》改为“玉”）异之，明日以白玉（《纂注》改为“王”）。玉（《纂注》改为“王”）曰：‘其梦若何？’王（《纂注》改为“玉”）曰：‘晡夕之后，精神恍忽，若有所喜。纷纷扰扰，未知何意。’”张氏《纂注》中曰：“乃玉梦，非王梦也。旧作王梦，则于下‘若此盛矣’处不通，且‘白’字应体贴，未有君白臣之理，今改正。”① 张氏《纂注》的分析合情合理，但是没有标注其来源，据《四库提要》，他可能参据了姚宽的《西溪丛语》。从这一例子上也可以看出，他对前人考证选学的有关结论也有辑录，只是多没有表明出处。由以上论述可知，张氏所作工作主要是删注与纂集选注，因此其诠释体式为删注体。

删注体是针对已有李善注、五臣注的再次整理，李善注、五臣注是关于《文选》的字、词、句等基本内容的训诂，其工作都是文献的基本内容的诠释，删注体对此类内容的省简，亦当属于《文选》基本内容诠释之列。

七 类辑体

类辑体是对著作的某类内容以类汇集，经过整理后呈现给读者系统条理的相关内容，为学习和研究提供帮助的诠释体式。

（一）汪师韩《文选理学权舆》

《文选理学权舆》卷首孙志祖《序》称：“（《文选理学权舆》）盖取李善选注，自撰人迄评论以类别为八门，末乃缀以己说，谓之质疑。”② 虽其诠释对象不仅仅是李善注，但是孙氏所讲的“以类别为八门”，是很有道理的。从汪氏汇辑内容看，“撰人”是《文选》中著者姓名、篇目的汇总。“书目”是对李善征引文献书目按照经史子集方式依类汇总。“旧注”是对李善注中收录的前人著者、篇目的汇总。“订误”是李善注中对《文选》正文及与正文相关文献纠正讹误内容的汇辑。“补阙”是对《文选》正文“脱落之句，删节之文”的补正。“辩论”是李善对《文选》中疑难问题、异说等的考论辨正等内容的汇辑。“未详”是李善注中尚未诠释，标明“未详”内容的汇辑。“评论”是对历代学者评选论选内容的汇总。此八门是针对正文、李善注有关内容的分类汇辑。而对于表述己说、质疑

① （明）张凤翼：《文选纂注》，《四库全书存目丛书·集部》第285册，第181页。

② （清）汪师韩：《文选理学权舆·孙志祖序》，《续修四库全书》第1581册，第1页。

《文选》及注文有关内容的部分同样也是按照依类汇辑的方式进行编排。因此汪氏《权舆》八门类辑内容、类辑对象虽各不相同，但是以类汇辑的诠释体例是一致的。我们可以将其体式命名为类辑体。

类辑体诠释意义不在于意义的揭示，而在于诠释成果的以类汇辑，为后人学选研选提供帮助，其诠释功效也是基于基础性诠释层面上的整理，因此当属于基础性诠释体式。

（二）孙志祖《文选理学权舆补》

孙氏《权舆补》，在体例上依照的是《权舆》依类汇辑的形式，因此其诠释体式也当是类辑体。

八　音义体

音义体，是指即释音又释义的诠释体式。

余萧客《文选音义》依照《文选》篇章顺序，标明篇题、注者，在每一文体之首标明文体。不录全文，只录诠释字词，诠释字词用大字著录，其下以小字释音义及考校内容。从其诠释看，即释音，又释义，当为音义体。

音义体起源于汉魏之际，音义兼释，因此得名。唐人曹宪、公孙罗先后都有《文选音义》产生，可惜都已经亡佚，在日本发现的唐钞《文选集注》中的《文选音决》，在《日本国见在书目录》中被著录为公孙罗撰，但是考查其诠释内容，几乎全部是释音内容，很少涉及释义内容，因此很难断定其就是《唐志》中著录的公孙罗的《文选音义》。清人注重考据训诂，前人许多诠释体式被重加运用，清人余萧客的《文选音义》就是对这一古老体式的再次运用。

九　纂集体

纂集体是一种重在资料汇辑，组织松散的诠释体式。

《重订昭明文选集评》是于光华集合诸家评论、注释而成的《文选》诠释著作，正文以何焯《文选》校本为蓝本，评论集合了孙月峰的《评文选》、林兆珂的《文选约注》、张凤翼的《文选纂注评林》及张伯起、俞犀月、李安溪诸位先生的评论，重订本增加了何焯的《义门读书记·文选》、邵子湘《文选》手评、方廷珪《昭明文选集成》中评论内容、长洲叶氏在何焯评本后附注内容，注释方面以汲古阁本之李善注及五臣注内容为主。

在《凡例》及《重订凡例》中，于氏反复强调其《集评》不加入己见。如在初刻《凡例》末，于氏曰："华实寡陋无知，未敢妄参一语，读者校对他本，自知原委，非掠美也。"① 在重订本《凡例》中，他讲到了"张凤翼《评林》，剪截善注，前贤讥其妄，闵板《瀹注》，兼采五臣，有识亦病其袭"。而其《集评》"并蹈二者之愆，益宜为士林讪笑矣"。但是他强调曰："然诸家各自成书，固当别论，华不过案头便览，未敢妄参一语。"② 他明确表示与其他诸家著书立说不同，其书只不过是为了便于阅览，为学选者提供方便而汇辑众说之书，没有加入己见。重在汇编，不重创说。于氏以其《集评》"不参一语"与诸书相加区别，表明此书不在著，而在集。这与其诠释目的不在学术研究，而在选学普及是相一致的。

但是参阅陈云程、孙鹏补订的《增订昭明文选集成》，其中收录了于氏《集评》大部分内容，他们把于氏评点内容都明确标出，以"于曰"为标志。其评点内容主要就篇章结构、起承手法、章节内容略作分析赏评等，不过相较汇辑的其他评论，于氏评论不过是凤毛麟角，但是也并非其所说的"不参一语"，只是不能因此而改变其书"集评"的性质。

《集评》采用的诠释方式多样，有眉评、夹评、篇末总评。汇辑了孙月峰、何焯、方廷珪、王元美、邵子湘、俞犀月、陆雨侯、李安溪等人评论，是于光华倾力之处。除了集评外，于氏还就六臣注、《瀹注》等削删、摘选，于文中必要处之文字、音韵、校勘等简约标注。如《东京赋》："五精帅而来摧。"于氏《集评》："五精，五方星也。帅，循也。摧，至也。言五帝总集至明堂也。"③ 全选了薛综注，善注内容被削删。可见删注也是其诠释内容之一。此外还有圈点内容："佳句用密圈，脉络用密点，逐段眼目用尖圈，或用密点，字法用实圈，或用单点，俱各从其轻重耳。"④ 如《鲁灵光殿赋》："神灵扶其栋宇……保延寿而宜子孙。"⑤ 其旁于氏都用圆圈标注，可见于氏《集评》乃是评点、删注内容的集合。

张云璈《选学胶言·自序》中称，于氏《文选集评》乃总括《文选纂注评林》、《文选瀹注》、《赋汇疏解》诸书及张伯起、陆雨侯并孙月峰、俞

---

① （清）于光华：《重订昭明文选集评·凡例》，乾隆四十三年（1778年）拾介园刻本。

② （清）于光华：《重订昭明文选集评·重订凡例》。

③ （清）于光华：《重订昭明文选集评》卷一。

④ （清）于光华：《重订昭明文选集评·凡例》。

⑤ （清）于光华：《重订昭明文选集评》卷二。

犀月、李安溪、何焯之说，撷其菁华而删订之，“所谓无千金之腋而有千金之裘”[①]。《文选集评》中，对其前评点体、删注体及零散选学评论内容进行了纂集。于氏只起了删选汇集作用，极少加按断抒发己意。这种重在资料纂集，只求资料详备，少有按断，对于学术发展价值不大的诠释体式，当为纂集体。

十　雅书体

从《选雅》名称及其体例看，当属于雅书体，雅书体就是《尔雅》体。《尔雅》是专门训释词义的工具书之鼻祖，其后出现了众多模仿它体例而成的著作。这些书的诠释体式被称为雅书体。[②]

据程先甲卷首《序》中称：“先甲不揆梼昧，爰撷其注（李善注——引者注），依《尔雅》体例，述以为编。”[③] 卷首俞樾《序》中亦称：“程君……剌去李注，用《尔雅》十九篇之例，以类比附，成《选雅》一书。”[④] 查阅其书，在编排体例、释词方法等方面，比较严格地遵循了《尔雅》体例。

首先，以词汇和事类分篇，篇名以“释”字开头，名称顺序全依《尔雅》十九篇，依次为释诂、释言、释训、释亲、释宫、释器、释乐、释天、释地、释丘、释山、释水、释草、释木、释虫、释鱼、释鸟、释兽、释畜。只是在分卷上，依照内容的多寡，进行分和：释训分为六卷，释器分为两卷，释丘释山、释草释木、释虫释鱼分别合为一卷，释鸟释兽释畜合为一卷，共计二十卷。

前三类即释诂、释言、释训按照词汇分。其中释诂部分编撰体例如《尔雅》“皆举古言，释以今语”。如：

> 瑰西京、伟南都、娆洞箫，奇也。（13 页）[⑤]
> 服离骚、装赠答惠连、修九歌，饰也。（22 页）

---

① （清）张云璈：《选学胶言》，《四库未收书辑刊》捌辑第 30 册，第 154 页。

② 冯浩菲：《中国训诂学》，第 110 页。

③ （清）程先甲：《选雅》，《四库未收书辑刊》肆辑第 8 册，第 3 页。

④ 同上书，第 4 页。

⑤ 同上书，第 13 页。以下诸例只在原文上标页数。

释言部分依照《尔雅》中释言体例，“约取常行之字，而以异义释之”。如：

> 极江、贫咏史左，穷也。(23页)
> 号咏怀阮、鼓离骚，鸣也。(24页)

释训部分分了六卷，同《尔雅》释训一样，多训释联绵词。尤其以第三卷最为典型。如：

> 愉愉东京、愔愔琴、煦煦论东方，和悦也。(42页)
> 飘飘霏霏，雪下貌也，西京，又西京飘飘，雨雪貌也。(41页)

释诂、释言内容繁杂，为了条理起见，暗以今韵四声编次。此外在类属安排上，考虑到《文选》李善注内容芜杂，有些是单纯的工具书《尔雅》所没有涵盖到的，对它们的归属做到了适当的调整，如：坟墓归入释丘，身体、官职、姓氏、人事等归入释亲。另外分卷上考虑到所收词的实际情况，如释训收录联绵词及描摹事状之词，卷帙浩博，因此分为六卷。

余下的十六类按照事类进行分篇，如：

释亲：父为昭，子为穆，孙复为昭，昭穆，父子之迭号，千祀而一也。(101页)

释宫：有木曰苑，有草曰圃。吴都 (116页)

释器：宗庙之器称彝。(149页)

释乐：杂比曰声，单出曰音。舞 (149页)

释天：造化，天地也。东都，又鵩鵩，造化，道也。(155页)

释地：后土洞箫、柔祇月、重壤琴、大块赠答张、方仪杂诗卢、下矩铭陆壹，陆地也。(169页)

释丘：丘，山也。符命司马 (176页)

释山：方山在江宁县东五十里。祖饯谢 (178页)

释水：渤澥，海别枝也。子虚 (184页)

释草：卉，百草总名，楚人语也。吴都 (191页)

释木：无虫曰嘉林。咏怀阮 (200页)

释虫：吹虫，即飞虫也。乐府鲍 (201页)

释鸟：雀，鸟之通称，高唐燕雀，鸟之通称也。书陈（206 页）

释兽：麒麟，狼题肉角。符命班麒似麟而无角。上林（210 页）

释畜：恶貌而正走，名驨子。蜀都（213 页）

其次，在训词方式上，也多采用《尔雅》训释方式，如《尔雅》前三篇，多采用多词并释或两词并释方式。即：A、B、C……，Z 也。A、B，C 也。

《选雅》前三类，即释诂、释言、释训多采用多词并释方式，只是形式更多样，有多词并释者，如：

茎西京、介思玄、表九歌，特也。（22 页）

有两词并释者，如：

畅公宴应，光颂陆，充也。（23 页）

有一词为释者，如：

考，校也。魏都（36 页）

除了“A、B、C……，Z 也”这种方式之外，释训部分，在释联绵词中，常采用“某某，……之貌也”，或是“某某，……貌”方式训解。如：

莫莫纷纷，风尘之貌。羽猎（44 页）

还有“A，B 也”，“A，犹 B 也”方式训解。如：

烛，犹明也。咏史谢（78 页）

在其余十六类中，不同类中，所用训式常不同，但每类中，训式多固定。如释宫类，多用“A，B 也”方式，如：

房，室也。九歌（116 页）

在后十六类中，由于依照事类分，所采内容限于《文选》善注，固采用形式也多有变化。如犹释以相关内容者。如释虫：

飞蛾，善拂灯火。（201 页）

有以“A，B 也”方式训解者：

螾，丘螾也。吊文贾（202 页）

有“A 若 B”方式训解者：

赤蚁若象，玄蜂若壶。招魂（202 页）

形式多样，但是总体上《选雅》在释词形式上继承了《尔雅》，并依照《雅》书所特有的特点，略有变通。由于《选雅》在编排体例、篇目命名、释词方法等许多方面都模仿了《尔雅》，故当属于雅书体。

《选雅》作为专书类仿《雅》著作，也具有不同于《尔雅》之处，前边讲述表明在释词方式上更多样外，《选雅》有别于《尔雅》的另一显著之处：征引事类之后，皆以分行小字标注篇名或篇名著者，多数是简称，这有利于读者查阅《文选》中相应篇章。在《选雅略例》中，有详细交代：

（1）分行小注，但称某题，不言某赋注，某诗注者，省文也。

（2）就中惟赋骚七标小题，以题字简而易纪也。若夫诗暨杂体，小题文繁，故但标大题。

（3）其有类不一家，则氏以别之。

（4）氏不一人，则字以别之。

（5）人不一题则次以别之。

（6）至于类一家而家不一篇，则亦即题次先后以别之。

（7）亦有一类数家而辑其大题下之注，亦但标大题。

不同于《尔雅》的另一点是，除了标注篇题、著者，由于涉及校勘问题，故常采用胡克家《文选考异》、何焯《义门读书记·文选》、陈景云《文选举正》、梁章钜《文选旁证》、余萧客《文选音义》、胡绍煐《文选笺证》中的校勘内容，有时还进行一些考证，此类内容亦以双行小字标注在相应辞藻之下。如：

释鱼：鳣，鲔也。先甲按：鳣当作鳣，此盖引郭璞《尔雅注》。（202 页）

再如其下“鲸鱼长者数十里”条下，有“胡云：袁本、茶陵本十作千”。

《选雅》虽较严格地遵循了《尔雅》体例，作为专书类仿《雅》之作，有其自身特点，编撰上考虑到查阅、校勘、考辨等问题，是单纯的词汇训诂工具书《尔雅》所不需要考虑的。程氏《选雅》，分类详明，内容完整，不失为一部优秀的《文选》李善注训诂工具书。无怪乎陈庆年称赞其为“从来小学所未有，选学所未有”的“千秋绝业”①。

通过《选雅》的编撰，李善注中该博的名物、事类、地理等方面内容也按类进行了梳理和训诂，尤其是后十六类按照事类分类，如释丘、释山、释水、释草、释木、释虫、释鱼、释鸟、释兽、释畜等无疑都是《文选》李善注名物的汇纂，堪称李善注名物学的开创之作。

十一　章句体

章句体的特点是明确句读，划分章节，在分析解说全文的基础上，分章概括大意，阐述思想内容（即义理）。此体与其他体式最显著的区别在于标明章句，并于每章之后，专门行文，概括大意，阐述义理。②

明陈与郊《文选章句》的诠释体式为章句体。《文选章句》在诠释中主要做了两方面的诠释工作，首先是对《文选》诗文划分章句，其次每章句后列出省简后的李善注及考辨等内容。在《文选章句》卷首序中，陈与郊曰：“句裂字缀，若断若续，疾读则遗雅，故寻解则令正义差池，故分章。”③ 他认为像李善注、五臣注那样在正文中插入注文的方式，割裂了文句，造成文辞不畅，于是改变了李善注、五臣注正文中插入注文的方式，改为以章节为单位进行注释。以班固的《西都赋》为例，他将其分为九节：

第一节：从“有西都宾问于东都主人曰”到“寔惟作京”。

第二节：从“于是睎秦岭，睋北阜”到“隆上都而观万国也”。

---

① 韩格平：《程先甲及其〈选雅〉》，《古籍整理研究学刊》1994 年第 1 期。

② 冯浩菲：《中国训诂学》，第 90 页。

③ （明）陈与郊：《文选章句》，《四库全书存目丛书·集部》第 285 册，第 533 页。

第三节：从“封畿之内”到“至于三万里”。

第四节：从“其宫室也”到“盖以百数”。

第五节：从“左右庭中”到“顺阴阳以开阖”。

第六节：从“尔乃正殿崔嵬”到“非吾人之所宁”。

第七节：从“尔乃盛娱游之壮观”到“举烽命釂”。

第八节：从“飨赐毕”到“第从臣之嘉颂”。

第九节：从“于斯之时”到“故不能遍举也”。

在九节之后，分别列出删减后的李善注。从名称到注释是很典型的章句体，但是章句体是划分章节，在分析解说全文的基础上，分章概括大意。此体式不仅划分章句，还要在每章之后，概况大意、阐述义理。《文选章句》虽然划分了章句，但每章之后的注释是对李善注的删选，并增加了考辨内容。

从其诠释内容看，删注是陈与郊《文选章句》的主要内容，但是还有少量的名物音韵的考论、旧注的纠正及对前人评述内容的汇集等，多数是依据前后文意及旧注，通过分析以意断之，因此其辨正与清代朴学家所采用的注重实证的考据不同。学力及研究深度上都欠缺，属于《文选》诠释的基础层面。从诠释内容上看不是很严格的章句体，但是从诠释形式看是比较典型的章句体。

第三节 文学性诠释体式及其功效

所谓文学性诠释，首先诠释对象在诠释者看来是文学著作，其次诠释重在挖掘此类著作文学性特点，最重要的是其诠释的最终目的是为文学创作服务。在历代《文选》诠释著作中，有不少针对了《文选》文学性特色的挖掘，此类著作所用诠释体式属于文学性诠释体式。

一 文学性诠释体式中的单一性诠释体式

（一）选藻体

选藻体是指选择诗文中佳词丽藻分类汇编，为士子科举考试服务的诠释体式。《文选双字类要》、《文选类林》、《文选锦字》等都是摘选《文选》诗文中可供写作采用的摛词丽藻，分门别类加以汇集，是专门为应试写作服务的“摘类之属”的著作。此体的特点是不录全文，只分门别类摘引《文选》中的辞藻、典故，字数两字、三字、四字不等，《类要》全是两字辞藻，这些辞藻有的是“语出经史，偶为汉以来词赋采用者”[1]，有的是佳词丽藻，没有什么典故。先列辞藻，再逐词征引来源语句，后跟注释（有的没有注释），最后列出著者和题名。

对《文选双字类要》、《文选类林》、《文选锦字》等的诠释者来说，《文选》是文学创作的典范，是佳词丽藻的渊薮，其诠释重在对《文选》佳词丽藻的汇集，诠释目的是为士子应试提供遣词造句的素材，他们不必熟读《文选》，单独依照其门类，按图索骥，就可以找到比较华丽的辞藻。这类著作没有学术价值，仅仅适用于士子急功近利的应试目的。这种按类纂辑辞藻的著作，通过把每门每类的辞藻层层划分、归类，变成细琐、具体的死板造文材料，使得本来活生生的描情状物的创作变成没生命的辞藻的堆积，失去了文学创作的灵动和生机，大大抹煞了其文学性。因此虽然此类著作为士子们提供了寻章摘句的素材，但是反过来也扼杀了他们的才情。是文学性诠释中最有悖于初衷的诠释。

（二）句图体

据《四库提要》载：“摘句为图，始于张为，其书以白居易等六人为主，以杨乘等七十八人为客。主分六派，客亦各有上入室、入室、升堂、及门四格，排比连贯，事同谱牒，故以图名。后九僧各摘名句，亦曰句图，盖非其本。似孙此书亦沿旧名，所录皆《文选》诸诗。”[2] 据此知句图体始于张为，考究文学史，钟嵘《诗品》中就有寻章摘句的批评方式，初盛唐人更热心于佳词丽句的摘引，晚唐张为的《唐诗主客图》是继这股选评潮流而出现的影响比较大的一部。该书以白居易等六人为主，分列众多诗人于其下，并随之列出若干诗句。这实则是有意识地对唐朝诗歌流派进行的划分。宋人认为“近世诗派之说，殆出于此”[3]。宋初九僧是宋初“晚唐体”的作家群，《通志》卷七十《艺文略八》著录“《九僧选句图》一卷”，当是摘录“九僧”诗佳句，久佚。其与张为编《主客图》以分唐

① （清）永瑢、纪昀：《四库全书总目·文选双字类要三卷提要》，《四库全书存目丛书·子部》第166册，第153页。

② （清）永瑢、纪昀：《四库全书总目·文选诗句图一卷提要》《四库全书存目丛书·集部》第285册，第21页。

③ （宋）陈振孙：《直斋书录解题》卷二十二，《四库全书》第674册，第901页。

朝诗人流派的用意不同，不是典型意义上的句图体。除了《四库提要》中提到的这两部句图著作外，中晚唐到北宋，大批句图类著作产生，如李洞《集贾岛诗句图》、惠崇《律诗句图》等，连宋真宗亦将《御选句图》立于晋祠[①]。但是这些句图大多是选择佳词丽句，与张为等人讲求的句图不同，张为他们更重视以句图示作诗法门，并进一步标榜宗派，而寻章摘句以为酬唱之资则是基本的用意。

宋高似孙的《文选诗句图》，据《四库提要》载："其句下附录之句，盖即钟嵘《诗品》源出于某某之意。其句下附录一两首者，则莫喻其体例矣。"[②] 主要包括两方面内容：一是追溯选诗源于某某；二是揭明某诗源于某选诗，昭示选诗对后人的影响。实则是列出选诗前后诗文承继源流，与句图体创制初的建立谱系，即"事同谱牒"的本意相一致。

句图体是比较特殊的文本整理、研究著作，它是否属于诠释著作颇令人质疑。笔者认为：《文选诗句图》重点是探究选诗源于某诗及他人对选诗的继承关系。高似孙曾称其《句图》为"图诂"，也就是表列诗句承袭关系以训诂之义，当然"图诂"中的"诂"与传统意义上的训诂很不同。诠释是对文本的理解和解释，高氏对选诗源流的梳理正体现了其对选诗的理解和定位，是基于审美评判基础上的理解。这种理解不仅涉及所追溯之选诗，也体现在被追溯之选诗上。如果没有对选诗内容、形式的深入理解，对前后诗人诗作的熟悉，是难以把握其承继关系的。而对选诗谱系的追溯，利于他人理解选诗风格特色及为文笔法等。其潜在的诠释理念是一种文学赏评，诠释目的则是为诗歌创造提供借鉴。从这里看，《文选诗句图》当属于诠释范畴。

以《文选诗句图》为例看句图体的价值和阙失价值：

（1）对后代诗人继承《文选》内容进行了罗列，为学者了解选诗与后代诗作之间的继承关系做了一定的搜辑工作。

（2）对李善注中追溯源流内容进行了部分搜辑，这种整理工作为后人研究李善注开启了另一种思路。

---

① 释文莹记宋真宗亲以御笔为枢密直学士刘综选定八联馆阁诗句图之事，见《玉壶清话》，上海古籍出版社 2001 年版，第 1 页。

② （清）永瑢、纪昀：《四库全书总目 · 文选诗句图一卷提要》，《四库全书存目丛书 · 集部》第 285 册，第 21 页。

总之，对选诗中佳词丽句的摘引及选诗前后源流诗句的罗列，为诗人写作及研究选诗提供了帮助。

高氏《句图》虽有成功之处，但是也难掩其荒陋不经。阙失主要有：

（1）内容与体例不符。在其《序》中，明示诠释目的是发明诗人之“互相宪述”，但是部分内容实则是追溯语源，还有部分字义训诂内容，与追溯诗人之“互相宪述”，没有关系。

（2）体例不明晰，如在《句图》中单列了许多诗句，另外在《句图》卷后所列几首诗，不明就里。

这些体例上的混乱揭示了高氏对“句图”体例自我概念尚不明晰，诠释目的不明确。此外，对诗文源流追溯与语源追溯相混淆，表明其在文学赏评中，文学批评理论还比较混乱。

（三）选评体

选评体，先从诗文集中选取要诠释的诗文，再对其进行评论的诠释体式，选与评都寄予了诠释者的文学理念。

元方回《文选颜鲍谢诗评》，在体例上有两大特点：一是选，选取《文选》中颜延之、鲍照、谢灵运、谢瞻、谢朓、谢惠连、谢混七人诗作，各为论述。论述内容除了《文选》中颜延之《应诏宴曲水作诗》没有收录，其余全部收录，据《诗评》中颜延之《车驾幸京口三月三日侍游曲阿后湖作》下评述“本不收此诗，书之以见夫雕绘满眼之诗，未可以望谢灵运也”①，可知方回原书对《文选》中颜、鲍、谢诸人之诗并不是全部收录的。颜延之《应诏宴曲水作诗》，很可能全无评说之处，因此没有收录。选评顺序与《文选》原文顺序相同。

此书另一个特点是评，采取的方式都是先诗后评，评论内容有交代诗作写作背景、艺术手法分析、佳词丽句点评、承继源流分析、杂议他事等多个方面。

由于《文选颜鲍谢诗评》注重了选与评两个方面，故为选评体，其与明代兴盛的评点体或删注评点体很相似，都注重了对作品思想内容、艺术手法等的评析，但是也有很大不同：

（1）没有圈点内容。《文选颜鲍谢诗评》是基于选的基础上的评，因此评的内容也集中在所选取的颜、鲍、谢诸家，其中关于妙句、佳联等的

---

① （元）方回：《文选颜鲍谢诗评》，《四库全书》第1331册，第590页。

赏评，已经在讲评中体现，因此没有圈点内容。明评点著作则圈点内容随处可见，以此方式表示诗文之佳妙。

（2）讲评方式单一。《文选颜鲍谢诗评》只是采用了诗后总评的方式，而明评点体著作，或眉评，或夹评，或诗后总评，方式多样。

（3）讲评内容广狭不同。《文选颜鲍谢诗评》讲评内容有对作品写作背景、诗旨、句旨、隐幽意旨等方面的揭示，也有对艺术手法、诗作源流、较量同异等方面的讲评。但是很少涉及诗作风格特色的阐发。而对作品风格特色的评定是揭示文学特色最重要的一个诠释方面，显示了诠释者文学赏析的水平及对诗文神韵的准确把握。明代评点著作对文学作品艺术特色的赏评随处可见。方回诗评中对《文选》诗作风格特色的赏评很少涉及，说明了此时文学性诠释尚处于初级阶段。在诠释中对文学风格特色及概念的把握尚不明晰。

（四）选句体

选句体，挑选诗文中佳妙之句，勾连汇辑成卷的诠释著作。

据胥斌卷首《自序》交代，《文选集腋》乃“取《文选》内醇雅之句，分类抄录，既又贯串成篇，以便记习”[①]，可见重在《文选》佳句类纂，虽也对诸文句做了进一步贯串加工，但是抄录之功大，加工创制处少。当属《文选》诠释中“摘引之属”，诠释体式与选藻体相近，为选句体。

在编选体例上，胥氏有着明确的摘选编撰思路及标准。摘句标准：醇雅之句。何为醇雅之句？《凡例》中交代：“兹编惟审其议论醇正，字句雅驯及事本前古者，类而录之，余即典艳鲜新，概不敢取。”[②] 但是合乎醇雅标准者并非全部收录，如果有专集者，如屈原《离骚》；列诸经者，如卜子夏《诗序》等；近世选古文家所共登，学人惯习之余者，如汉武帝《求贤诏》、宋玉《对楚王问》等，皆不采录。篇目设置标准：与摘句标准相应，体现了“导扬淳化”的观念。《凡例》中曰：“今圣天子化理蒸蒸日上，即崇文稽古，遐不作人，故以王化首冠斯编。”“是编自王霸君臣诸目，下即次民风治道，以迄巡游。然后继之圣德儒修等篇，亦先国后野之意云尔。”每篇编排体例：“摘选佳句，中间夹有著者及篇名，最后是疑难

① （清）胥斌等辑：《文选集腋·自序》，清嘉庆二十一年聚锦书屋刊本。

② 《文选集腋·凡例》。

字词原注及附注。”[①] 著者及篇名著录方式：“类集之文，或整段或数句或一句，俱以原来篇目分条标注，最先一条并注明作者姓字，复见从略。”[②]

从其摘句、编目所坚持的标准看，其摘录编选目的还是为士子应试、撰写时文服务，即为“乡会墨试”者提供帮助。

二 文学性诠释体式中的综合性诠释体式

综合性诠释体式是指具有两种或两种以上诠释体式特点的诠释体式，又分为两种情况，第一种是所包括的诠释体式跨越了不同的诠释层次，第二种是所包括的诠释体式属于同一个诠释层次。

（一）删注评点体

删注评点体是既删注又评点的诠释体式，此体式包括了删注体和评点体两种诠释体式的特点，删注体属于基础诠释体式，评点体属于文学性诠释体式，故此删注评点体属于综合性诠释体式中的第一类情况。在明清时期的选学著作中多有出现，目的是为士子提供通俗易懂的学选教科书。因为删注不是其诠释重点，目的是为评点服务。而诗文评点是文学性诠释的主要方式，因此归其为文学性诠释体式。比较有代表性的诠释著作包括明闵齐华《文选瀹注》、邹思明《文选尤》、凌濛初《合评选诗》及清洪若皋的《昭明文选越裁》等。虽然都属于删注评点体，但是各有侧重，下分别论述。

1.《文选瀹注》

《文选瀹注》包括了两方面的内容，一是闵齐华的《文选瀹注》，一是孙月峰的《评文选》，在卷首《凡例》中，闵氏曾提到：“仲兄翁次宦游南都，先生手授焉，不敢秘之帐中，遂以公之同好。”[③] 据《浙江通志》知，明朝湖州闵氏的雕版套色印书在全国都很有名，而出版孙氏评选时，闵齐华针对李善注、六臣注过于繁杂，而且文中断句作解的方式割裂文意，对《文选》注进行了划分章句，删繁就简的诠释工作。并将其删注与孙氏评选内容合二为一。

因此有两名，一为《文选瀹注》，是针对闵齐华的删注内容，取名

---

① 《文选集腋·凡例》。

② 同上。

③ （明）闵齐华删注，孙矿评：《文选瀹注》。

《瀹注》的原因前面已述，乃是取“瀹”疏通洗涤之义，重点是对六臣注的删繁就简，此则是删注体的诠释特点。如张衡《西京赋》（《瀹注》卷二）中“后宫则昭阳飞翔”至“侈靡逾乎至尊”，李善注、六臣注于文中为释。举李善注为例：

后宫则昭阳飞翔，增成合欢。兰林披香，凤皇鸳鸾。（皆后宫别名，善曰：“皆殿名，已见《西都赋》。汉宫阙名有凤皇殿。”）群窈窕之华丽，嗟内顾之所观。（观，睹也。谓内顾所睹，皆盛好也。善曰：“窈窕，已见《西都赋》。《小雅》曰：‘嗟，发声也。’《三略》曰：‘将内顾则士卒慕之也。’”）故其馆室次舍，（善曰：“《周礼》曰：‘宫正掌宫中次舍。’郑玄《礼记注》曰：‘次，自循止之处。’”）采饰纤缛。（采，五色也。纤，细也。善曰：“《说文》曰：‘缛，繁采饰也，音辱。’”）裛以藻绣，文以朱绿。（善曰：“《西都赋》曰：‘裛以藻绣。’傅毅《七激》曰：‘楹桷雕藻，文以朱绿也。’”）翡翠火齐，络以美玉。（善曰：“翡翠，鸟名也。火齐，玫瑰珠也。《六韬》曰：‘纣作琼室、鹿台，饰以美玉。’《列子》曰：‘穆王为中天之台，络以珠玉。’齐，才计切。”）流悬黎之夜光，缀随珠以为烛。（明月，大珠，夜则有光如烛也。善曰：“悬黎、夜光、随珠，已见《西都赋》。”）金戺玉阶，彤庭煇煇。（彤，赤也。煇煇，赤色貌。善曰：“《广雅》曰：‘戺，砌也，音俟。’《西都赋》曰：‘玉阶彤庭。’”）珊瑚琳碧，瓀珉璘彬。（璘彬，玉光色杂也。善曰：“珊瑚瓀珉，已见《西都赋》。璘，力神切。彬，方珉切。”）珍物罗生，焕若昆仑。（珍美之物，罗列布见，焕焉如昆仑之所生者。善曰：“《山海经》云昆仑之墟有珠树、文玉树。”）虽厥裁之不广，侈靡逾乎至尊。

闵氏删注曰：

昭阳至鸳鸯，皆宫殿名。翡翠、火齐、悬黎，见《西都赋》。戺，砌也。琳碧、瓀珉，皆玉名。璘彬，玉光杂色也。[①]

① （明）闵齐华删注，孙矿评：《文选瀹注》卷二。

李善注中大量引文为释内容被删掉，只取其意释部分，概括陈述。

此书还有一名，是《孙月峰先生评文选》，其诠释包括两个方面，一是圈点，一是评析，乃是比较典型的评点体的特点。其中圈点内容多于文中关键词句、上下呼应处、精妙处、对应处等地方圈点。但是在《凡例》中没有作具体交代。如《吴都赋》："长鲸吞航，修鲵吐浪。"旁边以点标注，此当为精妙处之标点。再如《魏都赋》："过以泛剽之单惠，历执古之醇听。兼重惿以䚡缪"[①]，其中"单惠"、"醇听"、"重惿"、"䚡缪"四词都标以实心黑点，以示其为关键词。再如潘岳《西征赋》"国灭亡以断后，身刑轘以启前"[②]，以圈标点，以示此句之精要。

除了圈点内容外，基本以眉评方式标注，闵氏评价孙评曰："片语之瑜无不标举，一字之瑕亦为检摘，诚后学之领袖，修词之指南也。"[③] 揭示了孙评集中在指点瑕瑜、品评修辞上。如在《西京赋》篇首，孙氏眉评曰：

> 孟坚《两都》正行，平子复构，此明是欲出其上，逐句琢磨，逐节锻炼，比孟坚较深沉，是子云一派格调，中间佳处尽多，苐□伤繁，便觉神气不贯。若两篇开首议论处则风骨苍然，寄浓腴于古峭，允为千古绝调，绝不易得。

班固《西都赋》与张衡所写《西京赋》、《东京赋》，题材相同，前后而出，孙氏对其优劣进行品评，并对妙处进行评析。可见孙氏评选内容具备了典型的评点体的特点。

综上所述，《文选瀹注》综合了删注体和评点体两种体式的特点，乃是一种综合性的诠释体式，属于比较典型的删注评点体。

2.《文选尤》

《文选尤》诠释方面主要集中在删注和评点两类。其中删注目的是为"诸郎君所趋庭而相授受者"服务，《文选尤》乃《文选》的"折中"之作："合观于众体中，有全收，有仅存其一，而精者定。析观于各体中，

① 《文选瀹注》卷三。

② 《文选瀹注》卷五。

③ 《文选瀹注·凡例》。

有去其一二，有去其四五，而博者删。注有芜而障目者削，当而惬心者笔。”[①] 削删分为两部分，一是对正文的精简；一是对注文的削删。为此在《凡例》中他详细列出了所遵循的削删原则：“兹之所取，则于意致委婉，词气渊含，才情奇宕者耳。”[②] 具体说来，有以下几个方面：

（1）赋、诗、骚、七、表、笺、书、论取十之六，四言诗因为以三百篇为宗，所以认为不必收。

（2）诏、辞、上书、设论、连珠，邹氏认为乃“古今绝构”，故全部收录。

（3）教、策、问启、弹事、檄、序、颂、赞、铭、符命、诔、哀文、碑文、吊文、祭文，在《文选》中收录少，他认为其文“今谬为简阅”，故取其十之六，目的是为了裨益于学者。

（4）策、令、奏记、对问、箴、墓志、行状，在《文选》中每体只有一首，都是“精研奇古之笔”，故存之以备其体。

以上是针对正文的削删，对于《文选》三十多种文体的代表作品，收录作品多者，给予精简；收录作品只有一首者，出于裨益学者的目的给予保存；对于另有优于此体的代表作者将其删掉；对于其认为极有实用价值的应用文给予全部保存。不管是只取部分，或全部删掉，或全部收录，目的都是帮助士子学习选文，进一步学会创作文章。

对注文的削删。在《文选尤》中，正文中的注释全部删掉，只在其认为必要处以眉批方式，以墨笔诠释。诠释内容主要是字、词、文句及典故。至于音释，则用小字在文中字旁标注出。这些注释或来自六臣注，或来自邹氏自己的理解。其中邹氏亲自注释内容常常是直接以己意断之，如扬雄《甘泉赋》中，对“于是大厦云谲波诡，摧嗺而成观”中对“厦”的解释：“夫厦至若梦言宫室高峻奇幻，玮丽幽渺。”[③] 这一部分文字、音韵的训诂，在《文选尤》中所占比重很少，目的还是为了评点《文选》服务。

朱国桢在《序》中指出邹氏编写《文选尤》的目的是“诸郎君所趋庭

① （明）邹思明：《文选尤·朱国桢序》，《四库全书存目丛书·集部》第268册，第396—397页。

② 同上书，第401页。

③ （明）邹思明：《文选尤》，《四库全书存目丛书·集部》第286册，第412页。

而相授受者也”[1]。为了这一目的，对《文选》诗文的讲评无疑就成了其诠释的重点。领会赏析选文基础上学习为文之法，这是其评点所达到的最终目的，故其讲评中多阐释选文的艺术风格，分析其艺术手法，揭明篇章的意义内涵等。

据卷首《凡例》载：“总评分脉则用朱，细评探意则用绿，释音义、解文辞、考古典则用墨。”[2] 邹氏点评《文选》主要包括三个方面内容，首先是对诗文艺术手法的点评，这类内容主要对章法结构进行分析，就是《凡例》中说的“总评分脉”部分内容，评点位置或在篇首点评，或在篇末总评，或在篇中相应的地方分评，目的都是帮助读者很好地理解篇章结构。其次是对《文选》诗文艺术风格的点评，有篇首眉评，也有文末总评。在眉评中，也有大量内容是针对《凡例》中所谓的“奇幻灵变处，韶令华赡处”风格特色的评述，此外还有对个别奇辞丽句的点评。这类内容占据点评大量内容，是最重要的一类点评，是帮助读者赏析诗文，学习写作最有力的一部分内容。此外对诗文篇章句旨意的揭示也非常多，这是“细评探意”类内容。至于对文字、音韵、典实的训诂，在《文选尤》中所占比重不大，用字简省，直接诠解，多来自李善注、五臣注。除了这几部分内容外，还有读选感悟，随文标出，随意性比较强。其中对艺术风格的点评、艺术手法的分析、佳词丽句的赏评，是文学诠释中特有的内容，这些诠释一方面帮助读者赏析选文，一方面为学子学习写作提供了很好的指点，这也是评点体主要作用所在。

由以上论述可知，邹思明的《文选尤》主要涉及了删注和评点两部分内容，属于删注评点体。需要注意的是《文选尤》中的删注与张凤翼《文选纂注》、陈与郊《文选章句》中的删注不同，张氏《纂注》主要对李善注中广征博引内容进行省简，正文全部保留。陈氏《章句》所删注的也是浅近、重复、互引等内容，对正文也没有精简。但是邹氏《尤》不仅对正文中注文全部削删，只在必要处以眉评作注，而且对正文也进行了精简，并在《凡例》中明确表明精简原则为“于意致委婉，词气渊含，才情奇宕者耳”。可知即使都有删注方面，不同编者不同体式中贯穿了不同的取舍原则。

---

① （明）邹思明：《文选尤》，《四库全书存目丛书·集部》第 286 册，第 396 页。

② 同上书，第 401 页。

3. 凌濛初《合评选诗》

《合评选诗》诠释内容包括三个方面：一是凌濛初对六臣注给予删繁就简；二是凌濛初对其前一二十家选学家评选内容进行汇辑；三是郭正域对精辟之句的圈点。诠释内容包含了两个诠释体式的特点，一是删注体，一是评点体。因此其诠释体式是比较明显的删注评点体。

删注内容包括两个方面，一是对正文的删选，表现在对《文选》诗作的选取，至于其他的文体不予采纳。一是对选诗注释的删选，选注以六臣注为主，本着简明原则，只求能释义，至于六臣注中广征博引以明故实内容，不多引援。此外对人们大都了解的文辞释义概不收录。删注后的注解全部列于每卷之后，与正文分开。至于那些隐晦有寄托之诗，其认为“可以意会，注必专指其为某事某故，恐失作者之意，不录”[①]。这突出表现在阮籍的《咏怀诗》上，所引注内容多为六臣注中征引典实的简明表述，如“二妃”、“太行道”、“东陵瓜”等，而未对十七首《咏怀诗》妄臆比附，像许多人那样将诗义与魏晋人、事加以附会。

评点采用了辑评方式，据卷首所录“批评选诗名公姓氏”载，有沈约、谢灵运、刘勰、李白等四十五人，引人注意的是他将李善、五臣也予以著录，从而揭示了六臣注也有文学赏评内容。其中引用五臣注内容，多是五臣挖掘选诗隐幽意旨的内容，如：颜延之《五君咏》中《阮步兵》末，引张铣评曰：“此延年自托以为途穷者。”[②] 对隐含在诗篇之后的作者意旨进行挖掘。

还有些是其卷首所录的“批评选诗名公姓氏”中所未收录的，如卷一《补亡六诗》题下有虞九章之评。但虞九章并未收录进卷首“名公姓氏”中。卷首所列的四十五人也非全部有评论被收录，其中只有钟惺、谭元春、王世贞等十几人有评，以钟惺最多。

《合评诗选》与《文选瀹注》、《文选尤》的不同：

(1) 删注方面：正文方面，《合评选诗》只取选诗，而《瀹注》、《尤》各体皆收。注文方面，《合评选诗》删选后的注释全部列于卷后，注文与正文分开。《瀹注》文中作注，《尤》则是眉评方式标注，音释则在文字旁作注。

---

① (明) 凌濛初：《合评选诗·凡例》，《四库全书存目丛书·集部》第 340 册，第 639 页。

② 同上书，第 682 页。

（2）评点方面：《合评选诗》采用了辑评方式，共辑录了几十人的注释，而《瀹注》评者为孙月峰，后者以邹思明为主，但在篇末总评中也汇辑了其他人的评论。

4. 洪若皋《昭明文选越裁》

清代删注评点体著作当以洪若皋《昭明文选越裁》为代表，其诠释内容有三个方面：一是针对《文选》正文的删选，在《越裁》（以下《昭明文选越裁》简称《越裁》）卷首《序》中，指出《文选》存在着“一卷之中，影从响应，一篇之内，巘叠波层，芜音既厌于注目，累句□苦于聱牙”等弊病，于是提出“白璧不能无瑕，黄纯何必断颡，余也探幽索隐，服习有季，略秽集英”[①]。二是针对选注的删注订补，在《序》中曾指出唐六臣注经过张凤翼删注后，还存在着“讹舛未订”的弊端，在《凡例》中，其曰：“讹者必订，阙者必补，冗者必节，复者必删，非徒依样旧本。”[②] 可见对六臣注进行了订、补、节、删工作。三是评点，在《越裁》中，常以眉评方式于每篇诗文的艺术手法、艺术效果、思想内涵等进行评点，在正文中的关键句、佳词丽句等处，多以圈点标注出。总结以上内容，可以看出洪氏《越裁》具备了删注体和评点体两种体式的特点，因此属于综合性诠释体式中的删注评点体。其前删注评点体著作已经出现了几部，凌濛初《合评选诗》是针对《文选》诗的，与其相比性差些，而邹思明的《文选尤》、闵齐华的《文选瀹注》与洪若皋《越裁》都是对《文选》全部诗文的删注评点，三者之间又存在着差别：

（1）评点方面

《越裁》评定以眉评、篇末总评方式出现，多为洪氏自为。《尤》评点也是以眉评、篇末总评的方式出现，但篇末总评吸收了多家评点内容。《瀹注》评点以眉评、篇末总评方式出现，多为孙氏自为。

（2）注解方面

《越裁》对六臣注进行了删繁就简，继承了张凤翼《纂注》成果，同时给予订补。《尤》正文中对六臣注全部删掉，只是在少数必要地方以眉评方式训释。《瀹注》对六臣注进行了删节，原则为“芟芜除谬，时以己

---

① （清）洪若皋：《昭明文选越裁》，《四库全书存目丛书·集部》第 287 册，第 679－680 页。

② 同上书，第 706 页。

意裁酌"[①]。这与《越裁》比较接近，所不同的是，《越裁》删注内容分别附于相应文句之下，而《瀹注》认为此法"零星割裂，殊不成章"[②]，于是采用了章句法。

（3）删诗文方面

《尤》与《越裁》都对诗文进行了删削，但是所删节的篇章不同，如《越裁》中删掉了班固的《东都赋》，王延寿的《鲁灵光殿赋》、班彪的《北征赋》，而这些《尤》都收录，《尤》删掉了《西征赋》，而《越裁》中却收录。此外，《尤》收录了《琴赋》、《啸赋》，而弃用《长笛赋》，而《越裁》却认为《琴赋》、《啸赋》效尤可厌，弃之不用，仅留《长笛赋》，可见二者对《文选》诗文优劣评判有着不同的审美标准，因此其删选结果也值得商榷，只能代表一家之言，从这一角度看其删选价值不大。

更应该注意的是，《越裁》不仅删选整篇诗文，还对诗文中的文句进行了删减，这是其他各家都没有的。这种删减，严重损害了《文选》诗文原貌，使得其删选成为一种破坏性的删减，价值全消。

综上所述，同是删注评点体，不同诠释者在删注、评点方面采用的方式都不同。价值有高有低，因为是基于诠释者自己理解的再次诠释，影响了客观性，虽然对学选提供了一定程度的方便，但是对《文选》的学术研究不仅没有帮助，反倒起了消极作用。

（二）评点考辨体

评点考辨体是指包含评点、考辨两类诠释内容的诠释体式，兼具评点体与考辨体的诠释特点，评点体属于文学性诠释体式，考辨体属于考辨订补类诠释体式，不属于同一诠释层次，因此评点考辨体也属于综合性诠释体式中的第一种情况。代表作品有何焯的《义门读书记·文选》。何焯生活在康熙年间（1662—1722），而清代选学大盛的年代是嘉庆（1796—1820）、道光（1821—1850）年间，也是朴学兴盛时期。何焯作为清代早期的选学家，生活在距离明朝不远的康熙年间，重视评点的明朝学风仍有遗留，而重视考据的学术风气也开始在研究中应用。何焯《义门读书记·文选》具有了承前启后的过渡时期的特点。

---

① （明）闵齐华删注，孙矿评：《文选瀹注》，《四库全书存目丛书·集部》第287册，第7页。

② 同上。

一方面，他对《文选》艺术手法、艺术特色进行品评，对篇章句旨等进行揭示。另一方面还考校文字，对正文、李善注、史注、前人讹误等进行考辨，对选学的研究具有评点与考据两种特色。因此其体式不是单纯的评点体，也不是朴学大盛时期的考辨体，而是二体的融合，我们称此体为评点考辨体。值得注意的是，何焯对《文选》疑误阙失的考辨订补，对其后考据学家选学研究，无论是从方法上还是研究领域上都起到了开启作用，著作本身评点考辨兼有的特点，正显示了选学研究从何焯起，发生着根本性的转变。

（三）论评体

论评体是兼有总论体与评点体诠释特点的诠释体式。总论体与评点体是文学性诠释中常用的诠释体式，此体当属于综合性诠释体式中第二种情况。代表作品是清吴淇《六朝选诗定论》，是书以“尊经”为主导思想，对《文选》进行诠释。首先此书具有总论体的特点。卷一《六朝选诗缘起》对说诗缘起及孔孟论诗言论进行总论。卷二《统论古今诗》，对自虞夏至明的诗歌强分三际，进行总论。《总论六朝》则是对六朝再分三会，就汉道的升降终始及诗人诗作特点进行总论。卷三之后是对选诗的分析赏评，也有不少内容采用了论述法，如对汉高帝《大风歌》的分析，实则是对帝王之诗的总论：先写古帝王虞舜，所写乃一时明良之盛，孔子取之为经。次写汉高帝《大风歌》虽有偏霸陋习，但是词意雄壮，最有帝王气象。最后写唐太宗诸作，虽然亦颇壮观，但是多粉饰。其论述对唐前著名帝王之诗进行了大体概述，读来能有一个大体印象。此类单篇诗作之后总论某类内容的手法，也是总论体具有的特点。

除了具有总论体的特点外，《六朝选诗定论》还具有评点体的特点，与以往评点体不同的是：(1) 评点体圈点内容多是正文中关键词句、上下呼应处、精妙处等，而《六朝选诗定论》不圈点正文，而是圈点自己的诠释，对自己评论中的关键句或以圈、或以点标注出来，目的是引起读者注意，从而更好地理解其论断。如汉武帝《秋风辞》，正文没有圈点，其诠释却有多处圈点，如“全从高祖《大风》来，俱是英雄语，但开创守成其气象不同耳”①。这是追溯此诗源流及评析的关键句，其旁都加以圈，以引起读者注意。

① （清）吴淇：《六朝选诗定论》，《四库全书存目丛书补编》第11册，第71页。

（2）评论方式单一，在多数评点体中，其评论方式多样，或文前总评，或眉评，或文中夹评，或文末总评，但是《六朝选诗定论》中的评论全部采用了诗末总评方式。虽其圈点内容在评论中，评论方式单一。但是评点体所具有的评与点的特点都已经具备，故《六朝选诗定论》也具有评点体的特点。

综上所述，《六朝选诗定论》具有总论体和评点体两种诠释体式的特点，所占比重也比较接近，可见《六朝选诗定论》采用了一种综合性的诠释体式，总论方面多阐述其文学观念，评点方面在侧重了对选诗的赏析品评，是比较典型的文学性诠释体式。

第四节　考辨订补类诠释体式及其功效

《文选》诠释进入清朝后，受朴学风气影响，注重疑误考辨、阙失订补、异文校正的《文选》诠释著作大量出现，通过考据以确论是非，完善选文及李善注考据学的著作大量出现。是此前《文选》诠释中学术意义最强、研究深度最深的诠释部分。在他们的考据下，《文选》及李善注得到极大的完善。

一　考辨订补类诠释体式中的单一性诠释体式

（一）校体

校体以校勘书籍的篇章、文字、款式等的异同、讹误为任务。冯浩菲先生划分校勘体有四类，其中最典型的一类是校勘内容汇为专书[①]，在《文选》诠释中，胡克家《文选考异》是比较典型、成就突出的校勘体诠释著作。

嘉庆十年（1805），胡克家聘请彭兆荪、顾光圻为其校勘《文选》，以宋淳熙辛丑尤袤本为底本，以袁本、茶陵本参校，部分篇章兼与史书所载《文选》篇章相校，同时参阅何焯、陈景云校勘成果。校勘中采取校而不改方式，校勘成果以校勘记的方式出现。胡氏《文选考异》就是彭、顾校勘《文选》的校勘记。

① 冯浩菲：《中国训诂学》，第 90 页。

全书不列原文，只列所校条目。条目下，如参阅何、陈校勘成果，则以何校、陈校、何云、陈云，或只称姓氏方式标注，如《西都赋》“注‘在彼空谷’”条。《考异》曰：“何校‘空’改‘穹’。陈同，是也。各本皆伪。案：陆机《苦寒行》注引正作‘穹’。”①

大部分条目是以袁本、茶陵本对校尤本。如《风赋》：“注：中风人口动之貌。”《考异》曰：“袁本、茶陵本无‘人’字。案：此误取五臣济注中字增多，非也。”②《考异》都是对此类校勘条目的汇集，因此《文选考异》为校体。

在《文选》诠释著作中还有一部校勘类著作：孙志祖的《文选考异》。其校勘方式不属于冯浩非先生所说的四类情况，重点在于汇辑前代相关校勘条目，以汇为校，总结一书。孙志祖《文选考异》卷首《序》曰：“国朝潘稼堂及何义门两先生，并尝雠校是书，而义门先生丹黄点勘，阅数十年，其致力尤勤。又有圆沙阅本不著题跋，而征引顾仲恭、冯钝吟评语居多，意其为钱氏之书，皆少陵所谓熟精选理者也。志祖尝借阅三家校本，参稽众说，随笔甄录，仿朱子《韩文考异》之例，辑成四卷，以正毛刻之误。”③

据其《序》可知，此书是孙志祖参校潘稼堂、何焯、圆沙阅本三个校本，参稽众说，考订讹误，随笔甄录，汇辑各家校勘条目，间附考辨订补内容，仿照朱熹《韩文考异》体例而成的一部《文选》校勘著作。其目的是订正毛氏汲古阁刻本之误。

孙氏《文选考异》共四卷，征引汇辑了自唐至孙氏之前约三十余位选学家考校《文选》的内容。包括唐颜师古；宋徐锴、彭叔夏、朱熹、沈括、洪迈、李治、胡应麟，明张凤翼、顾炎武，清何焯、许庆宗、金甡、汪师韩、王鸣盛、钱大昕、全祖望、梁玉绳、严元照、汪中、邵长蘅等三十余人的选学考校内容。除此之外，还有部分内容是孙氏对部分校勘条目考辨驳正及亲为勘校《文选》的内容。总之，这是一部自唐到孙氏之前《文选》校勘内容的汇校著作。

孙志祖《考异》与胡克家《考异》虽然都是校体，但是两者差别很

① （清）胡克家：《文选考异》卷一。

② （清）胡克家：《文选考异》卷三。

③ （清）孙志祖：《文选考异》，《续修四库全书》第1581册，第141页。

大。前者着力在于汇，后者着力在于记。前者多是他人的校勘成果，后者多是自己的校勘成果，存在本质上的不同。

（二）考辨体

考辨体，是依照原文顺序，针对前人诠释中的疑误、阙失，逐条考辨纠补的诠释体式。以考辨、校正、订补前人说解中存在的疑误、阙失等为主要任务。《文选》考辨类诠释著作在清朝达到繁盛，占据了清朝诠释著作中的很大比重。主要特征就是充分发挥清人擅长的考据方式，针对《文选》中存在的问题，一方面广征博引，从广度上扩大相关文献的搜求；另一方面从深度上挖掘、考据，凭借自己的学识及文献的极大占有，做出公允的判断。《文选》中，尤其是李善注中许多疑误、阙失在清人孜孜不倦的考据下得到了解决和完善。

清代考辨体的《文选》诠释著作有多部，张云璈的《选学胶言》，王煦的《昭明文选李善注拾遗》，徐攀凤《选注规李》、《选学纠何》，李详《选学拾沈》、《文选萃精说义》是比较典型的考辨体著作，他们又各自具有不同的考据特点，下分别论述。

1. 张云璈《选学胶言》

张云璈生活于乾隆、嘉庆年间，正是朴学大盛时期，其《选学胶言》毫无疑问地具有了考据学特点。张氏《胶言》异于清人其他选学考据著作之处在于，既有对《文选》正文、注文的考辨、校勘，又有对文字、音韵、名物典故、地理殿宇等的训诂，其间还有许多文评、史评内容，对《文选》诗文的艺术手法、文学观念、诗文源流等多个方面进行评述，集评论、杂议、考据于一体，诠释内容广泛，诠释方面多样。

在体例上，不载原文，只是按照《文选》篇章的顺序，对有关问题逐条考释。并根据每条内容，拟一题目，然后进行考稽论证，便于读者查阅。每条内容以笔记形式，或详或略，或征引或考辨，或训解或评述，内容驳杂。更重要的是汇证诠释手法，即先汇辑前人成果，然后再进行考证的诠释，广泛运用到校勘、考辨、训诂、艺术手法讲评中。虽然《选学胶言》涉及内容众多，诠释方面多样，但是大都融入了考辨方法，当属于考辨体。

2. 王煦《昭明文选李善注拾遗》

《昭明文选李善注拾遗》，是王熙考辨李善注心得的汇辑，共计一百九十一条。不列原文，依照篇次考论订补有关疑误、阙失。体例上先列相关原文、李善注，然后广征博引对其考辨补阙。

钱世叙在卷后《跋》中总结王煦所作诠释工作为三点：一是订旧注之疏（薛综、刘渊林诸旧注悉订正）。二为辨五臣之舛（吕延济、刘良五臣注辨正尤确当）。三为补李氏之所未备。其实王氏所作工作要远远多于此三类，于旧注、五臣、李善注都有订补，而且与张云璈《选学胶言》不同的是，汇辑前人选学成果的内容很少，多数是亲自考证，因此是比较典型的考辨体著作。

3. 徐攀凤《选注规李》

《选注规李》共收集了徐攀凤关于《文选》李善注二百二十条订补内容，主要是针对《文选》李善注中的疑误、阙失等内容的辨正和补充。其研究《文选》的思路、方法跟王煦的《昭明文选李善注拾遗》一样，所做工作主要是考辨疑误和拾遗补阙，涉及了字词、典实、音韵、名物等各个方面的训诂诠解。其诠释体式与《昭明文选李善注拾遗》一样，都属于考辨体。治学态度比王煦更加严谨，做到条条有据，不妄下断言，且常常是罗列多条证据，有的随后附上例子，其考证过程及结论令人信服。如果没有证据，难以考证的，则在其条后注明“俟考”，或是以问句表明疑惑留待后人考证。治学态度严谨，比较典型的考辨体著作。

4. 徐攀凤《选学纠何》

《选学纠何》是考辨补遗何焯《义门读书记·文选》疑误阙失的考辨类选学著作，考辨条目共计一百三十九条。清初何焯评点《文选》，以其广博的学识，兼容并蓄的开放式诠释态度，获得了后人的尊崇。不管是对明《文选》评点的总结，还是对清选学考据的开启，其承前启后的地位得到学界肯定。但是由于何焯评选涉及了评点、考辨、补遗、校勘等多个方面，文献搜辑由《文选》正文、六臣注范畴扩大到史书史注、前人笔记、时贤论著等多个领域，其开放式的研究思路及对文献利用范畴的开拓，无不对其后的选学研究具有启示意义。但同时因为涉猎广泛，造成了疏于考证、文献征引疏漏及主观性太强等多方面弊病。徐氏针对何焯评选的诸多阙失进行纠谬补遗，方法主要是注重实证的考据法。当属于考辨体。

5.《选学拾沈》、《文选萃精说义》

《选学拾沈》，清末李详著，是其考辨、补释《文选》正文及李善注之书。全书分条为释，共七十九条，先列著者及篇名。篇中诠释条目先列正文，如考释注文，则以小字列注文，随后进行考辨补释，如诠释的是《文选》正文，则先列正文所涉之句，后以小字诠释。

诠释内容以考辨疑误、拾遗补阙内容为主，此外还有少量条目追溯选文语源、诗文分析等。因为考辨疑误和拾遗补阙是其诠释的主要内容，而这两项正是考辨体最典型的诠释方面，由其诠释方面推知其诠释体式当为考辨体。

需要注意的是其考辨疑误内容大多是对李善注、旧注引文为释内容讹、脱、衍文的考校，即校勘文字是其考辨疑误诠释方面的主要内容。清其他比较典型的考辨体著作，如王熙的《昭明文选李善注拾遗》、徐攀凤的《选注规李》等，考辨条目或是针对选文著者写作之误、用典用事等之误，或是针对注者字、词、句、音诠解之误，引文出处、著者之误，都是根本性的诠释错误。这说明经过乾嘉众朴学家考辨订补之后，发展到清末李详，《文选》正文及选注中能考证的阙失已经少之又少，故将考辨纠补的内容局限在文字的勘误上。学术价值、学术贡献相对要小，这是《文选》考据领域逐渐完善决定的。

《文选萃精说义》是李详考辨订补李善注及选文的文章，分条考论，共三十二条。内容很少，为一部未竟之作，内容多为考辨疑误、拾遗补阙内容，当为考辨体。

（三）证体

证体是汇辑众说，以证明、验证、证发所解文意为主要内容的一种诠释体式。[①] 清梁章钜《文选旁证》，李详《韩诗证选》、《杜诗证选》都是证体，但是他们都有各自不同的特点。

1. 梁章钜《文选旁证》

《文选旁证·凡例》称征引了一千三百余种书籍，虽然有些夸大其词，但是《旁证》征引文献广博是梁氏同时代的人，如阮元、朱珔等人都肯定的。除此之外，参校三十七种《文选》诠释著作。在具体诠释中，或是征引相关《文选》诠释著作中的成果证发己见，或是旁征博引其他相关文献，给予佐证，征引汇辑文献几乎在每一个诠释条目中都存在。

在《旁证》中，清人诠释《文选》所侧重的几个诠释方面，如校勘讹误、考辨疑误、拾遗补阙，都是《旁证》所侧重的几个方面，所不同的是汇证内容大量出现。在大多数条目中，梁氏重在旁引相关文献以“证”

① 冯浩菲：《中国训诂学》，第 87 页。

选，因此文献的汇辑、证发成为《旁证》一书最突出的特色，这也是其取名为《旁证》的原因。

以校勘讹误为例，此诠释方面占了《旁证》很大比例，其中很多校勘条目只列各本异文，不作考校。即使是进行考校，多引他人校勘内容证发相关观点。如《西京赋》“仰福帝居”条：

> 何校福改福。《匡谬正俗》六云：“副贰之字，本作福，从衣畐声，《西京赋》‘仰福帝居’，传写讹舛，转衣为示，读者便呼为福禄之福，失之远矣。”案：《东京赋》顺时服而设副，副亦应作福。《广雅·释诂》：“贰福箧倅，并训为盈。”今本福亦误作福。《史记·龟策传》“邦福重宝。”徐广注：“福，音副，藏也。”汉尹宙碑：“位不福德，魏上尊号，奏以福海内欣戴之望。”字并从衣不从示。①

先汇辑何焯考校内容，点明其观点，然后再征引《匡谬正俗》中的考证指明造成讹误的原因，再汇列诸多类似文献以证发其观点。这是先汇后证诠释方法的例证。

此外《旁证》中还有许多内容直接汇辑他人考辨成果，梁氏不再作进一步考证。如《上林赋》中注“坻音迟”条，《旁证》曰：“王氏念孙曰：坻，读如底，与下文豸氏豕为韵，非与危为韵。”② 这里直接汇辑了王念孙的考证，梁氏没有再作进一步的证发，这是以汇为证诠释方法的例证。

在《旁证》中，如上两例先汇后证或以汇为证的诠释内容占据了《旁证》中大部分内容，是其撰者用力最主要的方面。《旁证》全书在诠释体式上体现出了浓厚的征引成说证发相关内容的特点，为典型的证体。

2. 李详《韩诗证选》、《杜氏证选》

从《韩诗证选》、《杜诗证选》名称看，重在“证”字。编写体例上先列韩诗，后列韩愈所采纳的《文选》诗文，两相引证，因此当属证体。

这类证体与梁章钜《文选旁证》一类的证体不同，后者重在征引文献证明、验证、证发所解文意为主的诠释体式。而此类证体不重在文意的证发，而重在写作上的承继，偏重形式多一些。在具体诠释中，诠释目的不

---

① （清）梁章钜：《文选旁证》卷二，《续修四库全书》第1581册，第228页。

② （清）梁章钜：《文选旁证》卷十一，《续修四库全书》第1581册，第320页。

同，后者重在意义的证发，前者重在源流的追溯。诠释形式也不一样，后者旁征博引诸多文献时，对所诠释意义进行考证，前者仅列后人诗句及其追溯的《文选》相应诗句，而不作进一步说明，二者关系仅通过形式对比就一目了然。总之，二者一为意义证发，一为形式印证，同为证体，但是差别很大。

（四）疏证体

冯浩菲先生把疏证体大致归为四类，其中一类为不载所解原文，自列标题疏解论证有关问题。[①] 杜宗玉《文选通假字会》在体式上属于此类。

《文选通假字会》全书体例比较一致，都是先标出通假字，后列《文选》正文、注文以明正文用字与注文用字有相异之处，或是注文中明确表明通假字处。后引用大量相关文献给予训释证明。如“畋　田”条：

> 《西京赋》“逞欲畋渔”，注：“孔安国《尚书传》曰：田，猎也。田与畋同。”
>
> 杜氏曰：“《诗》：‘叔于田’，疏：‘田者，猎之别名，以取禽于田，因名曰田。’《书·无逸》：‘不敢盘于游田。’疏曰：‘田，谓田猎。’《易》：‘恒田无禽。’疏：‘田者，田猎也。’《周礼》：‘长而师田行役之事。’疏：‘田谓田猎。’畋本从田取义也。又田通为阗。《景福殿赋》‘骈田胥附’，《笙赋》‘骈田猎丽’，骈田即骈阗。”[②]

由此例知道，杜氏先列《西京赋》中原文及对应的李善注，由李善注表明“田”与“畋”存在通假关系，然后征引《诗》、《书》、《易》、《周礼》、《景福殿赋》、《笙赋》有关文句及相关注释，进一步疏证“田”与“畋”之间的通假字关系。

《字会》论证的是《文选》中所能搜集到的通假字条目，不引原文，只列与其相关的正文、注文，随后广征博引，对其进行疏解论证。这种不载所解原文，标列疏证有关条目的体式，为疏证体。通过此类著作能比较深入地了解《文选》及李善注中文字之间的古今、假借关系，是专门针对文字展开的考证类著作。

---

① 冯浩菲：《中国训诂学》，第 93 页。

② （清）杜宗玉：《文选通假字会》卷一。

二 考辨订补类诠释体式中的综合性诠释体式

（一）考评体

考评体是指兼具考辨体与评点体特点的诠释体式。考辨体是考辨订补类诠释体式，评点体是文学性诠释体式，二者属于不同的诠释层次，以此看考评体属于综合性诠释体式中兼具不同诠释层次诠释体式特点的体式。赵晋《文选叩音》，共四十四条，每条字数或多或少，多以小论文的形式组成。其诠释方面涉及了考辨疑误、拾遗补阙、佳词丽句赏析、艺术手法评析、优劣品评等。这些诠释方面中，前两项是考辨体著作最常用的诠释方面，后几项是评点体著作中常用的诠释方面。《叩音》具有了考辨体、评点体两种诠释体式的特点，其诠释体式为考评体，是一种综合性诠释体式，这也是《文选》诠释丰富多样情况下的产物。此体中考辨方法运用最多，且反映了清考据学的诠释特点，是此书用力最多处，可归其为考辨订补类诠释体式。

（二）笺证体

笺证体是指兼具笺体与证体特点的诠释体式。是笔者新增加的一种诠释体式。胡绍煐《文选笺证》，从其命名上已经表露出了明显的诠释取向，一为"笺"，一为"证"，笺体最早出现于东汉末年郑玄《毛诗传笺》。郑氏《六艺论》云："注《诗》宗毛为主，其义若隐略，则更表明，如有不同，即下己意，使可识别也。"[①] 这是其为《笺》宗旨的总结。冯浩菲先生总结《毛诗传笺》与《毛传》关系有三：一是《传》文隐晦质略者，加以申明。二是《传》文从一个角度作解者，《笺》由另一个角度加以补足。三是《传》文有疑误者，则辨而正之。即笺体兼具萌疏、补注、考辨三个功能。[②] 胡绍煐《文选笺证》之"笺"相对于《文选》善注之间的关系，与《毛诗传笺》与《毛传》之间的关系是相同的。

"证"作为一种诠释体式，冯浩菲先生《中国古籍整理体式研究》中曰："（证体）是以集录有关资料，证明、证发所解书籍之意为主要内容。"[③]《文选笺证》中校勘讹误、考辨疑误、拾遗补阙等几个重要诠释方

---

① （唐）孔颖达：《毛诗正义》卷一，北京大学出版社 2000 年版。

② 冯浩菲：《中国训诂学》，第 84 页。

③ 冯浩菲：《中国古籍整理体式研究》，北京图书馆出版社 1997 年版，第 211 页。

面，广征博引相关文献资料，考证其结论，征引了余萧客、何焯、陈景云、汪师韩、孙志祖、胡克家、梁章钜、张云璈、王念孙、段玉裁、徐文靖等人有关《文选》的考校条目，多具有“证”体的特点。汇辑了有清一代众选学大家考证校补《文选》的内容，并在此基础上证发其观点。

由以上论述可知，胡绍煐《文选笺证》继承了郑玄《毛诗传笺》补充疏证《毛传》之“笺体”特点，以及集录相关资料，证发《文选》李善注、正文有关讹误之“证体”特点。此诠释体式为笺证体，这一诠释体式是清代注重考据风气下，出现的一种诠释体式，兼具考辨及证发两方面的特点。考辨方法的运用加深了对疑误、阙失的考据，证发方法的运用，汇总了清代诸多选学成果，一考一证，将考据方法与考据成果很好地结合在一起。笺证体是清代选学向深层发展过程中出现的一种诠释体式，属于考辨订补类诠释体式，也是一种综合性诠释体式。

但是此体与考评体、删注评点体等综合性诠释体式不同的是，它所包含的笺体、证体都是考辨订补类诠释领域运用的诠释体式，不存在诠释层次的跨越。而考评体、删注评点体等，前者跨越了考辨订补类及文学性诠释层次，后者跨越了基础性诠释层次及文学性诠释层次，它们诠释类属的划分要考虑诠释重点的所在。笺证体则不存在此类问题，它是比较典型的考辨订补类的诠释体式。

第五章

历代《文选》诠释中文献诠释方法研究(上)

冯浩菲先生在《中国训诂学》及《试论中国训诂学学科体系的科学化改造》一文中，详细介绍了传统训诂方面的划分，后者更详细列出了十六类训诂方面：句读、校勘、作序、标音、释词、解句、补叙有关内容、揭示语法、揭示写法、疏证注文、考辨疑误、论述有关内容、翻译、发凡、立例、图解。《文选》最初的诠释，即隋唐时期的诠释，大部分都属于训诂著作。它们所涉及的主要诠释方面包括作序、释音、释词、解句、发明凡例、校勘讹误等。此外清代考据学家经常在考据中运用的拾遗补阙、考辨疑误也是传统训诂学经常研究的内容。在这几类训诂方面中，有几类诠释方法得到突出运用，这些诠释方法有的是因为《文选》诠释而影响深远，如李善注中引文为释诠释方法的广泛运用。有的虽为经史等其他各类典籍广泛运用，如疏证法、考辨疑误法等，但在《文选》诠释中同样发挥了巨大作用。此章结合《文选》诠释史，对《文选》传统诠释方面中几类重要诠释方法进行论述。

第一节　引文为释法

《文选》李善注成就卓著，在《文选》诠释史上产生了深远的影响，研究《文选》文献诠释方法，就要首先明白李善注在《文选》诠释史上的特殊地位和影响。在诠释方法上，李善一方面出于对文学作品诠释特点的考虑，另一方面出于其独有的诠释理念，采用了引文为释的诠释方式，并运用到了释词、释音、作序等多个诠释方面中。所谓引文为释，就是不直接揭明所释字、词、句的意义，而是间接征引相关文献，或追溯其语源，或征引其典实，或引其他文献的注释材料间接训释《文选》中相应内容，以达到诠释的目的。

一　李善对引文为释法的发展

此前的经史诠释中，主要的诠释方式为字词训诂及章句疏解，如此大规模的运用引文为释诠释方式极为少见。李善在注释《文选》时，对前代已经出现的单篇选文的旧注进行了吸收。这些旧注中，如刘逵《蜀都赋》注中采用了引文为释的方法，引用的先秦典籍有《尚书》、《诗经》、《神农本草经》、《尸子》，史书有《春秋左氏传》、《汉书·地理志》、扬雄《蜀王本纪》等，此外还引用了大量单篇诗文，如班固《西都赋》、扬雄《蜀都赋》、司马相如《上林赋》等。张载注《鲁灵光殿赋》中也多次引文为释，共引用了《诗经》、《尚书》、《周易》、《尔雅》、杜预《左氏传注》、毛苌《诗传》、孔安国《尚书传》等经史典籍及其注释内容等。此外蔡邕《典引注》中引用的经书有《尚书》、《周易》、《毛诗》、《周颂》、《孝经》、《尔雅》等，史书引用了《春秋左氏传》、《后汉书》，文学篇章引用了《楚辞》等。此外颜延之注阮籍《咏怀诗》，明确标出的只有一例，也是引文为释，即“下有采薇士，上有嘉树林”，颜延之曰：“《史记·龟策传》曰：无虫曰嘉林。”[①]

他们的引用内容常常是和直接释义内容相互掺杂，如《典引》“故夫显定三才昭登之绩，匪尧不兴”，蔡邕注曰：“言明定天地人之道，明登天

① （梁）萧统编，（唐）李善注：《文选》，第1072页。

之功，非尧莫能兴也。《尚书》曰：‘昭登于上。’”①

再如《鲁灵光殿赋》“粤若稽古帝汉，祖宗濬哲钦明”，张载注曰：“若，顺也。稽，考也。言能顺天地，考行古之道者，帝也。濬，深也。哲，智也。又有深知钦明。《诗》云：‘濬哲维商。’《书》云：‘放勋钦明。’”②

从以上二例可以看出他们先是直接诠释字、词意，后引文追溯语源等。不过也有直接释义不引文，或是只引文不再直接释义的情况，以上二例是他们经常采用的形式。李善注中吸收的旧注除了以上三人采用了引文为释方式外，晋灼、张揖、郭璞等人在注释《子虚赋》、《上林赋》等篇章中，绝大部分内容都是直接释义。

李善注与前人旧注相较，引文为释内容明显增加。如张衡《南都赋》“割周楚之丰壤，跨荆豫而为疆”，李善曰：“《西京赋》曰：‘周即豫而弱。’《吕氏春秋》曰：‘河、汉之间为豫州也。’《汉书·地理志注》曰：‘南阳属荆州’。又曰：‘荆州，楚故都。’”③ 李善征引了《西京赋》、《吕氏春秋》、《汉书·地理志注》间接对“周”、“豫”、“荆”进行注释，几乎都是以引文代为诠解。这一诠释方式渗透进了多个诠释方面的诠释中。

如在释词这一诠释方面中，李善主要是引用其他文献中对相同辞藻的诠释代为诠解，如张衡《西京赋》：“徒恨不能以靡丽为国华。”李善注曰：“《国语》，季文子曰：‘吾闻以德为国华。’韦昭曰：‘为国光华也。’”④ 对“国华”一词的解释，李善引《国语》句“举先以明后”，韦昭注又间接对此语源进行解释，诗词意自明。再如曹大家《东征赋》：“小人性之怀土兮，自书传而有焉。”李善注曰：“《论语》：‘子曰：君子怀德，小人怀土。’孔安国曰：‘怀，安也。’”⑤ 引《论语》句追溯文句“小人性之怀土兮”之语源，引孔安国注间接对文句中“怀”之意进行解释。

有的引文只是引其他典籍的注释间接对文句中的词进行解释，如鲍照《芜城赋》“廛闬扑地，歌吹沸天”，善曰：“郑玄《周礼注》曰：‘廛，民

① （梁）萧统编，（唐）李善注：《文选》，第2163页。

② 同上书，第509页。

③ 同上书，第149页。

④ 同上书，第81页。

⑤ 同上书，第434页。

居区域之称。'《说文》曰：'闬，闾也。'《方言》曰：'扑，尽也。'"[1] 李善引用郑玄《周礼注》、《说文》、《方言》分别对"廛"、"闬"、"扑"进行解释，此类引文间接释词，不追溯语源。

对单个字的训释也多采用引文的方式，如潘岳《射雉赋》"若夫多疑少决，胆劣心狷"，李善注曰："《说文》曰：'狷，急也，古县切。'"[2] 不追溯语源，直接引《说文》释字及字音。对于一字有两义的，同样也是引用其他典籍的相同训诂内容，间接训解其字义。如《舞赋》："材人之穷观，天下之至妙。噫，可以进乎。"孔安国《尚书传》曰："噫，恨辞也。"郑玄注《礼记》曰："噫，沸痦之声。"[3] 孔安国《尚书传》与郑玄《礼记注》中对"噫"解释不同，李善对它们都给予引用，至于为何义没做进一步说明，留待读者自己权衡，体现了注重客观诠释的诠释态度。

由以上情况可以做出如下推断：

（1）引文为释的诠释方法不是李善首创的，《文选》单篇旧注中刘逵、张载、蔡邕等人已经开始采用这一诠释方法。

（2）李善发展了引文为释的诠释方法。一改其前的直接释义与引文为释相掺杂的情况，绝大部分采用引文，极少数才直接诠解，使得引文为释成为贯穿《文选》始终的主要诠释形式。正如王宁、李国英在《李善的〈昭明文选注〉与征引的训诂体式》一文中指出的，虽然引文为释的诠释方法在蔡邕为班固《典引》作注时已经多次使用，但是还未形成训诂体式[4]，直到李善《文选注》才将这一诠释手段发展成为训诂体式，使之成为《文选》诠释研究中不可避免的重要内容。

（3）李善对引文为释诠释方法的侧重，并不是源于个人训诂的喜好，或是简单的训诂方法的无意识采用，在其选择的背后，贯穿着李善一套成熟的诠释理念，那就是通过"举先以明后"，达到对经典原意的再现。

二　李善引文为释法体现出的诠释理念及影响

李善注引文为释诠释方法背后隐含着李善独到的诠释理念：

---

① （梁）萧统编，（唐）李善注：《文选》，第 503 页。

② 同上书，第 421 页。

③ 同上书，第 796 页。

④ 王宁、李国英：《李善的〈昭明文选注〉与征引的训诂体式》，《中外学者文选学论集》，中华书局 1998 年版，第 462 页。

探明李善诠释理念的前提是要明白诠释产生的原因：诠释对象在流传过程中，其产生的语言环境、历史环境等发生了变化，于是在诠释者与诠释对象之间产生了一种理解上的“代沟”，黄俊杰称其为“断裂”，诠释学正是为了消除或减少这种时空变化所造成的“代沟”而出现的。李善在诠释《文选》时，首先要克服的正是这种时空阻隔所造成的理解困难，在《文选·两都赋序》中，李善曾表明“诸引文证，皆举先以明后，以示作者必有所祖述也，他皆类此”[①]。此句表达了李善的诠释宗旨：首先是“引文注释”避免主观意识的掺入；其次引文注释的诠释准则是“举先以明后”，即征引典实，追溯语源，揭示作者之有祖述。这种诠释理念贯穿了李善对《文选》的整个诠释活动，是李善《文选》诠释理念的核心。而“举先以明后”的潜在诠释理念就是对作品原意的追溯。董洪利指出：“自古以来的传统观念认为，作品的意义就是作者的原意，注释的目的就是把作者寄托在作品中的原意揭示出来，这就是所谓追求原意说”[②]。在集部文献的诠释中，李善的《文选注》无疑是典型代表。

李善为何要以引文的方式对选文进行“举先以明后”的诠释呢？这就要明白诠释的目的是什么，伽达默尔认为：“诠释学的优越性在于它能把陌生的东西变成熟悉的东西，它并非只是批判地消除或非批判地复制陌生的东西，而是用自己的概念把陌生的东西置于自己的视域中并使它重新起作用。……从而使陌生的因素和自身的因素在一种新的形态中相互交流。”[③] 也就是说，诠释对象由于语言环境、历史环境等变化，成为了一个需要理解、解读的陌生的东西。诠释的目的就是诠释者利用自己的概念，将这一陌生的东西置于自己的视域中并使它重新起作用，从而达到一种新的形态的交流。李善为达到对《文选》这一古老文本的解读，采用了一种独特的方式：并非用自己的概念将《文选》文本转变成为他视域中熟悉的东西，而是凭借着自己广博的知识将这一过去文本中的陌生因素——“举先以明后”，从而达到文本中陌生因素与其追溯的最本始因素在李善为其营造的相对应的形态中相互交流，从而使其意义得以追溯、印证，达到意义的诠释。

---

① （梁）萧统编，（唐）李善注：《文选》，第 1 页。

② 董洪利：《古籍的阐释》，辽宁教育出版社 1995 年版，第 41 页。

③ 伽达默尔：《真理与方法》第二卷，上海文艺出版社 1999 年版，第 202 页。

李善诠释的目的是原意的再现，在诠释中他追求绝对的、唯一的最初产生时的初始义，方式就是不加自己论断的引文诠释，较少对诗文字词句的意义直接以己意断之。从其诠释目的可以看出，潜藏在它们之后的一种前提预设，即李善在头脑中存在的对《文选》诠释的一种“前理解”：文本中各字、词、事类等之本始意义是最正确、最能展示文本原义的意义。这种“前理解”就导致了其诠释目的和诠释方法的选择。那就是历经时代变迁之后，在时空及人的历史背景或审美背景发生转变的情况下，他作为一个后来者诠释过去文本《文选》，力图达到对文本原始意义的精确性复述。通过对《文选》这一古老文本关照之后，以求诠释结果是一种标准的定格。

不管是伽达默尔提出的用自己的概念对陌生东西的重新关照，还是李善通过引文方式，对陌生因素的“举先以明”后，这都涉及了诠释标准把握的问题。伽达默尔提出“视界融合”理论，认为理解和解释的过程就是作品的视界和解释者的视界超越各自的独立状态相互间的距离，形成新的意义，融合为新的视界的过程。而诠释内容在融合成的新的视界中的存在状态，无疑就是伽达默尔所认为的诠释意义所存在的状态。作品的视界是不变的，而诠释者的视界则随着诠释者的变化而变化，尤其是在不同时代背景、不同文化背景、政治背景及语言环境中，诠释者的视界都是发生变化的。则不同诠释者解读同一作品，视界融合的结果是变化的，也就是说，从伽达默尔的诠释理念可以看出，他所认为的诠释标准是存在发展变化的。很显然李善认为诠释的标准应该是不变的，“举先以明后”的结果就是诠释的最佳标准。

诠释学的核心问题是真理，真理与理解是密不可分的。伽达默尔对理解的认识是：它是一种经验，不是一种科学的认识，而是一种前科学的经验。用他的话说，就是：“超出科学方法论控制范围的对真理的经验。”而历史、文艺、哲学等，都是“那些不能用科学方法论手段加以证实的真理藉以显示自身的经验方式”①。洪汉鼎在伽达默尔阐释的基础上对科学性的经验及真理概念与前科学的经验及真理概念进行了简洁的对比和归纳：“科学性的经验是肯定性的经验，这种经验主张真理是主客观的符合，从而确立了科学的真理概念，反之，前科学的经验方式乃是否定性的经验，

① 伽达默尔：《真理与方法》第二卷，第202页。

这种经验主张真理是意义的开启，从而确立了前科学的真理概念。”[①] 并进一步指出诠释学的真理标准不是符合论或融贯论，而是新的意义的开启。

他们认为诠释学属于前科学的范畴，与此相对应，其经验方式是否定性的经验。但是反视千年前李善的诠释观念，我们发现在他的诠释活动中所体现的对真理的理解与现代诠释大师伽达默尔、海德格尔等人的理解截然相反，他认为真理恰恰应该是主客观的符合，他对诠释所依赖的经验的理解是肯定的经验。所以按照伽达默尔等人的理论，李善的真理概念倾向于科学的真理概念。他在文本诠释中力求与文本的原始意义或是作者的意见相符，尽量避免自我主观经验的掺入。

此外，伽达默尔及海德格尔等进一步提出真理真正产生是当文本与某个不同的具体境遇照面提出新的问题时。也就是文本的正当性不存在于原始意义和这个意义在一个陌生世界的精确复述之间，而是存在于文本讲述的事与该事对之提供答案的当前问题之间。因此他们更强调实现文本内涵现实意义的那一意义层面，所以随着时空的变迁，境遇、语言及时代等希望从过去时态的文本中获取的现实性意义也随之发生变化，必然会导致对文本真理理解的不断改变，这一切就决定了对文本的诠释没有唯一的真理标准。

李善在诠释时，其“皆举先以明后，以示作者必有所祖述”的诠释理念表现了他的“前理解”，即《文选》文本各组成要素的最本始意义的组合就是这些文本最权威、最真实，因而也是最规范的可以定格的诠释。所以当他将一个个文本要素追本溯源，并将其追溯的原典内容逐次摆出，而尽量避免对其进行进一步的逻辑论证或是意义总结时，表现了他的诠释宗旨不是简单的达意，而是对文本本意的“定格”，他意欲给读者一个科学的、精确的规范。这种诠释方法显示出他对真理的认识是一种主客观的符合，真理是不变的，是可以定格的，所以文本有唯一的诠释标准。当然受《文选》诗文本身文学性影响，李善在注释中对这一真理标准的贯穿并不是绝对的，直接释义内容也时有出现。

以上参照诠释学大师伽达默尔的诠释学理论，我们会发现李善在诠释

---

① 洪汉鼎：《诠释学与修辞学》，《中国诠释学》（第一辑），山东人民出版社 2003 年版，第 210 页。

《文选》时，从诠释宗旨、诠释标准、真理的理解等方面都具有独到之处，他所体现出来的是对经典原意执著的追求，这也是中国古典文献诠释中比较普遍的一种诠释现象，只是李善以其引文为释的方法比较固执地坚守了这一点。

李善注引文为释法的运用对《文选》诠释产生了巨大影响，其后对选注的增补、整理，几乎都是围绕着引文为释内容展开的，主要包括以下几类：

（1）对李善注引文为释内容进行疏解，转变成为直接释义内容，以五臣注为代表。

（2）对李善注引文为释内容进行考辨增补，提高其完整性及可信度，以清代考据类选学著作为主，如王煦的《昭明文选李善注拾遗》、孙志祖的《文选李注补正》。

（3）对李善注的删减。李善注及合并李善、五臣的六臣注、六家注本，虽然即保持了李善注的客观诠释，又为初读者提供了直接释意内容，但是卷帙浩博，不利士子学选。明清时期大量删注著作的出现，则是对李善注及五臣注的简化整理，意在为普及选学提供简易《文选》读本服务。

（4）对李善注的类辑、辑佚等。李善号称"书簏"，《文选》诠释中共征引了一千七百余种唐及唐以前的文献，许多已经成为佚书，因此为文献的保存提供了巨大宝库，其后出现的类辑类著作、辑佚类成果则是其引文为释诠释直接导引的学术成果。

由上可知，历代围绕《文选》文献训诂内容的诠释，几乎都是针对李善注引文为释内容进行的或意释、或增补、或完备、或简易的整理工作。除了疏通训义著作外，无不以征引相关文献为主要诠释手段，如孙志祖的《文选李注补正》，绝大部分条目都是广征博引，以搜集到的新的文献内容对李善注阙失进行增补。删注类著作虽以简明为主，删注后的内容多不标注来源出处，但是引文内容亦随处可见。考辨订补诠释学术意义增强，但考辨方式也多以相关文献为据展开层层考据。

第二节　疏证训义法

疏证训义法是疏通证明训义的诠释方法，原有的被训词一般不产生新的训义。又分为疏通训义法和证明训义法。[①] 在历代《文选》诠释中，疏通训义法的运用以五臣注《文选》为代表。李善注多引文为释，存在着释事忘意的弊端。为此唐五臣对《文选》重新作注，其注多是在理解李善注引文的基础上直接释义。他们对李善注的疏通，一般不会产生新的训义。有些训义可能会跟李善注相左，这是五臣融合己意后理解上的偏差。因此五臣注中疏通训义法被大量运用。

此外，疏通训义与证明训义结合为用，以杜宗玉《文选通假字会》为代表，在《文选通假字会》中，杜氏常常是先疏通字义，后征引相关典籍为证，是疏与证的综合运用。也有少数条目分别运用了揭明通假法和推证通假法，也属于疏证训义法的范畴。下面分别进行论述：

一　疏通训义法

在五臣注及杜宗玉《文选通假字会》中都有疏通训义法的运用，所不同的是五臣注将此法贯穿于多个诠释方面中，而杜宗玉的诠释只针对通假字的疏证。下面就五臣注对此法的具体应用进行说明。

（一）对李善注释词内容的疏通训义

李善于《文选》中难懂字词、典故原始等多引相关文献说明。但是因为所引文献繁杂，文献多只是针对文句中某字、某词或某典故，彼此之间意义相隔，读者尚需对每个引文重新理解。五臣常对此类内容进行疏解串讲，利于读者把握文意，如《游天台山赋》“于是游览既周，体静心闲。害马已去，世事都捐”：

> 善曰：“王逸《楚辞注》曰：‘闲，静也。’《庄子》曰：‘黄帝将见大隗于具茨之山，适遇牧马童子。黄帝曰：请问为天下？小童曰：夫为天下者，亦奚以异乎牧马者哉？亦但去其害马者而已矣！’郭璞曰：‘马以过分为害。’《归田赋》曰：‘与世事乎长辞。’”[②]

李善注引《庄子》对“害马已去”典故进行训解。引郭璞《庄子注》对“害”进行训解，虽对此句中典故及难字都做了交代，但是每个引文来源

① 冯浩菲：《中国训诂学》，第304页。

② （梁）萧统编，（唐）李善等注：《六臣注文选》，第212页。

不同，彼此独立，对整个文句的意义没有做直白的交代。李周翰基于李善注引文资料，以简明的语言对其句意进行了疏解：

> 翰曰："皇帝于襄城下见牧马童子而问理天下，童子曰：'为天下何异乎牧马，去其害马。'今嗜欲已除，亦犹害马去群矣。"①

再如《雪赋》："皓鹤夺鲜，白鹇失素。纨袖惭冶，玉颜掩姱。"李善引《相鹤经》、《西都赋》、《说文》、《范子》、《古诗》、《楚辞》对"鹤"、"白鹇"、"纨"、"冶"、"姱"等字词意义进行了解释。但是对此句表达的意思没有解释，单独看这些孤立的引文，初读者难以把握文意，吕延济疏解曰："言此等虽白，对雪故皆惭失其鲜美也。"② 这种句意的疏解，对理解名物典故众多的汉晋赋作是很有必要的，利于读者把握文意。

（二）对李善注解句内容的疏通训义

李善注中解句内容很少，这是其不直接释意而多引文为释特点决定的，而五臣注目的在于疏通文意，诠释一般先释难解之词，后解句，故释词与解句是五臣注的主要诠释方面。对李善注中解句内容五臣再次给予疏通，此类内容不多，如在《两都赋序》中："昔成康没而颂声寝，王泽竭而诗不作。"李善注曰："周道既微，雅颂并废也。"李周翰曰："言成王康王既没，德泽不流，诗颂都寝。"③ 两相对较，李周翰的解句多逐字作解，李善注则言简意赅，是基于理解基础上的意旨揭示。李周翰解释"成康没"为"成王康王既没"，而李善解释为"周道既微"。《两都赋序》中"成康"是以点代面，实则是代表了周道，对深层意旨的把握上李善注显然要更胜五臣一筹。而李周翰的解释则利于初学者理解。

五臣在疏通李善注训义时，具有明显的简单化倾向。对偏僻艰涩字词的解释常常以大意概况，而不作深究，利于初学者理解，却大大减少了注解知识的涵盖度。汉魏赋作一个显著的特点就是注重对山川、鸟兽、虫鱼等内容的铺排，李善注常常征引大量的文献资料，对其逐个解释，而五臣注往往对此类内容大而化之，以一两句话概括其义，不对其行状等进行深

---

① （梁）萧统编，（唐）李善等注：《六臣注文选》，第 212 页。
② 同上书，第 252 页。
③ 同上书，第 23 页。

究。这样的例子非常多，如《南都赋》“其木则柽松楔樱，槾柏杻橿。枫柙栌枥，帝女之桑。楈枒栟榈，柍柘檍檀”：

> 善曰：“柽似柏而香。《尔雅》曰：‘楔曰荆桃。’郭璞曰：‘樱桃也。’郭璞《山海经注》曰：‘樱似松柏有刺。槾，荆也。又曰：杻似桑而细叶。又曰：橿，中车材。’《尔雅》曰：‘枫，聂。枫，音风。聂，之涉切。’刘逵《吴都赋注》曰：‘柙，香木。智甲切。’郭璞《上林赋注》：‘栌，橐。栌，力胡切。’枥与栎同，来的切。《山海经》曰：‘宣山有桑焉，其枝四衢，名帝女之桑。’郭璞曰：‘妇人主蚕，因以名桑也。’郭璞《上林赋》注曰：‘楈枒似栟榈，皮可作索。’张揖注《上林赋》曰：‘栟榈，椶也，皮可以为索。’柍，未详。《尔雅》曰：‘杻，檍。’郭璞曰：‘似桑。’《苍颉篇》曰：‘檀，木名。’”①

李善引用了大量资料分别对此句中出现的树木形状等进行说明。但是吕向只是简单的解道：“皆木名。”

再如下文中“其水虫则有蠳龟鸣蛇，潜龙伏螭”，吕向曰：“皆水虫名。”下句“鱏鱣鰅鳙，鼋鼍鲛蠵”，吕延济曰：“鱏鱣鰅鳙皆鱼名，鼋鼍鲛蠵皆水兽名。”再如：“其鸟则有鸳鸯鹄鹥，鸿鸨驾鹅。鶺鸰鹛鹔，鹈鹕鵾鸬。”刘良曰：“皆鸟名。”② 以句中所言内容概述其义，常常忽略每一名物的特色、性状等，避重就轻，这是五臣荒陋的表现之一。

再如对形容词的解释也存在这种现象，如《西京赋》“坻崿鳞眴，栈𪩘巉崄”：

> 善曰：“《广雅》曰：‘坻，除也。’《文字集略》曰：‘崿，崖也。’《埤苍》曰：‘眴，音荀。’崄，鱼检切。鳞眴，无涯也。栈、崄，皆高峻貌。”
>
> 向曰：“皆殿阶高峻之貌。”③

---

① （梁）萧统编，（唐）李善等注：《六臣注文选》，第 84 页。

② 同上书，第 85 页。

③ 同上书，第 47 页。

吕向吸收了李善注最后的"皆高峻貌"，而对每个字词的具体含义没有讲明。有的则全部承袭李善注，对诸多同类词汇的训释，或以类概述，或全袭李善注，都表现了五臣注在释意时候的简易化倾向，颇有投机取巧之嫌。

五臣注之后，对李善注进行疏通的内容时有出现，只是不再像五臣注那样彻底，常常是就其中的个别内容，以条目疏解的形式出现，如清徐攀凤《选注规李》："留宴汾阳西。"条，徐氏案："古西施亦称先施，西零亦称先零，盖先、西同一音也。唐时已分二音，故云协。"[①] 此处针对李善注字音协韵诠解进一步解释，并分析了字音演变时间。这是对李善注的再诠解，相当于疏。

二　疏证通假字法

疏是针对注文再作解释，证是举例证明。杜宗玉《字会》一书中，绝大多数条目是在《文选》正文、注文基础上，对搜集出来的通假字，先疏通字义，再广泛征引相关文献对其进行证明。如"孟　盟"条：

> 《东京赋》"盟浸达其后"注曰："孟津，四渎之长。"
>
> 杜氏曰："《水经·汉水注》：'武王与八百诸侯咸同此盟。'《尚书》：'所谓不谋同辞也。'故曰孟浸亦曰盟浸，盖孟、盟均从皿声。"[②]

先对"孟"、"盟"二字相通训义进行疏解，以明二字因意通而通假。杜氏接着曰："《禹贡》：'被孟豬。'《汉书·地理志》作'被盟津，东至于孟津。'《史记·夏本纪》、《汉书·地理志》作'东至于盟津'，是其证也。"[③] 此几句是征引典籍中的例证，对孟、盟二字多为通假进行证明。

如果《文选》正文及注文没有明确标明为通假字，其疏证法会先疏通二字训义，揭明其为通假字，再举例证明。如："漪　猗"条：先列正文《吴都赋》："刷荡漪澜。"及注文："漪澜，水波也。漪盖语辞也。"正文、注文中都没有指明二者是通假字。杜氏疏证曰："漪，从猗声。漪澜者，

① （清）徐攀凤：《选注规李》，《清代文选学珍本丛刊》本，第154页。

② （清）杜宗玉：《文选通假字会》卷一。

③ 同上。

象水波之纹也。亦训语辞，语辞所以助文也。漪字，同猗故也。”指出“漪”具有“水波之纹”及“语辞”两意，是“漪”与“猗”通的原因。杜氏又曰：“《尔雅·释水》：‘河水清且澜漪。’《释文》：‘漪本作猗。’《诗·伐檀》：‘河水清且涟猗。’《释文》：‘猗本作漪。’乃漪、猗通用之证。”① 举《尔雅》、《诗》中相关例证证明二字为通假。

再如“毖 泌”条：

> 《魏都赋》：“温泉毖涌而自浪。”注：“毖与泌同。”
>
> 杜氏曰：“《说文》：‘泌者，侠流也。侠者，甹也。’《陈风》：‘泌之洋洋。’《毛传》曰：‘泌，泉水也。’泌与毖同。”

疏解“泌”字之意，指明“泌”、“毖”通假。

> 杜氏又曰：“《诗·泉水》‘毖彼泉水’，《韩诗》作‘祕彼泉水’，毛曰：‘泉水始出，毖然流也。’毖即泌之假借字。《上林赋》曰：‘逼侧泌瀄。’司马彪曰：‘泌瀄相楔也，俱状水出，侠流之貌。’故毖泌字通。”②

举《诗》、《韩诗》、《上林赋》证“毖”、“泌”为通假字。

由以上几例可知，在《字会》中疏通字义和证明通假两部分内容，常常并存于同一条目中，杜氏先疏通字义，指明它们在声、义上的相同之处，后从各种文献典籍中搜集例证，给予证明。

除了疏证通假字这一方法在《字会》中广泛运用外，揭明通假法和推证通假法，也有少量的运用。如“蒲 匍 扶”条，先列出正文及注文：枚叔《七发》：“蒲伏连延。”注：“蒲伏即匍匐也。”接着杜氏曰：“蒲从甫音。《左传·昭十三年》：‘奉壶饮冰以蒲伏焉。’《释文》：‘蒲本又作匍，亦作扶，盖藉地之席为蒲。匍伏必于席上，史丹匍伏，音蒲是也。’故即用为匍也，伏疏见前。”③ 李善注已经明确指出“蒲”与“匍”存在通假

① （清）杜宗玉：《文选通假字会》卷一。

② 同上。

③ （清）杜宗玉：《文选通假字会》卷四。

关系，杜氏引《左传》及《释文》对“蒲”、“匍”互为通假原因进行揭示，没有进一步举例证明，这是揭明通假法的运用。

再如“吴　吾”条，先标列正文及注文：《西征赋》：“虽勉励于延吴。”注：“《战国策》以吴为吾。”李善注明确点明“吴”、“吾”为通假字。杜氏证曰：

> 吴、吾同音，鱼山即吾山。见《水经注·济水注》：“吾鱼音通故也。”《国语·晋语》：“暇豫之吾吾。”注：“吾吾，不敢自亲之意，吾读如鱼。”吾又通虞，驺虞亦作驺吾，虞从吴声，故吾与吴同。[①]

先引《水经注》明“吾”与“鱼”通，再引《国语》及其注表明“吾”、“鱼”通，而豫又从吴声，故推导出吾与吴同此为推证为通假字法的运用。后二法或侧重于疏通训义，以揭示为通假字的原因，或侧重于层层推证，以证明其为通假字，在诠释中所占比重太少，不再详述。

第三节　拾遗补阙法

一　拾遗补阙法及其在李善注中的运用

拾遗补阙是对正文及注释缺漏、未详内容的增补。《文选》收录了自先秦至南朝梁八代诗文，时间跨度大，萧统编选时，有些诗文已经出现了阙失。萧统在收录选文时，又做了一些删减。因此从李善开始，就对《文选》正文进行了增补。

注释方面，《文选》诠释早在汉代就已经有单篇注释出现，其中有多篇被李善采纳，除了旧注，《文选》诠释史上李善注是最伟大的诠释著作。因为李善注的成功，其后出现了众多研究李善注的诠释著作，其中对李善注及其收录旧注的增补是此类诠释著作的研究内容之一，这种增补一直延续至清。

因为时代学术的影响，对《文选》正文及注释的拾遗补阙，由最初的增补正文及对训诂的简单增补，发展到增补选注的同时给予考据，可以说

---

① （清）杜宗玉：《文选通假字会》卷二。

拾遗补阙这一诠释方法，随着选学的丰富，诠释内容、诠释深度也在不断发展变化。

李善注的补遗对象主要是《文选》正文，李善距离《文选》成书年代比较近，还能看到一些《文选》收录诗文的其他版本，这些或是来自作者诗文集，或是来自历史文献的收录等，能比较有利地对《文选》正文进行对照，因此对《文选》削删改易内容进行补阙或是揭示，恢复了《文选》诗文原貌。主要表现在如下几个方面：

1. 以其他文献中著录的相同文献补充《文选》

如《出师表》："责攸之祎允等咎，以章其慢。"李善曰："《蜀志》载亮《表》云：若无兴德之言，则戮允等以章其慢。今此无上六字，于义有阙，误矣。"[①] 依据《蜀志》所载《表》补遗选文所载《出师表》之阙失。

2. 以所见原文补充昭明删文太略内容

任昉《奏弹刘整》中删掉了大量内容，汪师韩认为从"谨案齐故西阳内史刘寅妻范……如法所称，整即主"[②] 都被昭明省删，但是据《唐钞文选集注汇存》收录的文本对照，并非如此简单。周勋初《〈文选〉所载〈奏弹刘整〉一文诸注本之分析》[③] 有详细交代。因为其以俗语写成，可能有悖于昭明选文注重"综辑辞采，错比文华"，昭明对范氏本状进行了删节。因此李善对其进行了增补，并以注文形式标明："善曰：昭明删此文大略，故详引之，令与弹相应也。"[④] 在现在版本中此段内容已经以正文的形式出现，从李善此注可知，乃是李善引原文进行了补充，据周勋初先生文可知，李善不仅引师利哺食与采音偷物两件事，还把"整及整母并奴婢等六人"至"整即主"引入注文，补充内容一千多字。现在以正文形式出现，是由五臣将其列入正文的。

此例是李善引原文补充选文的典型例证，从此例也可看出萧统对《文选》收录的诗文有删节现象。

3. 直接揭明萧统对《文选》诗文改易现象

曹植《与吴季重书》最后，李善曰：

---

① （梁）萧统编，（唐）李善注：《文选》，第 1673 页。

② 同上书，第 1807—1809 页。

③ 周勋初：《〈文选〉所载〈奏弹刘整〉一文诸注本之分析》，《文学遗产》1996 年第 2 期。

④ （梁）萧统编，（唐）李善注：《文选》，第 1809 页。

植《集》此书别题云："夫为君子而不知音乐，古之达论，谓之通而蔽。墨翟自不好伎，何谓过朝歌而回车乎？足下好伎，而正值墨氏回车之县，想足下助我张目也。"今本以墨翟之好伎置和氏无贵矣之下，盖昭明移之，与季重之书相映耳。[①]

依据文意推证昭明移"墨翟之好伎"于"和氏无贵矣"后，这是对昭明改易诗文现象的揭示。

4. 据选文增补史实

以上内容是李善依据他书或是原文补充选文，而有少数内容是李善据选文增补史实等。如陈琳《为袁绍檄豫州》："故复援旌擐甲，席卷起征。"李善注曰："绍征吕布，诸史不载，盖史略也。"[②] 李善依据《为袁绍檄豫章》中此句，揭示了袁绍征吕布这一史实在史书中的缺录。再如夏侯湛《东方朔画赞》："大人来守此国。"李善注曰："此国，谓乐陵也。其父为乐陵郡守，史传不载，难得而知也。"[③] 李善在注文中揭示了夏侯湛的父亲为乐陵郡守，而史传对此没有记载。李善此条训解，增补了有关夏侯湛家世及其父的相关史料。

以上是李善注中拾遗补阙内容的表现，补遗对象主要是《文选》正文，少数是以选文补充史实。

李善注之后的诠释著作补遗内容与李善注不同，它们所补遗的对象主要是李善注，此外还有对李善收录旧注、五臣注及其他选学成果中阙失的增补。代表著作有唐五臣注《文选》（以四部丛刊本《六臣注文选》中收录的五臣注为研究对象）、清洪若皋《昭明文选越裁》、何焯《义门读书记·文选》、孙志祖《文选李注补正》、余萧客《文选音义》、赵晋《文选叩音》等。这些对选注的补遗之作主要集中在唐、清两个朝代，而两个朝代对选注的补遗存在异同。

首先，增补原因不同。五臣注诠释目的是为《文选》提供一个简明扼要的注本，因此对李善注中诸多内容进行了简单的疏通、补遗，可看作是对李善注的补充，亦可看作是对原文的诠释。清朝考据学兴起，考据领域

① （梁）萧统编，（唐）李善注：《文选》，第1907页。

② 同上。

③ 同上书，第2119页。

由经史扩大到集部，《文选》作为现存的第一部诗文选集，加之李善注本身亦存在着诸多问题，这就为朴学家提供了丰富的考证课题，吸引了众多考据家对《文选》展开考辨增补。

其次，诠释对象上，五臣注增补的主要是李善注，少量内容是对旧注的增补。清代诠释著作又增加了少量对五臣注的增补，另外徐攀凤的《选学纠何》则是针对何焯考辨评点《文选》内容进行的考辨订补，何焯评选是以李善注为诠释对象，徐氏《纠何》实则是间接地对李善注的增补。

再次，从增补的规模上看，五臣注是在李善注基础上对《文选》进行的一次再诠解，虽然具有明显的简单化倾向，但涉及范围广泛。清代对选注的增补多数是摘选有关条目进行详尽的考辨增补，并非对《文选》进行彻底的重注，因此增补规模不如五臣注。

另外，在增补的方法上，唐、清两个朝代对选注的增补大都侧重文献上的增补，不同的是五臣注对李善注中无注、未详、阙失内容的增补，没有采用李善一贯使用的引文为释法，因此很多征引文献没有表明来源出处，存在文献信息的阙失，这成为清代考据家增补考证的内容之一。与此相对，清代选学家在增补选注时，受当时考据学影响，大都征引翔实、体例严明。

此外，在诠释文献数量上，唐朝补选著作要远远少于清朝，这一方面受时代学风影响，另一方面与李善注受重视程度有关。唐朝李善注虽然征引翔实，但是释事忘义，不容易理解，五臣注对李善注采取了明贬暗收的态度，致使五臣注受帝王嘉赏后，李善注反被排挤。随后很长一段时间，李善注受到了抵制，而五臣注学术研讨意义不强，导致对选注研究著述不多，针对选注阙失增补的更少。清代随着政治高压的增强，许多贤能之士把精力转向古代经典的考据，在对经史典籍考据外，逐渐把眼光转向文学典籍的考证，《文选》作为当时可见的最早的诗文选集，备受关注。李善注因为征引的浩博及阙失疑误繁多引起了清人的考据兴趣，选学考据补遗著作大量出现。

综上可知，李善注之后《文选》诠释著作中补遗对象为李善注、李善收录旧注、五臣注及其他选学成果，其中以李善注为主。

二　历代《文选》诠释著作对李善注的补遗

(一) 对李善注中字词句训诂的增补

此类增补包括两个方面，一是对李善注中字词句未注内容的补释；一是对李善已有注释内容的增广。五臣注多针对第一方面内容给予补释：

李善注中有许多只追溯语源，没解释字义、句义的内容，五臣注多对其进行了简单的增补，增补方式多是一贯的直接释义方式。如孙子荆《为石仲容与孙皓书》："勉思良图，推所去就。"李善注只是引《左传》对"良图"、曾子语对"去就"词源进行追溯，于释义无关，张铣对"图"及此句意义进行了补释，曰："图，谋也，言勉力思其善谋在为去就。"① 有时虽然李善直接释词，但是释词范畴不同，五臣给予补充，如郭璞《游仙诗》"长揖当涂人，去来山林客。"李善："当涂，即当仕路也。"李善对"当涂"直接释意，这在李善注来说是很少的，但是诗句中的"当涂人"没有作解，吕延济解释道："当涂人谓执事也。"② 这是基于李善注"当涂"解释基础上的疏通词义。

五臣注中还对李善无注的句子进行补释。如赵景真《与嵇茂齐书》，"进无所依……然非吾心之所惧也"，李善无注。铣曰："蹊，径也。榛，密林也。言虽艰难，吾所不惧，其所惧者，谓已下之事也。"③

李善常于简易之处忽略不注，五臣对太过简易没有必要处也进行了补注。五臣注被指荒陋，与此类内容的训释有关。如司马相如《难蜀父老》："且《诗》不云乎？普天之下，莫非王土；率土之滨，莫非王臣。"此句乃是士人熟知之句，李善只对"滨"词之意引《毛诗》为释，而刘良又补注曰："普，遍也。"此类补释毫无意义。④ 再如解句方面，宋玉《对楚王问》中，"然有之"句，意义明显，李善无注，而刘良亦补释曰："然亦有其所以。"

五臣对此类内容的补充意义不大，反倒招致士人笑话。但是有些现在看来，难度亦比较大，如孔稚珪《北山移文》："宜扃岫幌，掩云关。敛轻

---

① (梁) 萧统编，(唐) 李善等注：《六臣注文选》，第 808 页。

② 同上书，第 402 页。

③ 同上书，第 809 页。

④ 同上书，第 837 页。

雾，藏鸣湍。截来辕于谷口，杜妄辔于郊端。”李善无注。吕延济增补曰：“扃，门也。岫幌，山窗也。云关，谓以云为关键。藏，敛湍雾使无闻见也。来辕、妄辔谓周颙之车乘也。谷口、郊端，山之外也。恐其亲近，故远杜绝之。”① 此句李善无注，五臣补注的内容对初学者非常有帮助。此例属于增补李善无注字词，兼疏通句意。

清选学家对李善注字词训诂的增补主要体现在第二个方面，即对已诠解内容的增广，以徐攀凤的《选注规李》为代表，二百二十条内容中，占了四十多条。李善注征引翔实，无论是文意的增补还是相关文献的丰富都不容易。这类增补最能体现清代朴学家广征博引、注重考据的治学特点。举例为证：

精贯白日。

注：“《战国策》：‘唐雎谓秦王曰：聂政之刺韩傀也，白虹贯日。’”

案：《策》作“韩傀”，《史记》作“侠累”，姓名异。②

此处增补的是关于不同文献中同一人物名称的异说。再如：

或盛德如卓茂。

注：“《东观汉记》：‘卓茂字子容，南阳人也。’《汉官仪注》曰：‘封宣德侯。’”

案：《后汉书》：“卓茂字子康，封褒德侯。”③

此处增补的是与李善注不同的异文。对于孰是孰非，没有下论断，留待读者自己判断。

（二）对典故、史实的增补

五臣注及清代诠释著作中都是比较重视对《文选》中典故、史实的补充。此类内容对了解诗文意义非常有帮助，李善虽涉猎广泛，被称为“书

---

① （梁）萧统编，（唐）李善等注：《六臣注文选》，第 819 页。

② （清）徐攀凤：《选注规李》，《清代文选学珍本丛刊》本，第 158 页。

③ 同上书，第 161 页。

簏”，难免有没有查阅到的文献，唐五臣及清代诸选学家借助对文献的掌握，对此进行了增补。如五臣注对此类内容的增补，潘岳《西征赋》：“夜申旦而不寐，忧天保之未定。”李善曰：“《楚辞》曰：‘独申旦而不寐。’”只是引文追溯“申旦不寐”的语源。张铣曰：“武王望商邑于周，自夜不寐，言未定天保，何暇寐乎！”[①] 张铣此段训释，说明了夜旦不寐典故的出处，但是所据文献没有交代清楚，文献保存价值大打折扣。

清代诠释著作中此类诠释也不少，只是在增补史实、讲明原委时，明显增加了考据的治学态度，如徐攀凤《选注规李》：

> 其诗曰：“田彼南山，芜秽不治；种一顷豆，落而为萁。”
>
> 注引张晏《汉书注》云云。
>
> 案：予初读此，但觉子幼豪放自如，而疑注为文致。及读《汉书·杨敞传》，不禁废书三叹。敞之传曰：“敞以给事霍光幕府为光所厚爱，渐致尊位。敞之子恽，即以告霍氏谋反封侯。免官后，会日食之变，人谓大臣家居骄奢、不悔过所致。诏下廷尉按验，并得此书。宣帝恶之，遂弃市。”恽真险人哉！注中得补此一段，似更皎然。[②]

此注是针对李善注引张晏《汉书注》内容，引用《汉书·杨敞传》对相关人物生平背景进行了补充，此类补充更利于对文句的理解。在考据原委过程中，表现了知人论世的诠释方式。

（三）对李善注未详内容的增补

此类诠释目的明确，是针对李善注未详内容的补释。所谓未详，是李善注在注释《文选》时，本着严谨的治学态度，对自己未能解释的内容明确表明“未详”，此类内容都是《文选》诠释中的难点、疑点，是历代选学家考据的重要课题。此类内容的诠释，与李善无注处的补释不同，针对的是李善未能给予合理解释部分的增补。李善号称“书簏”，对于他都难以追究的内容，后人增补难度将更大。

五臣生活时代与李善比较接近，所见文献相差不多，五臣注对李善注中多处未详内容力图增补，但是学力有限，难免存在简易化倾向及粗疏之

---

① （梁）萧统编，（唐）李善等注：《六臣注文选》，第190页。

② （清）徐攀凤：《选注规李》，《清代文选学珍本丛刊》本，第165页。

处，如朱叔元《为幽州牧与彭宠书》“匹夫媵母尚能致命一飡”中“媵母”，善注“未详”，吕向注曰：“匹夫、媵母皆卑贱无识之人。”[①] 此处概述其义，于语源出处未做追究，学术意义不大。李匡乂曾嘲讽道：“李氏未详处，将欲下笔，宜明引凭证。细而观之，无非率尔。”[②] 但是细究五臣注，其对未详内容的增补，也未曾全如李匡乂所说。只是五臣习惯直接释意，疏于对依据文献出处的标注，虽对李善未明的一些名物、典故给予了补释，但不知其所据，可信度也大大降低。如《北山移文》“值薪歌于延濑”，李善注曰：“薪歌延濑，未闻。”吕向补曰：“苏门先生游于延濑，见一人采薪，谓之曰：‘子以终此乎？’采薪人曰：‘吾闻圣人无怀，以道德为心，何怪乎而为哀也。’遂为歌二章而去，言有坚固如此。”[③] 所补遗内容很有价值，但是未注明出处，文献价值不大。不过有少数内容五臣标明了来源出处，如刘琨《答卢谌诗》中：“郁穆旧姻，嬿婉新婚。”李善曰：“新婚，未详。”吕延济对其进行了诠释：“新婚，与谌如兄弟也。《诗》云：‘嬿婉新婚，如兄如弟’也。”[④] 诠释得很有道理，显示了吕延济对诗意的把握及对文献资料的熟识。但是李善注中许多未详内容，五臣没有增补，如邹阳《狱中上书自明》中，“邑号朝歌，墨子回车”中对“朝歌回车”之事，李善注未详，刘良注中也没有涉及此事。

综上可知，五臣力图对李善注中未详内容进行补充，但是由于学力所限，虽有少数增补表述出了一家之言，但是还有不少内容或是忽略不释，或是概述其意，这实则是对诗文真正意旨的马虎处理，不是一种严谨的诠释态度。

在清代考据类著作中，对李善注中未详内容的考证是他们研究的重点。但是因为距《文选》成书时代遥远，在文献的占有上不如李善、五臣占优势。即使如此，清代朴学家，凭借自己汲汲以求的精神，穷尽古今文献，解决了《文选》诠释中的众多问题。其中最具典型意义的就是王煦的《昭明文选李善注拾遗》和徐攀凤的《选注规李》。

王煦《拾遗》是针对李善注、五臣注、旧注，主要是对李善注的考

---

① （梁）萧统编，（唐）李善等注：《六臣注文选》，第776页。

② （唐）李匡乂：《资暇录》，《四库全书》第850册，第148页。

③ （梁）萧统编，（唐）李善等注：《六臣注文选》，第817页。

④ 同上书，第467页。

证，方法上注重考据，言必有征，精深该博。钱世叙在《后序》中称其书为“选学指南”，并不为过，其治选方法典型地代表了清朴学家的治学特点。其后徐攀凤的《选注规李》引证更翔实，考据纵横贯穿，此二人可谓清代选学研究领域中考据派的“双璧”。其后如梁章钜、胡绍煐等虽也注重考据方法的运用，在某些条目的考证上非常精审。但是从考据的深度、广度上，都略有差距。而且单就考据方法的运用，王煦、徐攀凤二人自始至终几乎都是以文献为依据，旁征博引，表现出了“证不足十，不足为据”的朴学精神。而且征引文献绝大部分都是他们穷尽书山，凭借自己的学识、识断搜辑而出。在此基础上，对相关问题做出推证。而梁章钜、胡绍煐等的考据，虽也以文献为依据，征引文献广博，但是他们对前人成果继承多，发明少，功在汇辑。不能完全代表清代考据派的治学特点。

王煦《昭明文选李善注拾遗》和徐攀凤《选注规李》中，都有不少条目是对《文选》李善注未详内容的增补。他们增补内容都体现出了层层考据，引证翔实，识断精审的特点。许多在增补善注的同时还要考虑五臣注增补的正误。如王褒《四子讲德论》中“焦齿”一词，李善注“焦齿，未详”，李周翰解释“焦齿，黑齿也”，王煦考证：

> 煦按：《淮南子·坠形训》：“自东南至东北，有黑齿民。”宋玉《招魂》：“雕题黑齿。”王逸注：“南极之人，齿牙尽黑。”皆所谓焦齿也。翰说得之。①

王煦先后征引了《淮南子》、宋玉《招魂》及王逸注对李周翰增补内容进行了考证。

清人的一些增补也有简单化倾向，如有的简单地征引五臣注以增补，而不作进一步考证，如孙氏《文选李注补正》中对《答卢谌》“嬿婉新婚”，李善注“新婚，未详”进行增补：

> ○补曰：“按：后《卢谌赠刘诗》云：申以昏姻。吕向注曰：谌妹嫁琨弟。新婚疑指此。”②

---

① （清）王煦：《昭明文选李善注拾遗》，《清代文选学珍本丛刊》本，第53页。

② （清）孙志祖：《文选李注补正》卷二，清光绪十五年重刊读书斋本。

此条直接引五臣注对李善注中“未详”内容进行增补，自己没有做进一步考证。

在历代《文选》诠释中，还存在着对李善注追溯语源内容的增补。此类内容属于文学性诠释范畴，此处不作详述。

（四）对李善注中分篇序的增补

李善注的一个显著特点，就是每个著者或是篇章标题之后都列有小的分篇序，对诗文的著者、写作背景、写作目的等给予简单的交代，五臣注对其进行了增补。清代诠释著作中很少有对李善分篇序的增补，这与他们的诠释形式有关。五臣注是随文注释体著作，随文对诗文进行诠释，有必要对每篇诗文有关内容交代清楚。清代诠释著作多数是考证类著作，多对相关条目进行考证，没必要详列诗文分篇序。宋元明对诗文考辨订补的内容极少，不作论述。

五臣注并不像李善注那样几乎篇篇有小序，他们只是与李善注有不同见解，或李善注交代未明时，才于篇题之下做一小序，内容主要包括两个方面，一是增补为文原因，二是增补相关内容。

1. 增补为文原因

李善没有在分篇序中交代为文原因，五臣给予增补。如李陵《答苏武书》中，李善没有对此文的写作原因进行交代，李周翰曰：“《汉书》云：‘李陵字少卿，天汉二年，陵率步卒五千人出塞，与单于战，力屈乃降，匈奴中与苏武相见，武得归，为书与陵，令归汉，陵作此书答之。’”① 此段补释交代了《答苏武书》的写作背景及原因。

再如在《恨赋》中，李周翰在继承李善注内容之后，又增补为文原因，曰：“尝谓古人遭时否塞，有志不申，而作是赋也。”② 此类内容李善没有交代。《风赋》作者宋玉之下，吕向列小序曰：“《史记》云：宋玉，郢人也。为楚大夫时，襄王骄奢，故宋玉所作赋以讽之。”③ 李善注中没有交代。这是宋玉撰《风赋》的原因。

---

① （梁）萧统编，（唐）李善等注：《六臣注文选》，第759页。

② 同上书，第304页。

③ 同上书，第246页。

2. 增补相关内容

潘岳《西征赋》中，李善分篇序引臧荣绪《晋书》交代潘岳写《西征赋》的原因及内容。在著者潘安仁之下，又列小序对写作原因、命名原因进行交代。而吕向增补小序曰："岳述所历古迹，美恶劝戒焉。"[①] 揭明此赋的写作目的是"美恶劝戒"。这是李善注中所没有的。

三　历代《文选》诠释著作对李善收录旧注及五臣注的补遗

对于李善注中收录旧注的增补，五臣注及清代诸家诠释著作中都有涉及。相较增补李善注内容，此类内容要少得多。主要是针对旧注中名物及未注内容的增补。如在五臣注中，《东京赋》"当觐乎殿下者，盖数万以二"，薛综注曰："觐，见也。言于此之时，当入见于殿下者可数万人，分于阙下夹道为二部。"刘良补曰："数万言多也，以二列为二行也。"[②] 薛综解释了句子，没有对此句中的"数万"、"二"进行解释，刘良给予补充。

在清代诠选文献中，对李善注中旧注也多有增补，如王煦《昭明文选李善注拾遗》中"桃笙象簟"条、"乘赤豻兮载文狸"条、"桑扈赢行"条、"巨猾闲舋"条，都是对旧注的增补，其中多数是对名物性状的增补，如针对《九歌》的"乘赤豹兮载文狸"，王逸注文狸，没有进一步言其状。王煦给予考证补充：

> 《丹铅总录》云："《山海经》：'亶爰之山有兽焉，状如狸而有髦，其名曰类，自为牝牡。'余在大理尝见之，其状如狸，其文如豹，土人名曰香髦，疑即此物也。星家衍心星为狐，《二十八宿真形图》：'心星有牝牡两体。'与《山海经》合。"[③]

王逸没有对名物"文狸"做进一步的解释，王氏征引多个文献记载对其进行推断，涉猎之广、征引之详足见考据功力。徐攀凤《选注规李》中对旧注增补的条目也不少，"班固《两都赋序》'奚斯'"条、"骄其险棘"条、

---

① （梁）萧统编，（唐）李善等注：《六臣注文选》，第 187 页。

② 同上书，第 69 页。

③ （清）王煦：《昭明文选李善注拾遗》，《清代文选学珍本丛刊》本，第 42 页。

“三属之甲”条、“子非三闾大夫”条等，多数是广征博引相同类型的例证，类比成释，在引证上比王氏更详明。如对班固《两都赋序》中“奚斯”的考证，徐攀凤、王煦都对此进行了考辨，不仅征引类比的思路相同，而且所征引例子也相似。所不同者：徐氏征引说明更详尽具体，述说明了。如王氏只征引扬雄《法言》，而徐氏则明确讲明扬雄《法言》之意，揭明“正考甫作《商颂》，奚斯作《閟宫》之诗”。而且徐氏比王氏多征引《后汉书·曹宪传》，征引例子更多，说明更确。

清代其他选学诠释著作中也有对旧注增补内容的，如赵晋《文选叩音》：

> 薋菉葹以盈室兮，王逸注引诗云：“楚楚者薋”，所引或《韩诗》耳。《汉书·礼乐志》：“犹古采荠肆夏也。”师古曰：“荠，才私反，礼经或作薋，又作茨，音并同。”①

王逸旧注只是引诗文，没有解释“薋”字，赵晋引《汉书·礼乐志》及颜师古注对其进行了解释。

对于五臣注的增补，主要是因为五臣多直接释义，不直接标注所依据文献出处，造成了很多悬而未决的疑案，清人对此类内容进行了考据。如王煦以五臣注补充李善注的同时，也对其出处进行了考证补充。这一类在《拾遗》一百九十余条考证中，约有七条左右。包括“寒鸱吓雏”条、“三荆欢同株，四鸟悲异林”条、“今少卿抱不测之罪”条、“南中吕兴……”条、“鱼菽之祭”条、“羊公深罢市之慕”条、“欣欣负戴，在冀之畦”条都是对五臣注出处的考查。如孙楚《为石仲容与孙皓书》“南中吕兴深睹天命，蝉蜕内向，愿为臣妾”条，李善无注，王煦先列张铣注曰：“南中，岭南也。交趾郡吏吕兴杀太守孙谞，使如魏请太守，是睹天命也。背乱向理，如蝉之脱皮也。”② 王煦进一步考证道：“常璩《南中志》：‘咸熙元年，吴交趾郡吏吕兴杀太守孙靖，（靖、谞未详孰是。）内附魏，魏拜兴安南将军。’是铣注所本。”③ 其他清人著述都没有像王煦这样对五臣注中此

---

① （清）赵晋：《文选叩音》，《丛书集成》（补印本），第5页。

② （清）王煦：《昭明文选李善注拾遗》，《清代文选学珍本丛刊》本，第48页。

③ 同上。

类阙失加以增补。

第四节　考辨疑误法

考辨疑误是清代朴学兴盛时运用得比较普遍的一种诠释方法，由于从实证出发，依据文献揭示疑误，多被看作是清考据学派经常运用的诠释方法。考查历代《文选》诠释，对《文选》中疑误内容的考证，从李善时就已经开始了。李善多引文为释，对疑误的纠正也是从文献出发，他的诠释已经具备了考据学派注重实证的诠释特点。

纵览历代对《文选》疑误的考辨，考证领域有一个逐渐扩大的过程：唐朝李善注考辨疑误的对象是《文选》正文及与选文相关的其他文献；继其后的五臣注将此领域扩大到李善注（包括李善收录的旧注）；五臣注之后直至清代选学家，考辨疑误对象扩大到五臣注、《文选》其他诠释成果。

一　历代《文选》诠释著作对《文选》正文及相关文献的考辨

自唐至清《文选》诠释文献中，都有关于《文选》正文及相关文献疑误的纠正。李善身处盛唐，距离《文选》出现的年代不是很远。但是《文选》是自先秦至南朝梁诗文的荟萃，李善面对的《文选》文本已经存在着诸多问题，因此在李善注中存在少数的订正疑误内容。清汪师韩《文选理学权舆》对李善注中订误内容进行了汇辑，“李氏每以注订行文使事之误，又因文以订他书之误，或选自误及别本误者，其类四十有七焉”①。详查李善注，实际内容要比汪师韩分析复杂得多，涉及内容广泛：

1. 对著者行文使事之误的考辨。如陈孔璋《为曹洪与魏文帝书》中“盖闻过高唐者，效王豹之讴”句，李善注：“按：此文当过高唐者，效绵驹之歌。但文人用之误。”② 由其前的注释可知，“昔王豹处淇，而西河善讴。绵驹处高唐，而齐女善歌”。则处高唐者乃是绵驹，而文句中用王豹，乃是用事之误，李善对陈孔璋行文中用事之误进行了纠正。

再如班固《东都赋》“迁都改邑，有殷宗中兴之则”，李善注：“《尚

---

① （清）汪师韩：《文选理学权舆·孙志祖序》，《续修四库全书》第1581册，第3页。

② （梁）萧统编，（唐）李善注：《文选》，第1883页。

书》曰：'盘庚迁于殷。'《史记》：盘庚之时，殷已都河北。盘庚渡河南，复居成汤之故都，行汤之政，然后殷复兴也。谓盘庚为宗，班之误欤？"[①]李善依据《尚书》、《史记》的记载，指出殷朝在成汤之时已经都河南，盘庚迁都于殷，实则是居住了成汤的故都，而班固称其为殷宗，与史实相违背，李善据史实给予纠正。此类内容直接针对著者行文之误的，是作品在创作过程中因为作者的错误而形成的讹误。

2. 李善对《文选》篇章选题之误进行考辨。如陆机《赴洛二首》题解，李善曰："集云：此篇赴太子洗马时作。下篇云东宫作，而此同云赴洛，误也。"[②] 依据文集著录，一篇为太子洗马时作，一篇云东宫作，而篇题同云赴洛，李善认为其题名有误。还有针对篇目分合的考辨，如刘琨《扶风歌》，李善注曰："集云：《扶风歌》九首，然以两韵为一首，今此合之，盖误。"[③]

3. 依据选文纠正他书之误，如扬雄《甘泉赋》"正月，从上甘泉还，奏《甘泉赋》以风"：

> 善曰："《汉书》曰：'永始四年正月，行幸甘泉。'《七略》曰：'《甘泉赋》，永始三年正月，待诏臣雄上。'《汉书》三年无幸甘泉之文，疑《七略》误也。"[④]

李善依据《汉书》记录幸甘泉在永始四年正月，以此纠正《七略》中著录的永始三年正月扬雄上《甘泉赋》之误。这是对选文相关文献的纠正。再如夏侯湛《东方朔画赞》"大夫讳朔，字曼倩"，李善注：

> 《汉书》曰："朔为太中大夫。"又曰："朔字曼倩，平原厌次人。"《汉书·地理志》无厌次县，而功臣表有厌次侯爰类，疑《地理》误也。[⑤]

① （梁）萧统编，（唐）李善注：《文选》，第 31 页。

② 同上书，第 1229 页。

③ 同上书，第 1339 页。

④ 同上书，第 322 页。

⑤ 同上书，第 2117 页。

李善依据《汉书》多处著录"厌次"，而《汉书·地理志》中没有"厌次"，推证《汉书·地理志》有误。

总结以上几例，李善在纠正《文选》有关讹误时，常常征引相关史书、文集及相关文献，对《文选》正文及相关文献疑误进行考辨，方法与注重实证的清考据比较接近。

清朝考据派考辨疑误的内容并不像李善注这样集中在《文选》正文，而主要集中在征引浩博的李善注及与其注相关的其他文献的考辨上。对于正文的考辨，主要集中在文字讹误校勘，不属于《文选》疑误的考证。其中比较有代表性的考据是通过确凿证据、合理分析，解决《文选》中的疑案或是错误，如李详《选学拾沈》"鲍照"条：

> 注："沈约《宋书》：'鲍昭字明远。'"详案："钱希白《南部新书》壬：'鲍照至唐武后，讳减为昭，后来皆曰鲍昭。惟李商隐诗云：'嫩割周容韭，肥烹鲍照葵。'又元稹诗：'文章轻鲍照，碑版笑颜竣。'今人家有收得隋末唐初《文选》，并鲍照尔。"①

李详考证鲍昭当为鲍照，是为了避讳唐武后而改，并举李商隐、元稹的诗句为证，更举《文选》隋唐之际的版本著录为证。通过前人诗句及更早版本证明了鲍昭当为鲍照的推断。

清人还就选文中存在的较有争议的内容进行考辨，如赵晋《文选敏音》对《剧秦美新》一文著者是否是扬雄进行了考辨。首先依据《华阳国志》、桓谭《新论》对扬雄生平、才智、品行进行揭示，以此推论扬雄不可能投阁而为莽大夫。进一步认为《剧秦美新》乃刘歆等人假托，后又以常璩著《蜀志·先贤志》没有收录扬雄此篇为证。这一问题在多部《文选》诠释著作中被考证过。关于《剧秦美新》是否为伪托之作，历代多有人论证，但是没有确凿证据，现在一般还是认为扬雄所作，赵晋此说代表了一家之言。

此外，对《文选》正文有关文献阙失也进行过少数考辨，如在张云璈《选学胶言》中，针对任彦升《王文宪集序》中，称王俭"春秋三十有八"薨于建康官舍的内容进行了考证：

---

① （清）李详：《选学拾沈》，载《李审言文集》，第16页。

云璈按："《南史》云：'永明七年俭薨，年四十八。'《齐书》及此序皆云三十八。王西池先生云：'《南史》盖误，以褚渊之年为王俭之年也。'"①

通过考查《南史》、《齐书》及任彦升此序，《齐书》与任氏此序都讲王俭三十八岁卒，引王西池考证，认为《南史》记录有误。此处依据《文选》正文内容考证相关文献。

另外，对昭明编选错误的纠正，也当属于此类。如任彦升《为齐明帝让宣城郡公表》中"臣讳诚惶诚恐"，徐攀凤纠正曰："上表卓称名，此讳字当是彦升家集所改，而昭明误仍之也。"② 指出昭明从家集中摘选的文章，讳字没有删掉，乃是编者之疏漏。

二 历代《文选》诠释著作对李善注的考辨

李善注征引繁富，涉及了一千七百余种文献，这对注重考据的清人来说是一笔巨大的文献财富，李善注中众多的阙失也成为他们的考据沃土。主要集中在名物训诂、句意理解、音释、引文、语源追溯等多个方面。具体表现在以下几个方面：

（一）对李善注引文有关讹误的纠正

此类讹误纠正占的比例较多，引文讹误的纠正又包含了多个方面。

1. 对李善注引文规范问题的纠正

（1）对李善引文范畴上的失误进行纠正。如在何焯《义门读书记·文选》中，李善引班固的《西都赋》及王褒《甘泉颂》注释张衡《西京赋》"三阶重轩，镂槛文梐"，指出班固与张衡相去未远，何焯评曰："如何引以为注，况王叔师更在张后耶。"③ 指出李善引用同时代人及后人作品诠选，无疑是一种诠释认知上的错误，与李善一贯坚持的追溯语源，征引典实的方式相左，对李善注引注范畴的失误给予批驳。

（2）对李善没有必要引文诠释而强为引文内容的批驳。如傅咸《赠何

① （清）张云璈：《选学胶言》，《四库未收书辑刊》捌辑第30册，第424页。

② （清）徐攀凤：《选学纠何》，《清代文选学珍本丛刊》本，第160页。

③ （清）何焯：《义门读书记·文选》，《四库全书》第860册，第645页。

劭王济》"二离扬清晖"，李善注曰："《汉书》曰：'长丽前掞光耀明。'臣瓒曰：'长离，灵鸟也。二离，日月也。'"孙志祖在《文选李注补正》中曾指出："注既以二离为日月，则《汉书》注便可不引，应删。"[①] 引《汉书》是为了追溯"丽"字语源，而引臣瓒的注则是解释"二离"的意思。二引文中"丽"表达的意思是不一致的。这种引文的不当，实则是祖述语源与释义两存情况下产生的矛盾。

不过有些指责是没有领会李善的引文凡例。如曹植《美女篇》"借问女安居"，李善注："《尔雅》曰：'安，止也。'薛综《西京赋注》曰：'安，犹焉也。'"孙志祖曰："安字本可不注，引《尔雅》语尤无谓，当删。"[②] 孙氏指责颇值得商榷，对于李善引《尔雅》及薛综注的原因，不是"安"字意义难解，而是对于"安"的解释存在两种可能，因此他将这两种可能都列了出来。李善注《文选》一贯的诠释态度就是尽量不掺加自己的识断，而是把相关内容陈列而出由读者自己理解，这是他客观诠释的表现。

（3）对李善引文过于繁琐的纠正。如苏子卿《古诗》中"今为参与辰"，李善注引《大传》、《法言》、宋衷语。徐攀凤曰："李于陆士衡《为顾彦先赠妇》'形影参商乖'句，明以《左传》释之矣，此注何必漫引?"[③]

2. 对李善注引文出处错误的纠正

李善注中有的引文出处有误，后人给予纠正。如《魏都赋》"菲言厚行"，李善引《论语》曰："君子薄于言而厚于行。"孙志祖纠正曰："《论语》无此文。"[④] 再如张衡《东京赋》"通帛綪旆。"李善引《国语》曰："分鲁公以少帛綪茷。"王煦纠正曰："此系《左·定四》文，引《国语》，非。"[⑤] 此类考证要求研究者熟悉相关文献。

3. 对李善注引文著者（注者）讹误的纠正

李善注标引严谨，对于引文来源出处及著者（注者）都清楚标注，但是有些引文所标注的著者（注者）出现了错误，后人给予纠正。如郭璞《江赋》："磴之以瀿瀷。"李善注曰："许慎曰：瀷，凑漏之流也。"王煦考

① （清）孙志祖：《文选李注补正》卷二。

② 同上。

③ （清）徐攀凤：《选注规李》，《清代文选学珍本丛刊》本。

④ （清）孙志祖：《文选李注补正》卷一。

⑤ （清）王煦：《昭明文选李善注拾遗补编》，《清代文选学珍本丛刊》本，第60页。

证曰："许氏《说文》'瀷'字注云：'水出河南密县，东入颍。'无'凑漏'之训。惟《管子·宙合篇》：'泉逾瀷而不尽，薄承瀷而不满。'注：'瀷，凑漏之流也。'《管子》系房玄龄注，此云许慎，未详。"[①] 李善注中许慎为"瀷"作解，王煦考证《说文》没有此说。通过广泛搜辑，《管子·宙合篇》中房玄龄对此字注解与李善注同，对李善注中所引注释的注者发生了怀疑。文献涉猎之广、考证之严，比较典型地体现了朴学的特点。

再如在徐攀凤《选注规李》中，对木玄虚《海赋》中"品物类生，何有何无"句，李善注曰："李尤《韩林论》"，徐氏纠正曰："当是李充。应修琏《百一诗》注、杨子云《剧秦美新》注皆引是书，皆当作充。《晋书》：'充字宏度。'《隋·经籍志》：'李充《韩林论》三卷。'"[②] 徐氏广征博引同类内容，比类为释，对李善注中著者之误给予纠正。

4. 对李善征引文献内容讹误的纠正

李善引文内容存在讹误，后人给予考证，在王煦《昭明文选李善注拾遗》、徐攀凤《选注规李》等比较典型的考据类著作中比较多。如在任昉《为范尚书让吏部封侯表》中"或师道如桓荣"。徐攀凤选列李善注引《东观汉记》曰："桓荣治《欧阳尚书》，事九江朱文刚。"徐攀凤考证曰："当是朱普。《后汉书》：'九江朱普，字公文。'汉《儒林传》并同。"[③] 通过对《后汉书》及《汉书·儒林传》的考证，徐氏认为李善注中引用的《东观汉记》内容可能有误。

5. 对李善注追溯语源错误的纠正

李善注中很重要的一部分内容是举先明后，即追溯诗文字词句最早语源。但是因为对文献的把握不一定完全恰当，掌握文献也未必全面，引文追溯的语源未必是最早出处。有些考证内容涉及了此类内容，如《东京赋》"躬追养于庙祧"，李善注引《礼纬》曰："祭者，所以追养继孝也。"追溯此句语源，王煦纠正曰："此系《礼记·祭统》文，不必引《礼纬》。"[④] 指出此句语源的另一恰当出处。再如羊祜《让开府表》："大臣之

---

① （清）王煦：《昭明文选李善注拾遗》，《清代文选学珍本丛刊》本，第27页。

② （清）徐攀凤：《选注规李》，《清代文选学珍本丛刊》本，第135页。

③ 同上书，第161页。

④ （清）王煦：《昭明文选李善注拾遗》，《清代文选学珍本丛刊》本，第14页。

节，不可则止。”李善注引《论语》曰：“子曰：周任有言曰：‘陈力就列，不能者止。’”孙志祖纠正曰：“当改引‘所谓大臣者，以道事君，不可则止。’”[①] 李善引《论语》追溯此句语源不很恰当，孙氏给予纠正。

6. 对李善理解错误而造成的引文错误的纠正

由于李善理解的错误，引用了其认为正确的文献内容，造成了诠释错误。如任昉《王文宪集序》“齿危发秀之老”，李善注：“郑玄《礼记注》曰：危，高也。然齿危，谓高年也。发秀，犹秀眉也。”向曰：“齿危，谓老者齿将落也。发秀，谓发白也。”王煦纠正曰：“向释‘齿危’是也。”[②] 李善认为此句中“危”为“高”意，但是王煦征引五臣中吕向所释，认为其所释的“齿危”意思更加合适。再如《西京赋》“参途夷庭”。李善注“庭犹正也”。孙志祖正曰：“《尔雅》：庭，直也。”[③] 引《尔雅》训“庭”为“直”，纠正李善注训“庭”为“正”之意。

（二）对李善注直接释义内容讹误的纠正

李善引文为释之外，也有些直接释义的内容，这些内容或是由于李善理解错误，或是依据文献有差错，出现了一些讹误，此类讹误相较引文讹误要少得多。清人也针对此类内容进行了考辨订正。

1. 订正李善注对字诠解之误

这类订误不是很多，如任昉《王文宪集序》“齿危发秀之老”条，李善释：“发秀，犹秀眉也。”王煦订正曰：“‘秀’为‘秃’字之讹，犹言‘头童齿豁’耳。《史记·灌夫传》：韩御史称窦婴为‘老秃翁’。”[④] 王煦据字形，推断“秀”当为“秃”字，并举例为证。

2. 考辨纠正李善注中音释之误

如潘岳《西征赋》：“反助逆以诛错。”李善注：“错，七故切。今协韵七各切。”王煦按：“‘七故’、‘七各’古音并通，如‘度，徒故切’，读若渡；亦‘徒落切’，读若铎。‘路，落故切’，读若露；亦‘历各切’，读若洛。（见《汉书·扬雄传》晋灼注。）自六朝溺于四声，动曰协韵，而古音不可问矣。”[⑤] 李善注“错”为七故切，协韵为七各切，王煦指出七故、

---

① （清）孙志祖：《文选李注补正》卷三。

② （清）王煦：《昭明文选李善注拾遗》，《清代文选学珍本丛刊》本，第 51 页。

③ （清）孙志祖：《文选李注补正》卷一。

④ （清）王煦：《昭明文选李善注拾遗》，《清代文选学珍本丛刊》本，第 51 页。

⑤ 同上书，第 24 页。

七各古音通，揭示李善对音释的理解偏差。

3. 考辨纠正李善注中解句之误

因为断句理解错误，李善对句意诠释有误。如《登徒子好色赋》“愚乱之邪臣”。李善注言“昏钝邪僻之臣”。孙志祖正曰：“案文当云：以为美色，愚乱之邪。邪字绝句，臣字属下读，注误。”[①] 李善误将“邪”字与“臣”字连在一起，而进行解释，造成诠释上的错误，孙氏纠正其误。

4. 考辨纠正李善解题之误

李善注中常常在每篇篇题或是作者之后列一小序，对文章及著者的有关情况简单介绍，这些介绍多数是依据相关史书，但是有些介绍出现了错误。如左思《杂诗》，在左思之后，李善注曰：“冲于时贾充征为记室，不就，因感人年老，故作此诗。”李善没有标出其依据来源，徐攀凤纠正曰：“《左太冲传》无被征于贾事。”[②] 此例可能是李善依据文献有误，导致解题错误。

5. 考辨纠正李善文意理解之误

有的诠释是李善理解有误，而造成了注解的错误，如《选学胶言》“太史公”一条，针对《报任少卿书》中“太史公牛马走司马迁再拜言”，李善注解曰：“太史公，迁父谈也。”胡绍煐通过考证，分析《史记·自序》中出现的“太史公”指的是司马谈或是司马迁。“本纪、列传等篇之赞所云太史公曰者，则亦皆自称。”[③] 随后指出此书之太史公亦当为自称，与父谈无涉，注误也。

三　历代《文选》诠释著作对五臣注及其他选学诠释的考辨

历代《文选》诠释著作中考辨疑误内容主要针对李善注、《文选》正文及与李善注、正文相关的其他文献。但是也不排除对其他诠释成果的考辨纠补。这些考证零散的出现在考辨李善注及正文的著作中，纠正了关于五臣注及其他选学诠释文献中的一些问题。

（一）对五臣注疑误的考辨订正

五臣注之荒陋自唐就有论断，唐李匡乂在《资暇录》、丘光庭《兼明

---

① （清）孙志祖：《文选李注补正》卷一。

② （清）徐攀凤：《选注规李》，《清代文选学珍本丛刊》本，第153页。

③ （清）张云璈：《选学胶言》，《四库未收书辑刊》捌辑第30册，第404页。

书》，宋苏轼《东坡志林》、洪迈《容斋随笔》中对五臣荒陋处多给予指正，五臣荒陋主要是限于学力强为诠解，造成了许多理解上的错误。如苏轼在《志林》中指责五臣“真俚儒之荒陋”时，举例谢瞻《张子房诗》中五臣对“三殇”理解的错误。而丘光庭在《兼明书》中更详举二十一条指正五臣荒陋，如“辞远游”条，丘氏曰：“曹子建《求通亲亲表》云：‘若得辞远游、戴武弁。’臣锐曰：‘辞’，辞国；‘远游’，谓出征也。明曰：‘远游’亦冠名也。‘辞’者，脱去之名也。言脱去远游之冠，而戴武弁之弁也。知其然者，以下文云‘解朱组、佩青绂’，组、绂皆绶也，故知远游、武弁皆冠也。臣锐也‘远游’谓出征，一何乖谬！”① 这些考辨，诠释者都是凭借丰厚的学识对问题进行了指正，当然他们的指正也未必全对。

清代选学家也对五臣注荒陋之处进行了考辨，方法与前人凭借自己的学识直接指出问题的症结不同，他们多是凭借对文本前后的理解，加上对文献的掌握，做出判断。如《王命论》“考五者之所谓”，孙志祖考证曰：“五者即指上文高祖之兴有五也。李周翰注为五行相承，其说非。”② 对李周翰因为理解错误，解“五者”为“五行”进行驳正。再如针对谢灵运《初去郡》诗中“牵丝及元兴，解龟在景平”，张铣解释道：“谓牵王如丝之言而仕也。”王煦考证道：“牵丝，犹言结绶耳。左太冲《招隐诗》‘结绶生缠牵’是也。铣说陋矣。”③

（二）对其他选学成果疑误的考辨订正

此类内容相对于五臣注的纠正更零散，涉及的人物不少，如刘履《选诗补注》对曾原《演义》中疑误之考辨。在《选诗补注》魏诗末，针对阮、嵇诗属于魏诗还是晋诗，曾原《演义》认为是归于魏诗，而后人对此多有非议，刘履附议曰：

> 《演义》以嵇、阮诗系于魏，或者非之，盖见世称竹林七贤，名在《晋史》，故尔然。考二人之立心，殆于陶靖节略同，史言康娶魏宗室女，拜中散大夫，及山涛举为吏部，答书拒绝，终无仕晋之意，

① （唐）丘光庭：《兼明书》，辽宁教育出版社 1998 年版，第 40 页。

② （清）孙志祖：《文选李注补正》卷四。

③ （清）王煦：《昭明文选李善注拾遗补编》，《清代文选学珍本丛刊》本，第 70 页。

籍当高贵乡公时，仕为常侍，知司马氏欲求婚，以意却之，复纵酒昏酣，咏诗以见志。且康被谮诛，籍以寿终，并在景元年中，自与建安诸子委身曹氏者不类。今特依《演义》列于魏诗之后，或又言籍不当为郑冲作《劝晋王笺》，然考其文，大概谓褒德赏功，礼典之常，不必固让之意。《演义》论步兵心乎王室，有同渊明，《劝进》之文醉不欲为而强迫为之，非扬雄甘为《美新》者比，但惜其不能一死而曲自免不得为全美耳，读者亦不可不知也，因附其说于此云。①

阮籍、嵇康作为竹林七贤记载于《晋史》，后人多将二人看作是晋人，而曾原《演义》列其诗为魏诗，引起他人非议。刘履对阮籍、嵇康生平进行论述，揭明嵇康拒绝委身晋廷，写《与山巨源绝交书》以明心志而遭杀身之祸。阮籍虽然曲志侍晋，但是从醉酒拒婚、咏诗见志等事，亦可见其忠魏之志，至于其为郑冲所写《劝晋王笺》，乃是被迫为之。在气节上，少逊嵇康的杀身成仁，但其忍志苟活，亦令人钦佩，将其诗列入魏诗，也是有道理的。刘履的论断，通过知人论世的方法，对阮、嵇其人其诗进行了客观中允的定位。

考辨他书有关选学论断内容的疑误，如赵晋《文选叩音》针对《北堂书钞》引桓谭云："余少时谓奉车郎，孝成帝幸甘泉宫，欲书壁为之赋，以颂美二仙之行，余承命为作《仙赋》，以书甘泉之壁。后扬雄作《甘泉赋》一首，始成，梦肠出，收而纳之，明日遂卒。"考证曰："雄初为王音门下史，荐待诏，上《甘泉》、《羽猎》赋，乃云不足以讽谏，遂辍其业。而作《太元》、《法言》等书。至年七十而卒。桓子云赋就而明日遂卒之言，不足为据也。"② 赵晋针对桓谭所说扬雄作《甘泉赋》后梦肠出而卒事，依据扬雄生平给予考证，指出桓谭此说"不足为据"。此例也是根据人物的生平，对相关逸闻野史中不确内容进行了纠正。

在汇证类诠释中出现过很多对前人选学成果的考辨纠正。汇证诠释多是对前人成果进行汇辑，然后再对其进行增补考辨等。其考辨往往先列前人旧注中之疑误，再列选学研究家的考证结论，然后广征博引给予考证，得出结论后还常常引文为证。以胡绍煐的《文选笺证》为例，《南都赋》

---

① （元）刘履：《风雅翼·选诗补注》，《四库全书》第1370册，第52—53页。

② （清）赵晋：《文选叩音》，《丛书集成》（补印本），第11页。

"蒋蒲蒹葭"，胡氏先引余氏《文选音义》云："李善五臣不注'蒲'字，诸字书菰、蒲二字不通假，六臣本李善注：'菰，蒋也'，下有'菰，音孤'三字，汲古阁、六臣并误。"针对余萧客"蒲、菰"二字的考辨，胡绍煐批驳曰："蒋，菰草与蒲为类，故蒋即次蒲。若以蒲为菰之误，则菰为蒋实，不得杂厕诸草矣。六臣本善注有'菰音孤'三字，乃善引《说文》'蒋，菰蒋也'，为菰字作音，非正文中有菰字也，余氏误会。"[①] 此诠释最能体现考据学的特点，考证严明，征引广博，有理有据，结论多令人信服。

汇证是笔者倾力阐释的一类诠释方法，因为大部分汇证法的诠释重点在汇，考证上不是很突出。此处仅就汇证中部分考辨条目简单交代，详细内容在它章详述。

第五节　校勘讹误法

校勘讹误法从李善注开始就已经出现，随着选学的发展，《文选》诠释文献的增多，李善注、五臣注的混杂，校勘法运用愈加增广，尤其是发展到清朝出现了几部重要的《文选》校勘著作。本节重在揭示历代《文选》诠释中，校勘法的不断发展成熟，借以展现不同时期校勘法的不同表现。另外对四种校勘方法在《文选》中的运用给予综合分析。

一　校勘讹误法在历代《文选》诠释中的运用

校勘讹误是《文选》文献诠释中重要的诠释方法。《文选》收录篇章时间跨度大，文本几经传抄，出现了不少文字讹误。李善注释《文选》时，所面对的文本已经出现了文字的讹误，李善进行了校勘。从笔者搜辑到的材料看李善对《文选》文本的校勘，相对于后来的校勘要简单得多。六臣注、六家注出现后，出现了李善注与五臣注的混杂。后代的许多校勘内容多是围绕区分李善注本与五臣本展开的。

具体说来，李善校勘的只是单纯的正文文字传抄之误。如《毛诗序》"哀窈窕，思贤才"，李善注："哀，盖字之误也。哀当为衷，谓中心念恕

① （清）胡绍煐：《文选笺证》，《续修四库全书》第1582册，第61页。

之也，无伤善之心，谓好仇也。”[①] 李善依据文意，推断“哀”当为“衷”之误，采用的是理校方法。“哀”、“衷”二字很可能是因为形近而误，这种讹误很可能是在传抄中造成的。再如司马相如《难蜀父老》“氾滥衍溢”，李善曰：“张揖曰：溢，谥也。郭璞《三苍解诂》曰：溢，水声也。《字林》云：匹寸切。古《汉书》为溢，今为衍，非也。”[②] 李善依据张揖注、郭璞《三苍解诂》及《字林》中对溢的解释，并依据古《汉书》的著录，推断“衍”字非，当为“溢”。此例中，李善他校与理校并用，对文字讹误做出正确判断。通过两例，可见李善校勘内容都是通过深刻洞察，对可疑内容进行的校勘。而非因为多个文本之间出现了不同而发现讹误。

五臣重在释义，不重视《文选》文本的规范，校勘内容极少。据清代考校成果可知，五臣注释《文选》所依据的版本与李善依据的版本不是一个版本。正因为此，五臣注中正文字词经常与李善注本中的正文相左，因此为后人留下了大量的校勘内容。但是在宋元时期，由于选学受到冷落，对《文选》的校勘自然不受重视。

校勘内容发展到明代，才在他们的删注评点著作中出现，但是方式简单，多数是只表明各本文字之间的异、衍、脱等情况，没有再作进一步的研究，学术意义不大。如闵齐华《文选瀹注·凡例》曰：“各本有彼此不同者，随摘出以标于其上。”[③] 其校勘多以李善注与五臣注对校，依据版本当为明时流行的善注单行本毛氏汲古阁本，此外还有属于六臣注本的袁本、茶陵本，据傅刚先生的《文选版本研究》，明朝五臣注单行本已经非常稀少，因此闵氏参阅五臣注本的可能性不大。闵氏校勘只是标出各本间文字之异、衍、脱等，没有进一步考校内容。如《芜城赋》：(1)“㳽迆平原，南驰苍梧涨海。北走紫塞、雁门。柂以漕渠，轴以昆岗。”闵氏校曰：“善柂作弛。”(《四部丛刊》本正文中小字标注：“善本作弛。”)(2)“竟瓜剖而豆分!”闵氏校曰：“五臣剖作割。”(《四部丛刊》本正文中小字标注：“五臣作割。”)(3)“伏虣藏虎。”闵氏校曰：“五臣虣作暴。”(《四部丛刊》本正文中小字标注：“五臣作暴。”)(4)“蔌蔌风威。”闵氏校曰：“五臣蔌

---

① (梁) 萧统编，(唐) 李善注：《文选》，第 2030 页。

② 同上书，第 1993 页。

③ (明) 闵齐华删注，孙旷评：《文选瀹注》，《四库全书存目丛书·集部》第 287 册，第 8 页。

作蘮。”（《四部丛刊》本正文中小字标注：“五臣作蘮。”）（5）“南国丽人。”闵氏校曰：“五臣丽作佳。”（《四部丛刊》本正文中小字标注：“五臣作佳。”）[①] ……

从以上例子可以看出，闵氏校勘与六臣注本即《四部丛刊》本中的标注几乎相同，虽然存在以五臣注校李善注情况，但多数是以李善注校五臣注，而且校勘内容几乎都是六臣注本正文中校勘内容的摘引。闵氏只是进行了罗列，没有进行进一步考证，价值不大。

对《文选》讹误的校勘发展到清代，情况发生了巨大变化，转折人物是何焯。不仅注重李善注本的考校，而且把考校《文选》文献扩大到史书，对《汉书》、《后汉书》、《三国志》等收录的《文选》篇章进行了校勘研究，参阅了大量史注文献。把长期以来局限在五臣、李善注及《文选》本身的研究，扩大到史书史注领域。除了校勘范围由正文扩大到李善注、史注，校勘方法上也由单纯的校勘异同，发展到广征博引相关文献进行考据、推证。如对正文内容的考校，张衡《西京赋》中之“建元弋”，何氏考校后人杜牧诗“已建元戈收相土，应回翠帽过离宫”，指出“疑即用此，今刻元弋者恐非”。又引《史记·天官书》：“杓端有两星，一内为矛，招摇，一外为盾，天锋。”晋灼曰：“外远北斗也，一名元戈。”[②] 通过对后人诗句的他校，推证《文选》文本之误，并进一步征引《史记·天官书》中晋灼注为证，校勘严谨，具有说服力。

再如考校注文内容，如王俭《褚渊碑文》中“频作二守”，李善注为：“萧子显《齐书》曰：寻迁散骑常侍，丹阳尹。”何氏考证曰：“《晋书》丹杨郡，丹杨下注云：‘丹杨山多赤柳，在西也。’是杨之从木审矣，惟唐以来润州丹阳乃作阳。”[③] 这是对注文文字的考校，还有对注文讹误的考校。如对张衡《东京赋》中：“赵建丛台于后”句，李善注中提到“《史记》曰：‘赵武灵王起丛台。’”但是何氏考订《赵世家》无武灵王起丛台故事，考证到《汉书·邹阳传》注中有赵幽王友所建，指出此乃注误。

但是何焯对于具体领域的校勘并不全面。如对李善引注内容的校勘核查，就是一个巨大的研究领域，但是他仅仅是有所涉及，并没有进行像王

① （明）闵齐华删注，孙矿评：《文选瀹注》卷五。
② （清）何焯：《义门读书记·文选》，《四库全书》第860册，第645页。
③ 同上书，第730页。

煦的《昭明文选李善注拾遗》、徐攀凤的《选注规李》那样进行普查似的梳理，从而忽略了众多的研究课题。但是不可否认，何焯在校勘方法、校勘领域上，都起到了开拓作用。

何氏之后，清代在校勘方面最有代表性的著作当属孙志祖的《文选考异》和胡克家的《文选考异》，二者可谓清代《文选》校勘著作中的双璧。但是由于校勘内容、方法、依据版本等的不同，造成了二者校勘价值上的天壤之别。

孙志祖《文选考异》，是孙志祖参校潘稼堂、何焯、圆沙阅本三个校本，汇辑各家校勘条目，间附考辨订补内容，仿照朱熹《韩文考异》体例而成的一部《文选》校勘著作。最大特点是承袭汪师韩对选学文献进行类辑整理的方式，广泛搜辑历代有关《文选》篇章校勘内容，并按照《文选》篇目顺序，给予汇辑。这是自唐到孙氏之前，选学校勘成果的汇编。同时孙氏还亲自考校、参阅了大量文献，涉及历史典籍如《史记》、《汉书》、《后汉书》、《三国志》、《晋书》、《梁书》等，其他典籍如《山海经》、《淮南子》、《说苑》、《文苑英华》等。汇辑前人考校成果，结合自己的考证，对毛氏汲古阁刻本从头至尾的讹脱衍误等进行了一次爬梳式的勘谬正误，其征引之广博，梳理之细密，的确在一定程度上，完善了毛氏刻本。

胡克家的《文选考异》，是彭兆荪、顾千里以尤本为底本，以李善注、五臣合注的袁本、茶陵本为参校本，并参阅何焯校评《文选》、陈景云《文选举正》，为胡克家校勘尤本《文选》，根据其校勘成果写成的校勘记，乃是校勘者校勘成果的总结。

孙志祖《文选考异》与胡克家《文选考异》都是针对《文选》的校勘著作，但是二者存在着很大的不同：

（1）诠释侧重点不同。二者虽然都属于《文选》李善注诠释体系，但是胡氏《考异》主要针对李善注，以其校勘内容较多的《西都赋》、《东都赋》、《西京赋》、《东京赋》、《南都赋》五篇赋为单位，统计其校勘条目：《两都赋》共五十条校勘条目，针对正文的有十三条，针对注文的有三十七。《东都赋》三十五条校勘条目，针对正文的有十六条，针对注文的有十九条。《西京赋》一百二十二条校勘条目，针对正文的有二十二条，针对注文的有九十九条，针对正文、注文的有一条。《东京赋》一百五十九条校勘条目，针对正文的有二十四条，针对注文的有一百三十五条。《南都赋》共一百十七条校勘条目，针对正文的有十条，针对注文的有一百零七条。五篇赋作共四百八十三条校勘条目，其中正文校勘条目为八十五条，注文校勘条目为三百九十七条，正文、注文兼有的校勘条目为一条。胡氏《考异》对注文的校勘内容占了五分之四内容，可见其校勘的主要内容为李善注。孙氏《考异》校勘内容针对的是毛本《文选》正文，绝大多数内容是针对毛本《文选》正文的校勘、订正。两书虽然同时针对李善注《文选》考异，但是侧重点不同。

（2）依据版本不同。胡氏《考异》以尤本为底本，以袁本、茶陵本为参校本，兼参阅何焯、陈景云校勘内容。孙氏《考异》以毛本为底本，以当时的六臣注、尤本参校，参阅了包括颜师古、洪迈、李冶、顾炎武、汪师韩、余萧客等三十余名选学家的考校成果。汇集了自唐至清有关《文选》正文校勘内容的条目，并在其基础上进行考辨，征引了经史子集大量相关文献。

（3）校勘方法不同。胡氏《考异》全书几乎都是以尤本为底本，以袁本、茶陵本为参校本，对校法是其主要的校勘方法。孙氏《考异》既有不同版本的校勘，又广征博引其他文献，因此不像胡氏《考异》那样存在占主导地位的校勘方法，对校、本校、他校、理校都有运用。

（4）校勘效果不同。孙氏《考异》虽然广征博引，但是因为以毛氏汲古阁本为底本，而毛本在当时已经不是最好的李善注本。校勘之时尤本已经出现，孙氏还参校过其中的有些内容，因为没有选择最好的本子，导致大部分针对毛本正文阙失的校勘内容全无意义。胡氏《考异》选择了当时最好的李善注版本淳熙尤袤刻本，彭兆荪、顾千里考证精审，虽然没有像孙氏那样的旁征博引，但是因为版本选择恰当，校勘得法，考据精审，取得了卓越的校勘成就，与后来出现的敦煌《文选》残卷、日藏《唐钞文选集注》常常暗合，显示了他们校勘的细致严密。因此胡氏《文选考异》称得上是清代校勘精品，成就要远远大于孙氏《考异》。

清代其他校勘著作也有校勘内容，但是没有超出胡克家《文选考异》成就，多数是混合在其他诠释条目中，校勘方法也多有阙失，这些阙失主要表现在以下几个方面。

（1）只标异文，不作进一步考校。许多校勘讹误内容直接校正，没有讲明依据，如余萧客《文选音义·南都赋》中注文“武阙山为关在西也”，下边直接标明“删”，不知为何。校正文内容对校比较多，如“渫”条，余萧客曰："五臣作泄。"[①]《东京赋》"又损之"，余萧客曰："何曰：'宋本无之字。'"只是简单地说明了版本之间的不同或是前人校勘成果，没有再作进一步的考证。

(2) 引他人校勘内容证发相关观点，没有再做进一步考证。这在梁章钜《文选旁证》、胡绍煐《文选笺证》、李详《文选学著述五种》中都普遍存在。如张云璈《选学胶言》"娄敬当作田肯"条：

> 注："汉娄敬曰：'秦带河阻山。'胡中丞曰：'此娄敬本作田肯，袁、茶二本作娄敬，非也。'此所引《高帝纪》文，非《娄敬传》之'秦地被山带河'也。下注所云'娄敬已见上文'者，谓见《西都》'奉春建策'注，二本盖因下注致误。何、陈校皆据之改为娄敬，失之矣。"[②]

相较胡氏《考异》中此条内容：

> 注"田肯曰秦带河阻山"：袁本、茶陵本"田肯"作"娄敬"。案："二本非也，此所引《高帝纪》文，非《娄敬传》之'秦地被山带河'也。下注所云'娄敬已见上文'者，谓见《西都》奉春建策注。二本盖因下注致误。何、陈校皆据之改为'娄敬'，殊失之矣。"[③]

《胶言》此条全列胡氏《考异》内容，乃是汇集先哲、时贤内容，张氏没有再做进一步考校。

梁章钜《文选旁证》比胡绍煐《文选笺证》有过之无不及。继承了大量胡克家《文选考异》的成果，虽然有些条目梁氏标出了"胡氏《考异》曰"，但是两书对校，发现许多校勘条目从《考异》中摘录出，但没有明确标明，有抄袭之嫌，反映了梁氏治学态度上不严谨。如胡克家《考异》"《两都赋》二首注'自光武至和帝都洛阳'"下至"和帝大悦也"条：

---

① (清) 余萧客：《文选音义》，《四库全书存目丛书·集部》第288册，第240页。

② (清) 张云璈：《选学胶言》，《四库未收书辑刊》捌辑第30册，第173页。

③ (清) 胡克家：《文选考异》卷一。

何屺瞻焯校曰："案《后汉书·班固传》，则《两都赋》明帝世所上，注和帝误。"陈少章景云校曰："赋作于明帝之世，注中'故上此以谏，和帝大悦'，语未详所据。"今案：此一节，非善注也。善下引《后汉书》："显宗时除兰台令史，迁为郎，乃上《两都赋》"。不得有此注甚明。即五臣铣注亦言明帝云云。然则并非五臣注也。且此是卷首所列子目，其下本不应有注，决是后来窜入。凡善注失旧，有窜入五臣注者，有并非五臣注而亦窜入者，说详在后。①

《文选旁证》梁氏校曰：

《后汉书·班固传》云，显宗召诣校书部除兰台令史迁为郎，又云自为郎后遂见亲近，乃上《两都赋》。据此则《两都赋》明帝时所上，此注云和帝者误，此一节恐是后来窜入。观李注下，《后汉书》"显宗时除兰台令史，迁为郎，乃上《两都赋》"，不得有此注甚明。即铣注亦言明帝云云。然则并非五臣注也。且此是卷首所列子目，其下本不应有注。②

加点内容与胡氏《考异》内容几乎相同。梁氏《旁证》抄录了胡氏《考异》，而且胡氏《考异》中明确标注依据何焯、陈景云的内容，梁氏《旁证》不仅没有列明，对胡氏校勘内容的承袭也没有标明。这是清中后期一些选学成果中存在的不良现象。

（3）校勘内容由最初对文本及选注中重要讹误的校勘，转向对没有太大价值的文字讹脱等的勘正。如晚清李详的校勘内容中，枚乘《七发》"荡春心"条：

注："《楚辞》：'目极千里兮伤春心。'王逸曰：'荡春心，荡，涤也。'"详案：当作"王逸曰：'或曰荡春心。'"检《招魂》注，自知此非。③

---

① （清）胡克家：《文选考异》卷一。

② （清）梁章钜：《文选旁证》卷一。着重号为引者所加。

③ （清）李详：《选学拾沈》，《李审言文集》，第19页。

依据《招魂》中王逸注，纠正李善注中所引王逸注中脱“或曰”二字。“或曰”二字与意义关联不大，此处纠谬，重在校勘文字的脱漏，与诠释内容的正误关系不大。

值得注意的是，清人在校勘中采用了一些新的方法，比较具有代表性的当属胡绍煐“由音求义，即义准音”方法在《文选笺证》中的运用，如《蜀都赋》中“万国错跱”，胡绍煐先列李善注：“张衡《灵宪》曰：‘列居错峙。’”然后加按语曰：“依注则正文当作峙，峙、跱古同。”[①] 胡绍煐采用了声训法中点明正借方法，这是随着学术发展在《文选》校勘中出现的新情况。

二 《文选》诠释中所常用的四种校勘法

纵览古今《文选》校勘文献，校勘方法主要还是本校、他校、对校、理校四种。其中对校法和他校法运用最多，本校法和理校法次之。胡克家《文选考异》主要以尤本为底本，以六臣注本的袁本、茶陵本为参校本进行对校。对校法是胡氏《考异》主流校勘方法。常列袁本、茶陵本异文，并表明是非。如谢灵运《述祖德诗》：注“张勃《吴录》曰”下至“周行五百余里”。胡氏校曰：“袁本无此十九字，有‘五湖已见《江赋》’六字，是也。茶陵本复出，与此皆非。”[②] 有的只列异文，如《魏都赋》，(李善)注：“《尔雅》曰：权舆。”胡氏校曰：“袁本、茶陵本无‘《尔雅》曰’三字。”[③]

对校法不仅在胡克家《考异》中大量出现，在其他校勘书中也有不少。如孙志祖《文选考异》、胡绍煐《文选笺证》、梁章钜《文选旁证》等。其中孙志祖《文选考异》、胡绍煐《文选笺证》校勘依据版本是毛氏汲古阁本，不是最好的本子，尤其胡绍煐依据的是一个阙失很多的毛本，许多考证全无意义。

他校法是依据他书相同内容相校以发现异同，孙志祖《文选考异》中不少校勘条目运用了他校法，如《两都赋序》中“虞丘寿王”，孙志祖案

① (清)胡绍煐：《文选笺证》，《续修四库全书》第1582册，第65页。

② (清)胡克家：《文选考异》卷四。

③ (清)胡克家：《文选考异》卷一。

曰：“《汉书》：‘吾丘寿王。’此作‘虞丘’，盖古字通。”[①]《东都赋》中“由数期而创万代”，志祖引何焯云：“‘代’《后汉书》作‘世’，李善避太宗讳改。”[②] 前者是依据《汉书》校勘《两都赋序》中“虞丘寿王”，推证“虞”与“吾”古字通。后例依据《后汉书》记载“代”为“世”，推证“代”当为“世”，是为避唐太宗讳而改。以上二例都是依据其他文献中相同内容进行校勘，属于他校法。

他校法在其他校勘书中也存在不少，如胡克家《考异》在对校法之外，运用最多的就是他校法。主要是利用《史记》、《汉书》中著录的相同篇章，校勘《文选》。如《子虚赋》：（李善）注：“驱驰逐兽也。桡，靡也。”胡氏校曰：“案：上‘也’当作‘正’，《汉书注》可证，以八字为一句也。各本皆讹。”[③]

本校法是利用本书前后内容推证或是以本书注文参证相关内容，以此解决文本中存在的讹误。此类条目不多，但是多部考据、校勘类著作中都有零星出现。如《文选笺证》中为数不多的校勘内容，主要采用的是本校法，其中绝大部分是通过注文考校正文。如班固《两都赋》“以润色鸿业”，依据李善注征引《剧秦美新》曰：“制成六经，洪业也。”考校正文，认为正文中“鸿业”当为“洪业”，查阅《剧秦美新》，“亦作洪业”，胡氏《考证》：“作‘鸿’，为五臣本。向注：‘鸿，大也。’可证。”[④] 此处是依据李善注考校正文。此外还有依据李善注考校旧注，如《西都赋》“货别隧分”，李善注曰：“薛综《西京赋》注曰：隧列，肆道也。”今《西京赋》薛注无之，惟善注云：“隧，已见《西都赋》。”胡绍煐据此推断：“此后人省录语，而删薛注‘隧列，肆道也’五字。”[⑤] 胡绍煐考校，也用相同、相近的《文选》诗句，比类为证，在其基础上再引注文为证，如《西都赋》“于是乘銮舆”，胡绍煐列《上林赋》“于是乘舆弭节徘徊”，《甘泉赋》“于是乘舆乃登夫凤凰兮”，指出“句例相似，孟坚之所出也”。并进一步指出：“《东都赋》‘乘舆乃出’，注：‘已见上之’，当即指此。”[⑥]

---

① （清）孙志祖：《文选考异》，《续修四库全书》第1581册，第142页。

② 同上书，第143页。

③ （清）胡克家：《文选考异》卷二。

④ （清）胡绍煐：《文选笺证》，《续修四库全书》第1582册，第4页。

⑤ 同上书，第5页。

⑥ 同上书，第11页。

另外赵晋《文选叩音》：

> 马季良《长笛赋》“旷瀁敞罔，老庄之概也”宋刊本作“旷瀁”，“瀁”字，字书中不多见者，是本为尤延之校勘，必有所据。今本《神女赋》，“暗然而瞑（古眠字）”，宋本作“瞑”。“瞑”字正与下句“求之至曙”对。①

赵晋校勘中多次提到与宋刊本校，不知是哪个宋刊本，也没有说明其依据的“今本”为何本，因此校勘意义不大。关于“瞑”的校勘，利用了本校法及同文中对偶句式推证法，有一定意义。

此外在胡克家《文选考异》中，也有少量的本校法。多是据李善注校正文，如《羽猎赋》：“滨渭而东。”胡氏案：“滨当作宾，注云：滨与宾同音也。盖善正文作宾，所引《公羊》作滨，故有此语。……《难蜀父老》‘率土之滨’注‘本或作宾’，可为此作宾之证。”②

理校法，是校勘者依据自己广博学识、深刻洞察，通过精密推理，发现问题，解决问题。因为此法对校勘者学识、推断能力等要求很高，在历代《文选》校勘中出现的相对要少。孙志祖《文选考证》中出现的此类内容比较复杂，常常是在本校、对校等内容基础上，再依据对文意、文法等理解，推证其内容，如：《东都赋》中，“功有横而当天，讨有逆而顺民”，“功”五臣作“攻”，“讨”五臣作“计”。孙志祖案：“此善与五臣两失之也。如上句作‘攻’，则下句应‘讨’，上句作‘功’，则下句应‘计’矣。”③ 孙氏依据上下文句意义相对原则，推证五臣、李善注、正文文字之误，合乎情理。再如在《文选笺证》中，《东京赋》“动中得趣”，胡绍煐通过“古‘趣’字皆作‘趋’，见于《汉书》者不一而足”，推证“赋当作本‘趋’，后人不知而误改之。犹有六臣注本可据也”④。此处没有直接的文献资料可以证明此句中“趣”当为“趋”字，但是他通过二字古今字的关系及在《汉书》中的使用，推证当为“趋”字，是理校方法的应用。

---

① （清）赵晋：《文选叩音》，《丛书集成》（补印本），第1—2页。

② （清）胡克家：《文选考异》卷二。

③ （清）孙志祖：《文选考异》，《续修四库全书》第1581册，第143页。

④ （清）胡绍煐：《文选笺证》，《续修四库全书》第1582册，第46页。

除了在《文选》校勘专著中有此类校勘内容外，前人笔记中，也有非常精彩的校勘条目。如沈括《梦溪笔谈》中关于《神女赋》中“王”、“玉”之混淆的考证，依据了前后文意承继关系，及“白”字乃是臣对君讲话而非君对臣讲话所用词，推证了文中“王”、“玉”二字的互相混淆，这种校勘依据了研究者对文章的理解和识断能力，当属于理校。

第六节 揭示意旨法

除了释词、解句等最基本的意义揭示外，《文选》诠释中还存在对诗文辞赋其他意旨的揭示，采用的方法主要是揭示意旨法。所揭示的主要包括两类情况，一类是阐幽发微；一类是对诗文篇、章、节意旨的揭示。前一类主要针对含义隐晦的诗文，其著者由于政治、自身等特殊因素，不能直白地表达思想感情，于是以隐晦曲折的方式表达出来，诠释者对此类潜藏意旨给予发掘。后一类则是对诗文章节篇的意旨进行总结，利于读者把握诗文意义。这两类意旨的揭示，都是围绕着文学作品的理解展开的，因此对读者的帮助很大。

此两类诗文意旨揭示出现的比较早，李善注重举先明后，对诗文意旨揭示得较少。五臣注中不乏对诗文意旨直接揭示的内容，但是常出现简单化倾向。五臣注中也存在一些阐幽发微的内容。应璩《百一诗》“宋人遇周客，惭愧靡所如”，李善只是用宋人遇见周客的典故进行了交代，并没有揭示作者用此典故的用心。而刘良对其进行了揭示：“言周客知宋人非宝而观之，有人知我无德而问之，其于愧也不亦多矣。皆讽朝廷之士有其位无其才，能不愧乎！”[①] 此注是对诗歌潜藏意旨的揭示。总起来说，诗文意旨的揭示在唐朝《文选》诠释作品中出现得较少，而且比较零散。

宋元时期是《文选》诠释的低潮期，但值得注意的是，元代出现的两部《文选》诠释著作方回《文选颜鲍谢诗评》及刘履《选诗补注》都注重对《文选》诗文隐幽意旨及篇、章、节意旨的挖掘。这与当时诗文评析渐渐兴起，文学特色把握还不甚明了的情况下，诠释者对文学作品内容、背

① （梁）萧统编，（唐）李善等注：《六臣注文选》，第399页。

景等方面的侧重。这种侧重也反映了文学诠释还处于萌芽状态，没有抓住文学性诠释的神髓。如方回诠释重在发微抉隐，很少对诗文的风格特色给予评论。这表现在对鲍、谢最为人称道的山水诗很少涉及，却对他们诗中理语深入分析，如谢灵运《从游京口北固应诏》中，首四句："玉玺戒诚信，黄屋示崇高。事为名教用，道似神理超。"方回曰："玉以为玺所以戒诚信，黄以为屋所以示崇高，圣人非以此为富且贵也。此二事为名教之用耳，推言之则玉帛钟鼓礼乐之事也。有道焉以神理超乎形迹之外，则圣人所以制天下者也。"① 除了对理语的解释，方回还重在探求诗歌隐藏意旨的挖掘。如颜延年《秋胡诗》："高张生绝弦，生急由调起。"方回曰："上句喻立朝，期于效命，下句喻兴于恨深。余谓此意谓有所激者，必出于不平耳。"② 对文学作品所独有的艺术风格、手法特色等不甚重视，这与频繁点评诗文风格特色的明评点著作相比，文学性诠释单一了些，显示了此时文学性诠释还处于初级阶段。

刘履比方回更注重对诗文意旨的挖掘。其《选诗补注》以增补选注为主，对每一首诗诗篇意旨，尤其对隐含之意的揭示是刘履最着力处，也是《选诗补遗》的诠释重点。刘履《选诗补注》中意旨揭示包括两部分内容，一是阐幽发微，如对十三首《咏怀诗》意旨的揭示是最具代表性的部分。阮籍《咏怀诗》素以"文多隐避，难以情测"著称，其对阮籍《咏怀诗》意旨的挖掘，用力虽勤，但是有些太过比附。如"平生少年时"首，刘履曰："此嗣宗自悔其失身也，言少时轻薄而好游乐，朋侪相与未及终极而白日已暮，乃欲驱马来归，则资费既尽，无如之何，以初不自重，不审时而从仕，服事未几，魏室将亡，虽欲退休而无计，故篇末托言太行失路，以寓懊叹无穷之情焉。"③ 其论断正是来自对五臣注的理解，李周翰曾在此首末曰："喻人素有美行于魏，今失路归晋，其于美行尽以丧矣，将如之何哉。"④ 刘履认为此诗乃是阮籍自悔失身之诗，太过臆断，历代比较集中的说法是以史写时，尤其是诗中"北临太行道，失路将如何"，运用了《战国策·魏策》中"太行失路"的典故，以历史人物李斯、赵高的经

---

① （元）方回：《文选颜鲍谢诗评》，《四库全书》第1331册，第584页。

② 同上书，第581页。

③ （元）刘履：《风雅翼·选诗补注》，《四库全书》第1370册，第48页。

④ （梁）萧统编，（唐）李善等注：《六臣注文选》，第422页。

历，暗喻曹爽之流位及人臣，奢侈淫靡，“以哀为乐”、“随哀不返”，正是太行失路的行径。而刘履将此诗看作是阮籍自悔之诗，考证其中所用典故及阮籍自身的经历，很不相符。

对诗文篇章意旨的揭示也是其诠释的一个重要方面，如《古诗十九首》“庭中有奇书”首，刘履曰：“此怀朋友之诗，因物悟时而感别离之久也。”① 刘履《选诗补注》中，还有不少内容是对诗作章旨进行揭示。如颜延年《秋胡诗》，刘履于每章之后对其意旨都进行揭示：

第一章：此章首述其始嫁之意，言椅梧倾凤，寒谷待律，犹影响之顾形声，故虽在远，必以类应……

第二章：此章言良人相处，未及欢好，而遽有千里之违，其来归之日则亦未可预期也。

第三章：此述秋胡行役既远，不免登陟险艰，越历风霜，感物伤怀而悲游宦之劳苦也。

第四章：此述其妻感时怀远之词，言行者既远，年运不留，叹良时之易失，昧寒暑之屡更，今复值此岁幕，荒凉而益不堪于独处也。

第五章：此言秋胡解任而归，适值蚕桑之月，见妇人采桑于道旁，悦其美色，按节停步而顾盼之也。

第六章：此言岁往则思念，实劳路远则音形隔阔，理之常也。岂意秋胡为别离久而遽昧平生，夫妇之伦，至于如此，然不知妇人节义之苦，犹金石之音，克偕律调，自古不可紊者，凡八音惟金石最为难谐，故为此比。

第七章：此言秋胡不得与之再语，而还至家，且知其妻采桑未回，则此心固已猜度而不自安，及至见面又安得不为之惭叹也。

第八章：此述其妻对秋胡怨诉之词，既自叹其离居之愁苦，又常念夫行者之劳瘁也。

第九章：此则述其妻自誓之词以终之。②

明清时期，随着评点体的兴盛，揭示意旨法在诠释形式上也受到了影响，在评点类著作中，篇、章、节意旨的揭示多是在相应部分以眉评、文末评、夹评方式标注。以孙矿的评《文选》为例，经常见到的是对节的意

① （元）刘履：《风雅翼·选诗补注》，《四库全书》第1370册，第7页。

② 同上书，第144页。

旨的揭示，此类内容多以眉评方式标出。以《恨赋》为例，孙氏先后在相应的天头处，标注曰："豪雄而死"、"幽囚而死"、"含冤而死"、"抱怨而死"、"不遇而死"、"被刑而死"、"贫穷而死"、"荣华而死"。这些都是对作品相应段落意旨的总结。再如束皙《补亡诗》六诗中"《南陔》，孝子相戒以养也"之上，孙氏眉评曰："首章言养，次章言色，三章言敬。"① 此处是对《补亡诗》章旨的揭示。另外值得注意的是，除了对诗文章节意旨揭示，孙氏评选中，有不少内容是对作者描述对象的揭示，此类揭示语词简练，从一字到几字不等，以宋玉《高唐赋》为代表，在相应内容之上，先后以眉评方式标出：水、猛兽、鸷鸟、水族、山势、异物、观、草、鸟。这些标注对初读者依序了解文章描写内容起到了辅助作用。除了简单的意旨揭示外，对诗文隐藏意旨也有简单揭示。如曹植《送应氏诗》，眉评曰："此诗有伤汉室之意。"② 再如《古诗十九首》"青青河畔草"首上眉评曰："盖刺小人诗。"③ 这种评论都是对诗歌潜藏意旨的揭示，包含了孙氏对诗文的理解。

明朝另一部评点著作邹思明的《文选尤》，除了对诗文章节等意旨的揭示外，值得注意的是其阐幽发微点评注重了对"讽谏"内容的揭示。如在扬雄《甘泉赋》"乃搜逑索偶皋伊之徒，冠伦魁能"句上眉评曰："此下既至甘泉郊祀，俱是讽谏之词。"④ 在宋玉《高唐赋》篇末："思万方，忧国害。开贤圣，辅不逮。九窍通郁，精神察滞。延年益寿千万岁。"眉评曰："末寓规谏意。"⑤ 除了对赋文隐含讽谏意义的揭示，还有对选文，尤其是选诗中隐晦难懂诗意进行揭示，这在左思《咏史》、阮籍《咏怀》诗中有突出表现，不再赘述。

清朝朴学兴盛，选学家对《文选》的诠释注重了对诗文疑误的考辨、阙失的补遗，因此在清代出现的众多诠释著作中，对《文选》诗文意旨的揭示极少。尤其是像王煦《昭明文选李善注拾遗》、徐攀凤《选注规李》等典型的考据类著作，几乎没有对诗文意旨揭示的内容。此类诠释出现的比较多的如何焯《义门读书记·文选》、方廷珪《昭明文选集成》，此外赵

---

① （明）闵齐华删注，孙矿评：《文选瀹注》卷十。

② 同上。

③ （明）闵齐华删注，孙矿评：《文选瀹注》卷十五。

④ （明）邹思明：《文选尤》，《四库全书存目丛书·集部》第 286 册，第 413 页。

⑤ 同上书，第 464 页。

晋《文选叩音》、吴淇《六朝选诗定论》中也有少数内容涉及。

何焯评点《文选》，不少内容是对篇章句旨意的揭示，同样包括两类，一类是对篇章句意义的总结说明，如对句意的点明，在“谢灵运《邻里相送方山诗》”中，在“解缆及流潮”下，何氏评道：“去之速。”在“资此永幽栖”条下，其评为：“居之安。”[①] 言语简明，再如在其《石壁精舍还湖中作》诗中，其评曰：“首联警绝，入舟句憺忘归也，林壑二句写山，芰荷二句写水，又林壑二句，所谓变气候。”[②] 逐句点评，指出各句句旨所在，语言简练易明，利于读者把握文意。

何焯对诗篇篇旨的揭示，如班固《东都赋》中“灵台诗”一条下，何氏曰：“明堂、辟雍、灵台三诗皆兴灭继绝，润色鸿业之事。后宝鼎、白雉二诗，则皆众庶悦豫，福应尤盛之事。”[③] 此条对《东都赋》所附五诗旨意进行了言简意赅的总结和昭示。此外还有对章旨的揭示，如班固《西都赋》“左据函谷二崤之阻”至“则天地之隩区焉”条下，何氏曰：“此后篇之所谓保界河山也。”再如该赋“封畿之内”至“号为近蜀”条下，何氏曰：“此叙畿内之沃饫。”[④] 像这样的例子很多，目的在于分析诗文，总结文意，利于初学者了解学习。

此外，何氏还凭借广博的学识对诸多诗文潜藏之意进行挖掘，表现在对诗文谲谏、讽谏的揭示。《文选》中的许多篇章，有些表达了作者对在上者的规谏，但是迫于强权或是限于文赋本身达意风尚，表达委婉含蓄，何焯评选中很多内容是对此类内容的揭示，如在张衡《东京赋》中，“今公子苟好剿民以媮乐”至“忽下叛生忧也”条下，何氏曰：“此皆托以讽谏之旨。”[⑤] “杨子云《甘泉赋》”条下，曰：“须看《汉书》中自叙，方知铺陈处皆讽谏也。”[⑥] 《上林赋》“天子茫然而思”至“遂往而不返”条下曰：“使之自悟，故云谲谏。”[⑦] 潘安仁《射雉赋》中“‘若乃耽槃流遁’

① （清）何焯：《义门读书记・文选》，《四库全书》第860册，第869页。
② 同上书，第873页。
③ 同上书，第645页。
④ 同上书，第643页。
⑤ 同上书，第647页。
⑥ 同上书，第650页。
⑦ 同上书，第651页。

至末”条下，何氏评道：“以下是讽。”[①] 曹植《洛神赋》“古人有言，斯水之神名曰宓妃”条下，何氏评道：“既引古人之言，则非实有所感，而特假以托讽明矣。”[②] 何氏对诗文发微抉隐的诠解，更表现在对笔法隐晦的诗作意旨的揭示，如“左太冲《咏史》诗”条下，何评道：“题云《咏史》，其实乃《咏怀》也。”[③] 一语道破左思借史咏怀的用意，可谓洞察深切。

方廷珪《文选集成》在《凡例》中讲到异于其他几家之处在于：“字句既无疑义，而前后段落，血脉承接，用意结穴，历历分明，无俟质贤师友，自可了然于展卷之下。至于一篇既终，总括大意，间以议论，尤属切要，非等卮词。”[④] 这里涉及了字词训诂、段意总结、关键语句的圈点及篇章大意总结等几个方面，尤其是对段落承接之处及篇章末都有大意总结，从而使读者对篇章内容有一个清晰把握，以《藉田赋》[⑤] 为例：

“启四途之广阼。”注：“以上言藉田之坛。”“引流激水，遐阡绳直，迩陌如矢。”注：“以上言藉田之地清新刮目。”“宫正设门闾之跸。”注：“以上十句，皆是先期夙戒以待天子启行者。”“云罕晻蔼。”注：“以上言车旗之盛。”“洪钟越乎区外。”注：“以上言乐音之盛，斯时法驾动矣。”“若茂松之依山巅也。”注：“此段从法驾将出，及已出，形容其威仪之整肃，从驾威仪整肃，则天子整肃可知，故不用写。”（按：段落大意分析同时，涉及了运笔手法。）“阳光为之潜翳。”注：“以上言观耕藉田之多。”“岂严刑而猛制哉。”注：“以上言民心喜乐，竟劝于耕。〇此段终耕藉田之事，民皆知用力于田亩。”“而存救之要术也。”注：“此段已伏下固本意平园云。以上言务农为足民备荒计自不可少。但尚是主中宾，以下从耕帝藉奉粢盛归本于天子之孝，乃是主中主。方见典礼之大，亦是一意分作两层写。”（按：主要是对承上启下之意旨进行揭示，显示作者艺术手法之精妙。）

方氏于段落间、承接处，以注文的方式总结大意，并于其中艺术手法

① （清）何焯：《义门读书记·文选》，《四库全书》第860册，第653页。

② 同上书，第663页。

③ 同上书，第669页。

④ （清）方廷珪：《昭明文选集成·凡例》。

⑤ （清）方廷珪：《昭明文先集成》卷四。

进行分析，最后总结。其评论相较宋元时期单纯知人论世的评论，既注重了对作品段落意旨的总结，又结合了诗文艺术手法等的分析，内容与形式的分析都达到了完美的统一，表明诗文评析由最初注重内容，走向了对内容、形式的双重重视，也从侧面表现了诗文诠释的不断成熟。

第六章

历代《文选》诠释中文献诠释方法研究(下)

第五章中所讲到的六类诠释方法是历代文献训诂中经常运用的，已被前人详细分析过的几类诠释方法。除此之外，在笔者研究历代《文选》文献诠释时，还发现了几类运用比较多，文献诠释作用巨大的未被详细论述的诠释方法。这几类诠释方法主要出现在明清时期的诠释著作中，是诠释成果逐渐丰富情况下出现的新的诠释现象，主要包括节略为注法、分类编撰法、汇证法，本章将对几类诠释方法进行详细交代。

第一节　节略为注法

节略为注法就是对已有的繁杂注释，削删汇纂加以精练的诠释方法。明清时期，由于科举考试中对时文的侧重，《文选》又重新被重视，出现了众多的《文选》整理读本。这些读本一个普遍的特点就是对繁杂的李善注及五臣注进行削删，编成简易读本，采用的主要诠释方法就是节略为注法。明清时期出现的删注著作众多，代表作有明张凤翼的《文选纂注》、闵齐华的《文选瀹注》、陈与郊的《文选章句》、邹思明的《文选尤》；清洪若皋的《昭明文选越裁》、于光华的《文选集评》。它们虽都采用了节略为注法，但是在具体操作上又存在着或多或少的差异：

首先，诠释体系不同，诠释目的一致。《文选纂注》、《文选瀹注》、《文选尤》、《昭明文选越裁》、《文选集评》都属于六臣注诠释体系，只有《文选章句》以李善注为诠释对象。《文选纂注·序》曰："唐有李善注，又有五臣注，其间参经例传，探颐索隐，亦云博矣。"但是二注本身又存在着很多问题，"错举则纷还而无伦，杂述亦纠缠而鲜要；或旁引效颦，或曲证添足，或均简而重出，或比卷而三见，盖稽古则有余，发明则不足。宜眉山氏有俚儒荒陋之讥，而令览者不终篇而倦生也"①。他认为李善注与五臣注缺乏条理性、诠释重心不明、征引内容繁杂等弊病。因此以简省、条理、释义明晰的纂注形式对李善注、五臣注重新进行了删繁就简的整理。洪若皋的《昭明文选越裁》，承继《文选纂注》，"（六臣注）近经吴门张伯起加以删定，然缛杂虽锄，讹舛未订"②。针对《文选纂注》"讹舛未订"弊病，进行再次省删订补。于氏《文选集评》目的是为士子提供案头翻阅的《文选》读本。《凡例》中交代其注解主要来自六臣注、余萧客《文选音义》，此外对闵齐华《文选瀹注》、方廷珪《文选集成》等也有采纳。它们的诠释重点都放在对选注的整理削删上，目的在于编选一部实用的普及性学选读本，而不重在研讨李善注与五臣注的区别。

《文选章句》虽然独依李善注，但是其诠释主要是针对"坊刻《文选》颠倒棼乱，每以李善所注窜入五臣注中，因重为厘正，汰其重复，斥五臣而独存善注。"③ 细究其删注内容，多是节取李善注中对事类、人物等的注释，诠释目的同样是提供简明读本，并非为考究李善注原貌。由此可见节略为注类诠释著作学术意义不强。

其次，节略为注法都是本着删繁就简原则进行。六臣注诠释体系的著作，主要是对李善注中的引文为释内容、追溯语源内容，六臣注中释义过于简易内容进行削删。以闵齐华《文选瀹注》为例，左思《魏都赋》："丧

---

① （明）张凤翼：《文选纂注》，《四库全书存目丛书·集部》第285册，第22页。

② （清）洪若皋：《昭明文选越裁·序》，《四库全书存目丛书·集部》第287册，第682页。

③ （清）永瑢、纪昀：《四库全书总目·文选章句二十八卷提要》，《四库全书存目丛书·集部》第286册，第394页。

乱既弭而能宴，武人归兽而去战。萧斧戢柯以柙刃，虹旍摄麾以就卷。斟《洪范》，酌典宪。观所恒，通其变。上垂拱而司契，下缘督而自劝。道来斯贵，利往则贱。囹圄寂寥，京庾流衍。”善引旧注：“《尚书》曰：往伐归兽。桓谭《新论》，雍门周说孟尝君曰：以强秦之势伐弱燕，譬犹礴萧斧以伐朝菌也。马融《广成颂》曰：建雄虹之长旍。《洪范》，箕子陈政术之篇也。《易》曰：观其所恒，而天地万物之情可见矣。又曰：通其变，使人不倦。《老子》曰：圣人执左契而不责于人，有德司契，无德司彻。”李善曰：“《毛诗》曰：丧乱既平，周公摄政，弘化弭乱。《司马法》曰：以战去战，虽战可也。柙，胡甲反。《尚书》曰：垂拱而天下治。《庄子》曰：缘督以为经，可以保身，可以全生。司马彪曰：缘，顺也。督，中也。顺守道中，以为常也。《礼记》曰：仲春省囹圄。《文子》曰：法宽刑缓，囹圄空虚。《毛诗》曰：曾孙之庾，如坻如京。郑玄曰：庾，露积谷也。”[①] 翰曰：“弭，平也，言天下既平而能为宴乐，武王归马放牛去其战士。萧斧，越斧也。戢剑其柯藏柙其刃，虹旍画为虹者，摄收其麾旌以卷藏之。皆示不服用也。洪，大。范，法言。理天下之大法典常也。言息兵革当安人故斟酌大法与常宪，不可失之也。观人之恒理，谓使知其情通而变之，使其不倦，上则垂衣拱手执法契以御天下，缘，顺。督，中，下则顺乎中道而自劝勉，而复贵道贱利。囹圄，狱也。寂寥，空也。京，大。庾，仓也。流衍，积多也。”[②] 闵氏删注曰：“萧斧，越斧也。洪范，治天下大法也。观所恒，通其变，《易》词也。缘，顺也。督，中也。语出《庄子》，庾，仓也。”[③]

对比闵氏节略内容与六臣注：首先，闵氏删掉了李善注中大量追溯语源的引文，如其中“《毛诗》曰：丧乱既平，周公摄政，弘化弭乱”乃是追溯了“丧乱既弭”的语源，“《司马法》曰：以战去战，虽战可也”追溯了“去战”的语源，等等，此类内容都被闵氏删去。其次，删掉了李善注中间接引文释义的内容，如李善注曰：“司马彪曰：缘，顺也。督，中也。”直接采用了五臣注中的“缘，顺。督，中”。再次，删掉了简单字词

---

① （梁）萧统编，（唐）李善注：《文选》，第 283 页。

② （梁）萧统编，（唐）李善等注：《六臣注文选》，第 131 页。

③ （明）闵齐华删注，孙矿评：《文选瀹注》，《四库全书存目丛书·集部》第 287 册，第 76 页。

句的释义，如翰注中“弭，平也。言天下既平而能为宴乐，武王归马放牛去其战士”。综上所述，闵氏在删注中多采用了六臣注中简明扼要的直接释义的内容，而对李善注大量引文内容及五臣注中太过简易的内容给予删除，为读者提供了一个言简意赅的选注版本。六臣注尤其是李善注的大量文献资料被删减，这种为了选注的简明而造成文献信息的大量削减是删注体著作的共同弊端。

再以于光华《昭明文选集评》为例，如《思玄赋》：“执雕虎而试象兮，阽焦原而跟趾。”善引旧注：“雕虎象，兽名也。……阽，临也。焦，石名也。跟，踵也。尸子又曰：莒国有石焦原者，广五十步，临百仞之谿，莒国莫敢近也。有以勇见莒子者，独却行齐踵焉，所以称于世。夫义之为焦原也亦高矣，贤者之于义，必且齐踵，此所以服一时也。”善曰：“雕虎以喻贫，试象以喻竭力，焦原以喻义。言己以执雕虎之贫穷，愿竭试象之力，而守焦原之义。上句为此张本。《汉书》曰：贾谊曰：安天下阽危若是，而上不惊者。臣瓒曰：安临危曰阽。”[①] 于氏删注：“雕虎象，兽名，阽，临也。焦原，见《魏都赋》。善曰：‘雕虎以喻贫，试象以喻竭力，焦原以喻义，言己以执雕虎之贫穷，愿竭试象之力，而守焦原之义，上句为此张本。’”[②]

加点者是两者重合处，于氏摘选了直接释意内容，大量的引文被削删。此外，《文选尤》把正文中的注释全部删掉，只在必要处以眉批方式墨笔诠释。诠释内容主要是字、词、文句及典故，音释则用小字在文中所释字旁标注出。此类诠释在《文选尤》中所占比重很少，酌情标注正是为了另一诠释方面——评点诗文做铺垫。在《文选尤》中，删注成为了评点的辅助诠释手段。

对于李善注诠释体系的《文选章句》，其删注原则同样是删繁就简，主要体现在几个方面：

(1) 删浅近。即：“文辞粲如，上下无所凝滞，安事采摭，故刊浅近。”

(2) 删重复。即：“探源讨流，期于涣释，一篇之中，子史不无先后见，故汰重复。”

---

① （梁）萧统编，（唐）李善注：《文选》，第653—654页。着重号为引者所加。

② （清）于光华：《重订昭明文选集评》卷十五。着重号为引者所加。

（3）删经书。《序》中其称“无弗习孔、曾、思、孟者，故删书。”

（4）删本书互引。《序》中曰：“文家务益其所能，注家务损其所知，援棁证楹，不离同室，故削本书互引。”①

此外，诸家节略后的注文引文出处标识不严谨，摘选意释内容多不标出处。像《文选纂注》、《昭明文选越裁》等，几乎很少对引文出处进行标注。有的虽然有标注，但是没有贯穿始终，且对待不同的情况标注也不同。以《昭明文选集评》为例，其摘录的直接释义内容多不标出处。如陆机《叹逝赋》“伊天地之运流，纷升降而相袭”，注曰：“伊，谁也。升降谓天地气上下也。”② 没有标出其注来源。但是对于五臣与李善注正文内容有异者，常于注中标出。如《文赋》“立片言而居要，乃一篇之警策”，注曰：“五臣‘而居’作‘以居’。”③ 全句引用，有的标出出处，如颜延年《五君咏》中《嵇中散》首，“中散不偶世，本自餐霞人”，其注曰：“《晋阳春秋》：嵇康性不偶俗。”④ 采用《文选》诠释著作内容，都明确标出出处，如《东京赋》“纪禅肃然之功”，注曰：“《集成》：肃然，山名。《史记·封禅书》：丙辰禅泰山，下趾东北肃然山，如祭后土礼。”⑤ 此注采用了方廷珪《昭明文选集成》的内容，则在注中明确标明。诠释体例不是很统一。

再次，标注数量大大减少，节略为注著作只是为士子提供案头翻阅的《文选》读本，篇幅上力主简省。不仅注释内容大量省简，标注数量也大大减少。以《文选纂注》与《昭明文选越裁》中班固的《两都赋》为例，《文选纂注》在十五处有注，《越裁》只在其中四处有注，而其注解也多数是依照《文选纂注》再作省删的结果。于光华《集评》中，把一些诗文注解全部删掉。即《凡例》中所提倡的“间有习见习闻，乃前后雷同复出处，概从节略，以便省循”。某些内容简单的篇章，注解所剩无几，如《鷦鷯赋》，全篇只剩下注解八处，正文中音释七处。页面简洁，注解不繁琐，便于初学者阅读。这种大刀阔斧的删削，显示出了于氏取舍选注上的魄力。于氏在删注取舍上的得力，使得《文选集评》在有清一代影响巨

① （明）陈与郊：《文选章句·序》，《四库全书存目丛书·集部》第285册，第534页。

② （清）于光华：《重订昭明文选集评》卷四。

③ 同上。

④ 《重订昭明文选集评》卷五。

⑤ 《重订昭明文选集评》卷一。

大，得以一再翻版和增订。

诸家都对音释内容进行了省删，以张凤翼《文选纂注》与《四部丛刊》本六臣注正文音释对校，在班固《西都赋》一文中，六臣注本共出现了一百二十三处音释，在《纂注》中共出现了四十九处音释，数量减少了三分之二。注内的音释内容也同样减少，如祢衡的《鹦鹉赋》中音释“鹉，一作鹖，莫口切”删掉。正文“射（亦）”这一音释内容转入注文中：“射，音亦。”[①] 可见在《纂注》中对正文、注文的音释都进行了省删。

另外，各本标注位置不同。《文选纂注》、《昭明文选越裁》、《文选集评》都遵循了六臣注正文中句下标注的形式。《文选尤》删掉了正文中的选注，只是在需要的地方以眉评方式注释。《文选瀹注》、《文选章句》则采用了划分章句，在章句后作解的方式。其中闵齐华指出采用章句方式作解的原因：六臣注于文中断句作解的方式，割裂文义，殊不成章。采用“文之长者寻其段落，离析之，随以注附于各段之下，其短者及诸诗俱载于一篇之终”[②]。闵氏认为分章句注解，可使“庶览者不难于索解，而亦无至于眴目也”，显示了不同的诠释特色。

节略为注诠释方法的优点：

（1）简练注释，易于把握。李善注引文繁琐，有的引文意义重复，追溯语源的引注内容更与释义无涉。节略为注诠释重在释义内容的纂集，删掉了大量引文内容，从各家选注，主要是李善注和五臣注中选取、融合合适的释义内容，对《文选》篇章作出言简意赅的诠释，正如《四库提要》中所说的：“诠释义理可以融会群言。”有的直接以己意断之，意义鲜明，释义中心突出，删减后的《文选》注本因为大都简单易懂，为选学的普及提供了很好的帮助。

（2）篇章卷帙大量减少。无论是李善注《文选》还是六臣注《文选》，卷帙浩博，不利于初学者翻阅。《文选纂注》删节成为十二卷，《文选瀹注》三十卷，《文选尤》十四卷，《文选章句》二十八卷，《昭明文选越裁》十一卷，《文选集评》十五卷。删节后的版本内容减少了许多，许多繁富

---

① （明）张凤翼：《文选纂注》，《四库全书存目丛书·集部》第285册，第138页。

② （明）闵齐华删注，孙矿评：《文选瀹注》，《四库全书存目丛书·集部》第287册，第7页。

难懂的历史典故、名物性状的解释都被删掉，简约成为简明易读的《文选》注本，为初学者提供了比较通俗的学习读本。

总之，由于删减后的《文选》注本通俗易懂，诠释简明扼要，融会群言基本恰当等优点，比较利于初学者学习、阅读。故在明清大部分时期里受到士子的青睐。

节略为注诠释方法的阙失：

（1）引注不著所出。即如《四库提要》评《文选纂注》时所说的："是书杂采诸家诠释《文选》之说，故曰纂注。然所引多不著所出。"[①] 这不著所出表现在两个方面，一方面是不著明选取注家来源，其注解内容几乎都是在李善注、五臣注基础上，根据理解加以择取。但是极少标注取自李善注还是五臣注。另一方面，不标注引文出处。在摘录引文内容时，常常将引文著者或是出处删掉。

（2）削删了大量的引文内容。节略为注以释义为准的，不重视征引典实、追溯语源，故李善注征引的一千七百多种文献资料大量削删。从文献资料的保存看，几乎消失殆尽。李善注文献资料汇存价值因为其削删而消失殆尽。

（3）纂注内容的选择主观性太强。节略为注过程中对李善注、五臣注等的删选，多由诠释者凭借自己的理解选定，李善注和五臣注等无论是在达意方式上，还是意义诠释上都是不同的，这决定了删注者的选择带有很大的主观性，而且删注者只是删选前人选注，至于期间的不同原委并没有做进一步的考证工作。

（4）学术意义不大。节略为注法诠释重点在于方便初学者学习掌握，既不重视对李善注、五臣注的区分研讨，又不重视对选注尤其是李善注的完善增补，更没有对其中疑难问题进行考据、探讨，而是删繁就简，避重就轻，对选学的发展没有起到任何推动作用，学术研讨意义欠缺。

---

① （清）永瑢、纪昀：《四库全书总目·文选纂注十二卷提要》，《四库全书存目丛书·集部》第285册，第527页。

第二节 分类编纂法

分类编纂法，即按照类别对相关文献给予汇纂，对学习研究相关问题提供帮助。在历代《文选》诠释中，随着诠释成果的丰富，大量同类诠释内容出现。从文献整理意义出发，一些选学家对此类内容进行了按类汇纂，汇集的成果利于后人查阅《文选》诠释中某一领域内容。虽然于选学的发展开创意义不大，但是却为后人学选研选提供了很大帮助。在历代《文选》诠释中，此类诠释方面运用比较多的代表著作有清汪师韩的《文选理学权舆》、孙志祖的《文选理学权舆补》及李详《李善文选注例》一文。

汪师韩《文选理学权舆》共分为八门，加上最后质疑部分，共计九部分内容。这些内容都是按照类别汇辑的。汪氏将主要精力用于对《文选》诠释成果按类汇纂，为他人学习、研究《文选》及善注提供方便，这在《文选》诠释中是比较特殊的。纵观历代《文选》诠释，不管是隋唐时期对《文选》进行的基本字词意义的训诂诠释，明朝评点类诠释兴盛时对《文选》诗文赏析评定等文学性诠释，还是清代考据学大盛时注重考辨疑误、拾遗补阙的研究性诠释，大都针对《文选》某一领域展开开拓性诠释。而汪师韩对《文选》及李善注所做工作主要就是对已有诠释成果的分类汇辑，其诠释意义不在于诠释新意的产生，而在于旧有诠释成果的整理。是《文选》诠释史上比较特殊的一类诠释，涉及了以下几个方面：

一 对《文选》篇章撰人的汇纂

《文选理学权舆》第一门是对《文选》诗文著者、著作按照朝代顺序给予汇辑整理。如：

> **周 卜子夏** 《毛诗序》
>
> **屈原 平** 《离骚经》 《九歌》六首 《九章》一首 《卜居》 《渔夫》

对于《文选》著述不明内容给予考证，考据所依据文献有：“周四家、秦一家，汉后汉各十七家，季汉吴各一家，魏十五家，晋四十六家，宋十三家，齐六家，梁九家。”[①] 至于无名氏之诗二十三篇，其《序》曰：“但于各人之下分隶所撰篇目，取便检观。”对于此二十三篇，其处理方式为：

古辞 古乐府三首 古诗十九首 古词君子行[②]

此外，对于前人早有疑问的选文著者，如苏李诗，依照原貌著录：

李少卿 陵 与《苏武诗》三首 《答苏武书》
苏子卿 武 《诗》四首[③]

汪氏对前人已有怀疑的著者，依照《文选》原有著者著录，尤其对可能是后人伪托的著作，亦然依照所伪托的时代编排，便于人们察检及从宏观上把握。

二 对李善注征引书目的汇纂

李善注征引内容博洽，汪氏按照经史子集方式给予分类汇辑，据其《序》载：“四部之录诸经传训且一百余，小学三十七，纬侯图谶七十八。正史、杂史、人物别传、谱牒、地理、杂术艺凡史之类几及四百。诸子之类百二十，兵书二十，道释经论三十二，若所引诏、表、笺、启、诗、赋、颂、赞、箴、铭、七、连珠、序、论、碑、诔、哀词、吊祭文、杂文集几及八百。”[④]《文选》篇章之间的互引，则不收录。

李善注中收录了大量唐及其前的文献资料，汪氏称李善“注所引书，新旧《唐书》已多不载，至马氏《经籍考》，十存一二耳。若经之三十六纬，史之晋十八家，每一雒诵，时获异闻”[⑤]。可见李善注是搜辑亡书异闻的宝库，对于辑佚、考据等有很大帮助，而汪氏倾其心血，将如此繁杂内容整理类辑，为后人了解李善注征引文献概貌提供了巨大帮助。

---

① （清）汪师韩：《文选理学权舆》，《续修四库全书》第1581册，第2页。

② 同上书，第4页。

③ 同上。

④ 同上书，第3页。

⑤ 同上书，第2页。

三　对李善注收录旧注的汇纂

李善对于前人旧注多有吸收，汪氏对此类内容进行了汇辑，以利读者对此类内容的了解。收录旧注知名者二十三人及未知名者，以利查询。并对收录旧注篇目做了统计，共赋十七篇，楚辞十七，设论符命各一，连珠五十，对于这些内容李善都在注中给予注明。其类辑方式为：善注明确标明旧注注者的，如："《蜀都赋》　刘逵注"[①]；善注中没有标明注者的，如："《答宾戏》　旧注。"[②]

四　对李善注中订误内容的汇纂

分类汇辑了李善对正文、注文及相关文献讹误进行考辨订正内容。即汪氏所说的："(李善)以注订行文使事之误，又因文以订他书之误，或选自误及别本误者。"这里针对的主要有以下几个方面：(1)善注中订正的选文使事用典之误；(2)与《文选》相关的他书之误；(3)选文之误；(4)别本之误。阅读其书，根据汪氏加以类辑的具体内容，所类辑的李善注中订误内容共包括以下几个方面：李善注考辨正文及相关文献讹误内容的类辑，此类内容又包括李善纠正著者行文使事之误内容，如"殷宗"条；李善注纠正流传中造成疑误的内容，如"中书令"条、"珠缀"条等；李善纠正著者行文用事之误内容，如"韩延寿赵广汉"条、"一日九迁"条等；李善以选文订正他书之误内容，如"幸甘泉"条；据李善注考证选文顺序之误内容，如"曹王陆左何潘前后"条；选文篇目分合考辨内容，如"扶风歌"条。

此类内容涉及方面众多，有关于《文选》正文的，有关于《文选》相关其他文献的，还有关于《文选》编排顺序的，等等。此类内容的汇辑，一方面利于读者以辨正的眼光看待《文选》，从而进行综合把握。另一方面还有利于读者了解《文选》中存在的问题，为他们进一步的考辨提供课题。

---

① (清)汪师韩：《文选理学权舆》，《续修四库全书》第1581册，第54页。

② 同上。

五　对李善增补《文选》中阙脱内容的汇纂

汪氏《序》曰："选内脱落之句，删节之文，互异之本，李氏补者有五焉。"① 有补充脱落一两句者，如"诸葛亮《出师表》云：'则戮允等以章其慢"，条汪氏引注说明道："注曰：《蜀志》载亮《表》云：'若无兴德之言，则戮允等以章其慢。'今此无上六字，于义有阙误矣。"② 还有对补充几段删节者的汇辑，如"任昉《奏弹刘整》"条，汪氏先概述原文范围："'谨案齐故西阳内吏刘寅妻范诣台诉，列称，云云，至'整即主'，凡八百余字。"再列李善注："昭明删此文太略，故详引之令与弹相应也。"③ 李善注此类内容，补充了选文，有其特殊的诠释意义。而汪氏对此类内容的汇辑，可以帮助读者迅速把握此类情况，对了解相关《文选》诗文情况，研究和了解李善注提供了便捷。

六　对李善辩论《文选》有关问题的汇辑

李善注中考证辩论选文中有关内容的注释，即汪氏所说的"史有不载之事，文有率成之篇，一事而说有数端，两说而义可并取，李氏一一辨其得失"④。此类内容约有四十三条。如"耕用牛"一条，潘岳《籍田赋》中"緫犗服于缥轭兮，绀辕缀于黛耜"及"坻场染屦，洪縻在手。三推而舍，庶人终亩"几句的李善注揭明晋时耕地用牛，后句又言"推"，乃是沿古成文。李善注进一步引《国语》的虢文公关于"王耕一拨，班三之，庶人终于千亩"，指出此与《礼记》不同，潘岳行文中杂用了二者。⑤ 李善注中的此类辩论实则是对选文的考辨分析，利于读者把握选文。

此外对两说并立、难以考辨孰是孰非者，李善常常在注中并存。此类内容汪氏也进行了汇辑。如鲍照《放歌行》之"将起黄金台"中之"黄金台"之解释，王隐《晋书》及《上谷郡图经》中对黄金台的著录，其意有异，李善一并收录。从此类内容的汇辑，我们可以看出，不管是对疑误问题的考辨，还是对说有数端者，李善或一一辨之，或异文俱采，显示了其

---

① （清）汪师韩：《文选理学权舆》，《续修四库全书》第 1581 册，第 3 页。

② 同上书，第 61 页。

③ 同上

④ 同上书，第 3 页。

⑤ 同上书，第 63 页。

严谨的治学态度。此类内容的汇辑，有利于对李善注中考辨疑误内容及异说并存情况的把握。同时也为清代的选学家提供了考据的课题。

七　对李善诠释《文选》中“未详”内容的汇辑

李善虽博览群籍，征引详赡，但是还是有一些内容尚未解决，李善注释态度严谨，一般都在注中注明“未详”，汪氏对此类内容进行了汇辑，共计九十九条，涉及了对人物、名物、山水地名、历史遗迹、典故等多方面内容。这些内容都是清代考据家集中考证的内容。

八　历代儒者评论《文选》及选注内容的汇辑

此类内容涉及广泛，除了新旧《唐书》等史书中有关《文选》的相关内容外，绝大部分篇幅收录的是自唐到明众多选学大家论述《文选》的有关文献资料。包括唐李匡乂《资暇录》、丘光庭《兼明书》，宋苏轼《答刘沔书》、王应麟《困学纪闻》、洪迈《容斋随笔》、《唐子西语录》、晁公武《郡斋读书记》、陈振孙《直斋书录解题》，明清之际方以智的《通雅》、顾炎武的《日知录》等。虽对前代选学家评选资料的汇辑尚有疏漏，但是自唐宋到明清，著名学者重要笔记、信札中关于《文选》的评论大多收录。此二卷内容无疑是清前选学大家评选论选重要资料的汇总，为后人研究选学提供了很大的方便。也为研究者提供了研究资料、线索。

孙志祖《文选理学权舆补》是对汪师韩《文选理学权舆》的补充之作，诠释方法上也采用了分类编纂法。其中对颜师古《匡谬正俗》、杨慎《丹铅录》、朱翌《猗觉寮杂记》三书中关于《文选》内容的分条汇辑，属于对笔记类选学条目汇辑。

此外需要注意的是清末李详《文选学著述五种》中《李善文选注例》，对《文选》李善注义例进行了汇辑。在《李善文选注例序》中，李详曰：“古人著书，例即见于注中。李善《文选注》，首举‘赋甲’，存其旧式，《两都赋序》以下继之，皆例也。钱警石先生《曝书杂记》曾揭善注之例，而惜其未备。今广钱氏之采，加以案语，庶几备选学之一称云。”[①] 这种对《文选》某类内容进行汇集的诠释方法当为分类编纂法。

其搜辑出的李善注义例共二十三条，但其中并不全是李善注义例的汇

---

① （清）李详：《李善文选注例》，《李审言文集》，第153页。

辑。其中：

曹大家《东征赋》："谅不登巢而椓蠡。"注："陈思王《迁都赋》：'椓蠡蜊而食蔬'，陈思之言盖出于此。"案："此即善引后明前之例。"（156 页）

谢惠连《雪赋》："愁云繁。"注："班婕妤《捣素赋》：'对愁云之浮沉。'然疑此赋非婕妤之文。行来已久。故兼引之。"案："善于此不敢援举先明后之例，盖其慎也。"（156 页）

江淹《杂体诗》："日暮巾柴车。"注："《归去来》曰：'或巾柴车'。郑玄《周礼注》曰：'巾，犹衣也。'"案："此善各随所用而引之之例，与《琴赋》引宋玉《对问》同。"（157 页）

陆机《演连珠》："绝节高唱，非凡耳所悲，是以南荆有寡和之歌。"注："《宋玉集》：'楚襄王问于宋玉，宋玉对曰：绝节赴曲。'云云。"案："善引《宋玉集》，不引本选宋玉《对问》者，以此有'绝节赴曲'，可证士衡祖述有自。此与《琴赋》引《对问》'陵阳白雪'，各随所用引之。可见善注兼搜异本，不轻以未见、未详所出了事。书簏之称，信不虚也。"（157 页）

在李详搜辑的二十三条义例中，上面四条都是举例证李善注义例的。因此真正属于李善注义例的只有十九条。这十九条中，多有"他皆类此"、"余皆类此"为标识，还有一些需要通过仔细揣摩其潜藏的义例。如张衡《思玄赋》"旧注"条：

（李善）注："未详注者姓名，挚虞《流别》题云衡注，详其义训，甚多阙略，而注又称愚以为，疑非衡明矣。但行来已久，故不去。"①

① （清）李详：《李善文选注例》，《李审言文集》，第 156 页。

此例揭示了在引用旧注时，多标明旧注注者姓名，但是对于不知名者、或对其注者有疑问的，则直接标以“旧注”，这一例实则揭示了旧注注者标注义例。

综上所述，分类编纂法有效地汇辑了《文选》诠释中，尤其是李善注中的各类诠释内容及诠释义例，为读者全面了解《文选》及李善注提供了帮助，为后人研究、了解选学研究状况提供了很好的文献依据。

第三节　汇证法

清代嘉庆年间考据学大盛，由于《文选》李善注、五臣注的混杂及李善注的淹博，引起众多考据家的兴趣，出现了针对同一条目反复考据的现象。其间或为承继关系，或为批驳关系，层层累加，后人再作考证时，很有必要对这些相同条目进行汇总、比较，在此基础上再作研究。于是在清代选学诠释著作中出现了一种新的诠释方面：汇证。所谓汇证，就是针对已经被考证过一次或多次的条目再作考证时，诠释者常常先对前人研究成果进行汇辑，然后再在此基础上进行进一步的考证。在具体诠释中又分为两种情况：如果前人已经进行了充分翔实的考证，得出了令人确信的结论，则只汇辑其成果，不再作进一步的分析考证，即以汇为证，此类诠释重在总结。如果前人考据结论不能令人信服，或是还有更好的证据给予补充时，则在汇辑前人成果的基础上，或驳或补，给予再次的考据或是增补，即先汇后证，此类诠释重在证发。这些都是汇证法的具体形式。

汇证法的出现，是学术发展的必然结果。清乾嘉间，精于考据的选学大家对《文选》有关问题进行了信而有征的考证。如何焯、徐攀凤等人，他们的考证很多接近确论。其后的选学家再对相关问题进行考证时，不能回避他们的成就，对他们成果的汇辑成为进一步诠释的必要步骤，因此汇证法的出现是学术发展的必然。

汇证法的价值主要在“汇”与“证”两个方面。其中“汇”的内容，主要是对其前选学家们考辨《文选》正文、注文的内容进行汇集，涉及校勘讹误、考辨疑误、拾遗补阙几个方面。“证”的内容，有的是对诸多相关考证意见的审断，有的是根据新的文献及研究方法、研究角度，对其进行考证、增补。基于文献汇辑基础上的考证，有利于选学发展脉络的梳理发展，是此诠释方面最可称道之处。

汇证法与引文为释都存在对文献资料的征引，但是二者截然不同，李善引文注释的目的，或是追溯语源，或是征引典实，或是引他书相关内容的训诂代为注释。通过对这些文献征引，达到对文句原意的揭示。而在清人考据中，经常出现的汇证法，虽然也是以引文为主，但是所汇辑的是其前选学家对同一问题的考辨，所证的也是在前人考据成果基础上的再次研讨。引文为释目的是原意的揭示，汇证的目的是研究成果的汇总、证发。引文为释是《文选》诠释初级阶段产生的诠释方法，汇证是选学成果繁富前提下产生的诠释方法。

汇证是一种综合性诠释方面，涉及校勘、考辨疑误、文学评述等多个方面，与单纯的考辨、训诂、校勘、评述等不同。判断是否为汇证法的一个突出方面，就是考辨、评释内容中是否引用了他人针对同一条目的考辨成果。下面举例说明汇证法与单纯考据之间的区别：

徐攀凤《选注规李》“佅僸兜离”一条：

> 注阙“兜”字之义。
>
> 案：《白虎通》：“南夷之乐曰兜，西夷之乐曰禁，北夷之乐曰昧，东夷之乐曰离。”或谓“兜”乃“任”字讹，但此四句恰好作此赋注脚，且俱出孟坚之手，或当时本作兜也。至于说乐是一，而字并不同，盖古音有轻重，李注已明言之矣。[①]

再看张云璈《选学胶言》中“僸佅（字序与上例相反）兜离”条：

> 汪韩门太史《文选质疑》云：“‘僸佅兜离’罔不具集注中，阙‘兜’字未释，‘兜’即任也。见《白虎通》，此注之疏也。”云璈按：“李注明云说乐是一，而字并不同，盖古音有轻重也，正以南夷之‘任’释‘兜’未可为疏，但未明引《白虎通》耳。”[②]

二条都是针对《东都赋》中“僸佅兜离”（徐攀凤为“佅僸兜离”），关于

① （清）徐攀凤：《选注规李》，《清代文选学珍本丛刊》本，第119页。

② （清）张云璈：《选学胶言》，《四库未收书辑刊》捌辑第30册，第177页。

“兜”字的解释，徐氏《纠何》乃是清考据学兴盛时期出现的典型的朴学之作，其考辨引《白虎通》给予注释，再依据它进行其考论。张氏此条则是先引汪师韩《文选理学权舆》中关于此条考辨内容，后加按语给予考证。这种引用时人考辨，再进行的考辨与最初的不依傍他人的考辨是不同的，表现出了先汇后证或以汇为证的考辨特点，前者是开创性的，后者是总结性的，或总结基础上的发展。从考据学上看，前者考证为亲力亲为，考据之功大。后者考证有他人成果，总结之功大，但是于学术发展不如前者。

汇证法在《文选》诠释中运用也经历了一个逐渐发展的过程。虽然汇证法是清代中后期出现的一种普遍的诠释方法，但是并不是从清代才开始出现，在元刘履《选诗补注》中对选注讹误，尤其是五臣注之讹误进行考辨，就曾运用过汇证法，如《挽歌诗》之题解，李周翰认为《挽歌》起于田横之客，刘履引王应麟说曰：“《左传》有虞殡，《庄子》载绋讴，则《挽歌》非始于田横之客。”① 针对李周翰对《挽歌》源于田横的论断，刘履引王应麟之考据进行批驳，指出在其之前的《左传》、《庄子》中，已经有了关于《挽歌》的记载，以前人考证对其说进行批驳，是汇证手法中以汇为证手法的运用。

不过此法的普遍运用还是出现在清朝，如孙志祖《文选李注补正》、胡绍煐《文选笺证》、梁章钜《文选旁证》、朱珔《文选集释》等选学诠释著作，汇证法应用广泛。孙志祖《文选李注补正》共五百七十一条，运用汇证法诠释的条目占了一半以上，涉及补阙、辨正各个方面。在梁章钜《文选旁证》中，校勘内容占据了大部分，训诂、考辨疑误内容其次，“汇证”手法在这些内容的诠释中运用普遍。朱珔《文选集释》在地理、名物、文字训诂、校勘等多个方面，汇辑曩哲、时贤的众多考证成果，并在诸家异说基础上进行了分析。

汇证法在《文选》诠释中运用到多个方面，主要集中在校勘讹误、考辨疑误、拾遗补阙几个方面，另外在文学赏析中也存在此类诠释，方法上包括先汇后证和以汇为证两类方法，所谓先汇后证，即先汇辑先哲、时贤的考证成果，后对其说进行证发、增补或是纠正。以汇为证，就是汇辑先哲、时贤的考证成果，以此为证不再对其进行证发、说明。下面分类举例论述。

---

① （元）刘履：《风雅翼·选诗补注》，《四库全书》第1370册，第42页。

一 校勘讹误内容的汇证

（一）先汇后证

注“下跣而上坐者谓之宴”，梁章钜《旁证》：“段氏玉裁校曰：‘下字衍。’按：《初学记》十四引亦无下字。而王应麟《诗考》引有，是宋时本如此。”[①] 引段玉裁的校勘，指明“下”字衍，后梁氏通过对《初学记》、《诗考》中相同内容的考校，指出宋本如此的结论。再如孙志祖《文选考异》中对他人校勘内容的先汇后校，如在《西都赋》中，“合欢增城”，何焯校“城”改“成”，孙氏引《西京赋》：“增成合欢”亦作“成”，以证何校。[②]

2. 以汇为证

《吴都赋》“与士卒之抑扬”，《旁证》：“何校‘抑扬’改‘扬抑’，陈曰：‘抑，叶韵是也。’”[③] 梁氏只列何、陈二人校语，没做进一步考证。

二 考辨疑误内容的汇证

（一）先汇后证

如李详《选学拾沈》中陶潜《归去来辞》“或命巾车”条：

> 注：“《孔丛子》曰：‘孔子歌曰：巾车命驾，将适唐都。’”详案：桂馥《札朴》七：“江文通《拟陶田居诗》：‘日暮巾柴车’，李善注云：‘《归去来》曰：或巾柴车。’是李善本原作‘巾柴车’，后人改之。”愚谓，桂说非是。善引《孔丛子》，是昭明原本作“命巾车”，江诗注系据渊明集本。善每有此例，所谓各随所用而引之，是也。[④]

针对李善注在陶渊明《归去来辞》及江文通《拟陶田居诗》中一为“巾车”，一为“巾柴车”，桂馥据后者认为善本原作“巾柴车”，李详则认为这是李善注“各随所用而引之”之例的表现，以此推论桂说非，先汇辑桂

---

① （清）梁章钜：《文选旁证》，《续修四库全书》第1581册，第224页。

② （清）孙志祖：《文选考异》，《续修四库全书》第1581册，第142页。

③ （清）梁章钜：《文选旁证》，《续修四库全书》第1581册，第278页。

④ （清）李详：《选学拾沈》《李审言文集》，第25页。

馥成说，后给予辩驳。

（二）以汇为证

梁章钜《两都赋序》“先臣之旧式”条：《旁证》：“孙氏矿《瀹注》校云：先臣当指司马相如以下诸臣也，济注以先臣为皋陶，恐非。”[①] 此例只是引用了孙矿考辨内容，没有再作进一步的证发说明。孙氏《补正》中标为“正”类的诠释，多是针对疑误阙失的订正，如对李善讹误的订正，如《讽谏诗》“‘斯惟皇士’，注‘皇士，美士也’”条，孙氏正曰：“何云：‘谓天子之命士也。注非。’”[②] 孙氏引何焯成说，纠正李善注对“皇士”解释之误。

三　拾遗补阙内容的汇证

（一）先汇后证

对于《文选》正文中字、词、名物等给予补释、补评，常常先汇辑相关文献中的解释，再给予考证。下例是《文选旁证》中他人代为考证的一条：

> “车子年十四。”注：《左氏传》曰：“叔孙氏之车子鉏商获麟。”《旁证》：“杜注：‘车子，微者。’《春秋内传古注辑存》引服虔曰：‘车，车士，微者也。子姓，鉏商名。’王肃曰：‘车士，将车者也。’案：《家语》亦云：叔孙氏之车士曰子鉏商，疑非此所云之车子。姜氏皋曰：《魏文帝集·答繁钦书》曰：‘固非车子喉辅长吟所能逮也。’是车子为当时之歌者，或亦如《搜神记》所载之张车子生车间，名车子也。事又见本书《思元赋》注。”[③]

先列出杜预、服虔、王肃对车子的解释，又列姜皋的考证给予补充。前边是对前人研究的汇辑，后边姜皋的考证是对前代出现的异说的补释，代梁氏考证。再如孙志祖《文选李注补正》中《四愁诗》“张衡不乐久处机密”条，孙氏先列王观国《学林》曰：“此序非衡所作也。岂有为相而斥言国

① （清）梁章钜：《文选旁证》，《续修四库全书》第1581册，第209页。

② （清）孙志祖：《文选李注补正》卷二。

③ （清）梁章钜：《文选旁证》，《续修四库全书》第1581册，第572页。

王骄奢不遵法度，又自称下车治威严，郡中大治者。”接着孙氏补曰：“《后汉书·张衡传》知序乃史辞也。辞有不同者，盖撰《后汉书》者非一家，后之编集衡诗文者，增损之耳。”①

（二）以汇为证

直接引用时人的考证成果考证、补释李善注，相当于疏。

> （《幽通赋》）“匪党人之敢拾兮”。注：“拾，更也。”
>
> 《旁证》：“桂氏馥曰：‘《仪礼·乡射礼》取弓矢拾。疏云：递取弓矢也。《礼记》：投壶，左右告矢，具请拾投。疏云，宾主更递而投也。’”②

直接引桂馥对《仪礼》、《礼记》中有关“拾”的义疏，补充注释李善注中“拾，更也”之意。没有再作进一步的说明、补充，是以汇为证手法的运用。再如在《选学拾沈》中，宋玉《招魂》“路贯庐江兮左长薄”条：

> 详案：“洪亮吉《晓读书斋初录》上：‘长薄即今归德府商丘县，汉薄县故城在西北，古所云南亳也，正在庐江之左，薄、亳古字通。’”

李善注中“长薄”只是简单地解释为“地名也”，李详引洪亮吉《晓读书斋初录》中的解释给予补充，没有再作进一步的考证，是以汇为证手法的运用。

此外在文学性诠释中也存在汇证手法的运用，如在孙志祖《文选李注补正》中，《古意酬到长史溉登琅邪城诗》“上谷拒楼兰”条：

> （孙氏）补曰：“顾炎武《日知录》云：‘上谷在居庸之北，而楼兰为西域之国，在玉门关外，即此一句之中，文理已自不通，其不切琅邪城，又无伦也。’”③

---

① （清）孙志祖：《文选李注补正》卷二。

② （清）梁章钜：《文选旁证》，《续修四库全书》第1581册，第374页。

③ （清）孙志祖：《文选李注补正》卷二。

通过对其中地理名物的解释，揭明诗句在文理上讲不通，这种通过对诗句名物分析，进而分析文笔优劣，有文学性诠释意义。此条运用的是以汇为证的诠释方法，此类内容在后两章中有交代，不再赘述。

第四节　汇证法在清代《文选》诠释著作中的不同表现

在清代《文选》诠释著作中运用汇证法比较多的有孙志祖《文选考异》、《文选李注补正》，张云璈《选学胶言》，梁章钜《文选旁证》，朱珔《文选集释》，此外余萧客的《文选音义》、胡绍煐的《文选笺证》、李详的《文选萃精说义》等著作中也存在汇证手法，下面就其中几部代表著作的汇证法运用特色给予详细交代。

一　孙志祖《文选考异》、《文选李注补正》

孙志祖《考异》最大的特点是承袭汪师韩对选学文献进行类辑整理的方式，广泛搜辑历代有关《文选》篇章校勘内容，并按照《文选》篇目顺序，给予汇辑。对毛氏汲古阁刻本从头至尾的讹脱衍误等内容进行了一次爬梳式的勘谬正误。其征引之广博，梳理之细密，的确在一定程度上完善了毛氏刻本。其中汇证内容主要在校勘方面：有对他人校勘内容的先汇后驳。如"昭明序"中"集其清英"，何焯校"清"改"菁"。孙志祖案："清字似不必改，《两都赋》：'鲜颢气之清英'，二字固有本也。"① 除了校勘内容有对汇证法的运用外，有些释词内容也采用了汇证法，如《子虚赋》中："瑊玏玄厉"，孙氏引钱大昕《史记考异》曰："《说文》玪𤥓，石之次玉者，即此瑊玏也。"② 此处辑入钱大昕考证成果，对《文选》中疑难字词进行训诂，是以汇为证手法的运用。

孙志祖《文选李注补正》的诠释重点是对李善注的补充驳正。因此拾遗补阙和考辨疑误是其典型的诠释方面。孙志祖在补正李善注中，本着"复合前贤评论及朋侪商榷之说附以管窥"③ 的原则，收录了大量先哲、

① （清）孙志祖：《文选考异》，《续修四库全书》第1581册，第142页。

② 同上书，第150页。

③ （清）孙志祖：《文选李注补正·序》。

时贤的考辨选学成果。《文选李注补正》共五百七十一条，其中补类二百八十三条，正类二百八十八条。而汇辑先哲、时贤选学成果，运用汇证手法诠释的条目，补类有一百七十条，正类有二百一十一条，共三百八十一条，占全书条目的百分之六十七多，占了一半以上。汇证法涉及了补类、正类各个方面，是汇证法运用比较突出的诠释著作。

孙氏《补正》中标为“正”类的诠释，多是针对疑误阙失的订正，其中汇证条目涉及了其订正的多个方面。有针对李善诠释的汇证条目，如《荐祢衡表》“弱冠慷慨”条，（善）注：“贾谊终军皆年十八，故曰弱冠。”孙氏正曰：“金云：‘贾谊年十八受知吴公，至文帝召用时年二十余矣。求试属国是此时事，虽出二十，仍可以弱冠称之，十八之说微有不合。’”[①]针对李善注中称贾谊十八之说，引金甡考辨，给予纠正，是以汇为证法的运用。有针对《文选》正文的汇证条目，如《劝进表》“渤海公臣匹磾”条，孙氏正曰：“钱氏大昕《晋书考异》曰：‘《匹磾传》不言封渤海公。’”[②] 引钱大昕《晋书考异》证正文之误。还有针对旧注的汇证条目，如《离骚经》“昔三后之纯粹兮”条，注谓“三后”为禹、汤、文王也。孙氏引朱熹《楚辞辩证》云：“三后若果如旧说，不应其下方言尧舜。疑谓三皇或少昊、颛顼、高辛也。”[③] 汇辑前人考证纠正王逸旧注之误。

在《补正》“补”类，汇证法运用同样普遍。主要是引用前人考证增补李善注：有的是以五臣注增补李善注，如《南都赋》“题注：挚虞曰：南阳郡治宛在京之南，故曰南都”条，孙氏引李周翰注云：“南阳，光武旧里，因置都焉。桓帝时议欲废之，故衡作是赋。”[④] 引五臣中李周翰之题解揭示此赋写作背景。有的引清代《文选》诠释著作中的有关条目增广李善注未涉及内容，如《七启》中“并命王粲作焉”条，孙氏引余萧客《文选音义》云：“王粲所作名《七释》。”[⑤] 其中比较重要的是对李善注未详内容的探讨，如“明三败而不黜”，李善注言“三，未详”。孙氏引许庆宗考证曰：“案彭衙之败在文二年春，是年冬，晋及

① （清）孙志祖：《文选李注补正》卷三。

② 同上。

③ 同上。

④ 同上。

⑤ 同上。

宋、郑、陈伐秦取汪及彭衙而还，是亦晋胜秦败，并前殽之役为三败。”①

在孙志祖《补正》中，不管是对有关问题的订正，还是对阙失的补遗，引用曩哲、时贤选学成果，以汇为证、先汇后证的条目比比皆是，充分体现了汇证这一诠释方法在清代考据类著作中运用的广泛。

二　张云璈《选学胶言》

汇证法在张云璈《选学胶言》中运用很广，以其《胶言》第一卷为例，此卷共五十条，汇证十九条，汇集了顾亭林、余萧客、黄士珣、何焯、陈景云、段玉裁、李济翁、胡克家、于光华、王学林等十几位选学家的考辨《文选》成果。其中“正始”、“上都”、“三十六所”三条全部引用了顾亭林、李济翁、余萧客三人考证，张氏未做进一步考证。其余十六条，张氏都做了考辨训释，多以“云璈按”为标志，少数以“按”为标志。

在诸多汇证条目中，引用较多的是胡克家的《考异》，张氏在卷首《序》中也表示：“书中多采取之，而间纠其失。”至于其书价值，张氏自谓：“只备遗忘，非关著述。”② 虽是谦虚之词，但是也表明了其书中资料汇集较多。与梁章钜《文选旁证》都是以汇证为主要诠释法，但是《胶言》中汇证内容并不多，且多亲自考证，由以上第一卷的统计数字看，汇证占了约五分之二，单纯的以汇为证的内容只有三条，其他内容张氏都做了进一步考证。而梁氏《旁证》中疑误阙失处多汇集前人考辨成果，以汇为证处较多，即使作进一步考证，也是由姜皋、顾千里等人代为之。两者相较，张氏在考辨补遗、训诂等多个方面，亲自考辨内容要多一些，其学术价值是值得肯定的。如“侲子”条：

> “侲子万童丹首元制”，薛注：“侲子，童男童女也。”何氏《读书记》云：“刘昭补注引薛综云：侲之言善，善童幼子也。疑此赋薛本亦有增损。”
>
> 云璈按：“何说误也。刘昭所引乃《西京赋》‘侲童程材’下注，

① （清）孙志祖：《文选李注补正》卷三。

② （清）张云璈：《选学胶言·自序》，《四库未收书辑刊》捌辑第30册，第155页。

非此注有增损也。”①

张氏针对何氏关于薛注有增损的结论，进行了进一步辩驳。此处是对时贤选学成果的驳正。再如卷十七“家集讳名”一条，针对“昉启”五臣作“君启”，吕延济曰：“昉家集讳其名，因而录之。”引何焯语肯定吕延济之说，张氏随之给予分析，认为“胡中丞以改昉为非，以其失善旧耳”②。此处先汇集了五臣注、何焯考证、胡氏《考异》内容，并对其正误给予分析。

综上所述，汇证法虽然不是《选学胶言》占主导地位的诠释，但是所汇证条目涉及校勘、释音、考辨疑误、名物训释等多个方面，征引相关选学成果众多，更重要的是在汇辑的同时，多数都做了进一步考证，不少考证精审，是汇证手法运用比较成功的一部著作。

三 梁章钜《文选旁证》

梁氏《文选旁证》(以下《文选旁证》简称《旁证》)非其个人独立著成，这在《凡例》中交代的很清楚，“外宦以来，趋公鲜暇，每延知交之通此学者，助我旁搜”，随后提出顾千里、孙义钧、朱绶、钮树玉、朱珔、姜皋曾助其撰写，这些人大都是梁氏幕下学者。此外其先父、先叔父及师长辈如林畅园、胡果泉、翁覃溪、纪晓岚等，研选内容也都在《旁证》中有收录。

汇证法在《旁证》中运用广泛，需要说明的是，《旁证》引用的大量来自梁氏幕下学人的考证成果与引用的已有选学成果不同。前者是被当作证的内容首次出现。后者是被当作汇的内容再次被汇辑。例如梁氏幕府中重要的选学家姜皋，对《旁证》着力尤巨，许多条目都来自他的考辨。其考证内容出现在《旁证》中，不是梁氏对其选学成果的汇辑，而是他代替梁氏对相关内容进行考证，所以这类内容属于“证”，不属于“汇”。举例为证，在《西京赋》中，“注‘谓昆明灵沼之水沚也’”条：

① (清)张云璈：《选学胶言》，《四库未收书辑刊》捌辑第30册，第195页。

② 同上书，第399页。

《旁证》："胡公《考异》曰：'沚当作阯，各本皆误。'姜氏皋曰：'本书潘安仁《河阳县诗》注：《韩诗》曰：宛在水中沚。薛君曰：大渚曰沚则从沚是也。《释名》释水者从沚，释邱者从阯，故曰当从阯耳。'"①

梁氏引胡克家《文选考异》内容，对"沚"进行校勘，后又引姜皋的考证对其说进行考辨。胡克家《考异》内容与姜皋之说都是梁章钜引用的他人考证，但是胡氏考证是梁氏之前已经出现的诠释成果，属于"汇"的内容，而姜皋考证是首次在《旁证》中出现，代梁氏考证的内容，属于"证"的内容，二者有着本质的区别。这是《文选》诠释著作中梁氏《旁证》所特有的情况。

四　朱珔《文选集释》

《文选集释》全书二十四卷，每卷所释条目在目录中都有著录，合计一千七百六十五条。训释时都是先列选文、李善注，再进行考释和训解，考释内容常常先列先哲、时贤成果，再给予肯定或驳正，也就是说汇证法在《文选集释》中应用最广。渗透进训诂、考辨、校勘等多个方面，这是由其《集释》体例，或可以说是由其兼存互析的诠释指导思想决定的。

全书一千七百六十五条诠释条目中关于文字训诂的五百零二条，占了百分之二十八多，名物考释四百四十二条，约占了四分之一，地理方面考释条目约三百四十条，约占了五分之一。而校勘、音韵等方面的训释只占全书条目的五分之一多。对文字、名物、地理的偏重，显示了朱珔《集释》在选学研究上的侧重。其中对地理与名物的考证，汇证手法得到突出运用，如对《文选》地理方面的考释，常常将前人时贤研究成果搜罗殆尽，然后借助自古至清地理著作，上至《山海经》、《水经注》，下至清顾祖禹《方舆纪要》、胡渭《禹贡锥指》等进行考证，结论确凿，并对其地名沿革、地理位置、相关历史事件等进行详尽说明。

对名物的训释与对地理的考辨一样，目的不是简单地确定《文选》及李善注中名物所指，而是对其形状等进行详细说明。在训释中，朱氏通过自己广博的学识，广泛征引曩哲研究成果，对它们中有关《文选》李善注

① （清）梁章钜：《文选旁证》，《续修四库全书》第1581册，第232页。

的考证条目进行网罗式的汇辑，从而使得《集解》不仅是对《文选》李善注的考辨订补，而且成为李善注名物训释的专题性研究，由其表层的注释、深层的考辨，向前更推进了一步，成为纵横相连、系统完整的《文选》李善注名物研究体系。说其是李善注之外的一门名物学也不为过，这是比较典型的汇证法的运用。

与张云璈《选学胶言》汇而另考、梁章钜《文选旁证》汇而不考或他人代考不同，朱氏《集释》在汇证法运用上体现出了“兼存互析”诠释特点，这一特点包括两个方面：一是“兼存”，即对曩哲、时贤诠选成果的汇辑。二是“互析”，即对诸多选学成果的分析梳理。

“兼存”，朱氏在《集释》中做到了极大范畴的囊括。史书，如《史记》、《汉书》、《后汉书》等，史注，如颜师古《汉书注》、章怀太子的《后汉书注》，到先秦典籍《山海经》、《尚书·禹贡》、《逸周书》等；地理书籍，如魏晋南北朝时的《水经注》、唐时的《元和郡县志》、《括地志》，宋《方舆胜览》及清顾祖禹《方舆纪要》、胡渭《禹贡锥指》等。此外还有大量古今训诂工具书的运用，如《广韵》、《集韵》、《尔雅正义》、《广雅疏证》、《通雅》、《说文解字注》等。从历代学者笔记著述，如王应麟《困学纪闻》、洪迈《容斋随笔》、苏东坡《志林》、焦竑《笔乘》等，到清代选学诠释著述，如何焯《读书记》、孙志祖《文选李注补正》、张云璈《选学胶言》、胡克家《文选考异》等。可谓囊括古今，搜罗齐备。“兼存”的诠释功用有的属于“汇”，如对选学研究成果的汇辑；有的则属于“证”，是朱氏汇辑来作为考辨推证的文献依据。不应当一概作为汇证诠释中汇的内容。

后一个特点“互析”，是针对所搜集的诸多古今相关文献资料及考证结论，客观分析，融以己见，予以定夺，主要是“证”的内容。如：

> “树以柳杞”，善注云：“杞，即梗木也。《山海经》曰：‘杞，如杨，赤理。’”
>
> 朱氏按：严氏羽《诗缉》云：“《诗》有三杞：《郑风》：‘无折我树杞’，柳属也；《小雅》：‘南山有杞’，‘在彼杞棘’，山木也；‘集于苞杞’、‘言采其杞’、‘隰有杞桋’，枸杞也。”古多不分，《说文》：“杞，枸杞也”，别无他训。又柜字云：“柜，木也。”《尔雅》：“椶，柜柳。”郭注引：“或说：‘柳当为柳，柜柳似柳，皮可以煮作饮。’”

《广韵》："柜下亦云柜柳。"而《孟子》赵注："杞柳，柜柳也。一曰杞木名也。"《诗》曰："北山有杞"（南误作北），已以杞柳与山木别言之。然则杞柳之杞乃柜之声近借字也。郝氏谓："马融《广成颂》：'柜柳枫杨。'《尔雅·释木》：'柜，郭音举，是柜柳即榉柳也。'"（朱氏案：《水经·江水》二篇注："江夏有洰水"，或作"举"，此即"柜""榉"相通之证。）榉柳多生山涧水侧，俗呼之为平阳柳，或谓之鬼柳。鬼，柜，声相转也。"余谓《本草》引沈存中云：陕西枸杞最大，高丈余，可作柱，或可与山木相乱。若柳属之杞，实柜柳，非山木也。此赋上文云：周以金堤、承灵沼而言。正在水侧，即《山海经》所谓如杨者，是已不得以为山木而又谓之楩，注乃混而一之。①

朱氏先引严羽《诗缉》对《诗》中三杞的汇辑，一为柳属，一为山木，一为枸杞。考查《说文》、《尔雅》、《广韵》等，明杞柳即柜柳，一名杞木，更主要的是其引《孟子》赵注对《诗》"北山有杞"（南误作北）以证杞柳与《诗·小雅》中"南山有杞"解释为"山木"意有别。又引郝氏考证，其引马融《广成颂》"柜柳枫杨"，并据《尔雅·释木》内容及郭璞注，揭明柜柳即榉柳。而榉柳多生在山涧水侧，俗呼之为平阳柳，或鬼柳，而鬼、柜声相转，朱氏依据严羽、郝懿行提供的诸多资料，另据《本草》所引沈存中的考证，指出柳属之杞，实柜柳，非山木。又据赋上文所云："周以金堤，承灵沼而言。"指出此木正在水侧，故推证其为李善注中《山海经》所谓如杨者。但是又据以上证据指出其非山木，"不得以为山木而又谓之楩"，认为李善注"乃混而一之"。

通过这条考证，我们可以看出，朱氏于考证内容总是先罗列诸家异说及考证，摆明问题及相关资料，或据其他文献，或据前后文分析，推断出自己的结论。考证内容少，分析成分多。体现了"兼存互析"的诠释态度。在清代诸家《文选》考据著作中，朱氏《集释》以汇总相关文献，加以分析总结得出结论见长。兼存互析是《文选集释》汇证诠释独特特点的概括。

① （清）朱珔：《文选集释》卷三。

第七章

历代《文选》文学诠释研究(上)

《文选》作为一部诗文选集，对诗文文学性特色的揭示是其诠释中不可回避的内容，在历代《文选》诠释中，出现了几类涉及《文选》诗文文学特色的诠释方面：源流追溯、佳词丽句汇纂、总论有关内容、诗文评点等。本章详述前三类诠释方面内容，诗文评点内容繁杂，将专章论述。

第一节　历代《文选》诠释中文学性诠释方面之一——源流追溯

不同的时代有不同的文学，但是每个时代的文学创作又不是凭空产生的，它必须扎根传统文化的沃土，接受前代丰富文化雨露的滋养，才能开出艳丽的花朵。《文选》作为一部成功的诗文总集，其本身对文学作品的传承及所收作品对前代文学的承继、后代对《文选》诗文的吸收，无不反映出文学的传承及发展，形成了一条绵延千载的文学发展轨迹。但是在最初《文选》诠释中，注者们并没有有意识地从文学发展的角度，对《文选》诗文源流进行追溯，此类内容是混杂在字、词、句的训诂中。此类诠释的开启当首推李善，他在《两都赋序》开篇，就表明“诸引文证，皆举先以明后，以示作者必有所祖述也”①。李善诠释追求《文选》文本原义再现，在李善注中我们发现了大量追溯诗文字、词、句语源的注解。此类注解实则寓含了对诗文承继源流的追溯，开启了《文选》诠释史上源流追溯这一诠释先河。

领悟了李善注中此类诠释精髓，并有意识地给予发展的，首推宋高似孙。他的《文选诗句图》以追溯选诗源流为主，不仅摘引了李善注中很多追溯《文选》诗文源流的注释，还给予增补拓展：增加了《文选》诗文对其前诗文的继承，还探究了《文选》诗文对后代文人创作的影响，力求以句图方式梳理选诗前后发展脉络。此后这类诠释不时出现在不同类型的诠释著作中。清末李详《韩诗证选》、《杜氏证选》全面彻底地搜求《文选》对韩愈、杜甫文学创作的影响，从个案分析上揭示了《文选》对诗人创作的影响及诗人主观上对《文选》的继承，将此类诠释推向了高峰。

综观《文选》诠释史，源流追溯这一类诠释大体分为两类：一类是《文选》诗文本身对前代作品的继承，一类是后代诗文创作对《文选》诗文的继承。整个诠释可以分为三个阶段，第一个阶段是以李善、高似孙为代表的对《文选》诗文前后承继关系的较大范围的追溯梳理。第二个阶段是元明清不同诠释著作中出现的源流追溯诠释向深广方向发展。第三个阶段是李详《韩诗证选》、《杜诗证选》对此诠释方法的成功运用。分阶段论述如下。

一　唐宋时期——源流追溯诠释的开启阶段

（一）李善注

李善注中很多内容是对语源的追溯，此类内容只是简单地追溯《文选》诗文中某词、某句最早出处。李善诠释目的在于揭明字词原义，但是却无意识地为后人提供了《文选》诗文某些字词句的最早来源，揭示了诗人对前代文学作品的继承关系。大体可分为追溯词源和句源两种，下举例说明。

1. 追随词源

诗文中运用的某个词在某篇著作中首次运用，注者给予追溯。如《鹦鹉赋》：“使四坐咸共荣观，不亦可乎？”李善注曰：“《老子》曰：‘虽有荣

① （梁）萧统编，（唐）李善注：《文选》，第1页。

观，燕处超然。'"① 李善引《老子》对诗句中“荣观”一词的语源进行追溯。此类引文只是追溯了文句中字词有最早出处，引文目的在于揭示作者创作中对前人的继承，与释意没有多少帮助。再如《月赋》：“歌曰：美人迈兮音尘阙，隔千里兮共明月。”李善注曰：

> 《楚辞》曰：“望美人兮未来。”陆机《思归赋》曰：“绝音尘于江介，托影响乎洛湄。”《淮南子》曰：“道德之论，譬如日月驰骛，千里不能改其处也。”②

引《楚辞》追溯“美人”，《思归赋》追溯“音尘”，《淮南子》追溯“千里”，但是只追溯了语源，没有解释词义和句意。

2. 追溯句源

诗文中一句甚至是多句与其前某人的诗句相似，注者给予追溯，此类揭示实则是对诗文之间的承继关系进行了追溯。

（1）追溯语句之间只是改动了一个字，句式、意思几乎一样。如《射雉赋》：“清道而行，择地而往。”李善注曰：“司马相如上疏曰：‘清道而后行。’班固《汉书赞》曰：‘冯参鞠射履方，择地而行。’”③ 李善引用司马相如上疏句追溯了“清道而行”句语源，引用班固《汉书赞》一句追溯了“择地而往”句语源。有的只是将前人几句内容合为一句，或是一句内容分为几句表达，如《西京赋》“化俗之本，有与推移。”李善曰：“《淮南子》曰：法其所以为法，与化推移也。”④《西京赋》中句子就是将《淮南子》中“与化推移”的分为两句表达。

（2）追溯语句之间体例上的继承，如江淹《杂体诗》之《古离别》：“黄云蔽千里，游子何时还？”李善注曰：

> 《古诗》曰：“浮云蔽白日，游子不顾反。”江之此制，非直学其体，而亦兼用其文。故各自引文而为之证，其无文者乃他说。⑤

---

① （梁）萧统编，（唐）李善注：《文选》，第 612 页。

② 同上书，第 602 页。

③ 同上书，第 422 页。

④ 同上书，第 48 页。

⑤ 同上书，第 1453 页。

李善注不仅揭示了古诗与江淹诗之间的承继关系，还进一步指出江淹不仅学习了古诗文体，更直接套用了其文，对古诗对江淹的影响给予揭示。

（3）探讨《文选》对后代诗文的影响，如干宝《晋纪论晋武帝革命》："尧舜内禅，体文德也。汉魏外禅，顺大名也。"李善曰：

> 谢灵运《晋书·禅位表》曰："夫唐、虞内禅，无兵戈之事，故曰文德。汉、晋外禅，有翦伐之事，故曰顺名。以名而言，安得不僭称以为禅代邪？"灵运之言，似出于此，文既详悉，故具引之。①

此注是李善征后以明先手法的运用，指出谢灵运《晋书·禅位表》对干宝此文句的继承，明显具有追溯诗文源流变革的诠释功效。

在李善生活的时代，受时代学术氛围的影响，这种追溯语源的诠释方法不仅在李善注中出现，而且在其他诠释著作中也有出现，如在《文选钞》中，"故能居然而辨八方"。《钞》曰："《难蜀父老》曰：六合之内，八方之外。"② 《文选钞》引《难蜀父老》中此句追溯《蜀都赋》中"八方"的词源。再如："由此言之，天下孰尚？故虽兼诸夏之富有，犹未若兹都之无量也。"《文选钞》引《论语》曰："唯酒无量。"③

（二）宋高似孙《文选诗句图》

在《句图》（以下《文选诗句图》简称《句图》）卷首《序》中，高氏指出，阅读杜甫诗，参其笔法，"圈律用六朝句"，高氏进一步指出，宋人承袭晋齐诗文及宋以后承袭其者众多，而他们之间的承继源流，"人莫知之，惟李善知之，予亦知之，乃为图诂，略表所以"④。其诠释目的：一是揭示选诗诗句源于某，一是唐宋诗人对选诗的继承。他称之为图诂，实

---

① （梁）萧统编，（唐）李善注：《文选》，第 2175 页。

② 《唐钞文选集注汇存》一，第 3 页。

③ 同上书，第 78 页。按：尤本中，《论语》句是刘逵注中的内容，而《唐钞文选集注汇存》中刘逵注中没有此句，是否是《钞》中的句子掺入了尤本中？如果这样则《钞》应当在当时社会上流传过，与李善注并列传阅，因此才会出现以其注补善注的情况。如果不是，则是《文选集注》撰者之误。或是善注与《钞》中都引用了《论语》此句，而《集注》撰者选取了《钞》，没有选李善注。

④ （宋）高似孙：《文选诗句图》，《四库全书存目丛书·集部》第 285 册，第 2 页。

则就是对有承继关系的诗句的逐条标列，从而显示诗句前后承袭的脉络。后人观之，诗作间关系一目了然。下面举例说明。

1. 对选诗源出于某的追溯

此类内容是对继承前代诗文的选诗的汇集，多数摘自李善注。如针对石崇《王明君词》："飞鸿不我顾，伫立以屏营。"高氏曰："上二句云：'愿假飞鸿翼，乘之以遐征。'魏文帝《喜霁赋》曰：'思寄日于鸿鸾，举六翮而轻飞。'"[①] 石崇（249－300），西晋文学家，字季伦。生活在曹丕之后，因此这两句诗有源于曹丕的可能。但是高氏不直接列出二句，而是列出其下面的"飞鸿不我顾，伫立以屏营"，再在其后另列出这二句，繁琐无意义，体例上不是很严密。《句图》中追溯选诗源出于某的例子很多，如阮籍《咏怀》诗中"湛湛长江水，上有枫树林"，高氏列出："《楚辞》曰：'湛湛江水兮，上有枫树。'"[②]

《句图》中追溯选诗源出于某的内容基本上都来自李善注，此类内容的汇辑向人们打开了了解李善注的另一扇窗户，揭示了李善注不仅仅是诗文注释，还存有对诗文艺术手法、源流特色等的诠释，远远超出了传统意义上的诗文训诂。从这一角度看，《句图》诠释意义、诠释特色更应当引起人们的注意。

高氏追溯内容也有不是从李善注中搜辑出来的，如陆机《赴太子洗马时作》诗"亹亹孤兽骋。嘤嘤思鸟吟"，高氏列出："阮籍诗'走兽交横驰，飞鸟相随翔。'"[③] 阮籍（210－263），三国魏诗人，字嗣宗。陆机（261－303），西晋文学家，字士衡。陆机生活在阮籍之后，其诗作中的内容与阮诗暗合，其中或许存在承继关系，此例是高氏自己的识断。

高氏《句图》中对选诗源于某的追溯，多数是选诗中字词、典实等的最早出处，即其语源。如曹丕《芙蓉池作》诗"双渠相溉灌，嘉木绕通川"，高氏汇辑曰："《西京赋》曰：'嘉木树庭。'《上林赋》曰：'通川过于中庭。'"[④] 高氏所举实则指明"嘉木"、"通川"二词语源所本，与其意在揭明历代诗文"互相宪述"的诠释目的不符，显示了他对诗文继承关系

---

① （宋）高似孙：《文选诗句图》，《四库全书存目丛书·集部》第285册，第5页。

② 同上书，第8页。

③ 同上书，第5页。

④ 同上书，第2页。

的理解还不太成熟。

2. 对某诗源出于选诗的昭示

此类内容所研究的是后代文人对选诗的继承，需要对《文选》及后代诗文的全面了解和深刻把握。其前没有专门著述，是《句图》中最体现高氏识见处。如曹植《公宴》“秋兰被长坂，朱华冒绿池”条高氏曰：

> 刘桢诗：“芙蓉散其华，菡萏溢金塘。”潘岳诗：“绿池泛淡淡，青柳何依依。”谢灵运诗：“泽兰渐被迳。芙蓉始发池。”陆机诗：“幽兰盈通谷，长秀被高岑。”①

高氏列刘桢、潘岳、谢灵运、陆机诗对曹植此诗前后承继关系进行了探究，除刘桢比曹植年长，其余三人都是曹植之后诗人。由于诗句源流关系的判断主观性很强，所列诗句虽形似，但其间未必真存在继承关系。如此例，除了谢灵运诗句明显模拟曹植诗外，刘桢诗意象、意境颇似曹诗后句，陆机诗则似其前句，而潘岳诗句与曹植诗相异甚远。高氏汇集诸诗时，也存在妄臆比附之弊。

二　元明至清前期——源流追溯诠释的蕴育阶段

元代选学诠释著作不多，此类诠释很少。明朝评点类著作注重著者之间优劣、同异比较，在评点中出现了不少追溯《文选》诗文承继源流的条目。这一阶段此类诠释的显著特点就是由李善、高似孙单纯的词句追溯，扩大到对诗文句法、文法乃至整篇诗文源流承继的追溯。此类评点以孙月峰的《评文选》为代表，孙氏在李善注基础上，以其深刻的洞察及对诗文风格特色的把握，进行了诗文多方面继承关系的揭示，除了追溯词源及追溯诗句承继外，还出现了其他几类重要方面。

（一）追溯句法、文法源流

如《吴都赋》：“袒裼徒搏，拔距投石之部。……悠悠旆旌者，相与聊浪乎昧莫之坰。”孙氏评曰：“此长对股创自太冲，唐人多效之，虽亦宏丽，然力终觉弱，且势亦拘而不跌宕。”② 针对此段长句相对偶的句式进

① （宋）高似孙：《文选诗句图》，《四库全书存目丛书·集部》第285册，第3页。

② （明）闵齐华删注，孙矿评：《文选瀹注》卷三。

行源流追溯。

（二）追溯篇章所宗

左思《蜀都赋》篇首眉评，孙氏曰："畦径分明，文谨密工丽，太约。祖《子虚》、《南都》，精神翕聚，逐句玩绝有味。"① 此评是对左思《蜀都赋》整篇文章所宗进行追溯。此类内容比较多，如《长门赋》，孙氏于篇首眉评曰："法度全祖《国风》，比《离骚》稍为近今，然风骨苍劲，意趣闲逸，情若略而实无不尽，语不雕琢而雕琢者莫能及。"②

（三）追溯风格特色所宗

宋玉《高唐赋》，孙氏篇首评曰："古雅精腴，是《子虚》、《上林》所祖。"③ 从风格特色上指出《高唐赋》乃是《子虚》、《上林》所祖。

相较李善、高似孙寓源流追溯于字句训诂，孙月峰不再单纯地追溯词句的语源，而是将诗文之间的承继关系扩展到诗文句法、文法乃至最能体现文学作品性质的艺术风格的把握和追溯，可以看出，发展到明朝，评选家对《文选》诗文文学性特色的把握已经比较清晰。

清朝前期及中期，源流追溯这一诠释在多位选学家的著述中都曾经出现，如何焯《义门读书记·文选》、余萧客《文选音义》，孙志祖《文选李注补正》、张云璈的《选学胶言》、王煦《文选剩言》、胥斌《文选集腋》等。其中值得注意的是张云璈《选学胶言》对《文选》文体进行了详尽的追溯，如"杂文之祖"条。先列何焯《读书记》曰："刘言和以宋玉《对问》、枚叔《七发》、扬雄《连珠》为杂文之祖。"张氏引《文心雕龙》以证，并对自《七发》以下，沿袭七体诸家著作风格特色、源流等分析评述④，对诸家描述内容、风格、弊病加以评述，《七发》以下源流得以厘正。此类文体追溯还伴随着对文体的考证、文章的评析，前后材料引用翔实，分析透彻，是一篇字数不多的文体论辨文章。这种以小的论文形式出现的对《文选》诗文源流的追溯，主题明确，前后出现的诗文连贯，将追溯、考辨及评析融于一体，是清代考辨类著作中追溯《文选》诗文源流经常用的形式。再如清代考据派选学家王煦，他在《文选剩言》中对有关

① （明）闵齐华删注，孙矿评：《文选瀹注》卷二。

② 《文选瀹注》卷七。

③ 《文选瀹注》卷九。

④ （清）张云璈：《选学胶言》，《四库未收书辑刊》捌辑第30册，第369页。

《文选》诗文所进行的文学性诠解主要采用的就是此类形式。如在“佳词之句相袭”条中，王煦评道：

> 王子安《滕王阁赋》：“层峦耸翠，上出重霄；飞阁流丹，下临无地。”警句也！而不知本于王简栖《头陀寺碑》云：“层轩延袤，上出云霓；飞阁逶迤，下临无地。”又“落霞与孤骛齐飞，秋水共长天一色”，丽句也！而不知本于庾子山《马射赋》云：“落花与芝盖齐飞，杨柳共春旗一色。”且子山又有所本。如王仲宝《褚渊碑文》、沈休文《安陆王碑文》、任彦升《竟陵王碑文》早有此体，皆在子山以前矣。①

王煦对《文选》中警句、丽句进行择选，并对其源流进行追溯，不仅表现了其渊博的学识，更表现了其对这些诗人诗句之间承继源流关系的深切洞察，对读者了解文人之间的传承很有帮助。再如“爱恶”条，他对前后两句以“爱”、“恶”对称手法的诗句源流进行了追溯，不仅注重了诗句的结构，更注重了内在对立情感的表述，值得文学批评者注意。

清代选学家追溯《文选》诗文源流的时候，注重文学理论的运用，如何焯评选中常以钟嵘的《诗品》、刘勰的《文心雕龙》为据。王煦考据“工于夺胎”条，评价班固《典引》中的“孕虞育夏，甄殷陶周”，承继了扬子云《剧秦美新》中“流唐漂虞，涤殷荡周”句，班氏之笔可为“工于夺胎”。② 此评运用了北宋江西诗派黄庭坚所主张的“脱胎换骨，点铁成金”的批评理论。这种自觉地依据前代优秀文学批评理论赏评诗文的方法是值得称许的。

以上明清著作中对《文选》诗文源流的追溯都是有意的，而胥斌《文选集腋》对《文选》诗文源流追溯则是无意的。《集腋》是摘选《文选》佳句之作，胥斌在摘选文句时，常会遇到相同句子，即其《凡例》中讲的：“大同小异者”，采取了“专取一条以避重复，至虽复而辞犹可取则于记注篇目外附载又某篇云云，仍以小圈○隔断，使不相淆”③。此类内容

---

① （清）王煦：《文选剩言》，《清代文选学珍本丛刊》本，第 84 页。

② 同上书，第 92 页。

③ （清）胥斌等辑：《文选集腋·凡例》。

无意中揭示了诗文之间承继关系，为我们研究《文选》诗文继承源流提供了素材。如：

此所以婆娑乎术艺之场，休息乎篇籍之囿。《答宾戏》〇又《答魏太子笺》："优游典籍之场，休息篇章之囿。"又《褚渊碑文》云："消遥乎文雅之囿，翱翔乎礼乐之场。"又《博弈论》云："渐渍德义之渊，栖迟道艺之域。"①

几句句法上都非常接近，《答魏太子笺》中二句与《答宾戏》中二句句法、意义都相近，他们之间或应有承继关系。

此种相类文句汇纂与李善注中语源的追溯、高似孙《文选诗句图》中相同文句的汇列都不同。李善注意在举先明后，高氏《句图》意在探求选文之间发展脉络。而胥氏《集腋》对相类文句汇纂，其意重在摘列醇雅之句，与李善注一样都没有明确地探求《文选》诗文源流的诠释意图，但是三者都起到了追溯选文源流的诠释效果。这种无意识的文学诠释，既发生在《文选》诠释的最初，又发生在《文选》诠释鼎盛的嘉庆年间，表明了文学性特色的诠释被有意无意地寓含在不同目的的诠释中，需要我们有意识地去发掘。

三　晚清时期——源流追溯诠释的成熟阶段

晚清李详《韩诗证选》、《杜诗证选》将《文选》诗文源流追溯这一诠释方面推向了高潮，在《选学拾沈·魏都赋》"榷惟庸蜀与鸲鹊同巢……宪章所不缀"一条中，李详对此法进行了追溯，表明祖述诗文源流诠释方法有法可依：

详案：《洛阳伽蓝记》二，载魏杨元慎责梁陈庆之言云："江左假息，僻居一隅。地多湿蛰，攒育虫蚁。疆土瘴疠，蛙龟共穴。短发之君，无杼首之貌；文身之民……不可变改。"元慎诸语，取裁左赋，藻丽铿锵。因放善注《东征赋》引曹植赋，《晋纪》论晋武革命引谢

① （清）胥斌等辑：《文选集腋》卷四。

灵运表之例，甄叙于此，以志祖述之有自也。[①]

李详引《洛阳伽蓝记》中所载的杨元慎的一段话，指出其取材左思《魏都赋》中“榷惟庸蜀与鸲鹊同巢……宪章所不缀”几句。并进一步指出，在注中揭明诗文之间的源流关系，承继了李善注《东征赋》引曹植赋、《晋纪》论晋武革命引谢灵运表的传统，指出以注明诗文之间的源流关系，自李善注、《晋纪》就已经存在了，而其于注中追溯选文源流出处的方法，则本之于此。

这个例子揭示了祖述传统的根源，也是李详作《韩诗证选》、《杜诗证选》诠释方法的根源或是依据。在《选学拾沈》中就有几个例子是单纯地追溯选文之间的承继关系。如郭璞《江赋》：“涉人于是檥榜。”李详案：“《春秋左传·哀公十五年》：‘非君与涉人之过也。’”[②] 李详引《春秋左传》，单纯追溯《江赋》此句中“涉人”的最早语源，遵循了李善注追溯语源的诠释传统。再如刘桢《杂诗》“回回自昏乱”条，李详按：“扬雄《甘泉赋》：‘徒回回以徨徨兮，魂眇眇而混乱。’”[③] 很明显刘桢《杂诗》是从扬雄《甘泉赋》而来，此类追溯则具有追溯文学源流关系，对研究文学发展史有很大帮助，此类诠释条目提供了最基本的文学发展演变资料。

李详《韩诗证选》、《杜诗证选》分别对韩愈、杜甫受《文选》影响的诗句进行了钩稽汇列，《韩诗证选》追溯条目共计一百五十九条，《杜诗证选》条析出共三百零七条。单个诗人作品中竟然有如此多的条目继承了《文选》诗文，一方面说明了《文选》对后代诗人影响之巨，另一方面也显示了李详搜辑之彻底。

李详著述中，源流追溯诠释方法的成熟主要表现在个案分析中对文学作品源流分析的有意识把握，表现了文学发展观念的成熟运用。具体方法上并没有什么突破，主要包括语源追溯和诗文承继关系的追溯。所不同的是由前人重在对《文选》诗文源流追溯改为对韩愈、杜甫对《文选》诗文承继关系的钩稽。追溯语源重在揭示诗人获得该字词的语源所在但是在整句诗的写作构思、遣词造句与所追溯诗句关系不大。揭示诗文承继关系重

---

① （清）李详：《选学拾沈》，《李审言文集》，第 12 页。

② 同上书，第 17 页。

③ 同上书，第 23 页。

在揭示诗句与《文选》中某诗文在内容、章法上存在着承继关系，举例如下。

（一）追溯语源

《韩诗证选》中《南山》诗“天空浮修眉”条，李详曰：“曹植《洛神赋》：‘修眉连蜷。’”① 《南山》中的“修眉”是浮云形状，曹植诗中指的是“眉毛”，二句之间不存在承继关系，只是揭示了《南山》中此句“修眉”一词源于曹植《洛神赋》中“修眉连蜷”。再如《县斋有怀》“濯缨起江湖”条，李详曰：“庾亮《让中书令表》：‘弱冠濯缨。’”② 此例是对“濯缨”一词语源的追溯。

（二）揭示诗文承继关系

这一诠释体现诗人对《文选》的继承，通过李详对韩愈、杜甫此类内容的汇辑，我们可以发现二者对《文选》的继承存在不同。韩愈对《文选》诗句的吸收多数进行了融合、修改，几乎没有全句引用的。如《元和圣德诗》“天兵四罗”条，李详曰：扬雄《长杨赋》：“天兵四临。”③ 韩诗中“天兵四罗”与扬雄《长杨赋》中“天兵四临”，内容、句法都极相似。韩愈只是将扬雄赋中“临”转变成了“罗”，二句之间当存在承袭关系。还有些诗句，在诗歌意象、意境上完全相同，但是在表述上、句法结构上略有变化。如《秋怀》“月吐窗冏冏”条，李详曰：“江淹《杂体·拟张廷尉》：‘冏冏秋月明。’”④ 两首诗都描写了明亮的秋月，只是江淹诗句明确表达出了此意旨，而韩愈诗句更隐晦些，他以题名《秋怀》表明写的是秋天的情景，写“窗冏冏”以描写月亮的明亮。所表达的意境，所用的意象都是一样的，但是却采用了不同的表达方式。还有的诗句在意象、句式上都与《文选》中某诗句相同，只是在个别字词上给予改变。如《落叶》：“谁云少年别，流泪各沾衣。”李详曰：“沈约《别范安成诗》：‘生平少年日，分手易前期。’”⑤ 两首诗都表达了少年伤别，但是表述不同。有些诗句是对《文选》诗文、诗句意义上的简练总结，如《归彭城》：“食芹虽云美，献御固已痴。”详曰：嵇康《与山巨源绝交书》：“野人有快炙背而美

---

① （清）李详：《韩诗证选》，《李审言文集》，第 37 页。

② 同上书，第 43 页。

③ 同上书，第 36 页。

④ 同上书，第 39 页。

⑤ 同上书，第 42 页。

芹子者，欲献之至尊。虽有区区之意，亦已疏矣。”① 相较两篇内容，《归彭城》诗句很明显是对《与山巨源绝交书》的简练总结。

杜甫对《文选》的继承要多于韩愈，多数是对《文选》诗句的继承。与韩诗的不同，杜甫对《文选》诗文有的全句照搬，如《送高三十五书记》“各在天一涯”条，李详曰：“此《古诗》成句。”② 再如《题蜀僧闾邱师兄》“而无车马喧”条，李详案：“此陶公《杂诗》成句。”③

李详还探求杜氏对《文选》诗意上的承袭，即《杜诗证选序》中所讲的“有暗用其语者”④，李善注、高似孙《文选诗句图》等多从字、词、句式、意象等形式方面入手探究诗句之间的承袭关系，而李详深入诗句内部，体悟诗句意旨上的承袭，这要求其对杜诗及《文选》有很深刻的把握。如《彭衙行》“野果充糇粮，卑枝成屋椽”条，李详曰：“左思《招隐诗》：‘秋菊兼糇粮。’陆机《招隐诗》：‘轻条象云构，密叶成翠幄。’此公诗意所出。熟精选理，殆谓是矣。”⑤ 虽然杜氏所用意象除了“糇粮”一词出于左思的《招隐诗》，其余意象都不相同，但是表达的意思与二诗很相似。

此外，杜诗继承《文选》与韩诗的不同还在于有些诗句吸收了多篇《文选》诗文，如《送裴五赴东川》：“北望苦销魂，凛凛悲秋意。”李详曰：江淹《别赋》：“黯然销魂者，唯别而已矣。”宋玉《九辩》：“悲哉，秋之为气。”又“窃独悲此凛秋”⑥。杜甫的两句诗中，“销魂”、“悲秋”分别来源于江淹《别赋》、宋玉《九辩》，一为伤别名篇，一为悲秋之祖。他们文中这几句更是脍炙人口的经典，对它们的吸收、融合，显示了杜氏能采用名作名句了无痕迹，如同己出的杰出写作技巧。

杜诗中还存在归纳或生发《文选》诗句而成的诗句，如《梦李白》“死别已吞声”条，李详曰：江淹《恨赋》：“自古皆有死，莫不饮恨而吞声。”⑦ 杜诗是归纳概括江淹《恨赋》中两句内容而成。也有扩充生发

---

① （清）李详：《韩诗证选》，《李审言文集》，第 42 页。

② 《杜诗证选》，《李审言文集》，第 87 页。

③ 同上书，第 124 页。

④ 同上书，第 71 页。

⑤ 同上书，第 106 页。

⑥ 同上书，第 125 页。

⑦ 同上书，第 113 页。

《文选》中一句而成的，如《遣兴》“朽骨穴蝼蚁，又为蔓草缠”条，李详曰：江淹《恨赋》：“蔓草萦骨。”[①]

不过杜诗中也存在跟韩诗比较相似的承袭《文选》情况，如只有个别字词及句式发生改变，而在意象、句意上承袭选诗，如《遣兴》：“蓬生非无根，飘荡随高风。”李详曰：曹植《杂诗》：“转蓬离本根，飘摇随长风。”[②] 两首诗都表达了蓬离本根随风而飘的意思，只是个别字词不同，句式上微有差异。相同题材的作品之间存在着明显的参据之处。如《新婚别》“兔丝附蓬麻”，李详指出其吸收了《古诗》“与君为新婚，兔丝附女萝”[③]。其吸收该句的灵感应该同样都是来自新婚这一题材。

不管是《韩诗证选》还是《杜诗证选》，李详都对其前的成果进行了吸收，表明其著作不仅对追溯《文选》诗文承继关系进行了彻底、完整的个案搜求，同样也是对前人成果的继承总结，如在《杜诗证选》“《成都府》”条，[④] 朱鹤龄探究出其本源阮籍《咏怀》中四首外，还探究出曹植《赠徐幹诗》对其的影响。一首诗吸取了五首诗内容，这种一首诗受多首诗影响的情况在杜诗中是很少见的。朱鹤龄给予探究，李详给予汇辑，没再作进一步的证明，是以汇为证手法的运用。还有很多条目是前人提到的，但是因为有这样那样的阙失，而进行了增补。如《赠崔立之》“槭槭井梧疏更殒”条：“卢谌《时兴诗》：‘摵摵芳叶零。’详案：潘岳《秋兴赋》，善注：‘槭，枝空之貌。’其字当从木，不从扌。然古多易混。”[⑤] 引旧注明卢谌《时兴诗》中诗句与《赠崔立之》中的诗句之间存在着承继关系。但是卢谌诗句中为“摵”字，《赠崔立之》中是“槭”字，李详对二字进行了考证，认为其字当从木，指出古字易混，从而证明二诗句之间的承继关系。

这些例子充分说明，李详彻底、全面、系统地追溯了《文选》对韩诗、杜诗的影响，不仅是追溯源流诠释方法的成熟运用，而且是几百年来《文选》、韩诗、杜诗研究成果的汇总，是集大成之作。为研究著名诗文集

---

① （清）李详：《杜诗证选》，《李审言文集》，第 112 页。

② 同上书，第 110 页。

③ 同上书，第 111 页。

④ 同上书，第 123 页。

⑤ （清）李详：《韩诗证选》，《李审言文集》，第 50 页。

《文选》与后代文人创作之间的承继关系，梳理文学发展脉络开启了成功范例。李详对此类诠释做了一个很好的总结，正因为此李详堪称为《文选》研究的殿军。

第二节　历代《文选》诠释中文学性诠释方面之二——佳词丽句汇纂

在《文选》诠释中，有一类功利性、实用性很强的诠释，即直接为写作提供写作素材——佳词丽句的诠释。在形式上，直接从《文选》中摘引佳词丽句，分类汇辑，士子根据写作内容，按类选取佳词丽句为写作服务。这种诠释本身，已经把理解和解释寓含在文辞的选择中，并直接以其应用的形式展现出来，是文学作品诠释中功利性最强的一种诠释方式。在诠释方法上与文献诠释中分类编纂法比较相似，只是二者的诠释性质不同，佳词丽句分类汇纂属于文学性诠释，而上一章讲述的分类编纂法是文献诠释。佳词丽句汇纂以其应用为表现形式，目的是为写作服务，而本身的功利性恰恰抹煞了文学创作的特点，没有对文学作品诠释产生积极影响，是文学性诠释中最不值得提倡的形式。

选择《文选》佳词丽句为士子应试服务的诠释著作在宋朝就已经出现，著作有题名为苏易简的《文选双字类要》、刘颁的《文选类林》，明凌迪知的《文选锦字》，清胥斌《文选集腋》，傅上瀛、石韫玉《文选编珠》等，它们或是选择《文选》中佳词丽藻分类汇纂而成，或是选择《文选》中佳句勾连成篇，分类汇辑。目的都是为士子应试提供写作的素材。根据汇纂对象将其分为两类，一是选藻类；一是选句类。现在根据笔者所查阅到的代表诠释著作给予详细交代。

一　选藻类

选藻，摘录优秀诗、辞、赋、文中之佳妙字、词、典故，分类汇纂，为应试习作服务的一种诠释。代表有题名为宋苏易简的《文选双字类要》、刘颁的《文选类林》，明凌迪知的《文选锦字》等。

首先，它们都采用了选藻的方式，所选辞藻都来自《文选》。据

《四库提要》知：《文选双字类要》是“取《文选》中藻丽之语，分类纂集”①。《文选类林》、《文选锦字》同它一样，摘录辞藻的文献来源都是《文选》。

其次，对所选辞藻进行分门别类的汇辑，整部著作有明确的分类体例及编排方式，大小类目的标目都很鲜明，利于士子查阅。如《文选双字类要》是此类著作的第一部著作，体例上具有开创性，分为三卷，卷上、卷中、卷下，每卷之中按照事类分类，以某某门划分，全数共分为四十门，门下又分了四百九十九小类。具体为卷上：包括天道门、地道门、君道门、官职门、帝王门、圣贤门六门。其中天道门又包括：太极、天、日、月等共二十五小类。地道门包括：地、山、石、泽等共十四小类。君道门包括：帝德、庆诞、异相、符篆、祥瑞等共三十六类。其余相类。卷中包括文教门、武功门、道教门、释教门、农商门、神道门、人物门、肢体门、性命门、百行门、礼乐门、杂技门、亲族门、杂录门、仕宦门，共十五门。文教门下边又分了文教、庠序、劝学等二十一类。武功门下边又分了武功（武略附）、兵器、剑等二十八类。道教门下边又分了道教、法术、仙药、道士、求仙、仙人六类。其余相类。卷下包括：刑狱门八类，京邑门八类，室宇门十一类，服用门十二类，器物门七类，财货门七类，修身门十三类，宴乐门七类，田猎门一类，行旅门六类，丧服门九类，方色门九类，蛮夷门四类，寇贼门八类，百禽门十二类，百兽门十八类，百虫门五类，花木门十八类。门下分类与卷上、卷中相类。

《文选类林》是继《文选双字类要》之后出现的第二部选藻类著作，其刻印者清吴思贤于卷末《跋文》中称：“门分珠集，百而具备，亶摘藻之芳园，文匠之武库也。”②《四库提要》中亦称《类林》：“取《文选》字句可供词赋之用者，分门标目，共五百四十九类。”③（实为五百五十类）可见此书与《文选双字类要》一样都是选藻体著作。体例上更加完备，不分门，直接分类，共分了五百五十小类，内容相同的类目合为一卷，共分了十八卷。

---

① （清）永瑢、纪昀：《四库全书总目·文选双字类要三卷提要》，《四库全书存目丛书·子部》第166册，第153页。

② （宋）刘攽：《文选类林》，《四库全书存目丛书·子部》第167册，第706页。

③ 同上书，第153页。

此外，每个辞藻的收录都遵循一定的纂集体例，如《文选双字类要》体例是：在辞藻之下，列出出现的句子，句子中涉及此词时，用——代替，有时后边会跟着此词的注释，最后是引文来源。如卷下“花木门”之下的“百花”小类，其中有“四照”一词，其著录是：“四照，——之花万品，注——即若木华也，其光——，《头陀寺碑》。”① 这里先列出“四照”一词的出处，随后跟着注释，再在其后列出文章名字。这里需要说明的是其注解不是来自李注，也不是来自五臣注，在胡刻本《文选》中李善注曰：“《山海经》曰：南山之首山曰鹊山，有木焉，其状如榖而黑，其华四照，其名曰迷榖，佩之不迷。郭璞曰：言有光炎。若木华赤，其光照下地，亦此类也。”② 在《四部丛刊》本《六臣注文选》中刘良曰：“四照，即若木花，其光四照也。”③《双字类要》的编者是在李善注与五臣注基础上对词义进行了概括。在《双字类要》中，出自同一诗文的同一门同一小类的词，在后一词中标出其来源诗文的著者、诗文名。并在著者、诗文名前加一个“并”字，如花木门“百果”类：“具繁，众果——。甘瓜，浮——于清泉，沉朱李于寒水，并魏文帝《与吴质书》。”④

《文选类林》纂集体例比《双字类要》更统一，都是先用大字列辞藻，后以双行小字列辞藻所在文句、辞藻的注解（注解不全同李善注、五臣注，盖撰者参阅六臣注基础上简单诠释），最后列其文著者及篇名。如《类林》卷八“瑟”类：“‘云和’孤竹之管，云和之瑟。【注】孤竹云和，皆山名，生竹与梓可为管瑟，因以为名。张平子《东京赋》。”⑤ 在“瑟”这一小类里，摘录“云和”一词，其来源于张衡《东京赋》中“孤竹之管，云和之瑟”，并对其意进行了解释。如果同一类中，所摘引辞藻来源于同一篇文章，只是在第一个出现的辞藻后，标注著者篇名，其后辞藻皆标同上，以避免重复。卷八“舞”类，“惊鹤”来自张衡《西京赋》，其后“长袖”也是来自张衡《西京赋》，其后撰者处直接标注为“同上”。如果同一句话中摘引了两个或两个以上辞藻，且属于不同类，则在第二个辞藻之下不再详录文句、注解、来源，而是标注“见某门某事下”，如舞类

① （宋）苏易简：《文选双字类要》，《四库全书存目丛书·子部》第166册，第150页。
② （梁）萧统编，（唐）李善注：《文选》，第2538页。
③ （梁）萧统编，（唐）李善等注，《六臣注文选》，《四部丛刊》影宋本，第1092页。
④ （宋）苏易简：《文选双字类要》，《四库全书存目丛书·子部》第166册，第150页。
⑤ （宋）刘攽：《文选类林》，《四库全书存目丛书·子部》第167册，第529页。

"妍迹"与曲类"九秋"，同来源于陆机乐府《罗敷艳歌行》中"丹唇含九秋，妍迹陵七盘"，故在舞类"妍迹"中详细标明文句、注解、著者、诗篇名，而在其后曲类"九秋"词下，其标曰："见舞门妍迹事下。"①

但是还有一些地方不是很严谨，如在征引体例上缺乏一致，如傅毅《舞赋》中摘引的辞藻颇多，归类各异，在有的辞藻之后标为"傅毅《舞赋》"，如在舞类"察形"之后，而在有的辞藻之后，标为"傅武仲《舞赋》"，如在伎类"郑女"之后，作者姓名的标注或标姓名，或标姓字，缺乏一致性。

《文选双字类要》是第一部选藻体著作，因此在体例上与后来出现的《文选类林》相较，还比较粗疏，两者的不同有：

（1）分类上，《双字类要》先分三卷，卷下分了四十门，门下又分了四百九十九小类。《文选类林》不分门，直接分类，内容相近的小类归于一卷，共计十八卷。

（2）诠释程式大体相同，但是《类林》要比《双字类要》更完善，在《双字类要》中，其体例是：择选辞藻、辞藻所作文句、篇名。偶然会在篇名前列著者，如"花木门"下"百花"小类中，"东园"词下，列"嗣宗《咏怀诗》"，只有少数如《提要》中讲的"语出经史，偶为汉以来词赋采用者，注为出典"。而《类林》中，辞藻、文句、注、著者、篇名五项基本都具备。

（3）从收录内容看，《双字类要》只收录双字辞藻，而《类林》兼收了二、三、四个字的辞藻，内容更加丰富，卷帙更多。

《文选锦字》也是以选藻为主的诠释著作，但是大都是对《文选双字类要》及《文选类林》的集成，在此不再赘述。

二　选句类

《文选》诠释史上，出现了一部比较特殊的诠释著作《文选集腋》，清胥斌等人辑录而成。是书直接选择《文选》中的佳句，勾连成篇。其书名为《文选集腋》，亦是取"集腋成裘"之意。

《集腋》贯穿始终的都是选句这一诠释方面。句子的选择大都注重为时文写作服务，这从篇目设置上就能看出：卷之一：王化、王业、王运、

---

① （宋）刘攽：《文选类林》，《四库全书存目丛书·子部》第167册，第533页。

霸业、君德、臣道、民风、民情（八类）；卷之二：治道、用贤、封建、政教、刑赏、耕籍、礼制、官制（八类）；卷之三：后妃姬妾、宗室世臣、佞幸宦侍、农亩、师儒、市廛商贾、宫室、苑囿、田猎、巡游、征伐、乐音、乐舞（十三类）；卷之四：圣德、儒修、文学、武功、节义、高隐、仕进、忠谏、功绩、名望、度量、明智（十二类）；卷之五：言论、豪侠、游说、技艺、父子兄弟、夫妇、友朋、行旅、年齿、遇命（十类）；卷之六：天象、时令、地舆、邦国、都邑、山岳、川渎、草木、鸟兽、鳞介、货宝、车马、服食、祥符、歌咏、怀旧、鉴古（十七类）。共六十八类。这与《文选双字类要》中所分四百九十九小类，《文选类林》中所分六百二十小类，《文选锦字》中所分七百二十小类相较，所设类大大减少，总括性增强，且主要集中在了王道霸业、经世致用等方面。在《凡例》中强调篇目安排上，"自王霸君臣诸目下，即次民风治道以迄巡游，然后继之圣德、儒修等篇，亦先国后野之意云尔"①。这种"先国后野"的篇目安排，也体现了文句选择的轻重态度，卷目之间、每卷之内所强调的内容除了体现对皇朝制度的尊崇外，更重要的是这些内容都是时文写作中的重要素材。为时文写作服务的目的决定了篇目设定、文句摘选等各个方面，体现出了功利性、实用性极强的诠释特点，这也是文学性诠释中一个突出特点。

第三节　历代《文选》诠释中文学性诠释方面之三
——总论有关内容

《文选》诠释中，值得注意的一类诠释就是对《文选》的有关问题进行总论。这一诠释多针对某一论题，或集中或分条进行论述，论题、论点、论述过程完整详备，是以论述为主，表达一定观点的论述性文章，篇幅根据论述内容或长或短，结构或整或散，比较灵活，其典型代表当属吴淇《六朝选诗定论》，本节以《六朝选诗定论》为本，对这一诠释方面作一集中说明。《六朝选诗定论》卷一《六朝选诗缘起》，卷二《统论古今之诗》、《总论六朝选诗》，所采用的都是论述有关内容的诠释方式。论述内

① （清）胥斌等辑：《文选集腋·凡例》。

容大到总论诗歌缘起、古今诗歌或是某一朝代诗歌发展，小至总论某一诗体源流或是某一诗人的成就地位等，都属于文学性诠释范畴。具体表现在以下几个方面。

一 总论诗歌缘起

《六朝选诗定论》卷一总论诗的缘起。篇首吴淇花费大量篇幅论述昭明选诗承继孔子删诗传统，延续了《诗》三百的风雅传统，本着尊经思想，取孔子论诗之文为权衡，目的是对选诗下一定论。随后他对论诗的缘起进行了追溯，从《虞书》后夔之语开始，到《夏书》五子感怨而作歌，再到《周书》周公居东二年作诗展开论述：

> 诗不知昉于何人？诗之名不知昉于何时，而创见于《虞书》后夔之语，曰："诗言志。"按："后夔本论乐也，非论诗也，然实为万古论诗之初源，作诗之元本焉。盖志者心之所之，诗者言之所之，有诸内必形诸外，志壹动气，理之固然，固有圣人之志，斯有圣人之言，有贤人之志，斯有贤人之言，故诗不合圣贤之旨不传。"①

对论诗原始的追溯围绕着后夔所说的"诗言志"展开，论述"志者心之所之，诗者言之所之，有诸内必形诸外"理论。最后得出的"诗不合圣贤之旨不传"的论断则是其"尊经"思想的极端表现，太过牵强。

其后大部分内容是对史书、经书中有关孔孟论诗条目的分论，结构比较散乱，但都是以论为主的论说文，都是为了其"尊经"思想为主旨的诠释服务。《提要》称其"迂远鲜当"②，但是不可否认，这是一篇观点鲜明的总论诗之缘起的论说文。

二 总论某一个朝代或是几个朝代的诗歌

《六朝选诗定论》卷二《总论六朝选诗》，以总论《文选》中所收诗为主要内容。首先论述诗歌史分三际的原因，再对六朝一际"以时分诗"进

① （清）吴淇：《六朝选诗定论》，《四库全书存目丛书补编》第11册，第22—23页。

② （清）永瑢、纪昀：《四库全书总目·选诗定论十八卷提要》，《四库全书存目丛书补编》第11册，第392页。

行论述：

> 《三百》，选诗之源。唐诗，选诗之流，不谙其源流，则选诗不可得而论也。前既统论其大概，兹乃总论选中六朝一际之诗。一际之中又分三会，一曰汉魏，一曰晋，一曰宋。而齐梁为闰余焉。盖齐梁者，唐人之滥觞，四声八病之说，起于沈约，而古音亡矣。……①

然后对汉道之升降、终始展开论述，每会诗作特点及作者创作一一进行论述。论述中吸收了钟嵘《诗品》的诸多观点，其中许多分析都围绕《诗品》的观点展开，在篇末引钟嵘曰："陈思为建安之杰，公幹、仲宣为辅，陆机为太康之英，安仁、景阳为辅，谢客为元嘉之雄，延年为辅。"② 这是《诗品·总论》中内容。这一段正是吴淇分论六朝三会及其诗人、诗作的指导思想。这与其《序》中强调的以圣人论断为论选诗之权衡的观点相忤。

除了以论为主的卷一、卷二外，在具体诠释中，也常常对某一论题进行简短的论述，如《六朝选诗定论》要对六朝选诗进行论评，将古今诗分为三际，六朝选诗处于中际，中际又分朝而论。在每一个朝代之始，他都要对这一朝代的诗，依据其划分三际、尊经理论及所宣扬的选诗乃是以"汉道"为主的理论进行总论。如梁诗之前，吴淇曰：

> 三百篇为周一代之制，而不全乎一代。选诗为汉一代之制，而不全乎一代。周诗无尾，汉诗无首，魏晋宋齐，踵事增华，各全乎一代之诗，而梁独不全者，限于选也。选成于梁太子萧统，而统卒于大通三年，故选中所载，止天监十余年之诗，而大通以后，不入选云。然诗亡于周平，平王之后无诗而有骚，诗兴于汉武，武帝之前无诗而有赋，是选诗距三百篇千百余年，中间有骚、赋为之关键，则《三百篇》之变为选诗，实有其渐，而选诗之变为唐诗，则顿也，非渐也。然亦有其渐焉，盖有监于陈隋之菁华已竭，故褰裳去之，而梁之沈约、江淹与齐之谢朓，宋之鲍昭，实为嚆矢。而选以后，虽有作家，

---

① （清）吴淇：《六朝选诗定论》，《四库全书存目丛书补编》第11册，第56页。

② 同上书，第57页。

> 如何逊、徐陵、庾信、薛道衡之属，皆不与焉。观唐人用韵最严，而礼部所颁，断以梁沈约为主，可知矣。[①]

这一段交代了自周、汉至魏晋宋齐梁几个朝代诗作的演变过程，从周时的《诗》三百，周平王之后的骚，汉武帝之前的赋，其后的选诗，再由选诗变为唐诗。中间的演变或渐或顿，《三百篇》到选诗经历了千百年，而选诗转为唐诗则是直接的。这实则是对划分三际的简单说明。

三 总论古今诗歌

《六朝选诗定论》卷二中《统论古今之诗》，是对自虞、夏至清之诗进行总论。

> 自有诗以来，厥变已极，今欲论其兴废盛衰之故，将古今之诗，分为三际，曰《三百篇》为一际，孟子所云王迹。选诗为一际，杜甫所云汉道。唐以后诸近体诗为一际，今人所沿之唐制是也。此三际者皆以诗分时者也。每际之中，年历千馀，代经数更。[②]

吴淇总论中，本着以诗分时原则，分为三际，三际代表诗分别为：《三百篇》、选诗、近体诗。每际诗有每际的内容特色，分别表现了王迹、汉道及唐制。

四 总论诗体源流

对一诗体的源流进行总论，如卷二《诗第二际六朝年表》中，西汉末，吴淇总论曰："选诗之体，皆备于西汉，韦孟四言，盖汉道四言之始，五言始于苏李河梁赠答之诗，在昭帝之世。然《古诗十九首》内，传枚乘之作，且苏别内一首，尚在奉使之初，则五言又始于武帝之时矣。柏梁诗选，不录其辞，实七言之始也。七言乐府，始于《大风》，五言乐府，始于班姬，四言乐府，汉不见选，迄建安曹氏父子始盛，故选虽总括六代，必以汉道为宗，即所采乐府，亦必与汉道之诗相近，而一切杂言之体，概

① （清）吴淇：《六朝选诗定论》，《四库全书存目丛书补编》第11册，第347页。

② 同上书，第53页。

置不录，其见卓矣。”[①] 对诗体源流进行了论述。

五　总论某一诗体

对某一诗体进行总论，如在“鼓吹曲”之后，吴淇曰：

> 鼓吹者，诸乐之总名也。其施用须别，用之朝会宴享者，曰黄门鼓吹；用之道路从用者，曰骑吹；师行而奏之马上者，曰横吹；旋师而奏之社庙者，曰短箫饶吹。此曲奉随王之教而作，玩其词意，盖用之道路，从行者耳。[②]

鼓吹曲是诸乐的总称，在不同的情况下，有不同的名称，吴淇对此进行了综述。

六　总论诗人成就地位、风格源流等

在具体诠释中，吴氏对每位诗人成就给予总评。如曹植，在分评其诗之前，先对曹植诗作进行了总体评价：

> 子建之诗，概括风雅，组织屈宋，洵为一代宗匠，高踞诸子之上。然其浑雄苍老，有时或不及乃父，清莹悲凉，有时或不及乃兄。然不能不推子建为极者，盖有得于诗家之正派的宗也。[③]

对曹植诗作的成就地位，给予高度评价的同时，还对其为何有此成就、地位的原因进探讨。

在评价诗人地位时，常常将其放入所划分的三际之中，与前后诗人比较中从宏观上给予定位，但是他常常将宣扬的尊经及三际划分比附在一起，主观性太强，可信性大打折扣，如评曹植，认为“选诗有子建，唐诗有子美，各际中集大成之诗人也。盖汉道创于苏李，盛于曹刘，唐制始于

---

① （清）吴淇：《六朝选诗定论》，《四库全书存目丛书补编》第 11 册，第 59 页。按：苏李诗早在宋时，苏轼就曾对其真实性表示怀疑，论断其为伪作，身处清季的吴淇仍然按照真作进行论断，颇没有实际意义。

② （清）吴淇：《六朝选诗定论》，《四库全书存目丛书补编》第 11 册，第 346 页。

③ 同上书，第 106 页。

沈宋，盛于李杜耳。世人知尊子美，而不知子建，由于只知唐诗，略过一际之故”[①]。三际划分是吴氏自为，将诗人尊抑与诗际划分联系起来，似太过简单化。

从以上论述可知，诗文选集诠释中总论有关内容的诠释，是诠释者表述其文学观念、主观性极强的一种诠释方式，通过此类诠释可以很好地了解诠释者的文学观点、文学批评理论，并进一步探求其时代文学批评特点。对于此类论述，应该本着客观公允的态度，给予正确的理解把握。

---

① （清）吴淇：《六朝选诗定论》，《四库全书存目丛书补编》第11册，第106页。

第八章

历代《文选》文学诠释研究(下)

历代《文选》诠释中，有一类重要的文学性诠释方面——诗文评点。出现原因一方面是因为《文选》诗文本身杰出的文学成就，吸引着众多文学家赏析评点。另一方面主要是隋唐以后，科举制度重视以诗赋取士，《文选》成为士子比较方便学习的写作范本，引来他们的学习摹写。为了士子学选，掌握诗文章法结构、风格特色，赏析评点类诠释逐渐受到关注。以评点体著作为主的《文选》诠释中出现了艺术手法分析（包括指点瑕疵）、艺术风格评析、佳词丽句点评、较量同异、杂论等几类分析，这些内容主要围绕诗文形式特色展开。

第一节 《文选》诗文艺术手法分析研究

在《文选》诗文评点中，最重要的一类是对诗文艺术手法的分析。此类诠释早在李善注、五臣注中就已经出现。如张衡《东京赋》“秦政利觜长距，终得擅场”，李善引薛综旧注曰：“言秦以天下为大场，喻七雄为斗鸡。”[①] 左思《魏都赋》“正位居体者，以中夏为喉，不以边垂为襟也”，李善曰：“喉、衿，以身及衣为喻也。”[②] 薛综旧注及李善注都是对诗文比喻手法的揭示。再如在五臣注中也有对艺术手法的揭示，如颜延年《五君咏》之《阮始平》：“屡荐不入官，一麾乃出守。”张铣曰：“一麾出守，此亦延年自喻。”[③] 揭示了作者借写阮咸而暗喻自己的修辞手法。再如在《五君咏》之《向常侍》：“交吕既鸿轩，攀嵇亦凤举。”吕向曰：“鸿、凤，鸟之美者，故以喻焉。”[④] 揭示了以“鸿”、“凤”比喻向秀之俊杰。

到了元代的刘履，其《选诗补注》大量对诗文的赋、比、兴手法进行揭示，多数直接标注：赋也、比也、兴也、赋而兼兴也、赋而兼比也……文学创作是发展变化的，以诗六义中赋、比、兴手法生硬地套用在自汉至齐梁间二百四十余首诗篇中，的确有“刻舟求剑，附合支离”[⑤] 之嫌，所幸其分析也颇中肯，《提要》称其“大旨不失于正，而亦不至全流于胶”[⑥]，也合乎其情况。刘履多在诗文首端标以“赋”、“比”、“兴”等，很少再进行进一步说明，这对读者理解造成了困难。只有少数地方对何以为比兴进行了详细分析，如在陶渊明《停云》中“翩翩飞鸟”章分析中，刘履曰：“兴也，言庭柯之鸟翔集从容，和鸣而相亲以兴，仕途之人，当择所处，不可遗弃亲友而不顾返也。且他人之苟禄者，亦岂无之，惟我与子，素相亲厚，故于此实深念之耳。……”[⑦] 揭明陶渊明以庭树之鸟和鸣相亲以起兴，引起求仕之人亦当择取所处，与亲友相亲厚。刘履对诗篇手法的分析比较恰当，但是细细揣摩，诗句所用不仅有兴，同时兴句中又寓含比意，乃是兴中有比手法的运用。再如鲍照《放歌行》，刘履曰：“比也……此殆明远自中书舍人以后退归，当孝武之时，重于仕进，故作是曲，以见志欤。首言蓼虫，避葵堇，而集于蓼，由其惯于食苦，不言非甘，以喻己之

---

① （梁）萧统编，（唐）李善注：《文选》，第 94 页。

② 同上书，第 262 页。

③ （梁）萧统编，（唐）李善等注：《六臣注文选》，第 397 页。

④ 同上。

⑤ （清）永瑢、纪昀：《四库全书总目·风雅翼十四卷提要》，《四库全书》第 1370 册，第 2 页。

⑥ 同上。

⑦ （元）刘履：《风雅翼·选诗补注》，《四库全书》第 1370 册，第 94 页。

谢禄仕而穷居，安于处困，自以为高也。”[①] 对鲍照以蓼虫甘于食苦，比喻自己不求仕达、甘心穷居之意给予揭示。

刘履以诗六义中赋、比、兴手法诠释选诗，在其诠释背后贯穿着一条主导思想，即汉魏至齐梁诸诗都是《诗》三百的延续和发展，在对郦炎诗二首的诠解中有明确表述：“愚按汉诗气度浑厚，兴趣悠远，多得《三百篇》流风余韵，下至张衡《四愁》，亦未失汉人词调。”[②] 表明所以以赋、比、兴诠释选诗，是因为选诗是《三百篇》的“流风余韵”，这是尊经思想的体现。在《文选》诠释史上，以尊经思想指导诠释的著作极为少见，而刘履《选诗补注》无疑具有代表性。他将网罗众多诗人、内容涉及广泛的选诗收束进《诗》三百体系，忽略了文学发展的多样性、丰富性，有削足适履之嫌。

随着明朝评点体的兴起，诗文评析达到了高峰，这不仅表现诠释内容、形式都以评点体呈现，更表现在高质量的评点著作出现。其中以孙矿《评文选》、邹思明《文选尤》为代表。此外清朝何焯《义门读书记·文选》成就也很突出，他们在诗文评点中表现出了文学批评理论、批评方式的成熟和完善，能够代表《文选》艺术手法分析的主要成就。总结他们的评点，关于诗文艺术手法的评析主要集中在了以下几个方面。

一 章法结构分析

章法结构实则就是为文的结构布局，是一篇好的诗文必备的基础，框架打不好，再好的藻饰都不会产生好的效果，因此艺术手法分析中章法结构的分析很见评点家的功力。孙矿、何焯等都对诗文章法结构进行分析，但是他们对章法结构的分析存在着很大不同。孙氏评选中章法结构分析不多，比较零散，很少有对某一诗文章法结构进行完整系统的分析，而且常常与艺术手法分析、内容揭示等掺杂在一块。如《吴都赋》[③]：

（1）篇首孙氏评曰：“是祖《上林赋》，分山水二大宗为棋盘，而以校猎为下棋。全在字句间用意。”（按：总述结构，并与源流追溯、手法分析融为一体。）

---

① （元）刘履：《风雅翼·选诗补注》，《四库全书》第1370册，第151—152页。

② 同上书，第20页。

③ （明）闵齐华删注，孙矿评：《文选瀹注》卷三。

（2）“擢本千寻，垂荫万亩。攒柯挐茎，重葩殗叶。……”孙氏评曰：“何等层数，一一实铺，不牵合不混杂……”（按：与艺术手法评析混杂在一起。）

（3）“其荒陬谲诡，则有龙穴内蒸，云雨所储，陵鲤若兽，浮石若桴，双则比目，片则王馀……”孙氏评：又分荒陬四野以伸未尽之意，第吴地山最多，奈何不极一铺张。（按：与艺术手法分析合在一起。）

（4）“徒观其郊隧之内奥，都邑之纲纪。霸王之所根柢，开国之所基趾。……”孙氏评曰：“总说宫殿。”

此篇章法结构分析断断续续，但是相较其他篇章的分析，还算是比较完整的一篇，多与艺术手法分析混杂在一块。

何焯在点评诗文时，整篇诗文框架结构是其诠释的重点。评点中带有明显的为时文写作服务的目的。耿文光曾曰：“义门之学，专攻时文。集中杂述，皆论制义。”因此“义门评本，不脱时文习气”[①]。无论是对赋、诗，还是杂文，何氏评点章法结构时经常用应、对、引、承、转、结、收、伏等词语。这种用语与当时八股文写作中讲求起承转合相对应。注重对经典文章的评述，通常对通篇章法结构及为文旨意进行简要分析，带有明显的以之为范本的观点，以诸葛亮的《出师表》[②] 为例：

（1）诚宜开张圣听，以光先帝遗德，恢志士之气。何曰：此句对后“兴复”（按：章法结构）。高明光大之本（按：旨意）。

（2）不宜妄自菲薄，引喻失义，以塞忠谏之路也。何曰：此句对后规益（按：章法结构）。涵养成就之助（按：旨意）。

（3）若有作奸犯科及为忠善者。何曰：主于远小人故先以作奸犯科为言（按：笔法）。

（4）将军向宠。何曰：此下承“不懈于内”（按：章法结构）。

（5）“亲贤臣”至“后汉所以倾颓也”。何曰：先汉、后汉各指东西治乱之君而分言之（按：笔法）。

（6）侍中尚书长史参军。何曰：攸之等管机密，陈震等统庶政，任分

---

① （清）耿文光：《万卷精华楼藏书记》卷一百二十五《评〈何义门集〉》，中华书局 1993 年版。

② （清）何焯：《义门读书记·文选》，《四库全书》第 860 册，第 712 页。笔者分析加“按”。

内外，故别而言之，后但言攸之等者，内职诸臣，专以成就君德为务，震等乃代理留府，事皆惟公裁决也（按：笔法）。

（7）臣本布衣。何曰：此下承“忘身于外”（按：章法结构）。

（8）“愿陛下托臣以讨贼兴复之效”至“以告先帝之灵”。何曰：收第三节（按：章法结构）。

（9）若无兴德之言，则戮允等以章其慢。何曰：收第二节（按：章法结构）。

（10）“陛下亦宜自谋”至“深追先帝遗诏”。何曰：收第一节（按：章法结构）。

（11）咨诹善道。何曰：四字对“开张”（按：章法结构）。

（12）察纳雅言。何曰：四字包“规益”（按：章法结构）。

如此详细的分段分句解析，并就重要起承转合处给予赏评，利于读者对章法结构有一个清楚把握，为他们学习写作提供了很好的范本。这样的例子在何焯评选中很多，如对贾谊《过秦论》的分析，就是从头到尾章法结构进行分析。比较孙矿与何焯章法结构的评析，孙矿对章法结构概念的理解不如何焯清晰，也不如其评价的系统完整。其他人评选中也有此类内容，不是很典型，不再赘述。

二　文法、笔法、修辞等艺术手法分析

在明清评选著作中出现了不少修辞手法揭示的内容。如孙矿评《选》中，应玚《侍五官中郎将建章台集诗》，篇首孙评曰：“写旅雁清势绝妙，音调悲切而浏亮，即代雁为词格尤奇。”① 在此诗中与雁问答，乃是拟人手法运用，孙氏称其为“代雁为词格”，称此手法的运用“尤奇”。何焯也有不少内容对时文修辞方式给予揭示和分析，如对比兴手法的揭示，“行行首，‘胡马依北风’”条，评道：“比兴。”在“冉冉孤生竹”首条下，其评曰：“孤竹是兴，女萝是比。”② 有对夸张修辞手法的揭示，如对《吴都赋》中“百川派别，归海而会”条下，其评道：“二句皆赋家夸饰之词，不可实指。”③ 有对比喻手法的揭示，如：《洛神赋》中“恨人神之道殊

① （明）闵齐华删注，孙矿评：《文选瀹注》卷十。

② （清）何焯：《义门读书记・文选》，《四库全书》第860册，第695页。

③ 同上书，第648页。

兮，怨盛年之莫当”条下，其评曰：“神尊而人卑，喻君臣也。”[①]揭示曹植写《洛神赋》，借写对神女之思慕，实抒发自己政治上的不得志。邹思明《文选尤》中，也有对修辞手法的揭示，如宋玉《对楚王问》：“其曲弥高，其和弥寡。故鸟有凤而鱼有鲲。……”眉评曰：“下把鱼鸟为喻，意处生意，笔力雄快。”[②]揭示此文以鸟中有凤凰，鱼中有鲲鱼，比喻说明“曲高和寡”之深意。清中后期赵晋的《文选敏音》中也有对《文选》修辞手法进行分析的条目，如：“扬子云《剧秦美新》：‘遥集乎文雅之囿，翱翔乎礼乐之场。’注言：‘以文雅为园囿，礼乐为场圃。’此譬喻之辞也。”[③]赵晋在李善注基础上，进一步指出此为比喻手法的运用。这种分析不如明清评点类著作中那样集中，只是零散地分散在考据条目中，但也说明《文选》作为诗文总集，文学性特色无论在何种体式的诠释中都是难以回避的。

诸评选著作中对笔法评定的内容也有不少，何焯尤其注重对杂文笔法的评定，也注重了对时文写作的指导。如对司马相如《上书谏猎》一文，何氏曰：“简当深切，章奏当以此为准矱。”[④]再如对扬雄《赵充国颂》一文，其评曰：“百余字耳，叙致详赡，可为后人法，戒所以为作者。”[⑤]这些评定指出此文乃此类文体之楷模，是后人写作此类时文的范本。

文法评析方面，尤其是为文与文体相符内容的评点，刘伯伦《酒德颂》条下，何焯评道：“撮庄生之旨为有韵之文，仍不失潇洒自得之趣，真逸才也。”[⑥]他分析刘伶《酒德颂》的主旨是庄子思想，形式则采用了韵文方式，二者结合自然，如其自得，也就是说内容形式达到了完美结合。实则评述了杂文写作中质文并重的写作态度。

此外，受何焯《义门读书记·文选》的影响，在清考据类著作中评点赏析类内容也有。如张云璈《选学胶言》“隔句用韵”，对诗句用韵给予揭明。这是诗文评点在考辨类著作中的点滴呈现，也能反映此类诠释的特点及影响。

---

① （清）何焯：《义门读书记·文选》，《四库全书》第860册，第664页。

② （明）邹思明：《文选尤》，《四库全书存目丛书·集部》第286册，第684页。

③ （清）赵晋：《文选敏音》，第6页。

④ （清）何焯：《义门读书记·文选》，《四库全书》第860册，第715页。

⑤ 同上书，第723页。

⑥ 同上。

三　指点瑕疵

以上对艺术手法的分析多数是对《文选》诗文褒奖的内容，但是评点中也存在对文笔、遣词造句、章法等不足之处的揭示。此类问题最初很少被揭示，这与每个朝代的诠释重点有关。隋唐时期，注重诗文字义训诂、章句疏解，宋朝注重摘选佳词丽藻。这些诠释对《文选》诗文艺术上所存在的瑕疵很少涉及。随着明朝评点体的兴起，指点瑕疵内容开始出现在《文选》诠释中。

此类评点的代表人物当属明朝评点大家孙矿及清朝选学大师何焯。孙矿《评文选》中，对《文选》诗文瑕疵揭示主要有以下几类。

（一）指点文笔瑕疵

如“穷览万国之有无，考声教之所被，散皇明以烛幽”条，孙氏评曰：“巡狩宫苑等叙得太略。”① 对文笔的详略不当之处进行点评。再如《洞箫赋》第一段，接连两个眉评，对其文笔之繁冗进行批评：“一个‘竹’却说了许多，固是赋家风致，然亦觉伤烦。”“极力铺张，然大约不越《七发》‘龙门之桐’一条意。”② 针对王褒繁琐的描述，一针见血指出无非是写“竹”，沿袭《七发》龙门之桐的意旨进行生发过于繁冗。

（二）指点描写次序上安排的瑕疵

《应诏诗》孙氏篇首眉评曰：“总之喜而速行，意浓色可掬，然不甚有次第。”③ 指出《应诏诗》在次第安排上比较混杂。

（三）指点语言提炼上的欠缺

颜延之《应诏宴曲水作诗》篇首眉评曰：“撰语多精刻有致，但尚未炼入浑妙耳。”④ 揭明语句锤炼尚欠火候。

此类评析，贯穿了孙矿对诗文优劣品评的观念及文学理念，对帮助读者了解《文选》诗文写作手法及学习写作很有帮助。

何焯《义门读书记·文选》中，对诗文多数是赞赏有加，对诗文阙失评点不多，但是对瑕疵的指点，多能一语中的，洞察细微。如在“颜延年

---

① （明）闵齐华删注，孙矿评：《文选瀹注》卷一。

② 《文选瀹注》卷八。

③ 《文选瀹注》卷十。

④ 同上。

《三月三日曲水诗序》”条下，何氏曰：“颜王二序皆出张班。颜犹有制，王则以夸以丽，欲以掩颜而转见卑冗，宋齐文格不止判若商周也。”[①] 在其后的“王元长《三月三日曲水诗序》”条下，其评曰：“序记杂文，遂与辞赋混为一途，自此作俑，其藻愈肥，其味愈瘠，使人思颜之妙。”[②] 针对王融以辞赋之体为序，欲以华辞丽藻胜颜延之之序，却犯了文不符体之弊，何氏此评为当时写作时文者提出警示：为文一定要与其文体相符，一味追求辞藻华靡，忽视文体本身特点，乃是为文之忌。

除了孙矿、何焯对《文选》诗文艺术手法上的阙失进行揭示外，其他诠释著作中也有涉及，值得注意的是在考辨为主的著作中，也有此类条目，如赵晋《文选叩音》就有对文笔阙失进行揭示的条目：

> 曹子建《赠王粲诗》“中有孤鸳鸯，哀鸣求其匹”。《玉篇》云：“雄曰鸳，雌曰鸯。”《古今注》谓为匹鸟，夫雌雄既相匹矣。梁间戢翼，何得云孤，何求匹之有？裴松之《三国注》：“子建为文，有未点检，好后人讥弹之。”此种是也。[③]

针对曹植“中有孤鸳鸯，哀鸣求匹俦”的诗句，引用《玉篇》、《古今注》中对鸳鸯的解释，指出鸳鸯乃是雌雄二鸟之名，雌雄既然相匹，就不存在孤的问题，又引用裴松之《三国注》中对曹植的评论，批评曹植遣词造句中用语不严密。

总之，历代选学家在评析《文选》诗文艺术手法时，侧重了诗文佳妙处的分析，也兼顾了瑕疵的指点，有赞赏有批点，为后人学习《文选》提供了很好的指导。

第二节　代表诠释著作的《文选》艺术手法赏评研究

《文选》诗文艺术手法分析中，最具代表性、对明清诗文评点都产生

---

① （清）何焯：《义门读书记·文选》，《四库全书》第860册，第722页。

② 同上。

③ （清）赵晋：《文选叩音》，《丛书集成》（补印本），第2页。

深远影响的，当属孙矿的《评文选》，其后的评点家如何焯、方廷珪等都受其影响。孙氏评选中很多内容是对《文选》诗文艺术手法的评析。在评析中，孙氏尤其看重诗文表达的新、浓、腴、奇。

他在评选中有意识地提出写作要注意求新求奇。如在《别赋》中，孙氏评曰："看他炼意炼语，亦只在眼前，所以妙若必欲搜奇极深则亦何难之有，且尔则又别是一境界。"① 指出为文所达妙处必须搜奇极深。再如在张衡《东京赋》"且高既受命建家，造我区夏矣。……铭勋彝器，历世弥光。"孙氏评曰："此即《东都》同符高祖、允恭孝文、仪炳世宗。意却变如此调，是脱胎法。"② 对其手法总结成"脱胎法"，延续了黄宗羲的文学批评理论，与前一例提到的求奇求新一样，都是希望通过新奇的手法，达到文学创作面貌一新的目的。

遣词造句中，孙氏强调"奇"的效果。郭璞《游仙诗》七首中，"燕昭无灵气，汉武非仙才"，句上眉评曰："前来如骏马下坂，却用此两句陡收，真是奇诡不伦。"③ 再如下首"月盈已复魄。蓐收清西陆，朱羲将由白。"孙氏曰："语撰得奇峭。"④ 在这两个评语中，以"奇诡"、"奇峭"点评，在其他诗的评析中，"奇"字也常常出现，显示了对这一特色的重视。

此外，孙氏尤其欣赏文辞描述中体现出的"浓"、"腴"风格。在评析佳词丽句及美文时，"浓"、"腴"二字出现的频率特别高。如卢谌《览古诗》，孙氏总评曰："笔力遒劲，写事精踊跃大有浓色。"⑤ 再如虞羲《咏霍将军北伐》诗，"胡笳关下思，羌笛陇头鸣。"孙氏评曰："衬贴得有浓色。"⑥ 此二例中"浓色"一词连续出现。再如《西都赋》中"华实之毛，则九州之上腴焉；……周以龙兴，秦以虎视。"孙氏眉评曰："此段语最腴炼。"⑦

除了对新、浓、腴、奇的重视，孙氏在艺术手法评定中，尤其注重字

---

① （明）闵齐华删注，孙矿评：《文选瀹注》卷七。

② 《文选瀹注》卷二。

③ 《文选瀹注》卷十一。

④ 同上。

⑤ 同上。

⑥ 同上。

⑦ 《文选瀹注》卷一。

句的锤炼，讲求字雕句琢，如张衡《西京赋》中："汉氏初都，在渭之涘。秦里其朔，寔为咸阳。……日北至而含冻，此焉清暑。"孙氏评曰："大凡四面叙地势法，类多堆而板，此独错落圆活，音节铿锵，长短虚实相应，更句锤字炼，铸成苍翠之色，真是千金万宝，孟坚所不及。"① 再如左思《咏史诗》"弱冠弄柔翰"首，孙氏评曰："元美谓此诗太不雕琢，恐未然。逐句细玩，殆无一字轻下，当是既雕既琢，复归于朴。"② 分析指出此诗字句由雕琢而至质朴境界，显示了孙氏注重字句雕琢的最高境界就是转至朴实无痕的境界。因此他讲求雕琢，但是反对过分雕琢，如颜延之《应诏观北湖收田》篇首总评："一味生造，比谢客更雕琢，不可谓无沉细之趣，然未尽佳也。"③ 他在分析艺术手法时，还注重了天然无矫饰之作，如王粲《杂诗》，其高度评价曰："天然不矫饰，就枯处炼出腴采，色古力劲，第畦径分明，却可学而至。"④ 可见他所重视的诗文的最高境界，一方面可以通过雕饰达到，另一方面可以通过天然描述，自然天成。

明朝另一部评点著作邹思明的《文选尤》，为"诸郎君所趋庭而相授受"目的编写，分析《文选》艺术手法是主要内容。但是其分析比孙矿简单，如对章法结构的分析，在江淹《别赋》中，邹氏在篇首评曰："先言离别之可悲，万族以下则分言别之不一。"篇后眉评曰："别方以下总言别绪多端，难以形状。"⑤ 前评指出全篇结构为先总后分，后评指出此篇结构是分述之后又总评。经过首尾二眉评的评点，江淹《别赋》章法结构就比较清楚了。此外还有对修辞手法的揭示、佳词丽句的点评，多是几字带过。此外文末总评等也有对诗文艺术手法的点评，其中有不少是对他人评点的征引。无论是深度还是广度，都不如孙矿的评点，只是对初学者具有一定的指导意义。

清代评点家当数何焯成就最大，但是他没有专门的评选著作传世，其评论一部分见于后人整理的《义门读书记·文选》中，此外一些《文选》集评著作对其评多有收录。于光华《重订昭明文选集评》中集中了多人评论，其中何焯与孙矿二人评论尤多。从于氏《重订凡例》知何焯评《文

① （明）闵齐华删注，孙矿评：《文选瀹注》卷二。

② 《文选瀹注》卷十一。

③ 同上。

④ 《文选瀹注》卷十五。

⑤ （明）邹思明：《文选尤》，《四库全书存目丛书·集部》第 286 册，第 454 页。

选》三易其稿，“故或记年，或用‘又曰’以别之，世所传写，皆晚年所定，初次则支分节解，于初学尤宜”①。而《集评》收录的乃是其初定稿，何评于诗文艺术手法分析尤为偏重，此类评点特点如下：

（1）注重将单篇诗文艺术手法分析置于文体流变、文体特色大背景中，给予宏观分析和客观定位，使读者对其艺术特色在纵横层面上有一个恰当定位，如宋玉《高唐赋》篇末总评，何焯评曰：

> 铺张扬厉，已为赋家大畅宗风，词尚风华，义归讽谏，须知赋之本意，义本于诗，而体近于骚，故有屈之《离骚》则有宋之赋，其时荀卿亦以赋著，而荀卿近质，宋赋多文，宜赋家之独宗宋也。②

对宋玉《高唐赋》艺术手法的分析是基于对汉赋源流特色展开的，抓住文体特点进行分析评定，先讲述了汉大赋辞藻宗尚风华，旨意归于讽谏，这是由其“义本于诗，体近于骚”之本意造成。当时荀卿与宋玉两家赋都很著名，但是由于宋赋多文，接近了赋体“义本于诗，体近于骚”的本意，故为赋家所宗。从侧面展示了《高唐赋》多文的特点，符合铺张扬厉的赋体特点。再如《幽通赋》，何焯篇末总评曰：“赋家俱以体物为铺张，此独以议论引古文为结构，取法《离骚》，亦有《鹏鸟赋》遗意，皆以虚连，不取实发也。”③ 此处亦是从赋体总的特点出发，对该赋艺术手法的独特之处进行分析。

（2）分析艺术手法细致，常对篇文脉络加以揭示，其中对篇章起承转合、前后相应处尤为重视，如《月赋》篇末总评：“何焯曰：‘前写日之故实，次入即景之语，后言兴感之情，大意全在二歌，由始升以及既末，前后自相照应。’”④ 眉评中此类评述如《西征赋》“贾生洛阳之才子，飞翠绥……”几句眉评中，何氏评曰：“俯仰激昂，为一篇精彩焕发处，正与篇首修短通塞之数关合也。”⑤

（3）喜欢点明篇章的眼目及扼要，如《鹏鸟赋》“夫祸之与福兮，何

---

① （清）于光华：《重订昭明文选集评·重订凡例》。

② 《重订昭明文选集评》卷四。

③ 《重订昭明文选集评》卷三。

④ 同上。

⑤ 《重订昭明文选集评》卷二。

异纠缠。命不可说兮，孰知其极。……”其上眉评曰：“‘命’字、‘天’字、‘道’字，为一篇眼目，命本于天，惟见道者，乃知命也，故先说祸福之难凭，后乃归之知命者。”[①] 再如鲍照《舞鹤赋》篇首眉评，何氏曰：“从仙禽见羁，供人爱玩，故有结句之意，为一篇开合处。”其下何氏又曰：“此段从鹤入舞，是上下过峡处。”再如班固《幽通赋》，何氏篇首眉评曰：“通篇归重‘道’字。”其下何氏又评曰：“‘精诚’二字，前后照应，以‘道’字为通篇主宰，以‘圣人’为通篇精神。”[②]

在点明关键字词时，常给予分析，以利于读者把握全篇主旨，如《鲁灵光殿赋》“而灵光岿然独存，意者岂非神明依凭”，其上眉评曰：“岿然独存，乃作赋之由，篇中摹写，全在此四字着精采……”[③] 对四字的点评，帮助读者了解《鲁灵光殿赋》用心所在。

需要交代的是，明清评点大家针对同一诗文的评点常常不尽相同，主要表现在两个方面，一是褒贬态度不同，二是意见有相左处。这表现了不同评点者对诗文不同的评点态度。于光华《重订昭明文选集评》中集中了何焯、孙月峰、方廷珪、邵子湘等人评论，而何焯与孙月峰二人评论尤多。以孙矿和何焯为例，何焯对于《文选》诗赋的评析多持赞赏态度，而孙氏则常指摘瑕疵，批驳处较多。如潘安仁《藉田赋》最后一段眉评：

何曰：颂语畅能本而孝之意，而咏叹之。

孙曰：仿《诗》、《书》大似，或袭其势，或摘其语，殆如集古句耳。

〇初读时，讶其腴练，便欲句圈之，但疑其太熟，及再玩兼注，乃知悉是摹古，彼时已尔，何况今于鳞伯玉也。

《藉田赋》篇末总评：

孙月峰曰：雅细有之，然乏宏深之致。看《国语·虢公谏》，不藉千亩一章，彼是何等骨力，何等姿态。[④]

---

① （清）于光华：《重订昭明文选集评》卷三。

② 同上。

③ 《重订昭明文选集评》卷二。

④ 同上。

孙氏评《藉田赋》，以其与《国语·虢公谏》相较，从总体笔力、风骨着眼评其流于雅细，宏深不足。眉评则指出《藉田赋》乃是摹古之作，虽初读时感觉腴练，但细细品评，则流于摹古而意义不大。

> 何义门曰：文不高，然颂述典礼，当自为法式。其体源亦出于《东都赋》中，以“礼”字为提纲，以“本”字、“孝”字为分应，是全篇大局。〇安仁才思清绮，秀色有余，承建安之余风，开永嘉之新制，亦赋家之能事也。①

何氏评选，多从章法结构、眼目、起承转合处分析，对潘氏《藉田赋》总体评价为“文不高”，这与孙氏“雅细有之，然乏宏深之致”相同，但只是一笔带过，至于为何“文不高”，没有作深一层分析，至于孙氏指出的《藉田赋》“悉是摹古”，也全未看出，着重就其体源、提纲、分应等处进行分析，对潘氏才思大加赞赏。可以看出，何氏评析多从褒的方面入手，但是一味赞赏，不揭露其弊端，也不利于读者全面、客观的把握选文。

孙氏评论相较何评严刻得多，但对文中精美之处品评不多，也不利于读者把握文章。于氏对孙评、何评并列集出，一严一松，一褒一贬，互为补充，为读者赏析选文，提供了可资采纳的两种观点，有利于他们学习选文。

二人评语相左处，再如潘安仁《怀旧赋》：

> 孙月峰曰：与子期《思旧》同调，撰语较工，而气格不及。
>
> 何义门曰：全是子期《思旧》意，序不及而赋过之，其秀拔处，只在俯仰瞻眺间。②

二人虽都看出《怀旧赋》与《思旧赋》描述意思相同，孙氏认为《怀旧赋》气格上不及《思旧赋》，而何焯却认为序不及而赋过之，真可谓仁者见仁，智者见智。体现出何焯褒多孙氏贬多。

不过，孙评与何评也有相一致处，如孙兴公《游天台山赋并序》，序

---

① （清）于光华：《重订昭明文选集评》卷二。

② 《重订昭明文选集评》卷四。

首眉评：

> 何曰：序优于赋。
>
> 孙曰：序文腴而净，笔力甚劲快可喜。①

二人都对《游天台山赋》序文给予肯定和赞赏，于氏并列二人评述，读者览其评，自然会对其序刮目相看。

孙评与何评不同处还在于，孙评喜欢探讨诗文源流宗祖等，而何焯则多喜欢就《文选》诗文篇章结构起承转合等进行分析。此类眉评、尾评处处可见，不再赘述。

第三节 《文选》诗文艺术风格评析研究

诗文艺术风格的抽绎，是文学评析中最抽象、最难把握的部分，同样也是最能体现文学性诠释特色的部分，我们可以把它看作是文学观念成熟与否的标志。《文选》产生在文学自觉的南朝，萧统编选《文选》目的也是要编撰一部文学作品总集。所以如何把握诗文的文学性，诗文风格的体悟是关键部分。虽然《文选》是作为一部文学总集产生的，从其诠释史看，诗文风格的评析，也经历了一个逐渐成熟的过程。

唐宋元时期，《文选》诗文风格特色的评析很少涉及。发展到明朝，评点大家孙矿，开始涉及《文选》诗文风格特色的品评。如《洞箫赋》篇首眉评曰："苍郁宏肆，有飞砂走石之势，然锻炼之力未至，唯以气胜，其铺叙次第则后来音乐诸赋所祖。"② 开始的"苍郁宏肆"是对《洞箫赋》风格的精练概况，随后的评论则是对艺术手法的品评及后世影响的揭示，与风格无涉。再如《古诗十九首》篇首总评曰："《三百篇》后，便有十九首，宏壮婉细，和平险急，各极其致，而总归之浑雅，在五言中允为方员之至，后作者虽多，率不出此范围，《诗品》谓'惊心动魄，一字千金'，

---

① 《重订昭明文选集评》卷二。

② （明）闵齐华删注，孙矿评：《文选瀹注》卷八。

良然。”[①] 前部分的评论都是对《十九首》风格的评论。孙氏文评中很少对诗文的艺术风格进行明确的点评，只是在对艺术手法讲评中，偶尔掺杂对诗文风格的些许把握，这从侧面反映了当时对文学风格的评点尚处于萌芽阶段，抑或是孙氏文评理念中没有明确的艺术风格概念。

发展到明邹思明《文选尤》，对文学作品艺术风格的评定，成为其诠释的重点。突出表现在文末总评中，这些点评或来自邹氏自己，或征引前人、时人的评述，如在王延寿《鲁灵光殿赋》之后，邹氏评曰：“奇异怪丽，雄竦陆丽，若丹霞飞华顶之峰，接天峻拔。紫雾锁方瀛之路，峭壁崔巍，警心骇目，疑鬼疑神。”[②] 此外在眉评中，有大量内容是针对《凡例》中所谓的“奇幻灵变，韶令华瞻处”艺术风格特色的评述，这些评定往往言辞简单，少则三四字，多则一两句，往往以比喻手法描述其风格特色。如谢朓《始出尚书省》“既秉丹石心，宁流素丝涕”一句用圈标出，并评曰：“骨峻神清。”这些诠释一方面为一般读者阅读赏析选文提供帮助，另一方面为学子们学习写作提供了很好的指点。从其对文学作品风格特色的重视可以看出，对诗文风格的把握已经转变为有意识的行为，对文学风格从观念及理论有一个比较清晰的认识。

继孙矿、邹思明之后，明凌濛初的《合评选诗》，对选诗风格的评析增加。其中有对诗人总体风格的评定，如左思《咏史诗》八首，凌氏引王世贞评曰：“太冲奔苍，《咏史》、《招隐》，绰有兼人之语，但大不离琢。”[③] 有对诗人组诗总体风格的界定，如阮籍《咏怀诗》中，引严羽曰：“黄初之后，惟阮籍《咏怀》之作，极为高古，有建安风骨。”[④] 对《古诗十九首》风格总评：“钟嵘曰：‘文温以丽，意悲而远，惊心动魄，几乎一字千金。’”[⑤] 对某诗风格特色的评定，如对汉高祖《大风歌》：“钟惺曰：‘雄大不浮。’”[⑥]

到了清代，此类内容更多，尤其以何焯的《义门读书记·文选》为代表。何焯对《文选》篇章、著者艺术风格特色的评定是其关注的一个主要

---

① 《文选瀹注》卷十五。

② （明）邹思明：《文选尤》，《四库全书存目丛书·集部》第286册，第417页。

③ （明）凌濛初：《合评选诗》，《四库全书存目丛书·集部》第340册，第679页。

④ 同上书，第696页。

⑤ 同上书，第769页。

⑥ 同上书，第762页。

方面。在其评点中，何焯评议明显表露出了两种风格的界定。一种是豪壮风格，常会用简单的语句点明，其评语常用的有“奇”、“奇伟”、“豪健”、“顿挫”等，如“潘安仁《关中诗》”条下，何氏评道：“议论奇伟。”[1]“司马绍统《赠山涛》诗”条下，其评曰：“豪健不减刘越石。”[2] 对王仲宣《咏史》诗，其评曰：“仲宣之诗，最为沉郁顿挫，而钟记室以为文秀而质羸，殆所未喻。”[3] 在“左太冲《咏史诗》”条下，其评为：“八首一气挥洒，激昂顿挫，真是大手。”[4] 他不仅对诗歌侧重豪壮风格的挖掘，对赋作的评点，也常常侧重此类文句的发现点评。如班固《东都赋》中，从“往者王莽作逆”至“乃致命乎圣皇”一条中，何氏评道：“气质雄健。”[5] 此外在许多篇章诗句中，经常有“顿挫”、“又顿挫”的评语。从诸多评议中，可以看出它们或气势豪壮、情感深郁，或抒写奇丽、跌宕顿挫，皆为气势纵横的豪壮风格。

除了这一风格，何氏比较重视的则是与此相对的婉约风格。在评语中常出现“清便婉转”、“秀艳”、“清绮”、“缱绻”等，如在“曹子建《送应氏》”诗下，其评为“缱绻百折。”[6]“谢惠连《秋怀》诗”条下，其评道：“一往清绮而不乏真味。”[7]“沈休文《别范安成》诗”条下，其评曰：“清便婉转，自成永明以后风气。”[8]“谢惠连《西陵遇风献康乐》”条下，其评为：“清便婉转，此等诗亦复宪章陈王。”[9] 从这些评点中，尤其爱用“清便”、“清丽”、“缱绻”、“婉转”等语，而这些都表现了诗句的清新婉约，表达了一种缠绵婉转之情，都是婉约风格的表现。

虽然何焯没有明确的文学理论表述这两种风格，但是从其零散的诗文评点中，可见其对诗文风格已经有了一种朦胧的认识：一为豪壮奇丽之美，一为婉转清秀之丽。这种文学风格的评定对后人进一步研究诗文艺术风格特色是很有启发意义的。另外值得注意的是对诗歌、杂文的品评常以

---

① （清）何焯：《义门读书记・文选》，《四库全书》第 860 册，第 666 页。
② 同上书，第 680 页。
③ 同上书，第 669 页。
④ 同上。
⑤ 同上书，第 644 页。
⑥ 同上书，第 668 页。
⑦ 同上书，第 677 页。
⑧ 同上书，第 669 页。
⑨ 同上书，第 684 页。

钟嵘的《诗品》、刘勰的《文心雕龙》为据。如评点刘桢的《杂诗》“释此出西城”六句，何氏曰：“所谓公幹有逸气，于此见之。”① 而评价刘桢文采“有逸气”，最初出自曹丕的《典论·论文》，后被刘勰《文心雕龙》采纳。再如陆机《答贾长渊》一诗，其曰：“铺陈整赡，实开颜光禄之先，钟嵘品第，颜诗以为其源出于陆机，是也。然士衡较为遒秀。”② 这种自觉地依据前代优秀文学批评理论赏评诗文的方法是值得称许的。在何焯诗文艺术风格评定中，无论是对豪壮、婉约风格的无意识表露，还是对前代优秀文学批评理论的有意识运用，都表现出了对艺术风格评定的重视及文学理念的渐趋成熟，其成就是值得肯定的。

何焯之后，评点类著作越来越少，现在可见的有于光华《文选集评》中收录的邵子湘的少数评点。其后的著作受考据派影响，诠释重点放到考辨补遗上，诗文分析赏评内容大大减少，对《文选》诗文艺术风格评定的内容也少有出现。

第四节　《文选》诗文佳词丽句点评及圈点研究

一　佳词丽句点评

《文选》收录的都是经典文学作品，其中不乏文辞优美者，《文选》诠释著作都或多或少地对其进行了点评。此类点评多数与圈点联系在一起，先是对精练、佳妙处进行圈点，然后或眉评，或尾评，进行或长或短的评析。明清评点类著作中出现了大量此类点评，其中最具代表性的当属明评点大家孙矿的《评文选》，此外《文选尤》、《合评选诗》等著作及清朝为数不多的评点类著作中也有部分出现。分析诸家评点，佳词丽句点评主要集中在佳句、佳词、佳诗点评上，举例说明如下。

（一）佳句点评

即对诗文中佳妙诗句单独点评。此类点评数量最多。如《文选瀹注·西京赋》中的“寔惟地之奥区神皋……然而四海同宅，西秦岂不诡

① （清）何焯：《义门读书记·文选》，《四库全书》第860册，第698页。

② 同上书，第681页。

哉?”孙氏评曰：“此意尤奇绝，而语更复腴劲，咀嚼之，甘味满齿颊。”[①]对此句语言之优美进行品评。除了对优美的语句进行点评外，还对有关佳句理解方式进行分析，如《西京赋》中“岂伊不虔思于天衢，岂伊不怀归于枌榆”句，孙氏评曰：“语势奇峭如半空掷下，第只宜八字作一句读，用修以四言句，可嗣响《三百篇》，若‘怀’字句犹可，‘虔’字句恐终难通。”[②] 此处点评，涉及了断句分析，点明八字一句读方显此句奇峭。

明朝评点类作品中对《文选》佳词丽句赏评比较多的还有凌濛初的《合评选诗》，其中对佳句的赏评，多数是汇辑诸家评论，而且常常涉及艺术手法、艺术风格、赏析方式等多个方面。如：

> 谢灵运《登池上楼》“池塘生春草，园柳变鸣禽”。
>
> 叶梦得曰：“世多不解池塘二语为工，盖欲以奇求之耳。此语之工正在无所用意，猝然与景相遇，借以成章，不假绳削。故非常情所能到。诗家妙处，当以此为根本，而思苦难言者往往不快。”（引者按：分析艺术手法的同时，指出为文根本，用以指导写作。）
>
> 李东阳曰：“古不可涉律，古涉律调如谢灵运‘池塘生春草’、‘红药当阶翻’，虽一时传诵，固已移于流俗而不自觉。”（引者按：此处探求古诗涉律不涉律的问题，指出涉律易移于流俗之弊，为为文给予指导。）
>
> 王世贞曰：“‘明月照积雪’是佳境，非佳语。‘池塘生春草’，是佳语，非佳境。此语不必过求，亦不必深赏。”（引者按：此处探求的是赏评中把握的角度和力度的问题。）
>
> 钟嵘曰：“隐秀之语。”（引者按：关于艺术风格的评定）[③]

针对谢灵运“池塘生春草，园柳变鸣禽”两句名句，古今多位学者给予点评，凌氏给予选择汇总，点评内容涉及艺术手法、艺术风格、赏评方法等多个方面。此类佳句评点角度不同，侧重点不同，利于读者全面把握，对

---

① （明）闵齐华删注，孙矿评：《文选瀹注》卷二。

② 同上。

③ （明）凌濛初：《合评选诗》，《四库全书存目丛书·集部》第340册，第687页。笔者点评加“按”字。

他们领会诗歌魅力所在及学习写作很有帮助。

清评点类著作中也有此类内容，如邵晋涵对诗文中佳词妙句多有赏评，在孙兴公《游天台山赋》"余所以驰神运思，昼咏宵兴，俯仰之间，若已再升者"句上眉评，邵曰："'驰神运思'为游字着想，写得精彩非常，纯是一片灵气。"①

值得注意的是，清代一些考据类诠释著作中，也有对佳词丽句的赏评内容，多数是以单独的条目标注而出，如王煦《文选剩言》中有的条目是对《文选》中精练之句的择选，这实则就是对《文选》佳句的诠释，如在"《文选》骈体工炼之句"、"《文选》散体警峭之句"几个条目中，对《文选》骈体、散体中工炼、警峭之句进行了汇总，这一方面是王煦对选文佳词丽句赏析的结晶，另一方面代表了一种审美取舍，利于人们研究其对《文选》美文警句取舍诠释的态度，这是一种文学性的理解和表达，也是一种文学性诠释。更值得注意的是，他在佳词丽句择选中进行了再创作。如在"丽句"一条里，他摘引了曹子建《美女篇》："攘袖出素手，皓腕约金环。"潘安仁《金谷集诗》："元醴染朱颜。"他根据这些丽句，进行了再创作，曰："余骈一律云：'金环约皓腕，元醴染朱颜。'"② 虽然他只是简单地调整了字序，但却更有一番新面目。

（二）佳词点评

即只对诗文中佳妙辞藻单独点评。多数以眉评方式出现，言简意赅，文字多则几句少则几字不等。如《文选瀹注·东京赋》"慕天乙之弛罟，因教祝以怀民。仪姬伯之渭阳，失熊罴而获人。"孙氏曰："大凡文字贵新，如此二事，若云'殷汤周文'，则嫌眼界太熟，今用'天乙'、'姬伯'字，虽不为新，然去腐斯远，在赋中自是合格语。"③ 在分析佳词运用之妙时，提出了选词"贵新"一说，阐发了写作中运用辞藻的观点，具有指导写作的作用。同时也体现了"贵新去腐"的审美观点，但是用新语也会产生一个问题，就是太过生僻，如此处"殷汤周文"，换作"天乙"、"姬伯"，如不经前人注释，初读者难以知晓其本意。

在清考据类著作中也出现对《文选》佳词的赏评，但不是以评点的形

---

① （清）于光华：《重订昭明文选集评》卷二。

② （清）王煦：《文选剩言》，第 93 页。

③ （明）闵齐华删注，孙矿评：《文选瀹注》卷二。

式，而是以专条考证的形式出现的。如赵晋《文选叩音》对佳词的点评：

> 《鹖冠子》曰："天不可预谋，道不可预虑。"《鹏鸟赋》引之云："天不可预虑，道不可预谋。"易转二字，而其理始确，所谓天者，即以人道感之也，何预虑之有。所谓道者，如行路然，历一境始知一境之妙，何预谋之有。①

《鹏鸟赋》中"天不可预虑，道不可预谋"，乃是从《鹖冠子》中"天不可预谋，道不可预虑"转化来的，赵晋认为虽易转了"虑"、"谋"二字，但是达意更加准确，指出天至高无上，人只能去感知它，而不能预先思虑、担忧它。道贯穿天地，人只能顺应它，而不能预先谋划它。人与天，感知的意味强些，故用"虑"字比较恰当，人与道，顺应的意味强些，故"谋"字更适用些。

（三）佳诗点评

即对整首诗佳妙之处进行点评。此类赏评能帮助读者全面、恰当地把握诗作。谢惠连《秋怀诗》，孙氏评曰："调响思逸，句句醒快。"② 是对此诗的总体评价。再如王粲《七哀诗》二首，眉评曰："亦只以古色妙，古古朴朴，更不着一绮靡语，苍劲有骨力，驱运全是史笔。"③ 这些佳诗总评或评其描写效果，或评其风格笔力，或评其手法上达到的境界等，不仅体现了孙氏对其认为的佳诗佳妙之处的理解，更能带领读者体会其运笔及赏析之法。

二　圈点

在自明至清的评点类、考据类著作中，对佳词丽句及佳诗的点评，多数是在点明嘉赏内容后再以简单话语分析佳妙所在，最终达到为写作服务的目的。值得注意的是，在评点类著作中，圈点的很大部分内容，都涉及了佳词妙句的标注。可以说评点体中佳词丽句的评析与圈点是密不可分的。

---

① （清）赵晋：《文选叩音》，《丛书集成》（补印本），第1页。

② （明）闵齐华删注，孙矿评：《文选瀹注》卷十一。

③ 同上。

圈点是评点体（评点删注等综合体式也包括在内）中运用广泛的诠释方式，在《文选》诠释中，一些不是评点体的著作也运用了此诠释方法。尤其是明朝评点体盛行，其他诠释体式的著作受其影响，自觉在诠释中采用了此类诠释方法。他们一般在《凡例》中有比较条理的说明，但是也有的著作未作交代。所谓圈点，一般说来，就是于文中关键词句、上下呼应处、精妙处、衬贴处及大小段落等处，运用不同的符号给予标注，使得读者能够通过符号的不同形式，了解词、句、段的特殊意义及作用。

在历代《文选》诠释中，此类方法的运用主要是标注行文中优美词、句、段落、要意结穴、篇章结构起承转合等处。此类内容或是遣词造句上有称道之处，或是在意义表述上为理解诗文的关键所在，或是在章法结构处有特殊作用。评点体之所以重视圈点的运用与它们的诠释目的密切相关：评点体大都是为读者提供一个浅显易懂的教科书，如明朝比较重要的删注评点体《文选尤》，其卷首朱国桢序中指出邹思明编写《文选尤》目的是“诸郎君所趋庭而相授受者也”，而圈点随文标出，比较利于初学者边看边了解诗文的结构布局及精妙所在，是帮助读者理解诗文、学习写作的重要辅助手段，也是文学性诠释中比较重要的诠释方式。

有的《文选》诠释著作，在《凡例》中对圈点如何运用有详细交代。如在《昭明文选越裁·凡例》中，洪若皋曰：“圈点为文章杖指，其密取旨，其疏得句。略而不详，览者目钝，读者气塞，兹句标字，表片言不遗。”[①] 洪氏认为圈点乃文章的“杖指”，指出圈点对学习文章有辅助和指导作用。并指出圈点主要针对意义精要及形式优美两个方面。在具体诠释中，主要采用小圈和点表示。如木华《海赋》：“若其负秽临深，虚誓愆祈，则有海童邀路，马衔当蹊。天吴乍见而仿佛，蝄像暂晓而闪尸。群妖遘迕，眇䀮冶夷。决帆摧橦，戕风起恶。廓如灵变，惚恍幽暮。气似天霄，叆叇云布。霫昱绝电，百色妖露。”[②] 都以圈标注。这是对描写精要之句的标注。

还有用点标注者，如《册魏公九锡文》中，“此君之忠于本朝也”、“此又君之功也”等句，都用点标注，这是对诗文意旨的圈点。

对于圈点运用比较典型且在《凡例》中有详细交代的还有方廷珪的

---

① （清）洪若皋：《昭明文选越裁》，《四库全书存目丛书·集部》第287册，第706页。

② 同上书，第759页。

《文选集成》，在《凡例》中对圈点的义例进行了交代："兹编圈点义例，悉依吾乡先辈古文析义，眼目用黑圈，佳处用密圈，结穴用重圈，余用句点句圈，段落用截，大段小段，即于截下分注。"① 这里对眼目、佳处、结穴、段落如何标注进行了条理的说明，前三类对理解诗文行文笔法有帮助，举例为证。

（一）黑圈标眼目

如《离骚》："览相观于四极兮，周流乎天余乃下。"② 在四极、周流下用黑圈标注。再如《幽通赋》："要没世而不朽兮，乃先民之所程。"③ 用黑圈标注。乃是标以眼目。

（二）重圈标结穴

如《吴都赋》："泉室潜纤而卷绡，渊客慷慨而泣珠。"④ 方氏以重圈标注，以示此为赋中结穴。

（三）密圈标佳句

如《公宴诗》："终宴不知疲，清夜游西园。"⑤ 标以密圈，以示佳句。

在《文选集成》中，不同形式的圈点随处可见，了解了《凡例》中交代的不同符号的标注意义，对读者了解诗文有直接的辅助、指导意义，的确对读选、学选起到"杖指"作用。

有些《文选》诠释著作，运用了圈点，却没有在《凡例》中详细交代。这类著作大部分出现在评点体比较盛行的明及清前期，士子对圈点运用的规则比较了解，诠释者认为圈点的运用比较普遍，便没有在《凡例》中进行说明。如在《文选章句》中有部分圈点内容，其前面的《序》及《凡例》中都没有说明。圈点方式有圈有点，如曹植的《赠徐幹》中"惊风飘白日，忽然归西山。圆景光未满，众星粲以繁"与"文昌郁云兴，迎风高中天"，旁边用圈标出。在"春鸠鸣飞栋，流猋激棂轩"与"宝弃怨何人，和氏有其愆。弹冠俟知己，知己谁不然"⑥ 旁以点标出，至于圈、点各侧重什么内容，陈氏没有说明，一般多为佳句、关键句等。

---

① （清）方廷珪：《昭明文选集成・凡例》。

② （清）方廷珪：《昭明文选集成》卷一。

③ 《昭明文选集成》卷十八。

④ 《昭明文选集成》卷十二。

⑤ 《昭明文选集成》卷二十五。

⑥ （明）陈与郊辑：《文选章句》，《四库全书存目丛书・集部》第286册，第4页。

值得注意的是，有些圈点内容不仅仅是正文，诠释者也对其诠释重点内容进行圈点，目的与正文圈点不同，主要是对诠释的要义进行标注，以引起读者注意。如《昭明文选越裁》，其圈点不仅圈正文，在篇末总评中，也对关键句子进行圈点，以引起读者注意，如汉武帝《求贤良诏》正文之后，在其总评中，“而帝王宽仁之度，圣贤观过之心，使贪使诈之法，立贤无方之义，无不毕见”① 几句，洪氏认为是理解的重点，在其侧全部加圈，以引起读者注意。可见圈点这一诠释方法具有不同的表现形式及诠释功效。

第五节 较量《文选》诗文同异内容研究

《文选》收录了大量不同时代不同文体的代表诗文，这些诗文先是以文体分类，同一文体之下再按照事类汇列相关诗文。这样就产生了同一文体不同著者写作上的优劣异同、同一写作内容不同著者艺术表现上的优劣异同、同一时代不同著者之间优劣比较及风格差异等。选学家在诠释《文选》时，注意到了此类问题，并对诗文及作者之间的优劣差异进行了分析对比。这类评价不仅能体现诠释者的文学鉴赏能力，对读者准确把握作者作品的风格特色，提高鉴赏分析能力有很大帮助。

具体说来，较量优劣同异涉及诗文之间优劣同异的较量及著者之间优劣同异的较量两类情况。所较量的作品，或是同一作者的不同篇章，或是不同作者的相近内容，它们之间一定存在相近之处。比较内容涉及艺术手法、风格特色等多个方面，是文学性诠释中综合性较强的诠释方法。

首先，对诗文艺术手法的较量，主要是针对描写内容相近篇章的对比，如孙矿评张衡《西京赋》：“探封狐。陵重巘，猎昆駼。杪木末，擭獑猢。超殊榛，摕飞鼯。”孙氏曰：“《上林》、《羽猎》、《西都》兽地各自为排句，此乃先举地及木，各以兽附于下，亦是小变于态尽浓第条理太分明，觉近今。”② 张衡《西京赋》与《上林赋》、《羽猎赋》、《西都赋》对兽、地都有描述，但是先描写地及木，再将其相应的兽类附于其下，指出

① （清）洪若皋：《昭明文选越裁》，《四库全书存目丛书·集部》第288册，第64页。

② （明）闵齐华删注，孙矿评：《文选瀹注》卷二。

其描写顺序与其他几篇赋作不同。此处只是指出了相同内容在不同篇章、不同著者笔下描写的不同，并没有评析其优劣高下。再如《六朝选诗定论》中王粲《杂诗》，吴淇曰："此诗与子建《赠诗》，不惟格调相同，且字句相类，如后人拟诗然。想亦答子建之诗，今依史汉同异之例，对列于左，以便参观。"曹植《赠诗》，吴淇曰："子建借水鸟为比，故先树后池。仲宣借树鸟为比，故先池后树。惟末四句是各人说话，一赠一答，本文自明。"① 针对格调、字句都相类的王粲《杂诗》与曹植《赠诗》，吴淇将二诗并列分析，指出二诗在修辞、物象安排等方面的不同。

有的评析在较量同异的同时，则指出了诗作艺术手法上的优劣，如《合评选诗》中谢朓《晚登三山还望京邑》，凌濛初引钟惺曰："右丞以田园作应制语，玄晖以山水作都邑诗，非惟不堕清寒，愈见旷远。"② 针对山水田园这一体裁，王维与谢朓采用了不同表现手法，通过比较表现相同体裁诗作表达境界的差异。再如在陶渊明《杂诗》二首中，引何良俊曰："诗有格有韵，渊明'悠然见南山'之句，格高也。康乐'池塘生春草'之句，韵胜也。格高似梅花，韵胜似海棠。欲韵胜者易，欲格高者难。"③ 诗句品评同时，对诗人手法优劣进行了比较。

以上二例都是针对不同作者相同内容艺术手法的比较。此外，还对描写内容相近篇章风格手法异同进行比较。如孙矿在马融《长笛赋》篇首眉评曰："不及《洞箫》之雄健，然腴炼缜密，自是专门手段。"④ 《长笛赋》、《洞箫赋》都是描述音乐方面的赋，它们表现的风格及手法都有差异。

除此之外，有的评论涉及了同一著者同一诗题之间艺术手法优劣的对比，如《东京赋》篇末方廷珪评曰：

> 前赋自不及班作之刻而流，丽而则，后赋历数大典，安详整暇，气肃度舒，几欲掩过其上，盖班作于后赋，以不写为写，此则以写为写也。要其用意，则无不同，前赋穷极靡丽，以展才华，故语大而

---

① （清）吴淇：《六朝选诗定论》，《四库全书存目丛书补编》第11页，第127页。

② （明）凌濛初：《合评选诗》，《四库全书存目丛书·集部》第340册，第747页。

③ 同上书，第780页。

④ （明）闵齐华删注，孙矿评：《文选瀹注》卷八。

夸。后赋出必择言，归于讽谏，故义严而正，后赋多详班所略，正惟班所略，故可以放手写也。伯仲伊吕，正未可轻为抑扬其间，惨淡经营处，全在郊祀天地一段。①

《两都赋》乃班固名篇，此评揭示了二赋优劣及造成其悬殊的原因，指出以不写为写，与以写为写两种不同的创作态度对创作的影响。此评也揭示了同一作者同类体裁的作品之间，因为写作情景、创作态度的不同，也会产生不同的表达效果。再如《六朝选诗定论》中《君子行》后，吴淇曰："与古词《君子行》同是别嫌明微之语，但古词气和，此词心危。君子防未然，是此题之骨，古词以之作起，此词以之作结。作起将以戒人，作结用以自危，各有妙处。"② 将《君子行》与古词《君子行》相较，指出二者思想内涵、笔法上的不同。

作品风格特色的较量多与艺术手法分析结合在一起，如孙矿在《别赋》篇首眉评曰："风度似前篇，更觉飘逸，语亦更加婉至。"③ 此处是对江淹《别赋》与《恨赋》的比较。是对同一作者不同作品间风格的比较。

作者之间优劣同异的较量主要针对时代相近、声望不相上下的作者。比较作者优劣，常常是围绕着他们在同一题材或体裁创作中的表现来论述的，如在《合评选诗·七哀诗》，凌氏引杨慎评曰："刘文房诗'已是洞庭人，犹看灞陵月'，孟东野诗'长安日下影，又落江湖中'，语意相似，皆寓恋阙之意，然总不若王仲宣云：'南登灞陵岸，回首望长安。'含蓄蕴藉，自然不可及也。"④ 针对刘长卿、孟郊与王粲三人相近诗句分析，指出他们的优劣。再如左思《咏史诗》八首下，凌濛初引钟惺评曰："太冲笔舌灵动，远出潘陆上，使潘陆作《三都赋》，有其才，决不能有其情思。"⑤ 对左思、潘岳、陆机三人才情优劣的比较。这种优劣较量，都是基于被比较者之间存在相同点，前者都是抒发了恋阙之志，后者都是对优秀诗人才情的比较。在这样基础上进行优劣比较，较有说服力。

对作者优劣的品评，有的是直接对其总体风格进行比较。如孙矿对谢

① （清）方廷珪：《昭明文选集成》卷十。
② （清）吴淇：《六朝选诗定论》，《四库全书存目丛书补编》第11册，第217页。
③ （明）闵齐华删注，孙矿评：《文选瀹注》卷七。
④ （明）凌濛初：《合评选诗》，《四库全书存目丛书·集部》第340册，第700页。
⑤ 同上书，第679页。

灵运《从游京口北固应诏》一诗的评论："惠连视康乐较清逸，康乐较沉郁。"① 对谢灵运与谢惠连创作之间总体风格进行比较。再如在《六朝选诗定论》中，对谢惠连进行评论时，吴淇曰："康乐深，惠连秀。康乐奥，惠连细。选中如《捣衣》、《秋怀》等作，虽康乐不能加，使兰玉夙调，未可量也。"② 对谢惠连与谢灵运的诗作风格进行对比。有的则是对几位作者进行综合评述，如在陆士衡《吴王郎中时从梁陈作》中，方廷珪评曰："二陆诗与潘极相似，但潘安舒多，陆刻苦多，微不同耳，陆过刻苦处，便有累句，仝颜延年、谢灵运，然其天才颖出，能发人难显之情，在西晋，二人自当分道扬镳，至若兼二家之美，必推建安中之子建乎。"③ 对陆机、陆云诗歌创作成就、特点与潘岳、颜延年、谢灵运及曹植进行比较。

历代文学评论家对《文选》诗文作者多有评论，针对同一内容的品评常常出现不同的观点，在清人的诠选著作中，也会出现批驳前人品评的内容，如赵晋曰：

> 以陶诗为枯槁者，子美也。以曹刘李杜俱莫及者，子瞻也。二人之好恶亦偏矣，余谓当东晋时，诗以人传者，渊明一人也。弃官从好，颂酒好书，胸次高妙，偶然成咏，纯自天性中流出，而又语带烟霞，无尘可染，所以为妙，外如谢氏、阮氏诸公，皆所不及，何也，以其有意为诗也。④

在叙述了杜甫、苏轼对陶渊明的评价后，赵晋认为他们的评价失之偏颇，认为东晋诗人中，陶渊明诗以其天然流出无尘可染为最，谢灵运、阮籍等人因为有意为诗而不及陶诗，对两晋诗人的优劣进行了品评。

有的诗人之间优劣评价是多个朝代争论的问题，清人评选家也对此类内容进行总结。如《六朝选诗定论》中，吴淇在苏武之后评曰：

---

① （明）闵齐华删注，孙矿评：《文选瀹注》卷十一。

② （清）吴淇：《六朝选诗定论》，《四库全书存目丛书补编》第 11 册，第 320 页。

③ （清）方廷珪：《昭明文选集成》卷二十九。

④ （清）赵晋：《文选叩音》，《丛书集成》（补印本），第 3 页。

> 钟嵘评诗，江淹拟诗，皆存李而遗苏，非抑之也，应以其同为一体收耳。然细读之，亦有辨，李诗一味清澈，苏则兼带婉挚，六朝北专尊李，至宋人独取苏，喻以清庙、明堂之瑟，朱弦疏越，一唱三叹，则古今人之眼光识力，各不相及也。毕竟少陵、苏李并称，为千古折衷之论。[①]

对李陵、苏武二人的风格、影响、优劣评价进行总结。

第六节　《文选》诗文的重新删选及编排研究

诗文的删选及编排，寓含了一定的文学赏析评判，正如鲁迅在《集外集·选本》中认为的那样，“选本可以借古人的文章，寓自己的意见”[②]。诗文选集的编撰本身就是编者文学批评理念的表现，而对诗文总集的删选本身也表现了删选者不同的文学批评理念。此类诠释与追溯源流、艺术手法分析及佳词丽句摘选等文学性诠释不同，是寓文学批评于篇章删节、顺序调整的一种文学性诠释。

在笔者查阅到的《文选》诠释著作中，有三部对《文选》诗文进行了大范围的删选调整，分别是邹思明的《文选尤》、洪若皋的《昭明文选越裁》及方廷珪的《文选集成》。共同点都是基于对《文选》编撰的不同认识，认为萧统编选篇章或是顺序有不合理之处，在对文学发展不同理解的基础上，对《文选》进行改编。不同点是《文选尤》、《昭明文选越裁》对《文选》诗文进行了删减，《文选集成》对《文选》诗文顺序进行了调整。《文选尤》与《昭明文选越裁》虽都是对诗文进行了删减，但也存在不同，前者对《文选》诗文择其精华汇辑成帙，而后者不仅删选了《文选》诗文，还对选取的篇章正文进行删减，造成了许多残篇。以下进行具体分析：

《文选尤·凡例》交代削删《文选》正文的准则：“兹之所取，则于意

---

① （清）吴淇：《六朝选诗定论》，《四库全书存目丛书补编》第11册，第75页。

② 鲁迅：《集外集·选本》，第114页。

致委婉，词气渊含，才情奇宕者耳。”[①] 具体说来，有以下几个方面：

（1）赋、诗、骚、七、表、笺、书、论取十之六，四言诗因为以《三百篇》为宗，所以其认为不必收。

（2）诏、辞、上书、设论、连珠，邹氏认为乃“古今绝构”，故全部收录。

（3）教、策、问启、弹事、檄、序、颂、赞、铭、符命、诔、哀文、碑文、吊文、祭文，在《文选》中收录少，他认为“今谬为蔺阅”，故取其十之六。目的是为了裨益学者。

（4）策、令、奏记、对问、箴、墓志、行状，在《文选》中每体只有一首，都是“精研奇古之笔”，故存之以备其体。

以上是针对正文的削删凡例：对三十多种文体的代表作品，收录作品多者给予精简；收录作品只有一首者，出于裨益学者的目的给予保存；对于另有优于此体的代表作者，在《文选》中将其删掉；对于极有实用价值的应用性古文给予全部保存。可见不管是只取部分，或全部删掉，或全部收录，都是为了帮助学子学习选文及学习创作服务。

《昭明文选越裁》对删选对象及删选原则有明确交代，在卷首《序》中，洪若皋曰：

> 1. 句栉字比，相尽形穷。篇什素上成童之口，爰用驱除，词章悉落老生之谈，竟为芟削。
>
> 2. 篇有意同而名异，则录其一而弃其余。
>
> 3. 文有理短而词长，则节其繁而存其要，义深虽艰涩饾饤而亦取。情背即雕章绘采而必遗。[②]

据此其删选对象为：人们耳熟能详的作品，描写内容相同的篇章，内容空疏、离背情悖理的繁辞丽句。三类内容或是全删或是只留其一。

删选原则是“务在删繁，不嫌就寡”，随后指出“著乐府、郊庙、燕射之属，各有统属，仅录延年《登歌》二篇，固属残缺，至鼓吹相和清商杂曲……选中寥寥数首，叟属简陋，兹则概为淘汰，虽孟德、明远，亦所

---

① （明）邹思明：《文选尤》，《四库全书存目丛书·集部》第286册，第401页。

② （清）洪若皋：《昭明文选越裁》，《四库全书存目丛书·集部》第287册，第681页。

不免。凡不敢贪其一斑，漏其全锦耳”[①]。笔者认为这一删选原则有不妥之处。如鼓吹、相和等《文选》中本来就收录很少的内容，采取了“概为淘汰”的方法，还标榜其目的是“不敢贪其一斑，漏其全锦”，但实际上不仅漏了全锦，而且连一斑也给删掉了。这种不顾及《文选》原貌的一味削删，虽保留了他所认为的《文选》精华，但也削删掉了大量宝贵诗文。

在具体操作上，《越裁》对诗文的削删包括了两个方面，一是全篇皆删。

（1）认为班固的《东都赋》词义平淡，强弩之末，取张衡《东京赋》，足弥后劲，而将《东都赋》删去。

（2）认为张衡《南都赋》繁缛无秩，而且非关大义，与何晏的《景福殿赋》、王延寿的《鲁灵光殿赋》味同嚼蜡，予以删除。

（3）认为《洞箫赋》、《琴赋》、《笙赋》效尤可厌，而《长笛赋》能使腐者皆新，故只留《长笛赋》。

（4）《卜居》、《渔夫》、《北山移文》、《归去来辞》、李斯《上书》、贾谊《过秦论》、司马迁《报任少卿书》诸篇，洪氏认为烂熟成童之口，给予删除。但是这些篇章正是《文选》精华内容，洪氏仅以他们被熟知而不考虑其学术价值及代表性，一律给予删除，不仅有悖于其略秽集英的原则，更大大抹煞了《越裁》的价值。

（5）《出师》二表，洪氏认为有争光日月的价值，《文选》只收录前《出师表》，认为“不无挂漏，兹当并裁”[②]，已经认识到了其有争光日月的价值，仅仅因为未全部收录而一并删去，更有悖于略秽集英原则。

由上述五条可知，洪氏《越裁》削删的篇章，不仅包括内容重叠者，味同嚼蜡者，更有受到人们重视而耳熟能详者、价值极高而其认为收录不全者。可见其削删《文选》，即删掉了其认为的文学价值不高者，更删掉了文学价值极高者，表现出了删选标准的混杂，这种混乱标准下的删选结果，不能不令人怀疑其价值。

其削删的第二个方面是对部分篇章内容的削删，在《凡例》中，洪氏交代：《二京》、《三都》、《子虚》、《上林》、《羽猎》、《长杨》等篇，鸟兽

---

① （清）洪若皋：《昭明文选越裁》，《四库全书存目丛书·集部》第287册，第682页。

② 同上书，第706页。

草木、宫室台榭、田猎渔弋，附和雷同，删芜存要，去彼留此，俾眼光约而长新。他认为《二京》、《三都》等篇，在对鸟兽草木、宫室台榭、田猎渔弋等方面的描写中，有雷同重叠之处，于是对这些篇章进行了削删，大大损害了它们的完整性，使其支离破碎，从而导致文学价值几近丧失。以《上林赋》为例，《上林赋》前四段中，洪氏莫名删除、改易了以下文句：

（1）删掉“今齐列为东藩，而外私肃慎，捐国逾限，越海而田，其于义固未可也”。

（2）改“且二君之论”为“今二君之论”。

（3）删掉“且夫齐楚之事又乌足道乎?”

（4）改“君未睹夫巨丽也”为“且君未睹夫巨丽也”。

（5）删掉“东西南北，驰骛往来”。

（6）删掉“泮弗宓汩，逼侧泌瀄。横流逆折，转腾潎洌。滂濞沆溉，穹隆云桡，宛潬胶盭。逾波趋浥，涖涖下濑。批岩冲拥，奔扬滞沛。临坻注壑，瀺灂霣坠”。

（7）删掉“湁潗鼎沸”。

（8）删掉“汩濦漂疾”。

（9）删掉“肆乎永归。然后灏溔潢漾”。

（10）改“安翔徐回”为“然后安翔徐回”。

（11）删掉“于是乎蛟龙赤螭，𩶅䲛渐离。鰅鳙鰬魠，禺禺魼鳎。揵鳍掉尾，振鳞奋翼，潜处乎深岩。鱼鳖讙声，万物众夥。明月珠子，的皪江靡，蜀石黄碝，水玉磊砢。磷磷烂烂，采色澔汗，藂积乎其中。鸿鹔鹄鸨，驾鹅属玉。交精旋目，烦鹜庸渠。箴疵䴔卢，群浮乎其上。泛淫泛滥，随风澹淡。与波摇荡，奄薄水渚。唼喋菁藻，咀嚼菱藕”。

（12）删掉“岩陁甗锜，摧崣崛崎。振溪通谷，蹇产沟渎。谽呀豁闭，阜陵别隝。崴磈嵔瘣，丘虚堀礨。隐辚郁垒，登降施靡”。

（13）删掉“散涣夷陆”。

（14）删掉“布结缕，攒戾莎，揭车衡兰，槁本射干。茈姜蘘荷，葴持若荪。鲜支黄砾，蒋苎青薠”。

（15）删掉“离靡广衍。应风披靡。吐芳扬烈，郁郁菲菲。众香发越，肸蚃布写，晻薆咇茀。于是乎周览泛观，缜纷轧芴，芒芒恍忽”。

（16）删掉“日出东沼，入乎西陂。其南则隆冬生长，涌水跃波。其兽则㺎旄貘犛，沈牛麈麋。赤首圜题，穷奇象犀。其北则盛夏含冻裂地，涉冰揭河。其兽则麒麟角端，騊駼橐驼。蛩蛩驒騱，駃騠驴骡”。[①]

从以上内容可以看出，洪氏于《上林赋》中文句，或只删一句，或大段削删，或改易其字句以连接删节，使得《上林赋》面目全非，尤其是其中大段山水、鱼兽、草木描写的省删，使得大量极具汉赋特色的尽态极妍的名物描述消失大半，导致削删后的《上林赋》价值无几。

从以上论述可知，从删选对象、删选原则的制定，到具体删选；从整篇的删除到部分句、段的削删改易，无一具有合理性，删选之后的诠释结果自然也就没有了诠释价值及意义。《昭明文选越裁》虽然是清初《文选》诠释著作，但是其随意删减经典，无疑是明朝妄改诗书空疏学风的遗留。《文选》作为八代诗文的荟萃，收录篇章中或许存在优劣问题，但是不能因此否认它们各自所具有的代表性，而且它们的选录代表了萧统等人的选文原则及文学赏评观念，对它们的削删本身就是一个错误的行为。而大量优秀篇章正文的删减使《文选》原貌遭到破坏，诠释价值削减，从删选诗文这一方面看，《越裁》的价值弊大于利。

方廷珪《文选集成》对《文选》正文诠释，突出表现在打乱《文选》原来顺序，依照其理解的次重，按照时间顺序重加编排。对《文选》诗文顺序的调整，寄寓了与萧统不同的文学发展观。具体表现在几个方面：

(1) 他认为《离骚》是词赋之祖。“凡《两都》、《二京》、《三都》及《七启》、《七发》、《七命》等篇，盛称宫殿、美人、歌舞、饮馔、畋猎，本骚中《招魂》。班孟坚《幽通赋》托之占梦卜筮，本骚中灵氛、巫咸。张平子《思元赋》，托之上下四方，本骚中求女，诸如此类，难以悉举。旧列之三十一卷，是为数典而忘其祖矣，今改列为首卷。”[②] 方氏认为汉赋中铺张描述宫殿、美人、歌舞、饮馔、畋猎等内容本源于《招魂》，而托之占梦卜筮等本源于灵氛、巫咸，托之上下四方本《骚》中求女。像这样的内容难以悉举，但是在《文选》旧序中，骚被排到了三十一卷，方氏认为这是数典忘祖。因此给予更改，列其为第一卷。

(2)《高唐》诸赋次骚排列，旧《两都》为首，改为第七卷。《七启》等篇与赋一类，列于赋后。

方氏按照其理解的文体源流，打乱了《文选》先赋后骚再七的顺序，

① （清）洪若皋：《昭明文选越裁》，《四库全书存目丛书·集部》第287册，第742页。

② （清）方廷珪：《昭明文选集成·凡例》。

列骚为首，再赋、再七，然后是诗。每体之内，按照时间顺序，也有大的调整，如赋中《高唐》、《神女》、《甘泉》、《子虚》等赋，原来在班、张诸赋之后，方氏改列其在前。另外，五言应始于十九首，苏李《赠答》应列于乐府之前。此外像阮籍《咏怀诗》十七首，应列于《五君咏》之前，因为《五君咏》中有《阮步兵》首，故当先列十七首《咏怀诗》，显示其本来面目。此外，像《文选》中赠答诸诗，常常答前赠后，方氏全部予以更正。

（3）《文选》先以文体分类，下又以事类分小类目，方氏于小类目及其所辖诗文常有变更，如原本归入咏怀类目下的《临终诗》，方氏另列临终小类目。再如《文选》原将《甘泉赋》归入赋体中郊祀这一类目；《藉田赋》归入赋体耕藉这一类目，而方氏《文选集成》中将二赋归入典礼类。此外还增加了移类、难类两个类目。

《序》中对《文选》门类分设及名称进行了改易：

> 选中如畋猎、京都等赋，俱分门类，其《幽通》、《思玄》、《闲居》、《文赋》，皆不列类，且以《藉田》、《甘泉》属之郊祀类，义亦未协，今改郊祀为典礼。《幽通》三篇编为感遇类。《文赋》一篇，编为经籍类。他如诗文中各类，或遗或未协，亦各按其文义，编类相次。①

据此段可知，方氏所见版本与今天常见的胡克家本《文选》及《四部丛刊》本《六臣注文选》不同。在后两种版本中，《藉田》属于耕藉类，《甘泉》属于郊祀类，而非如其所说的都归入郊祀类。且《幽通赋》、《思玄赋》、《闲居赋》、《文赋》并不像他说得“皆不列类”，而是归入“志”类，其中《幽通赋》列志上，《思玄赋》、《归田赋》、《闲居赋》列志下，另六臣本《思玄赋》、《归田赋》二赋为志中，《闲居赋》至《别赋》为志下，无哀伤类。而且其增加的移类、难类两个类目，可能是所见版本中已有类目。如果此说成立，则《文选》版本中原有类目当为三十九类，学者争论的移类、难类是《文选》原有的类目。

方氏依照自己对文体源流理解，依照时间顺序，对《文选》篇章做了

---

① （清）方廷珪：《昭明文选集成·序》。

大幅度调整。其中有些调整如骚乃词赋之祖，列骚于赋前；赠答诸诗，先答后赠之类，据其依据看是有道理的，但是《文选》乃是南朝萧统所编诗文总集，从选择诗文到分体，再到顺序编排，都体现了他们对文学的理解，萧统更著《文选序》阐述对文学源流的理解及编排《文选》的宗旨，因此《文选》从内容到形式，都具有独特意义。而方氏作为《文选》编撰千年后的文人，文学观念必然具有了清人的特点，对文体流变等的理解必有异于南朝梁萧统之处，即使观点是进步的、正确的，其打乱《文选》顺序，以己意对其重新编排无疑丧失了南朝诗文总集所具有的时代意义。更值得注意的是《昭明文选集成》后另设一补编，增补了《后出师表》、《兰亭序》、《闲情赋》三篇，打乱了《文选》编排体制。鲁迅在《集外集·选本》中曰："选本可以借古人的文章，寓自己的意见。博览群籍，采其合于自己意见的为一集，一法也，如《文选》是。"① 则昭明编选乃是于《文选》本身最本质的批评方式。

此外，《文选》流传千载，早为士人耳熟能详，方氏不顾士人的接受现状，强为改纂，使得原本为士人熟识的《文选》变得陌生，并不利于士人对《文选》的接受。

综上所述，不管是《文选尤》、《昭明文选越裁》对《文选》诗文的删减，还是《昭明文选集成》对《文选》诗文顺序的调整，它们都以不同方式对《文选》进行了诠释，但是他们诠释的结果都改易了《文选》这一经典诗文选集的原貌，破坏了这一古老选集本身承载的文学理念，使承载的文学价值、学术研究意义大大减少。因此不管是对《文选》诗文的删减还是对《文选》诗文顺序的调整，这两种诠释都是不值得称道的。

第七节 《文选》诗文评点中杂议内容研究

杂议，诠释者在《文选》诠释中，经常有感而发，论述一些与《文选》诗文没有直接关系的内容。此类评论与艺术手法、风格特色、优劣同异等方面的诠释不同，不是针对诗文文学特色进行的直接诠释，而是诠释者读选过程中的一些感触，多针对诗文的艺术效果、价值意义、诗文的相

---

① 鲁迅：《集外集·选本》，第 114 页。

关时代背景、《文选》编撰中的失误阙失等内容。此类内容对了解诗文相关内容，增加读者对诗文的理解有很大的辅助作用。

首先表现诗文艺术效果、价值意义的读选感悟内容经常出现，如孙矿《评文选》中，在张华《励志》诗篇首眉评曰："此篇可置座右。"① 表现了对此诗的嘉许及尊崇。再如潘岳《关中诗》上，孙氏曰："真可谓诗史。"② 乃是孙氏读诗感叹。再如方廷珪《文选集成》乃是教授诸郎君的教科书，其中杂议更多，表达读选感想的内容不少。如在沈休文《冬节后至丞相第诣世子车中作》篇末，方氏总评曰："读此篇诗，霸气雄心，令人一时都尽。"③ 此诗乃是豫章王死后，沈约拜谒世子，至其府邸，伤其闲寂，归还车中而作，表达情感萧索，如"宾阶绿钱满，客位紫苔生"。览其诗，的确有霸气雄心一时都尽的效果。

诸家杂议中还经常出现的一类内容是依据知人论世的方法，对诗文涉及的历史人物、历史事件、时代背景等进行评议。方廷珪在《文选集成》中就有不少此类内容，如对任彦升《宣德皇后令》，方氏评曰：

> 让自美德，至以伪行，可诛新甚焉。曹子桓篡汉，表至数十让，何异掩耳盗铃，以欺当时，当时不可欺，以欺后世，后世愈不可欺，而党恶助逆，攘臂称首，罪莫甚于华歆，后来尤而效之，恬不为怪。沈约、任彦升，皆以文章著名一代，熏心富贵，至以秽墨恶札，遗臭千秋。呜乎！君臣之分五季而绝，约与彦升诚萧氏佐命之功臣也，亦知居奇贩卖万世之公议为可畏乎。昭明选此篇文，直是扬夫之恶，可删也。④

方氏结合时代背景，认为此篇让文乃是党恶助逆之作，对其进行了揭露批评。并对昭明选此篇入选提出异议，认为此文当删。

《思旧赋》是向秀重游竹林，忆昔年与嵇康等人饮酒啸傲，而如今物是人亡，故写赋追忆。方氏在赋末总评中，花了大半篇幅评价竹林七贤中

---

① （明）闵齐华删注，孙矿评：《文选瀹注》卷十。

② 同上。

③ （清）方廷珪：《昭明文选集成》卷二十。

④ 《昭明文选集成》卷三十五。

的代表人物嵇康和阮籍：

> 康以非薄汤武，微文刺讥。司马氏心衔已久，故钟会之谮得入。夫康于司马氏，既不能讨，又不愿仕，便宜遁迹空山。广陵之散与采薇之歌，千古共成绝调矣。计不出此，乃以讪笑取祸，昧言孙之义，是其疏处。竹林中莫智于阮步兵，沉酣麹糵，不问世务。至当路求婚，不能得一言而去，殆亦楚狂之流亚也。①

方氏指出嵇康对司马氏既不能讨，又不能仕，故应当隐遁山林，但是他却以讪笑取祸。而阮籍比他更能隐忍，沉溺酒中，遗忘世务，乃是楚狂人之流。其评论重在个人乱世苟存，却没有看到嵇康身上直面强暴的可贵之处。但认为阮籍楚狂之流亚，倒是颇能一语中的。

赵晋在《文选叩音》中，也通过知人论世的诠释方法对相关人物及诗文意旨进行论述，如王俭撰写《褚渊碑文》，因为褚渊人品多受人非议，只因为“文章冠冕，宜乎昭明入选也，而或以为读之增秽，昭明不得入选”。赵晋认为“君子不以人废言”②，但是认为其人“不能无讥焉”，随后对其与萧道成阴谋废主事进行了揭露。这里虽然对昭明选此文进行了论述，但是大部分内容是对褚渊人品的品评，与选文诠释关系不大。赵氏在对人物品评的同时兼论诗文意旨，如：

> 《诗薮》云：“东汉之末，猥杂甚矣。魏武雄才崛起，无论用兵，即其诗豪迈纵横，笼罩一世，岂非衰运人物。然亦时有诙谐。如‘何以解忧，惟有杜康’，信类其为人也。”观《魏志注》云：“太祖为人，佻易无威重。如与人谈论戏弄言诵，及欢悦大笑，至以头没杯案中。”其轻易有如此者，至云“忧忧我心”，又云“何以解忧”，特不知其所忧者何事也？忧献帝耶，忧国事耶，奸雄心腹，不可测已。③

赵晋引《诗薮》揭示曹操生活在“猥杂甚矣”的东汉末世，对曹操的雄才

① （清）方廷珪：《昭明文选集成》卷十九。
② （清）赵晋：《文选叩音》，《丛书集成》（补印本），第10页。
③ 同上书，第2页。

大略，豪迈诙谲进行揭示，并进一步引《魏志》对曹操“佻易无威重”性格进行揭示，进而引起对“忧忧我心”、“何以解忧”中所忧之事进行探求，由生活乱世至曹操自身才能性格表述，进而论及其作品意义，包含了知人论世手法的运用，利于读者真切了解曹操其人其文。

诸家杂议中，都不可避免的涉及昭明选文得失方面的议论。如方廷珪在《出师表》篇末总评曰：“录前表不录后表，是昭明疏处。”[①] 赵晋有专门条目杂议昭明选文疏漏：

> 昭明不选《橘颂》，未解其义。余谓屈原作是篇，见其怀君之心益切矣。《说文》云：“橘出江南，树碧而冬生。”冬者，终也。群物终于冬，惟橘独生，犹得锡贡于君，以视憔悴放弃者，为何如也。是心不易，以视逾淮而化枳者，为何如也。“据其未生，先其未死；磨砻砥砺，不见其损，有时而益；种树畜养，不见其益，有时而大；积德累行，不知其善，有时而用；弃义背恩，不知其恶，有时而亡。”此枚叔《谏吴王书》中语也，当与崔子玉座右铭一通置之斋壁，偶读《南史》，王僧虔书此铭，赐其侄俭，袁粲见之曰：“宰相之门也，不意古人有先我而为之者。”[②]

此条对昭明不选《橘颂》提出疑问，并对此篇意旨、橘之气节，征引诗文、史书有关事迹进行发明。不仅仅是批昭明选诗文有失，更多的是借之发挥，对橘经冬犹生，逾淮化枳坚贞忠义气节进行称扬。

以上三方面都不是直接诠释《文选》诗文的，其中读选感悟，实则是一种诗文表述效果的呈现，对帮助初读者体悟诗文很有帮助。至于后两个方面，不管是对文章时代背景、昭明选文不当等进行评议，还是对历史人物进行评价，都是本着知人论世的诠释方法，对诗文从内容到外围相关内容的总体评价。虽然没有对具体的艺术手法、风格特色等进行分析，但是因为多为作者发自内心的真实感触，而更切实地帮助读者了解诗文的内涵，对了解诗文的文学性特色起了辅助功效。

不可否认，杂议中有些内容只是由《文选》想到的其他方面内容，对

---

① （清）方廷珪：《昭明文选集成》卷三十六。

② （清）赵晋：《文选叩音》，《丛书集成》（补印本），第5页。

了解《文选》没有多大意义，如赵晋《文选叩音》中繁钦《与魏文帝笺》“都尉薛访车子，年十四，能喉啭引声，与笳同音”条，举历代天生特异之才的少年证《与魏文帝笺》中所谓的“都尉薛访车子，年始十四，能喉啭引声，与笳同音”① 并非独有，这与选文诠释无关。再如嵇康《养生论》条，“以恬淡无为，必静必清，无劳汝形，无摇汝精，乃可以长生”②，对此养生之旨给予肯定，随后又引《黄庭经》内容对养生术进行探讨，这也是其相关内容的杂议。此类内容没有诠释《文选》诗文意义及其文学性特色，是诠释者顾《文选》而言他的内容，不属于《文选》诠释内容，与以上内容不同。

第八节　《文选》诗文评点形式研究

此节涉及的内容，从诗文艺术手法分析、艺术风格评析、佳词丽句点评、优劣同异较量等，主要是明朝及清初评点类著作中经常出现的内容，此类诠释著作与唐宋元乃至清乾嘉时期出现的诸多《文选》诠释著作在诠释形式上非常不同，在印刷形式及诠释内容标注上呈现出丰富多彩的特点。

首先，印刷形式上，有的评点类著作采用了多色套印的形式。如邹思明《文选尤》，今天所看到的有明天启二年（1622）所刻三色套印本。其《凡例》谓：“总评分脉则用朱，细评探意则用绿，释音义、解文辞、考古典则用墨。”③ 这种多色套印形式更鲜明，不同颜色可以给阅读者以不同提示，比较利于初学者学习。这是《文选》诠释中利用色彩辅助诠释的独特形式。

其次，诠释内容标注改变了通常在文本正文位置标注的形式，在天头、行间、文后不同位置进行标注，我们称其为眉评、夹评、文末评，其中眉评及文末评所占比重比较多。以《文选尤》为主对几类诠释方式举例说明。

---

① （清）赵晋：《文选叩音》，《丛书集成》（补印本），第5页。

② 同上书，第7页。

③ （明）邹思明：《文选尤》，《四库全书存目丛书·集部》第286册，第401页。

一 眉评

眉评是在天头处标出的诠释内容。眉评内容广泛，涉及艺术手法点评、风格特色揭示、诗文总评、篇章句意总结、读选感悟等多个方面，共同的特点是：限于天头狭小的空间，眉评内容多言简意赅，少则两三字，多则几句不等，如对精彩章节、佳词丽句艺术风格的评论，谢朓《始出尚书省》“既秉丹石心，宁流素丝涕”，眉评曰：“骨峻神清。”[①] 再如张华《情诗》：“襟怀拥虚景，轻衾覆空床。”其评曰：“伤心刺骨。”[②] 简练随意。此外对佳词丽句的点评，如对谢惠连《西陵遇风献康乐五首》中“成装候良辰，漾舟陶嘉月”，其评曰：“陶字奇。”[③] 简单三个字，妙处尽现。

眉评中艺术手法评论用语多一些，常常一两句不等，如宋玉《对楚王问》：“其曲弥高，其和弥寡。故鸟有凤而鱼有鲲。”眉评曰：“下把鱼鸟为喻，意处生意，笔力雄快。”[④] 揭示此文以鸟中有凤凰，鱼中有鲲鱼，比喻说明“曲高和寡”之深意。再如江淹《别赋》篇后眉评曰：“别方以下总言别绪多端，难以形状。”[⑤] 指出此篇结构是分述之后又总评。文首眉评常常是对诗文的总评，涉及诗文的艺术手法、艺术特色等，如班固《两都赋》，邹氏于篇首点评道：“二赋宏博而不纤巧，瑰玮而不奇僻。正大鲜美，典练不浮。”[⑥] 有些篇首眉评力在交代为文背景，如鲍照《芜城赋》，篇首眉评曰：“临海王子頊，镇荆州叛逆，昭时为参军，乃因吴王濞故城荒芜，为赋以讽。”[⑦] 该眉评则具有题解功效，交代为文的背景及目的。这种开篇明示诗文总体特色及写作背景等，为读者进一步阅读理解指明了方向。

眉评的另一个特点是多在文句相应处点评，佳词丽句点评还常常伴有圈点。无论评点位置、圈点标注，综合起来都增加了眉评这一诠释方式的诠释效果。

---

① （明）邹思明：《文选尤》，《四库全书存目丛书·集部》第 286 册，第 515 页。

② 同上书，第 510 页。

③ 同上书，第 489 页。

④ 同上书，第 684 页。

⑤ 同上书，第 455 页。

⑥ 同上书，第 402 页。

⑦ 同上书，第 435 页。

二 文末总评

文末总评是在诗文正文之后，诠释者标列自己或前人、时人经典论述，对此文给予点评，有总结、定位等作用。《文选尤》在诗文后几乎都有总评。这些点评或来自邹氏自己，或征引前人、时人的评述，内容涉及极广，或对文章内容有感而发，如在贾谊《鹏鸟赋》正文末，其评曰："说尽人物生化之理，勘破人物生化之机，可以同死生，齐物我，真知天人之际者也。"其后的"奇伟卓朗，爽爽有神，消摇一世之上，睥睨天地之间"①，则是对风格特色的点评。或是对作品在文体发展中的地位点评，如在宋玉《对楚王问》后，引真西山曰："此后世设问之祖。"② 或是对选文笔法评判，如在谢庄《月赋》之后总评曰："藏奇颖于和雅之中，寓采绮于苍古之内。"③ 有的艺术手法分析中兼及不同著者之间文笔优劣比较，如在司马相如《子虚赋》、《上林赋》之后，收录了弇州山人的评论："《子虚》、《上林》赋材极富，意极高，辞极丽，运笔极古雅，精神极流动。长沙有其意而无其材，班张有其材而无其笔，子云有其笔而不得其精神。流动处出神入化，照古腾今，彩彻云衢，气冲斗极。"④

这些文末总评，不管是来自邹氏自己，还是先哲时人，都是对诗文不同方面的中肯评价，为读者学习提供了帮助。

三 夹评

所谓夹评是在正文行间以小字标注的诠释内容，涉及内容广泛。点评内容多数为艺术手法、篇章句旨、艺术成就等。运用的不是很多，在《文选尤》中不是很明显，不过这也是一种不能忽视的诠释方式。以《文选章句》为例，常运用夹评对文笔给予揭示，在班固《西都赋》"尝有意乎河洛矣"旁，以小字标注道："《东都赋》伏于此句。"⑤ 有对章旨的揭示，如张衡《东京赋》中，在"简珠玉，藏金于山"旁，小字点评曰："此皆

① （明）邹思明：《文选尤》，《四库全书存目丛书·集部》第286册，第439页。
② 同上书，第684页。
③ 同上书，第438页。
④ 同上书，第429页。
⑤ （明）陈与郊辑：《文选章句》，《四库全书存目丛书·集部》第285册，第565页。

言其节俭朴素处。”[1] 此外还有对作品艺术成就的总评，左思《三都赋》成就各异，在《魏都赋》第一段行间，其点评道：“蜀都隽，吴都奇，魏都稍平，吴岂强弩之势然。”[2] 诸多点评内容集中在赋作，涉及方面众多，这是明朝点评诗文风气的影响使然。

值得注意的是，清代出现了集合前人诠释的著作，其中于光华的《文选集评》主要是对其前诸家评论的汇辑，这种汇辑已有《文选》评论内容的诠释为集评。三种标注方式中以眉评及文末总评运用最广，具有了更大的诠释价值。尤其是文末集评，于氏常常集合多人评论，仁者见仁，智者见智，分别从不同角度就有关问题进行评说，如《上林赋》[3] 后集合了孙月峰、陆雨侯、孙执升、何义门、邵子湘之语：

（1）孙月峰曰：“《子虚》已不遗余力，此篇复欲出其上，可谓极其铺张扬厉，然宏肆有之，精工终让《子虚》，大抵文各有极，既振其蒙矣，又何加焉。”（按：就《上林赋》艺术手法与《子虚赋》进行对比，明其二者优劣。）

（2）陆雨侯曰：“读前赋其为愦濍饾饤，艰涩犹夫人耳。后段则如搏虎制象，全力毕具，观者震耸，犹胜谏猎书。”（按：《子虚赋》、《上林赋》艺术特色、艺术效果的对比、评述。）

（3）孙执升曰：“相如以新进小臣，遇喜功好大之主，直谏不可。故因势而利导之，然始以游猎动帝之听，终以道德闲帝之心，可谓奇而法，正而葩。”（按：就相如撰写《子虚赋》、《上林赋》讽谏手法的揭示。）

（4）何义门曰：“此赋以四大段立格，双撇齐楚，提出上林是起，次序上林之地，是承，中言校猎之事是转，末言天子之悔过以示讽谏，是结，文之局极开，文之法极细。〇意在讽谏，而先若盛称其美者，政欲于热闹场中，下一转语，使之回心易虑，此所以为讽耳。”（按：分析文章的起承转合，为当时时文写作服务。下半部分对为文的讽谏意旨手法进行揭示。）

（5）邵子湘曰：“如此长篇，却与《子虚赋》无一语略同，何等变化。且合二赋观之，仍有渊涵不尽之致，所以不可及。”（按：评价相如描写手法的多变，兼论《子虚赋》、《上林赋》的优劣。）

---

① （明）陈与郊辑：《文选章句》，《四库全书存目丛书·集部》第285册，第595页。

② 同上书，第618页。

③ （清）于光华：《重订文选集评》卷二，笔者分析加“按”字。

此例集合了五人评论，涉及内容多样，多数是对篇章艺术手法的分析评判，其中也涉及了诗文优劣对比、文体特色等方面内容，对读者综合了解诗文各方面内容提供了帮助。《文选集评》篇末收录的评论有多有少，有两人评论的，如嵇康《幽愤诗》文后集中了孙月峰与何义门两人的评论。有三人的，如《长门赋》后集中了孙月峰、何焯、邵子湘三人的评论。不过也有些诗文篇末没有收录他人的评议，如陆机《招隐诗》，王康琚《反招隐诗》一首。

不仅文末总评中集合了多人评论，眉评也是集合诸家评论的主要集评方式。相对于文末评论，眉评比较零散，皆以简洁语句在文章眉评处，对相应文句的各种内容给予点评，由于眉评适合于文章相应处点评，故其内容有很多是就文章的章法结构及起承转合特点予以分析。于氏常于关键处汇辑诸家评论，如《海赋》篇首眉评：

> 孙（月峰）曰："借洪水发端来。〇元美谓首则如此矣，或作九河乃可用，此首却不免孤负大海，似末然。文体原无定，或由本及末，或自末归本，或借小形大，或举大及小，随人变化结构，必若所云，恐翻涉拘板。〇如此驱运，是何等笔力，流动跌宕，读之固自快然。"
>
> 俞（犀月）曰："起得突兀。先从众水说来，方及海，甚奇。"①

两人的眉评都是针对《海赋》篇首发端手法进行评议。孙月峰引元美评论并对其进行批驳，进一步分析开端手法。俞犀月眉评则比较直接地揭示发端奇特之处。

以上论述从单一标注方式说明了眉评、文末总评在集评著作中诠释功效的发挥，在《文选集评》中，某一诗文常常是多种标注方式的集中诠释，诠释功效更加明显。以王粲《七哀诗》二首为例：

第一首眉评：

> 孙曰："亦只以古色妙古……更不着一绮靡语，苍劲有骨力，驱遣全是史笔。"（按：总评文笔特色。）

---

① （清）于光华：《重订文选集评》卷三。

何曰："杜诗宗祖。"（按：追溯此诗对后代诗人影响。）

方曰："下泉人即指文帝，汉治莫隆于文帝，当此人民丧乱，知必喟然内伤，全从霸陵二字生出也。"（按：指明诗意所指，揭示诗句隐情。）

第二首眉评：

何曰："前诗哀王室之乱，此又自伤羁旅也。"（按：总结前后二诗意旨的不同。）

□曰："写景未脱套。"（按：评文笔。）

孙曰："寓悲切于古淡，仿佛苏李风调。"（按：品评风格特色，追溯源流特色。）

二首正文之末，引方伯海评曰："前篇是来荆州见人骨肉相弃而哀。此篇是去荆州，因日暮景物萧条而哀，皆是乱离景象。"[①]（按：对二首诗的主旨进行总结归纳。）

总结二诗集评，眉评与篇末总评很好的结合在一起，或分或总，从不同侧面对二诗进行了评论，读者凭借它们，能很好的把握二诗的思想内容、艺术手法及特色。

综上可知，眉评、文末总评及夹评等的综合运用，为读者提供了丰富的诠释资料，于氏《集评》的确为一部内容丰富、删选精练、集合诸家评论的荟萃之作。从内容到形式，都为读者提供了一部通俗易懂、内容翔实、观点齐备的《文选》教课读本。有清一代，于氏《集评》一再翻刻，为士子所喜好，与其删节、编选之精分不开。卷首竹泉金嘉琰《序》中评曰："考古叶韵，丽于句下；考今疆域，了如掌上；诸家之评，精严切要。不必丹黄铅椠，而人人可解，人人可读。洵文章之矩矱，学者之津梁也。"[②] 从中也可以看出，明清之际，诗文赏析评点类著作诠释形式多样，是为《文选》普及而产生的诠释方式的极致发展。

除了以上四种诠释方式外，一些不是评点体的诠释著作中，也有对诗

① 《重订昭明文选集评》卷五。

② （清）于光华：《重订昭明文选集评·金嘉琰序》。

文文学性特色进行诠释的内容，如元方回《文选颜鲍谢诗评》、清王煦《文选剩言》、赵晋《文选叩音》等。这些诠释著作或是以专题述评，或是以条目总结，对《文选》诗文中佳词丽句、艺术手法、诗文承继关系等进行诠释，虽然诠释内容与明清评点类著作的诠释内容有相同之处，但是在诠释形式上却很不一样。由于所占比重极少，不作详解。

结　语

选学是中国文学史上最重要的显学之一，自隋唐至清代不断受到学人的重视。其中《文选》诠释作为其主要内容，成为近年来选学家研究的重点。在本书研究、撰写过程中，笔者深刻感受到，《文选》诠释虽然几经兴衰，但是在自隋唐至清一千多年的时间里，学者们对《文选》的理解和解释，无论在深度还是在广度上，都呈现出不断完美的趋势，典型地体现了中国经典总集诠释特色，本书也着力揭示历代《文选》诠释的完整体系及文学总集诠释的独特之处。

但是《文选》诠释历时之久及所涉文献之多都为本书的研究、写作造成了诸多困难，加之笔者学术功底尚浅，读博肇始，方涉此领域，在广度及深度的把握上都存在不足之处，只能寄希望于在今后的研究中不断加以补充、提高。

在研读《文选》诠释著作中，笔者发现历代《文选》诠释中还存在着众多争议存疑之处，对此进行总结研究是选学研究者必须承担的责任。另外，在《文选》诠释研究基础上，扩充对《文选》版本、校勘等相关领域的研究，撰写出一部有用的《〈文选〉文献学》著作，是非常必要的；此外，编撰历代《文选》诠释丛书，并进一步整理出版电子版本；如此之类，都是当今的选学研究者们责无旁贷的事情。笔者愿与海内外同仁共勉。

主要参考文献

【古籍】

汉·许慎：《说文解字》，中华书局影印 1963 年版。

南朝梁·刘勰：《文心雕龙》，人民文学出版社 1981 年版。

南朝梁·钟嵘：《诗品》，中华书局出版社 1998 年版。

唐·李善：《文选注》，上海古籍出版社 1986 年版。

《文选钞》，《唐钞文选集注汇存》本，上海古籍出版社 2000 年版。

《文选音决》，《唐钞文选集注汇存》本，上海古籍出版社 2000 年版。

唐·五臣：《五臣注》，依据《六臣注文选》本，中华书局 1987 年版。

唐·刘肃：《大唐新语》，中华书局 1984 年版。

唐·魏徵：《隋书》，中华书局 1973 年版。

唐·陆善经：《文选注》，《唐钞文选集注汇存》本，上海古籍出版社 2000 年版。

唐·李匡乂：《资暇录》，《四库全书》本。

唐·丘光庭：《兼明书》，辽宁教育出版社 1998 年版。

宋·刘昫等：《旧唐书》，中华书局 1975 年版。

宋·苏易简：《文选双字类要》，《四库全书存目丛书》本。

宋·欧阳修、宋祁:《新唐书》，中华书局 1975 年版。

宋·刘攽:《文选类林》,《四库全书存目丛书》本。

宋·苏轼:《仇池笔记》，上海古籍出版社 1992 年版。

宋·陆游:《老学庵笔记》，中华书局 1979 年版。

宋·朱熹:《诗集传》，上海古籍出版社 1980 年版。

宋·高似孙:《文选诗句图》,《四库全书存目丛书》本。

宋·胡仔:《苕溪渔隐丛话》，人民文学出版社 1962 年版。

宋·洪迈:《容斋随笔》，上海古籍出版社 1978 年版。

宋·陈振孙,《直斋书录解题》，上海古籍出版社 1987 年版。

元·方回:《文选颜鲍谢诗评》,《四库全书》本。

元·脱脱:《宋史》，中华书局 1977 年版。

元·刘履:《选诗补注》,《四库全书》本。

明·胡应麟:《诗薮》，上海古籍出版社 1979 年版。

明·张凤翼:《文选纂注》，又名《文选纂注评林》，明万历八年（庚辰）刊本。

明·闵齐华删注，孙矿评:《文选瀹注》，又名《孙月峰先生评文选》，明天启二年乌程闵氏墨色套印本。

明·陈与郊:《文选章句》，明万历刊本，清康熙三十八年重印。

明·凌迪知:《文选锦字录》,《四库全书存目丛书》本。

明·邹思明:《文选尤》,《四库全书存目丛书》本。

明·凌濛初,《合评选诗》,《四库全书存目丛书》本，在《四库全书存目丛书》中名为《选诗七卷诗人世次爵里一卷》。

清·毕沅:《续资治通鉴》，中华书局 1957 年版。

清·洪若皋,《昭明文选越裁》,《四库全书存目丛书》本。

清·何焯:《义门读书记·文选》,《四库全书》本。

清·汪师韩:《文选理学权舆》,《续修四库全书》本。

清·永瑢等:《四库全书总目》，中华书局 1965 年版。

清·余萧客:《文选音义》，清乾隆二十三年静胜堂刊本。

清·于光华:《昭明文选集评》，清乾隆四十三年渔古山房重刊本。

清·方廷珪:《昭明文选集成》，清乾隆四十八年龙江书屋吴氏校勘本。

清·孙志祖:《文选考异》,《续修四库全书》本。

清·孙志祖：《文选李注补正》，清光绪十五年重刊读书斋本。

清·汪中：《述学》，辽宁教育出版社 2000 年版。

清·张云璈：《选学胶言》，《四库未收书辑刊》本。

清·王煦：《昭明文选李善注拾遗》，《清代文选学珍本丛刊》本，中州古籍出版社 1998 年版。

清·胡克家：《文选考异》，清末上海鸿文书局石印本。

清·董诰等：《全唐文》，中华书局 1983 年版。

清·阮元：《声律关键》，江苏古籍出版社 1988 年版。

清·袁枚：《随园诗话》，人民文学出版社 1982 年版。

清·梁章钜：《文选旁证》，清光绪八年吴下重刊本，《续修四库全书》本。

清·朱珔：《文选集释》，上海受古书店 1928 年版。

清·徐攀凤：《选注规李》，《清代文选学珍本丛刊》本，中州古籍出版社 1998 年版。

清·徐攀凤：《选学纠何》，《清代文选学珍本丛刊》本，中州古籍出版社 1998 年版。

清·赵晋：《文选叩音》，《丛书集成》（补印本），商务印书馆 1960 年补印。

清·胡绍煐，《文选笺证》，《续修四库全书》本。

清·胥斌：《文选集腋》，清嘉庆二十一年聚锦书屋刊本。

清·杜宗玉，《文选通假字会》，清光绪二十二年孝感学署刊本。

清·李详，《文选学著述五种》，《李审言文集》，江苏古籍出版社 1989 年版。

清·程先甲：《选雅》，《四库未收书辑刊》本。

清·吴淇：《六朝选诗定论》，《四库全书存目丛书补编》。

清·李慈铭：《越缦堂读书记》，辽宁教育出版社 2001 年版。

【今人著】（按出版时间排列）

张舜徽：《清代文集别录》，中华书局 1963 版。

范文澜：《中国通史简编》，人民出版社 1965 年版。

王重民：《中国善本书提要》，上海古籍出版社 1983 年版。

章学诚：《章学诚遗书》，文物出版社 1985 年版。

骆鸿凯：《文选学》，中华书局 1989 年版。

屈守元:《文选导读》,巴蜀书社 1993 年版。

袁行云:《清人诗集叙录》,文化艺术出版社 1994 年版。

冯浩菲:《中国训诂学》,山东大学出版社 1995 年版。

董洪利:《古籍的阐释》,辽宁教育出版社 1995 年版。

冯浩菲:《中国古籍整理体式研究》,北京图书馆出版社 1997 年版。

俞绍初、许逸民主编:《中外学者文选学论集》,中华书局 1998 年版。

傅刚:《文选版本研究》,北京大学出版社 2000 年版。

周勋初:《唐钞文选集注汇存》,上海古籍出版社出版 2000 年版

孙立:《中国文学批评文献学》,广东人民出版社 2000 年版。

傅刚:《昭明文选研究》,中国社会科学出版社 2000 年版。

虞万里:《榆枋斋学术论集》,江苏古籍出版社 2001 年版。

王立群:《〈文选〉成书研究》,商务印书馆 2005 年版。

【论文】

蒋立甫:《胡绍煐及其〈文选笺证〉》,《江淮论坛》1994 年第 6 期。

韩格平:《程先甲及其〈选雅〉》,《古籍整理研究学刊》1994 年第 1 期。

周勋初:《〈文选〉所载〈奏弹刘整〉一文诸注本之分析》,《文学遗产》1996 年第 2 期。

李之亮:《王煦〈文选李善注拾遗〉评述》,《郑州大学学报》(哲学社会科学版)1996 年第 3 期。

曹道衡:《略评王煦的〈文选李善注拾遗〉及其笺识》,《江海学刊》1998 年第 1 期。

王宁、李国英:《李善的〈昭明文选注〉与征引的训诂体式》,《中外学者文选学论集》,中华书局 1998 年版。

邱棨鐊:《〈文选集注〉所引〈文选钞〉研究》,《中外学者文选学论集》,中华书局 1998 年版。

清水凯夫:《〈文心雕龙〉对〈文选〉的影响》,《中外学者文选学论集》,中华书局 1998 年版。

曹道衡:《从文学的角度看〈文选〉所收齐梁应用文》,《中外学者〈文选〉学论集》,中华书局 1998 年版。

斯波六郎:《〈文选〉诸本之研究》,转引自傅刚《文选版本研究》,北京大学出版社 2000 年版。

张培恒、王靖宇主编:《评点溯源》,《中国文学评点研究论集》，上海古籍出版社 2002 年版。

许逸民:《"〈文选〉学"史上的一座里程碑——推介〈唐钞文选集注汇存〉》,《古籍整理出版情况简报》2003 年第 4 期。

洪汉鼎:《诠释学与修辞学》,《中国诠释学》第一缉，山东人民出版社 2003 年出版。

王书才:《张云璈生平与著述》,《中国社会科学院研究生院学报》2004 年第 1 期。

王书才:《曹宪生平及其〈文选〉学考述》,《郑州大学学报》(哲学社会科学版) 2004 年第 4 期。

后　记

本书是在博士论文《〈文选〉诠释研究》基础上修改完善而成的。在博士就读期间，将主要精力都倾注于历代《文选》诠释成果的系统研究，力求通过对历代诠释成果的梳理归纳，为继承和发展我国传统训诂学和文献学尽绵薄之力。

幸运的是山东大学图书馆古籍部收藏了丰富的历代《文选》诠释著作，从《四库全书》、《续修四库全书》、《四库全书存目丛书》等大型丛书中收录的有关《文选》诠释著作，到珍稀古籍善本《选》著大都有存录，为我提供了宝贵的文献资源。不仅如此，山东大学文史哲研究院古籍所的老师也帮我多方查阅资料，并提出宝贵意见和建议，为论文的顺利完成提供了有力帮助，谨向他们表示诚挚的谢意。

在博士论文的撰写过程中，无论是思路的开拓，还是体系的建立，导师冯浩菲先生无不给予极大鼓励和帮助，并不断提出宝贵建议，对论文进行悉心指导。在此书即将出版之际，谨向冯先生表达深深的谢意。

本书的顺利出版，得到了济南大学文学院潘晓生教授的大力支持与帮助，在此向他表示真挚的感谢。

本书初稿的校勘、复核等工作得到了师妹赵景雪、好友王蕊及先生高月峰的大力帮助，无以言谢，仅以只言片语表达心中的感激和感动。

此书出版，还得到许多同仁的热情关怀和无私帮助，恕不一一致谢。

冯淑静

2009 年 3 月 9 日于济南大学